Susan Hill

Phantomschmerzen

Auszeit für
Inspector Serrailler

Roman

Aus dem Englischen von
Susanne Aeckerle und Marion Balkenhol

Kampa

Die englische Originalausgabe erschien 2018 unter dem Titel
The Comforts of Home im Verlag Chatto & Windus, London.

Für den Blick hinter die Verlagskulissen:
www.kampaverlag.ch/newsletter

www.kampaverlag.ch
Satz: pagina GmbH, Tübingen
Gesetzt aus der Stempel Garamond LT
Druck und Bindung: Friedrich Pustet, Regenburg
Auch als E-Book erhältlich
ISBN 978 3 311 12014 8

Für Ihre Königliche Hoheit, die Herzogin von Cornwall,
»Simon Serraillers größter Fan«

Prolog

Lange war da nur Schwarz gewesen, konturloses, grenzenloses Schwarz. Doch dann war am Rand der Schwärze ein sanftes, diffuses Grau eingesickert, und kurz darauf waren die Bilder gekommen, die sich sehr schnell vorwärtsbewegt hatten, wie ein Daumenkino. Zunächst konnte er keins festhalten oder sie voneinander unterscheiden, aber allmählich waren sie langsamer geworden, und er hatte Gesichter gesehen, Körperteile – eine Hand, einen Daumen, einen Nacken. Haare. Die Bilder hatten angefangen zu pulsieren, sich aufzublähen und zu schrumpfen, wie ein klopfendes Herz, die Gesichter waren umeinandergewirbelt, ineinander aufgegangen, dann hatten sie sich wieder getrennt, und ein oder zwei Mal hatten sie ihm einen anzüglichen Blick zugeworfen oder schweigend aus Mündern voll kaputter Zähne gelacht. Er hatte versucht, sich von ihnen zu entfernen oder den Arm zu heben, um die Augen abzuschirmen, doch er war steif, sein Arm schwer und kalt, wie ein aus dem Gefrierschrank geholter Braten. Er wusste nicht, wie er ihn bewegen sollte.

Die Gesichter waren in Stücke zerborsten, die sich unkontrollierbar zu drehen begannen, und er hatte in einen Strudel hinabgeschaut.

Ein greller Blitz. In seinem Licht Millionen glitzernder, scharfer Nadelspitzen. Noch ein Aufleuchten. Die Nadelspitzen hatten sich aufgelöst.

Simon Serrailler öffnete die Augen.

Erstaunlich, wie schnell die Dinge Gestalt angenommen hatten.

»Welcher Tag ist heute?«

»Donnerstag. Es ist zwanzig nach fünf.« Die Schwester, die den Tropf eingestellt hatte, wandte sich ihm zu.

»Wann bin ich zu mir gekommen?«

»Gestern Morgen.«

»Mittwoch.«

»Sie machen sich sehr gut. Wie geht es Ihnen?«

»Weiß nicht genau.«

»Schmerzen?«

Simon überlegte. Er bewegte den Kopf und sah ein rechteckiges Stück farblosen Himmel. Das Dach eines Gebäudes, mit einem Sims ringsum. Anscheinend tat überhaupt nichts weh, obwohl sich sein linker Arm und der Hals seltsam schwer anfühlten. Der Rest seines Körpers war irgendwie losgelöst. Schmerz war das nicht. Er wusste, was Schmerz war.

»Ich glaube, es ist alles in Ordnung.«

»Prima. Sie machen sich sehr gut«, wiederholte sie, als müsste sie ihn überzeugen.

»Wirklich? Ich weiß nicht.«

»Wissen Sie, wo Sie sind?«

»Nicht so richtig. Im Krankenhaus vielleicht?«

»Volltreffer. Sie sind auf der Intensivstation des Charing Cross, und ich bin Schwester Bonnington. Megan.«

»Das nächste Krankenhaus ist nicht Charing Cross ... es ist ... ich weiß es nicht mehr.«

»Sie sind in West-London.«

Er ließ die Wörter auf sich einwirken und wusste ganz genau, was sie bedeuteten. Er wusste, wo West-London war, er hatte nach der Ausbildung als Detective Constable in West-London gearbeitet.

»Erinnern Sie sich noch, was passiert ist?«

Blitzartig tauchten Bilder auf. Die Körperteile. Die Hand. Der Daumen. Der Mund voll verfaulter, kaputter Zähne. Sie verschwanden.

»Ich glaube nicht.«

»Kein Problem. Das ist völlig normal. Zermartern Sie sich nicht das Hirn, um sich zu erinnern.«

»Bin mir nicht sicher, ob ich überhaupt ein Hirn habe.«

Sie lächelte. »Ich denke schon. Jetzt schüttle ich erst mal Ihre Kissen auf, damit Sie es ein bisschen bequemer haben. Können Sie sich aufsetzen?«

Er hatte keine Ahnung, wie er das anstellen sollte, doch sie schien ihn anzuheben und nach vorn gegen ihren Arm zu lehnen, seine Kissen aufzuschütteln, seine Bettdecke zu richten und ihn wieder zurückzulegen, ohne größere Anstrengung. Simon sah, dass er überall Schläuche und Kabel an sich hatte, die zu Geräten und Monitoren und Infusionsbeuteln führten, und dass sein linker Arm in einer Art Schlinge steckte. Er betrachtete ihn. Verbände, ein langer Ärmel aus Bandagen bis an seine Schulter und noch weiter hinauf.

»Tut das weh?«

»Nein. Irgendwie, als wäre da – nichts.«

»Taub?«

»Nicht so richtig. Einfach nur … ich kann es nicht beschreiben.«

»Machen Sie sich keine Sorgen. Der Oberarzt kommt heute Abend noch bei Ihnen vorbei.«

»Wie heißt er?«

»Mr Flint. Und Dr. Lo ist der Facharzt. Er hat in den letzten beiden Tagen nach Ihnen geschaut, aber wir sind ein Team.«

»Ich habe ein Team?«

»Das haben Sie in der Tat, Simon. Ist es okay, wenn ich Sie Simon nenne? Wir fragen immer, wissen Sie, aber Sie konnten ja nicht antworten. Was ist Ihnen lieber? Mr Serrailler? Superintendent? Chief Superintendent?«

»Um Himmels willen. Simon reicht.«

Die Tür öffnete sich einen Spaltbreit.

»Da kommt Besuch, also gehe ich mal. Der Notknopf ist hier, neben Ihrer rechten Hand. Drücken Sie, wenn Sie etwas brauchen.«

»Hallo, Si.« Cat beugte sich über ihn und drückte ihm einen Kuss auf die Wange. »Du bist wieder wach.«

»Wann war ich das nicht?«

»Fast immer in den letzten drei Wochen.«

»Drei *Wochen*? Bis wann?«

»Bis gestern. Weißt du, dass ich hier war?«

Simon versuchte, die Bilder in seinem Kopf zu sortieren. »Ich … nein.«

Er sah den flüchtigen Ausdruck der Besorgnis im Gesicht seiner Schwester, den sie rasch kaschierte.

»Es heißt, der Oberarzt kommt bald zu mir. Wusstest du, dass ich ein eigenes ›Team‹ habe? Gehörst du dazu?«

Sie lächelte.

»Hast du mir Trauben mitgebracht?«

»Nein. Aber du willst doch eigentlich keine Trauben, oder?«

»Ich will wissen, was passiert ist und warum ich hier bin. Sprich mit mir.«

»Hör zu, Si, du musst alles erfahren, aber ich bin nicht die Richtige, dir die ganze Geschichte zu erzählen, weil ich nicht dabei war. Kieron kommt morgen wieder her, und wenn sie meinen, dass du in der Lage bist, es dir anzuhören, dann erzählt er es dir.«

»Der Chief war hier?«

»Natürlich. Er hat mich an dem Tag, als es passierte, hierhergebracht. Er war seitdem ein paarmal hier, wann immer er es einrichten konnte, und ich habe ihn jeden Tag auf dem Laufenden gehalten.«

»Du? Warum du?«

»Weil ich an den meisten Tagen hier war und mit den Ärzten gesprochen habe, damit ich ihr Fachchinesisch für ihn übersetzen konnte.«

»Nein, ich meinte … ich verstehe nicht, wieso du ihn überhaupt kennst.«

»Er war mein Fels in der Brandung, Si … als sonst niemand da war, der mir hätte helfen können.«

»Aha.«

»Nichts aha.«

Er versuchte, ihre Miene zu deuten, konnte sich aber nicht darauf konzentrieren, weil er im linken Arm von einer Sekunde zur nächsten immer stärkere Schmerzen verspürte, in Wogen, die sich über seinen Arm hinweg auf der Brust brachen, durch seinen Körper spülten, Schmerzen wie von Zangen und Messern.

»Si?«

»Großer Gott.« Er schaute auf die Verbände und die Schlinge, die den Arm hochhielt. Ihn hätte es nicht gewundert, wenn sie lichterloh gebrannt hätte. So fühlte es sich an.

Cat sprang auf. »Ist schon gut. Ich bring das in Ordnung … warte einen Augenblick.«

Eine Stunde lang kam sie nicht wieder. Eine Nacht. Für den Rest seines Lebens. Er war in Schmerz gehüllt, außer Schmerzen empfand er nichts. Er hörte sich selbst so laut schreien, dass er schon befürchtete, sie würden kommen und ihn bestrafen. Die Gesichter. Die Schwärze war nicht mehr nur dunkel, hatte keine sanften Ränder mehr, sie war im Zentrum scharlachrot, und das Zentrum breitete sich immer weiter aus.

»Großer Gott …«

»Ist schon gut. Gleich kommt jemand.« Cat hielt seine rechte Hand fest. Sie berührte sein Gesicht und wischte die Tränen ab, doch er spürte weder Scham noch Verlegenheit, nur Schmerzen.

»Wir bringen das jetzt in Ordnung.« Diesmal war es ein Mann, der neben dem Bett aufragte.

»Einen Augenblick noch.«

Simon konnte nicht warten, aber es gab keinen Fluchtweg. Er krümmte sich vor Schmerz. Cat wischte ihm mit einem feuchten Tuch den Schweiß von der Stirn. Wütend. Auch sie war wütend. Warum waren alle wütend auf ihn?

Hektik brach aus, Leute kamen ins Zimmer, beugten sich über ihn.

»Gleich haben wir es, Simon … jeden Moment.«

Das endlos sanfte Nachlassen des Schmerzes, sodass sich sein Körper entspannte. Sein Kopf fühlte sich kühl an, sein Arm schien verschwunden.

»Geschafft. Sie hätten klingeln sollen. Sie hätten Bescheid sagen –«

»Nein«, hörte er Cat sagen und erkannte diesen Tonfall, obwohl sie ihn selten benutzte. »Nein, es hat nichts mit ihm zu tun, sondern mit allen anderen. Es gibt Behandlungsvorschriften, und denen ist Folge zu leisten, sonst passiert so etwas hier. Und es hat viel zu lange gedauert, bis ich überhaupt jemanden fand, der über ihn und seinen Fall Bescheid wusste, und bis ich Sie dann so weit hatte, herzukommen – und sagen Sie mir jetzt bitte nicht, dass gerade Schichtwechsel war.«

»Es war Schichtwechsel, tut mir leid.«

»Herrgott noch mal.« Der Mann. Er war jung, hatte einen Bart, und seine Augen waren voller Sorge, Mitleid und Wut.

»Simon, ich bin Dr. Lo. Ich kenne Sie, aber jetzt sind Sie zum ersten Mal bei Bewusstsein und können mich sehen. Hat der Schmerz nachgelassen?«

Ihm war, als läge er auf einem Bett aus Daunen. Außer Sanftheit und Leichtigkeit spürte er nichts. Er schenkte allen im Zimmer ein glückseliges Lächeln.

Simon wusste, dass er wieder geschlafen hatte, dann war er durch die Luft geschwebt und hatte sich schließlich auf dem Wasser treiben lassen, doch die Zeiger der Uhr an der Wand gegenüber seinem Bett gingen langsam rückwärts, wodurch er jegliches Zeitgefühl verlor. Es war hell, dann wieder dunkel, und noch immer schwebte er.

»Heute ist Freitag«, sagte jemand.

Er kam zu sich.

Zwei Personen, und Cat war auch da. Man setzte ihn auf, und an den Fensterscheiben glitten silberne Regentropfen herab.

»Freitag.«

»Wir würden gern mit Ihnen besprechen, was wir vorhaben, wenn Ihnen danach ist?«

Er erkannte den jüngeren Arzt, nicht aber den älteren mit sehr schütterem Haar und einer Brille mit kleinen runden Gläsern.

»Mein Name ist Flint, Greg Flint. Ich bin Facharzt für orthopädische Traumata.«

»Ist das hier eine Konferenz?«

»So etwas in der Art. Ich bin froh, dass Dr. Deerbon hier ist … wenn das für Sie in Ordnung ist? Ich werde versuchen, mich klar auszudrücken, aber sie kann unsere Fachsprache für Sie übersetzen, wenn es mir nicht gelingt, und Sie können sie alles fragen, was Ihnen unklar ist. Ich habe sie kurz in Kenntnis gesetzt, als Sie noch bei den Elfen waren.«

»Jetzt bin ich hier.«

»Und ich entschuldige mich dafür, dass man Sie mit Ihren Schmerzen so allein gelassen hat – das hätte nicht passieren dürfen, und es wird nicht wieder vorkommen. Wie fühlen Sie sich jetzt?«

»Taub. Wenn Sie meinen Arm meinen.«

»Und der Rest?«

»Gut, glaube ich. Ich hatte starke Kopfschmerzen.«

»Das überrascht mich nicht – Sie haben einen furchtbaren Schlag abbekommen. Mich wundert, dass Ihr Schädel keine Fraktur aufweist.«

Er runzelte die Stirn. Schlag? Schädel? Wie? Er sah Cat an.

»Schon gut«, sagte sie. »Du kannst dich nicht daran erinnern. Das ist normal. Es wird dir wieder einfallen. Vielleicht auch nicht, aber du hast keinen Hirnschaden, dein CT war ohne Befund.«

»Ein CT? Das, was passiert ist …«

»Wir machen uns keine Sorgen um Ihren Kopf oder die anderen Verletzungen, die verheilen gut. Wenn der Arm nicht wäre, hätten wir Sie schon entlassen.«

Simon spürte, wie sein Kopf klarer wurde. »Also … was genau ist mit meinem Arm passiert?«

»Im Wesentlichen wurde er durch den Müllzerkleinerer gedreht.«

Müll? Zerkleinerer? Aber er nickte.

»Wir haben alles getan, was zu dem Zeitpunkt möglich war, doch wir mussten abwarten, um genau feststellen zu können, was noch zu retten ist. Wir machen noch ein CT, und wenn wir uns das angesehen haben, sollte die Sache klarer sein – solche Verletzungen verheilen durchaus. Ich möchte Ihren Arm gerne retten, Simon, und nach den letzten Aufnahmen bin ich mir ziemlich sicher, dass ich es kann. Allerdings wissen wir das erst, wenn ich Sie wirklich auf dem OP-Tisch habe. Selbst dann sieht die Sache manchmal gut aus, und trotzdem gibt es auf halber Strecke ein Problem. Aber damit rechne ich nicht. Ich gehe nie von Problemen aus.«

»Wenn Sie sagen, meinen Arm ›retten‹ …«

»Ja.«

»Soll das heißen, er wird so gut wie neu?«

»Das kommt drauf an. Ich hoffe, wir können ihn zu 80 oder womöglich sogar 90 Prozent wiederherstellen – das wird die Zeit zeigen, und jede Menge Physiotherapie. Hundert Prozent sind unwahrscheinlich.«

»Verstehe.«

»Physiotherapie ist unbedingt notwendig, und Sie dürfen

Ihre Übungen nicht schleifen lassen, nicht ein einziges Mal. Ich werde alles tun, was ich kann, so wie alle anderen auch, doch danach hängt es von Ihnen ab.«

»Darüber mache ich mir keine Sorgen. Es war der Gedanke, den Arm zu verlieren.«

»Ich bin zuversichtlich. Aber wir machen die Aufnahme, und wenn ich die habe, kann ich planen. Die Verbände müssen entfernt werden, aber wir bringen Sie gleich runter, und dann bekommen Sie einen neuen Verband. Das wurde sowieso jeden Tag gemacht.«

Plötzlich fiel es ihm ein. Man hatte ihm so viel Schmerzmittel verabreicht, dass er nichts gespürt hatte, und ihm gesagt: »Schauen Sie nicht hin, das ist mein Rat. Wenden Sie sich ab. Verletzungen fangen immer an wehzutun, wenn man hinschaut.«

Er hatte den Kopf zur Seite gedreht. Alles war taub gewesen.

»Wie lange dauert es nach dem CT noch bis zur Operation?«

»Wenn alles gut aussieht, wahrscheinlich bis Montagmorgen. Ich muss es in meinem Terminkalender unterbringen. Diese Art der Wiederherstellung nimmt Zeit in Anspruch.«

Die Operation dauerte sieben Stunden, so wurde es ihm zumindest gesagt, sieben Stunden, die nichts bedeutet hatten, und jetzt trieb er wieder auf dem Wasser, schwebte, selig. Sein Leben zog ruhig vorüber.

Die Tür ging auf, und er erblickte einen Mann in dunkler Khakihose, hellblauem Sweatshirt. Dunkle, krause Haare. Simon dachte an seine eigenen blonden Haare und stellte fest, dass er sie seit einiger Zeit nicht mehr aus der Stirn hatte streichen müssen. Wie lange schon? Seit Jahren vielleicht.

»Wo sind meine Haare?«, fragte er den Mann, der so viele hatte.

»Die mussten für die Reparatur abrasiert werden, glaub ich. Keine Bange, die wachsen nach.« Der Mann hatte sich auf den Stuhl neben dem Bett gesetzt. Simon kannte ihn. Kannte ihn ziemlich gut.

»Hi«, sagte er, um Zeit zu gewinnen.

»Cat lässt schön grüßen, und sie ist froh, dass alles gut aussieht, aber sie musste für einen Kollegen einspringen – offensichtlich stand niemand anders zur Verfügung. Sie kommt morgen wieder her.«

Also kannte der Mann Cat.

»Ich wünschte, mein verdammtes Hirn käme wieder in Gang. Hab es satt, durch Watte zu denken.«

»Das sind die Medikamente.«

Also wusste er auch darüber Bescheid.

Der Bolzen schnappte zurück, und die Tür sprang auf. »Chief …«, sagte Simon. Er wollte sich aufsetzen, doch sein Körper war mit Bleigewichten bedeckt.

Kieron Bright lächelte. »Der bin ich«, sagte er. »Keine Sorge, auch das liegt an den Medikamenten. Wie geht's denn so?«

»Komisch. Hören Sie, die haben mir nicht viel gesagt. Was ist passiert?«

Kieron brauchte eine halbe Stunde, um es ihm zu erzählen. Serrailler hatte den Eindruck, dass er ihm einige Einzelheiten ersparte, vielleicht nur fürs Erste, aber das, was ihm zugestoßen war, wurde in groben Zügen klar, und während der Chief redete, tauchte hin und wieder so etwas wie ein Schimmern am Horizont seines Verstandes auf und verschwand wieder. Er erinnerte sich, wenn auch nicht an alles, und doch schien es vertraut, ergab einen gewissen Sinn.

»Über Ihre Verletzungen kann ich Ihnen nicht viel sagen, das haben die Ärzte ja wohl getan.«

»Nicht so richtig.«

»Sie haben es Ihnen gesagt – wahrscheinlich haben Sie

nicht alles aufgenommen, was ja verständlich ist.« Er lehnte sich zurück, die Arme verschränkt. In Freizeitkleidung wirkte der Chief jünger, was normal war. Goldtressen verliehen Würde, und Würde ging mit Alter einher. Er war nur vier Jahre älter als Simon.

»Danke, dass Sie gekommen sind.«

»Ich war vorher auch schon hier, aber Sie waren nicht bei Bewusstsein. Gut, Sie jetzt zu sehen. Wir haben uns Sorgen gemacht.«

»Ich bin nicht unterzukriegen.«

»Sieht ganz so aus. Ihre Schwester war sich nicht so sicher.« Er schlug ein Bein über das andere und stellte sie dann wieder nebeneinander. Simon merkte ihm eine gewisse Anspannung an, oder auch eine Art Beklemmung – er konnte es nicht einordnen, obwohl der Dunst, der sein Hirn umnebelt hatte, sich langsam wieder auflöste. Und sein Arm tat weh.

»Ich bin ein paarmal mit ihr ausgegangen.«

»Mit Cat?«

»Ja. Ich hoffe, das stört Sie nicht.«

Simon lachte. »Damit hab ich nichts zu tun – ihr Leben ist ihre Sache.«

»Aber Sie stehen einander sehr nah.«

»Ja ... das war schon immer so. Komisch – man hätte das von Ivo und mir erwartet, doch das war nie der Fall. Er war immer der Sonderling. Ivo ist ganz anders.«

»Das hat Cat auch gesagt.«

Also hatte sie darüber gesprochen, was Cat nur selten tat. Sie war nie besonders zurückhaltend gewesen, was sie selbst betraf, ihre Ehe, Beruf, Kinder, Beschäftigungen, aber im Hinblick auf sie drei schon, so wie er selbst. Wie Ivo das hielt, wusste Simon nicht. Australien hatte Ivo schon gereizt, bevor er Arzt geworden war, und sobald er seine Ausbildung abgeschlossen hatte, war er nicht mehr zu halten gewesen. Er war nie zurückgekommen.

Als Kieron gegangen war und bevor die nächste Ladung Schmerzmittel zu wirken begann, hatte er einen klaren Moment, in dem er über den Mann nachdachte, als Chief Constable und somit seinen Chef und auch als jemanden in einer Beziehung mit seiner Schwester – wie auch immer die letztendlich aussehen mochte.

Er drehte und wendete den Gedanken, nahm jede Seite sorgfältig unter die Lupe, die Vorstellung der beiden als Paar war wie ein Erdball, den er in Händen hielt.

Nichts wirkte falsch daran. Nichts beunruhigte ihn.

»Wie fühlt es sich an?« Die forsche Schwester ohne Lächeln. Ohne Lächeln, aber nicht ohne Mitgefühl, dachte er, doch sie würde sich niemals beim leisesten Anzeichen von Mitgefühl ertappen lassen. Ein bisschen so wie er.

»Auch wenn die Medikamente noch nicht abgesetzt werden können, ist es eigentlich nicht so schlimm – verdammt viel besser als vorher.«

»Gut.«

»Wann kann ich es sehen?«

»Das hat Mr Flint zu entscheiden. Morgen vielleicht.«

»Wann kann ich ihn denn wieder benutzen? Nein – vergessen Sie's. ›Mr Flint wird entscheiden.‹ Aber liebe, *liebe* Schwester, könnten Sie nicht Mr Flint sein, nur für einen kurzen Moment?« Er zog eine Augenbraue hoch. Sie warf die benutzte Spritze in den Abfalleimer, streifte ihre Gummihandschuhe ab und warf sie weg. Beim Hinausgehen sagte sie: »Übertreiben Sie es nicht.«

Könnte sein, dass sie gerade gelächelt hat, dachte Simon.

Am nächsten Morgen hielt sie seinen rechten Arm, und eine andere Schwester schob den Infusionsständer, als Simon zum ersten Mal aufstand und mit langsamen Schritten über den Flur ging. Seine Beine waren unsicher, als warteten sie auf eine Anleitung, wie sie sich vorwärtsbewegen sollten, erst das eine, dann das andere, und als sie an die Kreuzung mit einem anderen Flur kamen, funktionierten sie wieder.

»Ich kann jetzt allein weitergehen.«

»Was habe ich gesagt?«

»Ich soll's nicht übertreiben?«

»Dann halten Sie sich daran. Das war schon sehr gut, und Sie können später noch einen Ausflug machen.«

Simon freute sich wie ein Kind über fehlerfreie Hausaufgaben.

Zwei weitere Spaziergänge durch die Flure, und er wurde schneller. Das Gehen fühlte sich wieder normal an. Die Prellungen und Quetschungen, die er am Körper, an den Beinen, am rechten Arm festgestellt hatte, ließen nach und heilten rasch. Im Spiegel sah er, dass seine Haare inzwischen über die meisten Narben und Stiche vorn am Kopf gewachsen waren. Ob man sie wieder abrasieren würde, wenn die Fäden gezogen wurden? Würde man sie ziehen? Er wollte fragen, doch die Schwestern waren gegangen. Er fühlte sich plötzlich erschöpft, dann wurde ihm sehr kalt. Die Betten waren gewöhnungsbedürftig. Er brauchte eine Daunendecke, nur gab es die in Krankenhäusern nicht.

»Abendessen.«

Das Tablett mit dem Blechdeckel über dem Teller. Eine Beilage, die wie Obstsalat aus der Dose und Vanillepudding aussah. Der junge Mann hob den Deckel mit einem Tusch hoch, und der Geruch von Blumenkohl stieg auf. Blumenkohl. Ein Stück Quiche. Drei kleine Kartoffeln.

»Ich habe eigentlich gar keinen Hunger. Würden Sie das bitte wieder mitnehmen?«

Der Mann lächelte und sagte: »Sie müssen probieren.« War er Pole? Rumäne? »Essen ist wichtig. Nicht essen, nicht gesund werden. Okay?«

Und er ging schwungvoll zur Tür hinaus. Die Räder des

Rollwagens quietschten im Flur, und die Blechdeckel über den Tellern schepperten.

Er konnte nicht essen. Er hätte keinen Bissen runtergebracht, obwohl er das Glas Wasser trank und versuchte, sich zum Krug auf seinem Nachttisch hinüberzubeugen, um nachzuschenken. Aber er kam nicht dran.

Ihm war so warm, dass er sich krank fühlte. Krank vom Essensgeruch und der Hitze, von Kopfschmerzen und dem Pochen im linken Arm.

Nachdem er lange Zeit still gelegen und sein Zustand sich verschlimmert hatte, fragte er sich, ob jemand kommen würde und was er mit seinem Tablett anfangen sollte, fragte sich am Ende, wo er war und warum. Da fiel ihm etwas auf der Bettdecke auf. Er war verwirrt, was es sein könnte, streckte aber die Hand aus und stellte fest, dass da ein Knopf war, den er drücken konnte.

»Der Alt ist noch immer nicht im Einklang. Ich weiß, es ist kompliziert, aber bitte noch einmal.«

Es war kompliziert. Sie probten das Stück von John Tavener jetzt seit einem Monat und bekamen es kaum in den Griff. Der Alt hatte Schwierigkeiten. Cat quälte sich. Das Mozart-Requiem, das die St.-Michael-Singers im selben Konzert aufführten, war im Vergleich dazu ein Kinderspiel.

»Das ist nicht schwerer als der Britten, den wir Weihnachten hatten – los jetzt, konzentriert euch.«

»Ist viel schwerer«, murmelte Cats Nachbarin, die im Alt sang. »Also echt, wir sind doch nicht der Chor der Londoner Philharmoniker.«

»Nein, Nancy – wir streben an, sogar noch besser zu sein. So, zurück zu Seite vier bitte.«

Andrew Browning, der Chorleiter, war ein strenger Zuchtmeister, der es viel genauer nahm als sein Vorgänger. Er hieß im Chor bereits Browning der Grausame.

»Eins, zwei, drei *und* …«

Cats Handy vibrierte in ihrer Tasche. Sie ignorierte es. Es vibrierte alle paar Minuten, und sie ignorierte es weiter. Wenn Sam wieder mal seinen Haustürschlüssel vergessen hatte, konnte er im Gartenschuppen warten.

Sie meisterten eine schwierige Partie, und plötzlich klappte es. Vielleicht war Tavener am Ende doch zu schaffen.

Sie machten Pause, um etwas zu trinken, und Cat sah auf ihr Handy. Sams Name tauchte auf dem Display auf. Nein, dachte sie, ein Mal zu viel, Sambo, das wird dich jetzt lehren, an deinen Schlüssel zu denken. Sie stellte sich vor, wie er im Schuppen hockte und darauf wartete, dass sie nach Hause kam.

»Cat, da möchte dich jemand sprechen.«

Sie blickte auf. Sam war nicht im Gartenschuppen, er kam durch den Vorraum auf sie zu, und seine Miene sagte ihr, dass es diesmal nicht um einen verlorenen Schlüssel ging.

»Wie bist du hergekommen?«

»Kieron. Er war der Einzige, der mir einfiel, weil du nicht ans Handy gegangen bist. Du musst mitkommen, der Wagen wartet.«

»Welcher Wagen? Wozu?«

»Simon. Das Krankenhaus hat angerufen. Mum – beeil dich.«

Kieron war in vielerlei Hinsicht nicht so wie ihr Mann Chris, aber in zwei Punkten – und beide spielten für sie eine große Rolle – stimmten sie überein. Chris war ruhig und unerschütterlich gewesen. Das war Kieron auch – wahrscheinlich sogar noch mehr. Die zweite Ähnlichkeit wurde ihr auf dem Heimweg zu später Stunde in dieser Nacht bewusst. Kieron fragte sie nicht, wie es ihr ging, versuchte nicht, das Geschehene schönzureden, sagte nicht ein einziges Mal über Simon »Na ja, wenigstens ist er …«. Er saß neben ihr auf dem Rücksitz des Wagens, hielt ihre Hand und sagte erst etwas, als sie zu reden begann. Sie fuhren rasch und zügig, mussten aber nicht rasen, um zu Simon zu gelangen. Es war passiert. Sie waren rechtzeitig eingetroffen und hatten noch gesehen, wie er vom Operationssaal zu seinem Zimmer gefahren wurde. Der Chirurg, der noch in seiner OP-Kleidung hinter ihm herauskam, winkte ihnen zu, ihm in eine leere Nische zu folgen. Er und Kieron standen, Cat setzte sich auf den einzigen Stuhl.

»Tut mir leid, ich konnte nicht auf Sie warten. Zeit ist entscheidend – die Infektion in seinem Arm hat sich rasch ausgebreitet, und wenn ich sie nicht in den Griff bekommen hätte, wäre er womöglich an einer Sepsis gestorben. Sah schlimm aus.«

»Also mussten Sie amputieren.«

»Mir blieb nichts anderes übrig. Es ist zum Verrücktwerden, denn ich war mir ziemlich sicher, dass ich den Arm gerettet hatte. Hat lange gedauert, aber es funktionierte. Alles lief nach meiner Vorstellung, und es sah besser aus, als ich zu hoffen gewagt hatte.«

»Und dann das.«

»Sepsis ist immer ein Risiko, auch wenn wir noch so vorsichtig sind.«

»Ich sage den Leuten oft, dass sie, was Infektionen angeht, außerhalb von Krankenhäusern sicherer sind als drinnen.«

Der Chirurg zuckte mit den Schultern. Er wirkte sehr erschöpft, das Gesicht grau, dunkle Ringe unter den Augen. Mitternacht war längst vorbei.

»Sie können reingehen und kurz bei ihm bleiben, aber er wird wahrscheinlich gar nicht mitbekommen, dass Sie da sind.«

»Aber er kommt doch wieder auf die Beine?« Kieron hatte zum ersten Mal etwas gesagt.

»Ja. Der Infektionsherd ist weg, und der Patient wird mit den stärksten Antibiotika vollgepumpt, die wir haben und nur sehr sparsam anwenden. Seine Temperatur ist gesunken. Ja, er wird wieder gesund. Ich weiß noch nicht, wann ich ihn entlassen kann, aber ich sehe keinen Grund, warum er nicht in zwei Wochen nach Hause könnte. Dann fängt alles an.«

»Physiotherapie?«

»Ja, aber vor allem die Anpassung einer Prothese. Damit soll begonnen werden, sobald keine Gefahr mehr besteht. Ich werde ihn an die besten Spezialisten überweisen.« Er richtete sich auf. »Morgen bin ich fix und fertig.«

Nachdem er gegangen war, standen sie noch ein paar Minuten schweigend zusammen. Im OP-Bereich war es ruhig. Zu dieser Nachtzeit fanden nur Notoperationen statt, und davon gab es gerade keine. Nur selten war es in Krankenhäusern derart still.

Kieron streckte die Hand aus. »Hör zu, du willst ihn sicher sehen, aber nicht heute Nacht, wenn er noch ohne Bewusstsein ist. Ich habe im Büro angerufen und Bescheid gegeben, dass ich mir morgen freinehme, sie sich aber in dringenden Fällen melden können. Daher schlage ich vor, ich suche uns ein Hotel, da gehen wir hin, bekommen etwas zu trinken und hoffentlich wenigstens ein Sandwich und kommen morgen gleich wieder her. Und« – er legte eine Hand auf ihre – »keine Bedingungen. Zwei Zimmer.«

»Ich habe nicht …«

»Ich weiß. Ich auch nicht. Komm, heute Nacht kannst du nichts mehr tun, und du brauchst Schlaf.«

Das zu einer Kette gehörende Hotel lag eine Meile entfernt. Es war sauber, gemütlich, hatte Zimmer frei und eine Bar, die noch offen war. Cat hatte das Gefühl, zu schwimmen, statt auf festem Boden zu gehen, als sie Kieron an einen Tisch folgte. Ihre Gefühle für Simon hatte sie in eine Ecke ihres Bewusstseins geschoben, die Ärzte genau für diesen Zweck vorsehen. Wenn man mit schockierenden und verstörenden Tatsachen nicht zurechtkam, lernte man schnell, sie irgendwo abzustellen. Nicht jedoch zu begraben. Auf diese Weise begannen abgelagerte Probleme zu gären.

Kieron hatte zwei doppelte Whisky und einen Krug Wasser geholt. Mitternachtssnacks waren noch bis zwei Uhr zu haben. Er hatte Omeletts bestellt.

»Alles in Ordnung?«

Cat schüttelte den Kopf. »Bei mir schon. Ich kann damit umgehen. Aber du musst mir eine Frage beantworten, Kieron. Die wichtigste nach ›Wird er überleben?‹.«

»Ich kann mir denken, um welche Frage es geht.«

»Na schön.«

»Vorausgesetzt, Simon ist so weit gesund, hat aber eine Armprothese, kann er dann noch bei der Polizei bleiben?«

Prüfend betrachtete sie sein Gesicht, konnte darin aber nichts erkennen.

»Natürlich kann er das. Absolut. Das steht außer Frage, und besonders bei der Kriminalpolizei. Es wäre auch bei der Schutzpolizei möglich, aber da gäbe es größere Umstellungen und ein paar Einschränkungen. Bei der Kriminalpolizei überhaupt nicht.«

»Und das stimmt?«

»Die Entscheidung liegt bei mir, sobald die Ärzte ihr Urteil gefällt haben und Simon mir sagt, dass er bleiben will. Das ist vielleicht nicht der Fall.«

»Oh, das wird er. Was sollte er sonst machen?«

»Zeichnet er mit der linken Hand?«

»Nein, er ist Rechtshänder. So gut er auch ist – und er ist gut –, er könnte nicht ausschließlich das machen. Er ist Polizist. Das hat ihn in über zwanzig Jahren zu dem gemacht, der er ist.«

»Er wird auch Polizist bleiben.«

Ihr Essen wurde gebracht, Cat aß ihr Omelett und trank ihren Whisky aus, solange sie die Augen offen halten konnte.

»Ich muss mich noch um ein paar Sachen kümmern. Geh du ins Bett. Wir können frühstücken, bevor wir ihn besuchen, dann muss ich wieder zurück nach Lafferton.«

»Danke«, sagte sie, und ihre Augen füllten sich mit Tränen, mit denen sie nicht gerechnet hatte. »Ohne dich hätte ich das nicht durchgestanden.«

»Natürlich hättest du. Ich bin nur froh, dass du es nicht musstest.« Er streckte die Hand aus, und sie drückte sie kurz, bevor sie ihre letzten Energiereserven nutzte, um hinauf in ihr Zimmer und ins Bett zu gehen.

Kieron trank seinen Whisky und blieb noch sitzen, dachte über einen Detective Chief Superintendent nach, der mentale und emotionale sowie extreme physische Traumata durchgemacht hatte und der sich jetzt mit einer langsamen, schwierigen Reise zu einer wie auch immer gearteten Genesung konfrontiert sah. Kieron waren die großen Fortschritte bei Prothesen bekannt, die bionischen Arme, die so angepasst werden konnten, dass sie Anweisungen direkt aus dem Gehirn folgten, um fast wie ein natürlicher Arm zu funktionieren. Er wusste, dass Serrailler hinsichtlich seiner Arbeit geringfügige Nachteile würde hinnehmen müssen. Er könnte einen Computer benutzen und mit dem Auto fahren, sowie bei allen Aspekten der Arbeit in Höchstform sein, die überhaupt nicht betroffen wären – Verhöre, Fälle durcharbeiten, Besprechungen mit Kollegen, ein Team einweisen.

Er kam jedoch nicht umhin, sich klarzumachen, dass Simon nicht unkompliziert war. Er war ein guter Ermittler, hatte allerdings persönliche Probleme, die er vielleicht nie lösen würde, und obwohl sie seine Arbeit in der Vergangenheit nicht beeinflusst hatten, könnten sie jetzt an die Oberfläche kommen, zu einem Zeitpunkt, an dem er absolut hilflos war, und zu Schwierigkeiten führen. Das konnte man nicht wissen. Er selbst konnte nur beobachten und abwarten, Hilfe und Unterstützung geben, soweit es ihm möglich war, und weder zu viele noch zu wenige Erwartungen haben. Er könnte auch den anderen im Lafferton-Team klarmachen, wie wichtig es wäre, sich genauso zu verhalten.

Die Bar war leer. Er trank den letzten Tropfen Scotch mit viel Wasser und stand auf. Hoffentlich konnte Cat schlafen.

Cat. Sie war eine starke, unverwüstliche, fähige Frau, eine gewissenhafte Ärztin, eine liebevolle Alleinerziehende. Doch ihm war früh aufgefallen, dass sie verletzlich war, nicht nur durch ihre Kinder, sondern durch ihren Bruder. Sie kannte Simon so gut wie niemand sonst – besser wahrscheinlich, als er sich selbst kannte. Sie würde voll und ganz verstehen, wie ihn dieses Trauma treffen würde, und nicht auf eine für alle sichtbare Weise. Physisch würde er zurechtkommen. Aber seine Genesung bedeutete sehr viel mehr als nur ein wenig Rehabilitation und Physiotherapie. Serrailler würde die Hilfe aller benötigen, und vor allem würde er Cat brauchen, und sie würde ihm alles geben, worum er bitten würde, und noch mehr.

Als Kieron durch das Foyer des Hotels zum Lift ging, stellte er sich besorgt die Frage, ob sie neben ihrem Bruder und ihren Kindern noch für jemand anderen Platz haben würde.

Kurz nach sechs Uhr wachte er auf und konnte nicht wieder einschlafen. Das Zimmer war recht gemütlich, aber überheizt, und die Fenster ließen sich nicht öffnen. Er ging hinaus. Die Straßen um das Hotel waren öde wie alle Straßen in Gegenden, die an ein Industriegebiet und eine Autobahn grenzen. Kieron wäre gelaufen, wodurch langweilige Orte schon allein deshalb weniger eintönig werden, weil man keine Zeit hat, sie wahrzunehmen, musste sich jedoch mit schnellem Gehen begnügen, da er keine Sportkleidung mitgenommen hatte. Er ging vierzig Minuten lang, um Büroblocks aus Beton und Metall, Lagerhäuser, Supermärkte, die

Parkplätze, die sich bereits füllten. Eine Meile weiter rechts erblickte er das Flachdach des Krankenhauses. Er kehrte um.

Cat war noch nicht aufgestanden, also holte er sich Kaffee und warf einen Blick auf sein Handy. Keine Nachrichten. Er wartete noch eine halbe Stunde, las die Zeitungen, bevor er im Präsidium anrief. Seine Assistentin war da, aber auch sie hatte nichts für ihn. Er verspürte eine eigenartige Unruhe, als sollte er vor Ort sein, um etwas in Gang zu bringen, was es auch sein mochte. Er rief den diensthabenden Sergeant an.

»Nichts zu melden, Chief. Ein paar Verkehrsunfälle auf der anderen Seite des Countys und alle versorgt. Eine Einbruchsmeldung, aber falscher Alarm.«

»Dann war die Nacht überall ruhig.«

»Ziemlich. Nur eine Meldung, und das ist wahrscheinlich nichts. Lafferton. Jemand hat in der Nähe der alten Lagerhäuser am Kanal einen Brand gelegt. Wie so ein Feuer zur Guy Fawkes Night – Kleinholz, Stöcke, ein paar tote Äste. Papier. Angehäuft in Form eines Wigwams. Obendrauf lag ein Fahrradreifen, sie hatten gut einen halben Kanister Lack drübergeschüttet. Der Geruch hat alle aufgeschreckt, ziemlich viele haben angerufen – hinzu kam noch der dichte, schwarze Qualm. Die Feuerwehr hat es in null Komma nichts gelöscht und alles in Ordnung gebracht, aber es war seltsam. Wer würde sich die Mühe machen?«

»Ein Irrer. Kein Schaden?«

»Nicht einmal an überhängenden Büschen.«

»Wenn beim nächtlichen Feiern nichts Schlimmeres rausgekommen ist, können wir uns nicht beklagen.«

Als er das Gespräch beendete, kam Cat herein.

»Frühstück. Du solltest etwas essen«, sagte Kieron. Die Anstrengung des vorigen Tages überschattete ihr Gesicht.

»Können wir direkt ins Krankenhaus fahren?«

Er nötigte sie, Kaffee zu trinken, doch sie blieb dabei stehen. Eine Viertelstunde später waren sie in Simons Zimmer.

Er saß aufrecht, überall Infusionsbeutel und Schläuche, die Geräte piepten ununterbrochen. Er war bleich, sein Gesicht schien schmaler, aber er trank mit einem Strohhalm aus einem Plastikbecher.

»Einarmiger Bandit«, sagte er. Es klang nicht wie ein Witz.

»Ich lasse euch beide mal allein und hole mir Kaffee.«

Doch Serrailler hob die Hand.

»Ich weiß, warum Sie hier sind. Raus mit der Sprache.« Er klang erschöpft.

»Was werde ich denn sagen? Sagen Sie es mir.«

Cat schaute vom einen zum anderen, als wären sie zwei kleine Jungen, die sie beim Zanken erwischt hatte, obwohl sie sich gegenseitig helfen sollten.

»Si …«

»Schon gut. Er soll es nur ausspucken, dann kann er gehen.«

Teils lag es an den Medikamenten, teils am Schmerz, aber sie kannte ihn, kannte seinen Stolz und seine Wut, und wusste, dass er, wie immer, lieber auf der Stelle vom Schlimmsten getroffen wurde.

Kieron seufzte und stellte sich nah ans Bett. Er streckte die Hand aus und berührte Simons Schulter leicht mit einem Finger.

»Hören Sie«, sagte er. »Sie haben viel vor sich. Ich weiß nicht einmal die Hälfte, und ich nehme an, Sie auch nicht, noch nicht. Aber ganz gleich, wie lange es dauert, Sie werden zurückkommen. Detective Chief Superintendent, Vollzeit, sobald man Ihnen grünes Licht gibt. Gar keine Frage, weil Sie nämlich zu wertvoll sind, und es wird keine Einschränkungen Ihrer Tätigkeit geben. Verstanden?«

Simon schaute ihn lange an und nickte.

»Dann gibt es nichts mehr zu sagen. Konzentrieren Sie sich darauf, gesund zu werden.«

»Chief.« Sein Mundwinkel zuckte ganz leicht.

Kieron nickte ihm zu und machte sich auf die Suche nach der Kantine.

Cat lächelte. Kieron hatte ihren Bruder richtig eingeschätzt. Das war entscheidend, in mehr als einer Hinsicht.

Sie setzte sich neben das Bett. »Schöne Scheiße«, sagte sie, »das Schlimmste überhaupt. Sie können ihr Bestes tun, aber das Risiko einer Infektion besteht immer.«

»Es ist vorbei.«

»Möchtest du, dass ich es mit dir durchspreche, oder möchtest du es lieber denen überlassen? Wäre besser. Sie sind die Experten.«

»Du bist nicht meine Ärztin, du bist meine Schwester. Dabei wollen wir es belassen.«

»Schön. Wie du willst. Aber du weißt –«

»– dass du für mich da bist, wenn ich meine Meinung ändere? Ja, ich weiß. Danke. Da wäre nur noch eins – werde ich hierbleiben, oder werden sie mich nach Hause verfrachten … oder was sonst?«

»Das weiß ich nicht, allerdings werden sie dich wahrscheinlich entlassen, sobald sie sicher sind, dass die Infektion unter Kontrolle ist. Die Antibiotika, die sie dir verabreichen, sind ziemlich stark, und du wirst sie noch zwei Wochen einnehmen müssen, in Tablettenform. Wenn der Chirurg ansonsten zufrieden ist, musst du kein Bett mehr belegen. Nur nach Hause können sie dich nicht schicken.«

»Wieso?«

»Du bist willensstark, Si, aber du wurdest durch die Mangel gedreht. Dass du jetzt gleich wieder alleine in deiner Wohnung bist, ist keine Option. Am besten wäre, du kämst zu uns. Ich würde dich keine Stunde länger als notwendig festhalten, ich will nur sicher sein, dass du gesund bist, bevor du nach Hause gehst.«

»Ja, Frau Doktor.«

Cat empfand eine Mischung aus Erleichterung und Sorge.

Sofortige Zustimmung zu einem Vorschlag, der in irgendeiner Weise mit ihm zu tun hatte, war nicht das, was sie erwartet hatte.

»Sag mal ehrlich … wie geht es dir? Ich meine nicht Schmerzen, Unwohlsein … all das, ich meine … Si, du hast einen Arm verloren. Unterschätz nicht, wie sich das auf dich auswirkt … auf deine Stimmung, deine Verfassung, dein sonst so gutes Körpergefühl. Das steckt man nicht so einfach weg.«

Er starrte vor sich hin, und sie konnte seinen Ausdruck nicht deuten. Vor dem Zimmer die üblichen Krankenhausgeräusche. Sie hatte ihre Ausbildungsjahre in Kliniken geliebt, hätte aber nie eine Krankenhaus-Laufbahn einschlagen wollen, und jetzt wurde ihr noch deutlicher, dass sie die richtige Entscheidung getroffen hatte. Patienten kamen und gingen innerhalb von Tagen, manchmal Stunden, man hatte kaum eine Chance, sie kennenzulernen, schon gar nicht, ihre Geschichten weiterzuverfolgen. Sie war eine Ärztin, die Kontakt zu ihren Patienten brauchte. Weder Chirurgie noch Anästhesie hatten sie gereizt, zum Teil weil Beziehungen zu den Patienten einfach fehlten.

»Ich weiß erst, wie ich hiermit zurechtkomme, wenn ich herausgefunden habe, was mich am Ende erwartet«, sagte Simon. »Und wozu ich am Ende fähig sein werde. Zum Glück ist es mein linker Arm, mehr kann ich im Moment nicht sagen. Schenkst du mir bitte etwas Wasser ein?«

Als sie ihm das Glas in die Hand drückte, schaute er ihr in die Augen.

»Aber eins sage ich dir.«

Er behielt sie fest im Blick, während er langsam trank. Cat wartete, spürte, dass etwas Wichtiges kommen würde, wollte ihn nicht drängen oder ihn derart in Verlegenheit bringen, dass er verstummte. Sie unterhielten sich oft, und manchmal erzählte er ihr etwas, zuweilen gab er bruchstückhaft Andeutungen über sich preis, über sein Innenleben, aber sie war sich stets seines streng privaten Inneren bewusst, in das sie niemals eindringen durfte. Sie hatte gelernt, das zu respektieren.

Er reichte ihr das leere Glas und drückte dabei kurz ihre Hand.

»Du solltest den Chief heiraten«, sagte er.

I

Beim letzten Mal, als Serrailler auf die Insel kam, war er in einem kleinen Flugzeug vom Himmel gefallen. Diesmal näherte er sich über das Meer mit der regulären Fähre, die außer ihm noch zwei Wanderer und einige Transportkisten übersetzte.

Taransay war dunkelbraun und lag gold gestreift in der Sonne. Er hatte vergessen, wie klein das einzige Dorf war, ein Haufen niedriger Häuser aus grauem Stein mit Blick auf das Wasser. Die Straße, die dahinter aus dem Ort führte, zog sich als blasse Linie eine Meile lang hin, bevor sie in einen Feldweg mündete, der sich auf und ab und rundherum durch die Hügel schlängelte, wo es vereinzelte Cottages und zwei Farmen gab. Ansonsten war es leeres, wildes Land. Ein paar Gebäude im Schutz der Sandbuchten waren in Ferienhäuser umgewandelt worden, doch sobald der September ins Land gezogen war, standen sie leer, und die Insulaner igelten sich für einen weiteren Winter ein.

Simon saß an Deck. Der Himmel war leicht bewölkt, und ausnahmsweise wehte nur eine Brise, kein Wind. Wenn man den Rausch stürmischer Winde spüren und sich von ihrer Kraft wegfegen lassen wollte, war Taransay mit den benachbarten Inseln genau das Richtige.

Während sie auf der leichten Dünung in den Hafen glitten, hatte er das eigenartige Gefühl, sein früheres Leben wieder zu betreten, als wäre er damals ein anderer Mensch gewesen. Fast sechs Jahre war es her, es hätten auch sechshundert sein können. Er war jung gewesen. Fit, gesund, unversehrt, aber jetzt war er nicht unversehrt, obwohl die physischen

Auswirkungen nach dem Verlust eines Arms aus Fleisch und Knochen und dem Ersatz durch eine Prothese viel leichter zu verkraften gewesen waren als die psychischen. Der Verlust seines Arms verfolgte ihn. Fast jede Nacht träumte Simon, der Arm wäre noch ein fester Bestandteil seines Körpers. Er fühlte sich unvollständig, wenn sich auch Kraft und Geschicklichkeit verbesserten und er sich daran gewöhnte, neue Wege für Gewohntes zu suchen.

Möwen rauften sich zu einem lauten, gefräßigen Pack hinter der Fähre zusammen, als sie einbog und gemächlich zum Liegeplatz am Kai tuckerte. Simon stand auf, streckte sich und schaute sich um.

Ein großer Mann. Eine nur etwas kleinere Frau. Und ein kleiner Junge. Sie standen zusammen. Die Männer aus den Lagerhäusern und dem Pub waren wohl schon unten, um mit dem Entladen anzufangen, sobald die Bright Lass vertäut war, die Gangway herabgelassen wurde und die Passagiere an Land gehen konnten. Simon wollte auf den Kai springen. Er wollte auch umkehren und sich unter Deck verkriechen, bis die Fähre bereit zur Rückfahrt war.

Douglas hatte ihn entdeckt. Kirsty winkte. Der kleine Junge stand da, beide Hände in den Taschen seiner kurzen Hose. Beobachtete.

Douglas rührte sich zuerst, griff nach Simons Reisetasche und klopfte ihm auf den Rücken. Was immer in der Vergangenheit zwischen ihnen geschehen war, gehörte tatsächlich der Vergangenheit an, und als Kirsty ihn fest umarmte, war es natürlich, kam von Herzen, vor allem aber war es freundschaftlich und deutete nicht auf das hin, was vor einigen Jahren zwischen ihnen gewesen war. Und Douglas störte es offenbar kein bisschen.

»Das ist Robbie.«

Der kleine Junge hatte schlickbraunes Haar, graue Augen wie ein Seehund und viel Ähnlichkeit mit seinem Vater. Er streckte die Hand aus, und Simon schüttelte sie feierlich, wobei ihm der prüfende Blick des Jungen nicht entging.

»Kann ich deinen bionischen Arm mal sehen?«, fragte er.

»Robbie! Was habe ich dir gesagt, bevor wir aus dem Haus gegangen sind?«

»Ihn nicht nach seinem bionischen Arm zu fragen, ich weiß, aber es ist doch so spannend.«

»Ich werde ihn dir zeigen. Nur jetzt nicht.«

»Warum nicht jetzt?«

»Weil mein Arm und ich nach einer sehr langen Reise im Auto, zwei Zügen und einer Fähre müde sind.«

»Okay.« Robbie stieg auf den Rücksitz des Land Rovers. »Aber du zeigst ihn mir morgen, ja, wenn dein bionischer Arm ein bisschen ausgeruht ist? Versprochen?«

»Versprochen.«

Leise lächelnd schnallte Robbie sich an.

»Wenn es dir recht ist, noch zum Tee zu bleiben, bringe ich dich nachher zu deiner Unterkunft«, sagte Douglas, bog mit dem Rover in den Weg, der steil bergauf führte. »Oder würdest du dort lieber erst deine Sachen abstellen?«

»Das würde er lieber nicht, er würde viel lieber jetzt mit zu uns kommen.«

»Robbie, benimm dich!«

»Er hat doch recht. Ich würde gern zuerst zu euch kommen.«

Der Junge hatte den Blick nicht von ihm abgewandt. Er schaute auf Simons linken Arm und die Hand, die auf dem Sitz zwischen ihnen lag.

»Sieht das für dich irgendwie anders aus?«, fragte Douglas und deutete auf die Landschaft.

»Hat sich hier in tausend Jahren jemals etwas verändert?«

»Oh ja – vor tausend Jahren gab es mehr Menschen als Schafe und dementsprechend viele Farmen.«

»Alles noch genauso wie beim letzten Mal, als ich hier war.«

»Du hast unser Haus noch nicht gesehen.«

Auch das Haus sah unverändert aus – von vorn ein niedriger, cremefarbener Bungalow mit einem Feld ringsum und den Hügeln dahinter. Douglas hatte damals allein hier gewohnt. Doch als sie aus dem Wagen stiegen und um das Haus gingen, erblickte Simon dahinter einen Anbau mit einer Dachgaube und Blick über das Meer.

»Im letzten Monat sind wir endlich damit fertig geworden. Du weißt ja, wie es hier zugeht.«

»Siehst du, da? Kuck mal, Mr Simon, da oben – das ist *mein* Fenster. Von *meinem* eigenen Zimmer.«

»Wow, Robbie, was für eine Aussicht! Du könntest Schmuggler und Spione ebenso entdecken wie Vögel und Seehunde.«

Robbie riss seine grauen Augen auf. »Schmuggler?«

»Dafür brauchst du natürlich ein gutes Fernglas.«

»Och, das hab ich.«

»Und ein Teleskop wäre nützlich.«

Der Junge runzelte die Stirn. »Das müsste ich mir wünschen. Jedenfalls ist es ein guter Plan. Wenn du willst, kannst du mein Assistent sein.«

»Ach, Robbie, das wäre schön – aber du brauchst jemanden, der ständig zur Stelle ist, und ich muss in ein paar Wochen wieder zurück. Ich wäre dir keine große Hilfe.«

»Trotzdem, solange du hier bist. Wir könnten …«

»Du könntest die Schuhe ausziehen und Hände waschen vor dem Abendessen, das könntest du tun, Robbie Boyd. Los … ab mit dir.« Douglas schob einen Sack Kies beiseite, der vor der Tür abgestellt worden war.

»Du hast einen tollen Jungen, Kirsty.«

Sie lächelte. »Ja. Und im Frühling kommt das Nächste, aber wir haben es ihm noch nicht gesagt. Wir werden ihn gut vorbereiten müssen – er hat hier gern das Zepter in der Hand, unser Robbie.«

Simon ging hinter ihr ins Haus. Kirsty. Sie hatte sich nicht verändert. Sie war noch immer die große, freundliche, sorglose junge Frau, die er vor sechs Jahren kennengelernt hatte, ein kurzes Techtelmechtel, woraufhin er Douglas' Kinnhaken hatte einstecken müssen für den Schmerz, den er erlitten hatte. Doch sie war es nicht. Sie war Ehefrau, Mutter, ein tatkräftiges Mitglied der kleinen Gemeinschaft, die zusammenhielt, besonders in den langen, harten Wintermonaten. Kirsty war nicht mehr so frei, ungebunden und sorglos, obwohl sie noch immer freundlich war, noch immer ungezähmtes Haar hatte.

Er wünschte sich nicht, sie Douglas endgültig weggenommen zu haben. Das ganze Jahr über auf Taransay zu leben war nichts für ihn, die Enge und die Weltabgewandtheit der Insel würden ihn verrückt machen. Er wünschte ihnen alles Gute und war froh, dass sie ihre Kinder hier großzogen, die Gegend brauchte all das junge Blut, das sie bekommen konnte. Aber er beneidete sie auch. Ein Zuhause. Miteinander. Der kleine Robbie. Bald ein zweites Kind. Ein beständiges, ruhiges Leben.

Er zog die Stiefel aus, bevor er Kirstys behagliche neue Küche betrat, mit dem Meer vor dem Fenster und dem Herd, der eine wohlige Wärme ausstrahlte. Selbst wenn auf Taransay die Sonne schien, brauchte man noch Öfen und Holzfeuer.

»Ich sitze neben dir, Mr Simon.«

»Ja, Master Robbie, und du achtest auf deine Tischmanieren, und keine frechen Fragen, sonst wanderst du ab ins Bett.«

»Kannst du mit deiner bionischen Hand die Gabel halten?«

»Robbie …«

»Lass mal, Kirsty, schon gut. Ja, kann ich – ich kann viele erstaunliche Sachen damit machen, aber in ein paar Monaten bekomme ich eine noch tollere, und dann werde ich in der Lage sein, Knöpfe anzunähen und mich hinter dem Ohr zu kratzen.«

Die Prothese war vorerst einigermaßen bequem. Simon hatte monatelange Physiotherapie hinter sich, und es würden weitere Sitzungen folgen, sowie Unterweisungen, wie die hochmoderne neue zu benutzen war. Mit der Zeit würde er sich vollständig daran gewöhnt haben, hatte man ihm gesagt. Sie würde fast so vertraut, ihr Gebrauch so instinktiv sein wie der rechte Arm. Fast. Man hatte ihm noch etwas gesagt. »Dabei geht es nicht nur um die Mechanik Ihres Arms«, hatte Alex, der Physiotherapeut gesagt. »Oder um Ihr eigentliches Hirntraining, um mit all den kleinen Unterschieden zwischen Ihrem eigenen Arm und dem hier zurechtzukommen – was am Ende der Fall sein wird. Es geht um mentale Haltung. Akzeptanz.«

»Positives Denken?«

»Eher darum, nicht negativ zu denken. Das wird kommen, Simon.«

Und er wusste, dass der Prozess begonnen hatte. Physisch hatte er gut angefangen. Die psychologische Herausforderung war härter, wie Alex vorausgesehen hatte. Er hatte mit genügend Veteranen, Armlosen, Beinlosen und allen möglichen Kombinationen gearbeitet.

»Der Körper ist willig. Mit dem kann man viel leichter arbeiten als mit dem Verstand, der sich oft verweigert. Und das ist nicht mein Fachgebiet.«

Nur zu gern war Simon bereit gewesen, möglichst viele Stunden mit Alex zu arbeiten. Er hatte trainiert, sich angestrengt, war verwundert über seine Fortschritte. Doch wenn es um seine mentale Einstellung ging, hatte er sich Terminen mit polizeiinternen Beratern und solchen aus dem Reha-Team widersetzt, wohl wissend, dass er damit falschlag.

Sie aßen gegrillten Fisch aus dem Tagesfang, Pommes frites

und Bohnen aus Kirstys reichhaltigem Gemüsegarten. Auf den Inseln war nur schwer an frisches Obst und Gemüse heranzukommen, wenn man es nicht selbst anbaute – und das war nicht einfach bei einem kurzen Sommer, schwierigen Bodenverhältnissen und einem fast ständig vom Meer her blasenden Wind.

Robbie wurde sehr still, sobald der Apfelkuchen gegessen und der Orkney-Käse und die Haferplätzchen in Angriff genommen waren. Er rutschte ein Stück auf seinem Stuhl nach unten und regte sich nicht.

»Na schön, junger Mann, ich kenne deine Tricks. Wenn du dich ruhig verhältst, wirst du unsichtbar. Noch zehn Minuten. Simon, möchtest du eine Tasse Kaffee und einen Dram?«

Die zehn Minuten verstrichen, und Kirsty zeigte auf ihren Sohn. Ohne ein Wort zu sagen, stand er auf und kam um den Tisch, um einen letzten faszinierten Blick auf Simons Arm zu werfen.

»Hör zu, Robbie. Komm doch einfach morgen nach der Schule zu mir rüber, dann zeige ich ihn dir richtig, und wie er funktioniert – das ganze Drum und Dran? Wär gut, wenn du es verstehst.«

Der Junge zögerte, dann umarmte er Simon, statt ihm die Hand zu schütteln, seine Berührung kurz und sanft wie die einer Katze, und sauste hinauf ins Bett.

2

Früh am nächsten Morgen, noch immer verkrampft und ausgelaugt von der langen Reise, machte sich Simon auf den Weg über die Insel, stieg die einspurige Straße hinauf, die zu dem Hügel fast in der Mitte führte. Von dort aus verlief die Straße wieder abwärts, und da auf dieser Seite von Taransay nur wenige Menschen lebten, war sie steinig, schmal und vernachlässigt.

Nachdem er vier Meilen in gleichmäßigem Tempo zurückgelegt hatte, ging er wieder bergan bis an die Klippen über dem wilderen Meer. Er schaute hinab und erblickte eine langgestreckte Sandbucht. Basstölpel und Möwen krallten sich ans Felsgestein, stiegen ab und zu auf und landeten dann wieder auf den Felsvorsprüngen. Vor ihm lag nur das Meer, das auf dieser Seite nie ruhig war, nie still. Die großen Brecher rollten einer nach dem anderen heran, schäumten in einer langen weißen Linie an den Strand. Über die Brandung und das Krächzen der Vögel hinweg hätte er seine eigene Stimme nicht gehört. Doch hier war auch niemand, mit dem er hätte sprechen können.

Er setzte sich auf einen Vorsprung und genoss die Aussicht. Der Himmel war milchig, die Luft frisch, aber nicht kalt. Und der Wind wehte. Wie immer hier.

Er wusste nicht, ob er je an einem schöneren Fleck gewesen war – vielleicht nicht. Ihm ging das Herz auf. Er liebte die Einsamkeit, die Wildnis, die ständige Bewegung von Wolken, Meer und Dünengras, das Auf und Ab der Vögel. Wie ihn das alles einsaugte, von seiner Gegenwart jedoch keine Notiz nahm.

Die andere Seite der Insel war sanfter, geschützter, näher am Wasser, obwohl der Wind auch hier heulen und toben konnte und das Meer manchmal so rau war, dass die Boote tagelang im Hafen festsaßen und der Fährbetrieb eingestellt wurde.

Ob er hier leben könnte? Das ganze Jahr über, in dem es monatelang um drei Uhr dunkel wurde, an einem Ort, an dem dunkel schwarz bedeutete? Das ganze Jahr über, in dem man für eine Woche oder länger vom Wetter eingesperrt werden konnte? Die elektronische Kommunikation war inzwischen gut, man konnte ebenso leicht mit der Außenwelt Kontakt aufnehmen wie alle, die auf dem Festland lebten, doch das bedeutete nur Wörter, schriftlich oder mündlich, die im Cyberspace hin und her flogen, keinen engen menschlichen Kontakt.

Trotzdem, dachte er, schaute hinab, als die Sonne herauskam, auf der Meeresoberfläche funkelte und er die Köpfe von drei Seehunden sah, die nah am Strand auftauchten, trotzdem …

Die Seehunde verschwanden so plötzlich, dass er sich umschaute, um zu sehen, was sie aufgeschreckt hatte. Eine Gestalt wanderte nah am Wasser über den Strand. Eine Frau in Watstiefeln und langem braunen Regenmantel, ein Schal um den Hals verbarg ihre Haare fast vollständig. Sie ging mit großen, gleichmäßigen Schritten, den Blick auf den Sand gerichtet. Kurz darauf bückte sie sich und hob etwas auf, prüfte es und steckte es in die Tasche. Ein Stück weiter wiederholte sie das Ganze.

Eine Strandgutsammlerin also; vielleicht gab es dort eine gute Ausbeute, wo das Meer eine Linie aus Steinen und Abfällen hinterließ, wenn die Ebbe einsetzte. Hier waren die Gezeitenströmungen schnell. Die Frau ging weiter. Sie hatte Simon nicht gesehen. Er rührte sich nicht. Bald war sie hinter einem Felsvorsprung außer Sichtweite, und die Seehunde kamen wieder an die Oberfläche.

3

»Noch eine Minute.«

»Fertig.«

Felix kam polternd die Treppe herunter. Graue kurze Hose. Grauer Blazer mit der himmelblauen Paspel, die ihn als Chorjungen der Kathedrale kennzeichnete. Keine Kappe. Die waren abgeschafft worden, als Sam in die Schule kam.

»Oboe?«

Er schenkte Kieron Bright, seinem Stiefvater, einen langen, leidvollen Blick. Wenn er alles andere vergaß, dann doch bestimmt niemals seine Oboe, das Instrument, das er so bereitwillig angenommen hatte, dass es ihm innerhalb weniger Monate angewachsen schien.

»Auf geht's!«

Kierons Fahrstrecke zum Polizeipräsidium Bevham führte ihn nicht an der Kathedrale vorbei, doch seit den ersten Tagen seiner Ehe mit Cat hatte er sich angeboten, Felix zu seinen frühen Chorproben zu fahren.

»Das ist ganz einfach«, hatte er gesagt. »Es bedeutet, dass ich Felix jeden Morgen für mich habe. Dass ich gleich als Erster zur Arbeit komme. Es bedeutet, du musst es nicht machen, und wenn es für mich ein kleiner Umweg ist, dann ist es für dich auf deinem Weg zur Praxis ein großer. Keine Widerrede.«

Das war sinnvoll, aber der beste Grund für sie war nicht der offensichtliche und praktische. Ihr Mann wollte eine Beziehung zu ihrem jüngeren Sohn aufbauen, und Felix schien mit der Abmachung ganz zufrieden – wobei Felix leicht zufriedenzustellen war. Er war ein glückliches, ruhiges Kind und nahm das Leben, wie es kam, freute sich an dem, was es bot, und hatte ihr kaum Ängste bereitet.

Hannah, die an der Schule für darstellende Künste war, hatte sich von einem problematischen Kind zu einem talentierten jungen Mädchen entwickelt, das die unbeschwerte Fröhlichkeit ihres Bruders Felix teilte. Sam, ihr Ältester, war der Schwierige.

Sie schaute dem Auto nach, wie es aus der Einfahrt bog, ihr Sohn wandte sich Kieron zu und plauderte angeregt. Dann fluchte sie leise vor sich hin, denn sie hatte vergessen, die beiden daran zu erinnern, dass sie am Abend Probe mit den St.-Michael-Singers hatte, die erste der neuen Saison. Ob Kieron daran dachte, dass er und Felix zum Abendessen allein zu Hause waren?

Kieron schon. Ihn zu erinnern, wäre überflüssig. Er war Mr Planvoll, Mr Ordentlich, Mr Tüchtig.

Er war auch der Ehemann, nach dem sie nie gesucht oder den sie nach Chris' Tod erwartet hätte. Sie hatten gewisse Gemeinsamkeiten, was ihr schon immer klar gewesen war, aber Organisationsvermögen gehörte nicht dazu. Das hatte Chris nur in seiner Allgemeinpraxis an den Tag gelegt. Doch seine Hingabe und sein Engagement für die Arbeit waren dieselben gewesen, und Cat respektierte es, ebenso wie die Tatsache, dass diese Arbeit häufig an erster, zweiter und dritter Stelle kam, vor ihr. Sie hätte es nicht anders haben wollen. Im Übrigen, dachte sie jetzt, als sie hinaufging, um ihr Make-up für den Tag fertig aufzulegen, hatte sie oft ihre eigene Karriere vornan gestellt, was ein Familienleben nicht immer leicht machte. Als sie praktische Ärztin war, vor der neuen Regelung, die ihnen die Verpflichtung genommen hatte, nachts und an Wochenenden in Rufbereitschaft zu sein, hatte sie sich zwischen ihren Patienten und ihren Kindern zerrissen, und nur weil Chris auch Arzt war, ging es einigermaßen. Auch als sie Oberärztin im Imogen House war, dem Hospiz von Lafferton, hatte sie sich zwischen Loyalität und Pflichten aufgerieben.

Nun war sie wieder Allgemeinmedizinerin in Teilzeit, keine Partnerin in einer Gemeinschaftspraxis. War alles verkehrt herum gelaufen? Mit zwei Kindern, die meist außer Haus waren, und einem Ehemann, mit dem sie Leben, Heim und Herd teilte, sollte sie mehr Stunden ihrer Arbeit widmen, nicht weniger.

Doch das Verfassen eines Buches über Palliativpflege in der Allgemeinmedizin füllte die Stunden aus, die sie eingespart hatte, und sie hatte vor, noch mehr zu schreiben. Ihre Eltern waren beide Krankenhausärzte gewesen, hatten doziert, geforscht und geschrieben. Sie trat in die Fußstapfen der Familie.

Anders als Si, dachte sie und zog die Bürste aus der Wimperntuschehülse. Sie musste ihm später noch eine E-Mail schreiben.

Dann sollte sie sich noch mit Sam in Verbindung setzen, Sam oben in Newcastle, angeblich um einem Freund dabei zu helfen, sich an der Universität zurechtzufinden, eher jedoch, vermutete sie, um von zu Hause und der Notwendigkeit wegzukommen, Entscheidungen über seine eigene Zukunft zu treffen – und womöglich weg von seinem Stiefvater, obwohl sie sich in der Hinsicht nicht ganz sicher war. Kieron hatte gesagt, zwischen ihnen laufe alles gut, nur dass sie sich noch zurechtruckeln mussten. Sam hatte sich dazu nicht geäußert.

Bei ihrer Hochzeit war er still gewesen, aber ganz gut gelaunt. Nur die Familien und ein paar enge Freunde waren dabei gewesen, und sie hatte in der kleinen Marienkapelle der Kathedrale stattgefunden. Sie und Kieron hatten von Anfang an beschlossen, sie sollte von niemandem zu ihm geführt werden, sie wollten sich gemeinsam präsentieren, auf Augenhöhe. Ebenfalls von Anfang an hatte ihr Vater gesagt, dass er nicht teilnehmen werde. Simon hatte sich noch nicht erholt, nachdem er nach dem Angriff auf der Schwelle des Todes gestanden, den linken Arm verloren und ein paar Wochen im Krankenhaus verbracht hatte. Er hatte freudig gewirkt, aber zurückhaltend, und war immer noch traumatisiert. Der Tag war schön gewesen, Cat hatte keinerlei Zweifel daran gehabt, wieder zu heiraten, war jedoch froh, als es vorbei war und sie sich nach den paar Tagen in New York, mit denen Kieron sie überrascht hatte, im Alltag einrichten konnten.

Sie schminkte sich fertig, fuhr sich rasch noch einmal mit der Bürste durch die Haare und machte sich auf den Weg in die Praxis, wobei sie sich durchaus bewusst war, dass sie ihren früheren Enthusiasmus für die Arbeit eingebüßt hatte. Es war nicht dasselbe. Die Krise in der Allgemeinmedizin hatte die Hingabe und Leidenschaft bei der Sorge um Patienten stark beeinträchtigt, die ihrerseits von Ärzten und den ihnen erwiesenen Diensten desillusioniert und demzufolge fordernder waren und mehr zu Beschwerden neigten.

Auf dem Fahrersitz fand sie einen Zettel.

Kopf hoch. Der Tag wird gut. Ich liebe dich. K.

Er hinterließ ihr solche Notizen, nicht jeden Tag, denn dann könnte sie die ja als selbstverständlich ansehen, sondern nur zufällig, einen Klebezettel an ihrem Spiegel oder auf dem Kissen, ein Blatt aus einem Notizbuch, so wie heute im Auto. Sie steckte den Zettel in ihre Tasche und fuhr los, ein Lächeln auf den Lippen.

Als sie in die Praxis kam, sah sie eine vertraute Gestalt an der Rezeption. Mrs Coates, neunundachtzig und zerbrechlich, litt schon lange unter Arthritis und Polymyalgie, hatte sich erst vor Kurzem von einer Lungenentzündung erholt und beklagte zunehmende Sehschwäche. Sie lebte allein, war eisern gewesen, hatte aber, so glaubte Cat, genug davon, alleine mit dem Leben zu kämpfen.

»Ich verstehe ja«, sagte sie gerade zu Angella, einer der

Arzthelferinnen, »ich weiß genau, wie beschäftigt Sie alle sind. Das weiß ich wohl.«

»Ich hätte da einen Termin bei Dr. Sanders am Montag in einer Woche um halb drei. Wollen Sie den?«

Cat wollte nicht unterbrechen und Angella in die Quere kommen, doch als sie vorbeihuschte, drehte Mrs Coates sich um.

»Oh, Frau Doktor Deerbon, ich sehe ja ein, wie es ist, aber ich habe versucht, zu Ihnen zu kommen, und Sie haben immer so viel zu tun, da ist nie ein Termin zu haben. Und es ist so schwer, jedes Mal an einen anderen Arzt zu geraten und alles von vorn erklären zu müssen, wenn ich auch weiß, dass Sie alle sehr gut sind.«

»Ich habe versucht, Mrs Coates zu erklären, dass Sie alle ihre Krankenakte vor sich haben, es spielt wirklich keine Rolle, zu wem sie geht.«

»Ich weiß. Darf ich mal eben schauen?«

Ein kurzer Blick auf den Bildschirm mit den Terminen zeigte ihr, was sie schon wusste, nämlich dass ihre Sprechstunden der nächsten beiden Wochen restlos ausgebucht waren, und länger im Voraus durften Patienten sich nicht anmelden. Dasselbe galt für Mrs Coates, das war ihr klar. Nach dem neuen System sollten Patienten jeden Termin annehmen, der bei einem beliebigen der sieben Ärzte verfügbar war. Das war gut für jemanden mit einer Halsentzündung oder für ein Kind mit Ausschlag – jeder Mediziner wäre geeignet. Doch für ältere Patienten oder solche mit einer langen Krankengeschichte, die ein Arzt besonders gut kannte, oder für Menschen, denen es unangenehm war, mit jemandem zu sprechen, den sie nicht kannten, sollte die Möglichkeit bestehen, einen Termin beim Arzt ihrer Wahl zu bekommen.

»Geht es um etwas Neues, Mrs Coates? Sie müssen hier nicht alles ausbreiten, aber sagen Sie einfach, ob Sie über etwas Akutes oder über eine chronische Sache sprechen wollen.«

Angella sah wütend aus.

»Neu ist es nicht, Frau Doktor, es ist …«

»Könnten Sie um zehn nach eins wiederkommen? Dann schiebe ich Sie dazwischen.«

Die Sprechzeit war um halb eins zu Ende, wurde aber in aller Regel um zwanzig oder dreißig Minuten überschritten.

»Tut mir leid, wenn ich Sie bitten muss, noch einmal zu kommen, nur habe ich heute Morgen wirklich keine Lücke mehr.«

»Das ist sehr nett von Ihnen, Frau Doktor, sehr nett. Kein Problem, ich kann noch einmal kommen. Danke. Ich verstehe ja, wie schwer es ist, das verstehe ich.«

»Das weiß ich doch. Dann bis später.«

An der Rezeption wurde es langsam voller, die Telefone klingelten, Angella warf Cat einen gehässigen Blick zu. Auch das verstehe ich, dachte Cat. Nur zu gut. Aber Regeln sind dazu da, gebrochen zu werden. Sie würde sich nicht zu einer Entschuldigung zwingen lassen.

Sie loggte sich ein, als sich die ersten Schritte auf dem Flur ihrem Sprechzimmer näherten. Menschen wie Mrs Coates, die freundliche Behandlung brauchten, gab es noch genug. Wie oft hatte sie bei Praxisbesprechungen gesagt, das System sollte ihnen dienen, aber sie liefen andauernd Gefahr, sich von ihm beherrschen zu lassen.

4

An s.serrailler@police.gov.uk
Von chief.bright@police.gov.uk

Guten Morgen, Simon. Hoffe, alles ist in Ordnung auf Taransay. Ruh dich aus. Du brauchst es. Aber ich hoffe, der Polizist in dir sitzt noch immer in den Startlöchern, wenn du wieder zu Atem gekommen bist. Wir werden etwas finden, womit wir dich langsam wieder eingewöhnen.
Hier läuft alles rund.
Kieron

An s.serrailler@police.gov.uk
Von sam101notout@gmail.com

Hi, Si, noch immer im Newkybroon Land. Montag wieder zurück, und frag nicht, was dann. Muss planen, muss mich entscheiden. Will reden. Wann bist du zu Hause? Letztes Spiel Samstag. Vermute, das wär's dann jetzt für dich, krickettechnisch gesehen. Krass. Mum klingt quietschfidel. Flixer auch. Hatte ich nicht auch noch eine Schwester?
Liebe Grüße von Sam

An s.serrailler@police.gov.uk
Von cat.deerbon@lafferton.nhs.uk

Si, liebster Bruder, wie geht's? Hier umwerfend, 26 Grad heute, Sonne ohne Ende, und Felix beklagt sich, dass er seinen Blazer anziehen muss. Kieron fährt ihn noch immer zur Schule, aber so kann es nicht weitergehen, oder? Wie steht's mit dem Arm? Gibt's was Neues vom endgültigen? Ich weiß, ich soll ihn nicht erwähnen, doch du wirst dich damit abfinden müssen – hast du was von Dad gehört? Ich bin mir ziemlich sicher, die Antwort wird Nein lauten, und für gewöhnlich lässt er mir alle paar Wochen ein paar knappe Worte zukommen, aber er hat sich seit Mitte Juli nicht gemeldet. Judith kommt nächste Woche für ein paar Tage vorbei, und es wird toll sein, sie zu sehen, aber das Thema Dad wird der Elefant im Raum sein, wie immer, und das ist nicht leicht.

Hannahs Schule probt das Musical Guys and Dolls *– sie schickt aufgeregte SMS, sehnt sich nach einer guten Rolle. Achtung: – wir müssen alle hin.*

Sam sollte demnächst zurückkommen, weiß aber nicht wann. Er ist ziemlich unbeständig. Mit K. hat er anscheinend kein Problem. Sie kommen gut miteinander klar. Weiß der Himmel, was er dieses Jahr vorhat. Seine Abschlussnoten waren gut, aber offenbar überdenkt er gerade seine Berufswahl. Keine Ahnung, wie die ausfällt. Darüber können wir grade nicht reden. Ein oder zwei Mal hat er sogar ein Medizinstudium erwähnt. Bisher war es die ganze Zeit Polizei – obendrein auch noch bewaffnete Sondereinheiten. Und für Medizin hat er sich nie begeistert, und das muss man.

Ich habe immer gehofft, einer von den dreien würde die Familientradition fortsetzen und Mediziner werden, doch das möchte ich jetzt niemandem wünschen, es sei denn, sie sind wie besessen davon, und dann sollte es ein seltener Fachbereich sein. Neurologie wäre gut. Gesichtsrekonstruktion bei Kriegsopfern, auch gut. Pädiatrische Onkologie, okay. Allgemeinmedizin – lieber nicht.

Alles Liebe. Und ruf mal zu Hause an.
C

Simon saß am Ende des Kais in der Sonne, die laut Wetterbericht gegen Abend Regen, Sturm und hohem Wellengang weichen sollte. Es war nicht immer leicht zu sagen, wie lange das schlechte Wetter anhielt, aber wenn es nachließ, bestand die Möglichkeit, dass die spätsommerliche Sonne nicht zurückkam, schon gar nicht mit der Wärme, die sie heute noch ausstrahlte. Die Fähre sollte bald mit einer Ladung Vorräte und Post anlanden, und er wollte beim Entladen helfen. Er konnte relativ große Kartons und Kisten tragen, nur nicht die schwersten. Nicht mit dem Arm. Nicht so, wie er es früher problemlos geschafft hatte. Er hatte sich nie besonderer Muskelstärke gerühmt, obwohl er immer Sport getrieben hatte und fit war. Nach der Physiotherapie in der Reha war er wahrscheinlich so fit wie noch nie, aber man hatte ihn davor gewarnt, die Prothese übermäßig zu belasten und zu schwere Sachen zu heben oder zu tragen. Später, wenn er den neuen, endgültigen Arm hatte. Später. An dieses Wort hatte er sich inzwischen gewöhnt. Später. Doch die Physiotherapeuten waren sehr positiv eingestellt gewesen. Nein. Niemals. Geht nicht. Diese Wörter existierten in ihrem Vokabular nicht.

Er steckte sein iPhone in die Tasche. In den E-Mails hatte nichts Beunruhigendes gestanden. Sam würde sein Ziel erreichen – wie immer es aussehen mochte. Cat schien überglücklich zu sein. Aus persönlicher Sicht hatte Simon nie Einwände gegen ihre Ehe mit dem Chief gehabt. Da er noch krankgeschrieben war, hatte sich bisher beruflich noch kein Konflikt daraus ergeben, dass sein Boss gleichzeitig sein Schwager war. Das würde vielleicht auch nie vorkommen – nicht nur, weil sie sich große Mühe geben würden, einander entgegenzukommen, sondern weil er Zweifel hinsichtlich seines Wiedereinstiegs in die Arbeitswelt hegte. Was für ein Polizist konnte er noch sein? Man hatte ihm versichert, dass der Arm sich »weder auf persönlicher noch auf beruflicher Ebene in irgendeiner Weise« auswirken würde. Stimmte das?

Cats Bemerkung über ihren Vater ließ er an sich abprallen. Seit Richard Serrailler wegen Vergewaltigung angeklagt worden und es ihm gelungen war, einen ausreichend cleveren Verteidiger zu finden, der die Staatsanwaltschaft überzeugen konnte, das Verfahren einzustellen, hatte Simon sich jeglichen Gedanken an ihn aus dem Kopf geschlagen. Ihre Beziehung war immer schwierig gewesen, aber abgesehen davon hatte er nicht den leisesten Zweifel, dass der Staatsanwalt einen Fehler begangen hatte.

Er blickte aufs Meer hinaus und sah, dass die Fähre gerade in den Hafen einbog. Ein paar Leute sammelten sich dort unten, noch mehr würden erscheinen. Pub und Laden würden jetzt allmählich Vorräte für den bevorstehenden Winter anlegen und alle Lagerräume füllen, die ihnen zur Verfügung standen. Sie leerten sich teilweise in der Sommersaison, wenn die Fähren häufiger kamen. Simon sprang auf.

Die Insulaner wussten alle über seinen Unfall und den Verlust des linken Arms Bescheid, und es hatte viel freundlichen Zuspruch oder Einladungen auf einen Drink gegeben, aber ansonsten war kein großes Aufheben gemacht worden, wofür er dankbar war. Jetzt wartete er, während die Fähre vorsichtig andockte und das Tau von Bord geworfen wurde. Nur wenige Minuten vergingen, bis die ersten Kartons und Kisten entladen wurden. Simon und zwei andere luden kleinere Kartons mit Lebensmitteln auf Sackkarren, die sie dann zum Lager hinter dem Laden schoben.

»Kerzen.« Das war die Stimme der Frau, die auf der anderen Seite der Insel am Strand entlanggegangen war. Sie war groß, und ihr blondes Haar war am Hinterkopf zu einem Knoten gebunden. »Sind Sie gestern angekommen?«, fragte sie.

»Vorgestern Abend.« Er hatte Schwierigkeiten, die Sackkarre zu greifen und den Abhang hinaufzumanövrieren, und wollte daher seinen Atem nicht an ein Gespräch verschwenden, was die Frau aber anscheinend sofort begriff. Sie bot ihm keine Hilfe an, ging ihm nur aus dem Weg und wuchtete ihre eigene Karre die Anhöhe hinauf.

Das Entladen, Holen, Schleppen und Einlagern dauerte eine Stunde. Die Fähre war voll beladen, und außer den zwei Mann Besatzung war niemand an Bord.

Kerzen. Batterien. Dicke Socken. Strapazierfähige Gummistiefel. Butangaszylinder. Haushaltsreiniger. Fässer mit Speiseöl. Salz. Regenkleidung. Und so weiter.

Simon blieb stehen, um zu verschnaufen. Er hatte seit seinem Unfall viel trainiert, aber seine Kraft war noch nicht wieder auf normalem Stand, und seine Schulter schmerzte höllisch.

»Fast geschafft.«

Die Frau hievte Kisten von der Sackkarre in den hinteren Bereich des Lagers und tat so, als sei es ein Klacks. Er war wütend auf sich. Vor einer Frau schlappmachen! Das wäre ihm früher nie in den Sinn gekommen. Jetzt war er gereizt. Sein Stolz war verletzt.

»Das war's«, rief jemand. »Der Letzte zahlt.«

Gut gelaunt eilten alle zum Taransay Inn.

»Hast du Sandy schon kennengelernt?« Douglas tauchte aus dem Gedränge auf. »Sie ist kurz nach deinem letzten Besuch hier eingetroffen und gehört inzwischen zum Inventar.«

Die Frau hob ihr Bierglas. Sie war vielleicht Ende vierzig, möglicherweise etwas jünger – Wind und Wetter verliehen allen, die einen oder zwei Winter blieben, eine spröde, rötliche Gesichtshaut, die sie älter erscheinen ließ.

»Simon Serrailler.«

»Sandy Murdoch.«

Simon hatte sich ein großes Glas Malt bestellt, um den Schmerz in seiner Schulter zu betäuben. Er hatte starke Medikamente verschrieben bekommen, bevorzugte aber Whisky.

»Wie lange bleiben Sie hier?«

»Eine, zwei, drei Wochen. Ich habe keinen festen Plan.«

»Den hatte ich auch nicht. Ich kam für eine Woche, aus einer Woche wurde ein Monat, und das war so ungefähr vor vier Jahren.«

Ihr Akzent klang nicht schottisch, doch sie hatte den Tonfall von Taransay ein wenig angenommen, dessen Singsang Simon so noch nirgendwo anders gehört hatte.

»Wie finden Sie die Winter?«

Sandy zuckte mit den Schultern. »Der Wind kann einen wahnsinnig machen. Aber ich mag ihn. Man verkriecht sich.«

Das Lokal war voll, und die Neuankömmlinge hatten feuchte Schultern und Haare. Regen lief an den Fenstern herunter.

»Und Sie?«, fragte Sandy, obwohl sie ihn nicht anschaute. »Sie hatten einen Unfall.«

»Ja.«

»Mit dem Auto?«

»Nein.«

»Aha.«

»Kommen Sie, ich gebe Ihnen noch einen aus.« Simon stand auf. »Einen Bitter Shandy? Einen Kurzen?«

»Nein, nein, ich trinke das harte Zeug nicht. Nur manchmal gegen die Kälte. Aber danke.«

Kirsty war hereingekommen und sprach mit Douglas an der Bar. »Was kann ich euch bestellen? Douglas?«

»Nein, ich bin schon fast weg, um Robbie abzuholen, ich bin spät dran, und die Schule ist heute zur Abendessenszeit aus.«

Sandy winkte, als Kirsty mit wehenden Haaren hinauslief und die Regenjacke zuknöpfte.

»Douglas?«

»Danke. Nur den Single, und dann muss ich mich mit einer Rolle Zaundraht auf den Weg zur anderen Seite machen.«

Als die beiden Whiskys über die Bar geschoben wurden, füllte Douglas sein Glas aus dem Krug auf dem Tresen auf. Serrailler verzog das Gesicht. »Verdammter Frevel«, sagte er. »So ein guter Malt, und du ruinierst ihn mit deiner Limonade. Das krieg ich nie in den Kopf.«

Douglas lachte. »Irgendwelche Neuigkeiten?« Er hatte mit einem Nicken auf Simons Arm gedeutet.

»Nein, es dauert noch ein paar Wochen. Die sagen mir nicht viel.«

»Fängst du wieder an zu arbeiten, bevor du diesen bionischen Arm bekommst, wie Robbie ihn nennt?«

»Ich weiß nicht, Douglas, ich weiß es einfach nicht ... die Stelle ist da, sie werden sie so lange frei halten, wie ich es möchte, aber das kann nicht für immer und ewig sein.«

»Kannst du nicht sukzessive wieder einsteigen?«

»Wahrscheinlich schon. Aber will ich das? Das heißt überhaupt wieder als Polizist arbeiten?«

»Was sonst?«

Simon leerte seinen Whisky und antwortete nicht. Die Frage hatte er sich oft gestellt, ohne eine Antwort darauf zu haben.

Douglas richtete sich auf. »Danke«, sagte er. »Sieht so aus, als hätte Sandy dir da drüben den Platz warmgehalten.«

»Wer ist sie? Jedenfalls keine Einheimische. Woher kommt sie?«

Douglas zog eine Augenbraue hoch. »Bisschen alt für dich.«

»Hör auf, das habe ich nicht gemeint, und das weißt du. Hab mich bloß gewundert. Ein Neuankömmling, der nach Taransay kommt und bleibt ...«

»Tja, nun ... sie hat sich von Anfang an nützlich gemacht.

Apropos, ich könnte Hilfe beim Zaun gebrauchen … wäre in der Hälfte der Zeit damit fertig. Sie packt bei den meisten Sachen mit an. Hilft hier aus, wenn im Sommer viel Betrieb ist. Iain sagt, sie muss in einem anderen Leben selbst eine Kneipe geführt haben. Aber jetzt geht es um den Zaun.« Er schob sich durch die volle Gaststube zu Sandys Platz.

Erst als Simon zum Laden hinüberging, um ein paar Vorräte zu holen, fiel ihm ein, dass Douglas ebenso gut ihn hätte bitten können, beim Zaunbau zu helfen. Aber er hatte es nicht, und das stieß Simon bitter auf.

5

Sie trug ein Kopftuch, und nur sehr wenige Frauen trugen heutzutage Kopftücher, bis auf die Queen – das ging dem diensthabenden Polizisten durch den Kopf, als die Frau aufs Revier kam.

»Guten Morgen. Sie sind Mrs …«

»Still. Marion Still.«

Ja.

»Was kann ich für Sie tun, Mrs Still?«

»Das wissen Sie ganz genau, Sergeant. Nichts hat sich geändert. Ich will den Detective Chief Superintendent sprechen.«

»Tut mir leid, aber da haben Sie kein Glück, Mrs Still – der Super ist längere Zeit im Urlaub.«

»Das haben Sie mir beim letzten Mal auch schon gesagt. Sie oder Ihr Kollege.«

»Na ja, es hat auch gestimmt, und es stimmt nach wie vor.«

»Er ist immer noch im Urlaub?«

»Er ist krankgeschrieben. Und ich habe keine Ahnung, wann er wiederkommt, aber morgen mit Sicherheit nicht. Ich kann nur nachsehen, ob jemand von der Kriminalpolizei gerade Zeit hat und runterkommen kann …«

Die Frau brach in Tränen aus. Angesichts ihres leicht nach vorn gebeugten Körpers, als trüge sie eine schwere Last, und ihres grauen Gesichts mit den tiefen Sorgenfalten verspürte der Sergeant echtes Mitleid. Er wusste, warum sie hier war. Sie hatte schon seit geraumer Zeit versucht, den Super persönlich zu sprechen.

»Mrs Still … Sie können von mir aus eine Woche hier sitzen, das stört mich nicht, aber Sie vergeuden Ihre Zeit, weil wir nicht wissen, wann der Super wieder hier ist. Wenn Sie mit niemand anderem sprechen wollen …«

»Es muss ein Ranghöherer sein, und Mr Serrailler ist der Beste, oder nicht?«

Das Telefon klingelte, und zwei Uniformierte kamen durch die Türen, zwischen sich einen jungen Mann in Handschellen. Mrs Still trat einen Schritt vom Schalter zurück, machte aber keine Anstalten zu gehen.

Dann fuhr der Wagen des Chief Constable draußen vor.

Es gab drei Möglichkeiten, mit Menschen wie Mrs Still umzugehen, dachte Kieron. Er könnte den Rest seiner Tage damit verbringen, ihr aus dem Weg zu gehen. Er könnte sie abwimmeln und zu jemand anderem schicken, mit der Anweisung, nicht allzu viel Zeit mit ihr zu verschwenden.

Oder er könnte sie selbst empfangen.

Am darauffolgenden Mittwochnachmittag führte seine Sekretärin Marion Still in sein Büro im Polizeipräsidium Bevham, zu dem sie in einem bequemen, aber unauffälligen Dienstwagen gebracht worden war. Kieron wollte ihr das Gefühl vermitteln, dass man ihr die größtmögliche Aufmerksamkeit widmete und eine ordentliche Anhörung gewährte. Er hatte die Akten mit nach Hause genommen und sorgfältig gelesen. Außerdem hatte er jede Menge Presseberichte über den Fall aufgerufen, von dem Tag an, als Kimberley verschwunden war, bis zum letzten Mal, als die Presse sich auf sie bezog. Wie üblich waren die Artikel in den Medien schon ein paar Monate nach dem Ereignis immer weniger geworden. Offiziell galt Kimberley Still als vermisst, aber das waren Hunderte andere auch, und die Presse konnte nicht eine von ihnen auf der Titelseite halten. Allerdings wurde über die Fälle vermisster Kinder normalerweise auch weiterhin berichtet.

»Ich bin Ihnen sehr dankbar«, sagte sie. Es gab Tee. Es gab Kaffee. Und Schokoladenkekse.

Kieron saß nicht hinter seinem Schreibtisch, sondern auf einem Stuhl neben ihr.

Arme Frau. Etwas anderes fiel einem zu ihr nicht ein, wie immer bei Menschen, die jahrelanges Elend hinter sich hatten, Verlust, der nicht einmal ein Verlust war, schwankend zwischen Hoffnung und Verzweiflung, die jeden Morgen mit Magenschmerzen aufgewacht waren. Er hatte den Ausdruck in den Augen von Menschen wie Marion Still oft genug gesehen. Jeder Polizist, der länger als zwei Jahre dabei war, kannte diese eigenartige Leblosigkeit und Trauer, die jeden Funken von Leben und Energie überschatteten.

»Mrs Still, ich habe mich in diesem Fall auf den neuesten Stand gebracht. Wie Sie ja wissen, war ich nicht bei der hiesigen Polizei, als Kimberley verschwand, daher habe ich erst mal alles im Detail durchlesen müssen – was auch gut so ist. Ich habe einen unvoreingenommenen Blick darauf werfen und intensiv darüber nachdenken können. Vielleicht kann ich Ihnen jetzt ein paar neue Fragen stellen. Das hoffe ich jedenfalls.«

»Soll das heißen, Sie fangen von vorn an, versuchen herauszufinden, was passiert ist, wohin er sie gebracht hat, wo er … wo sie ist? Ich weiß, wer ›er‹ ist, Mr Bright, das wissen wir alle. Nur scheint das niemanden zu interessieren.«

»Natürlich interessiert uns das. Ich werde nicht so tun, als könnte ich das hier lösen, Mrs Still. Das müssen Sie bitte verstehen. Jede Menge Leute waren mit der Suche nach Kimberley beschäftigt, haben versucht herauszufinden, was ihr zugestoßen ist. Über einen beachtlichen Zeitraum hinweg wurden sehr viele Arbeitsstunden investiert. Niemand hat leichtfertig aufgegeben, das kann ich Ihnen versichern.«

»Das weiß ich. Und ob. Ich muss nicht noch einmal sagen, wie dankbar ich bin, oder?«

»Natürlich nicht. Es war, es ist Ihr Recht. Es war Kimberley und Ihnen geschuldet, dass wir alle getan haben, was in unserer Macht stand, und noch mehr. Damit will ich nur sagen, selbst wenn es eine neue Ermittlung gäbe, kann ich kein Ergebnis versprechen. Wie auch? Neue Beweise gibt es nicht – jedenfalls, soweit ich weiß.«

Sie stellte ihre Tasse ab und schaute ihn direkt an, und einen Moment lang sah er etwas in ihren Augen aufblitzen. Verzweiflung und – Entschlossenheit? Nein. Überzeugung. Eine schreckliche, felsenfeste Überzeugung. Er hatte so etwas gelegentlich schon zuvor gesehen, bei Wahnsinnigen und Besessenen.

»Hören Sie zu, er war es. Lee Russon. Ich kann es kaum ertragen, seinen Namen in den Mund zu nehmen, das ist wie ein fauliger Geschmack, den ich am liebsten ausspucken möchte. Er war es. Ich glaube, er hat sie irgendwie in sein Auto geholt und ist mit ihr weggefahren, und dann … hat er was auch immer getan. Und ich weiß, dass er lebenslang im Gefängnis sitzt, nur nicht für meine Kimberley. Für die anderen. Diese armen Mädchen. Sie sagen, es gibt keine neuen Beweise, aber es gibt Beweise … die gab es schon immer.«

»Ja. Doch als diese Beweise – und die waren wirklich nicht sehr stichhaltig – der Staatsanwaltschaft vorgelegt wurden, die letztendlich entscheidet, fand man sie zu dünn. Sie rieten davon ab, Russon dafür ebenso wie für die anderen Morde vor Gericht zu stellen, weil der Fall so schwach war, dass man ihn abweisen würde. Und an diesem Punkt hätte Russon beantragen können, gegen die anderen Urteile Berufung einzulegen, weil sie nicht gesichert seien, und das hätte – unwahrscheinlich, aber möglich – dazu führen können, dass die Verfahren noch einmal neu aufgerollt und Russon auf freien Fuß gesetzt worden wäre.«

»Er hat es getan.«

»Ich will Ihnen gern zustimmen, nachdem ich alles gelesen habe. Und der leitende Ermittler damals …«

»Inspector Wilkins.«

»Ja … er sagte, die Polizei habe nach keinem anderen Verdächtigen gesucht. Man ging davon aus, dass Kimberley ermordet wurde, womöglich von Lee Russon. Aber ohne Kimberleys Leiche oder auch nur die leiseste Spur von ihr war Russon …«

»Der gelogen und gelogen und gelogen hat.«

»Der geleugnet hat, überhaupt etwas damit zu tun zu haben – dass er jemals in Lafferton selbst oder in der Umgebung war, schon gar nicht an dem besagten Tag – und somit kein Hauptverfahren zu erwarten hatte.«

»Ich glaube nicht, dass sie ihn richtig mürbe gemacht haben. Wenn jemand schuldig ist, kann man ihn auch kleinkriegen – man kann ihn am Ende zu einem Geständnis zwingen.«

Das stimmte nicht immer, dachte der Chief. Aber es hatte keinen Sinn, Mrs Still das zu sagen, für die feststand, dass Russon schuldig war und jemand ihn letztendlich würde brechen können.

6

Im Garten zu sitzen war ihm zu warm gewesen, selbst im Schatten der Bäume, aber als er in die Straße einbog, sah Richard Serrailler auf der Anzeige am Armaturenbrett, dass die Außentemperatur 26 Grad betrug. Um zwei Uhr nachmittags waren es noch 30 Grad gewesen. Mit etwas Glück hatte es sich weiter abgekühlt, bis er zum Café kam. Im Westen zogen sich ein paar Wolken zusammen, die auf ein Gewitter und einen Wetterumschwung hindeuteten.

Er würde sich seine *Times* abholen, wie üblich ein kaltes Bier trinken, danach ein zweites und dann entscheiden, ob er die *plat du jour* essen oder nach Hause fahren und auf Delphine warten sollte, bevor er mit ihr ein spätes Abendessen auf der Terrasse einnehmen würde.

Sie schickte ein Lächeln in seine Richtung, als er ankam, doch es war gerammelt voll, und sie trug Tabletts mit Getränken und Gerichten rein und raus, wobei sie den Leuten an den Tischen zu beiden Seiten einen kurzen Gruß und schnell ein paar Sätze zuwarf. Sie würde jetzt nur wenig Zeit für ihn haben. Ganz hinten war ein Platz, direkt außerhalb der Markise. Er nickte ein paar Leuten zu, schüttelte einem Mann die Hand, beugte sich dann aber über seine Zeitung. Er war gerne freundlich. Verbindlich. Er mochte die ortsansässigen Franzosen, die alten Männer, die abends unter den Rosskastanien Boule spielten und donnerstags und freitags am Nachmittag Domino an alten Steintischen. Sein Französisch war ganz gut. Als junger Mann hatte er ein Jahr in dem Land verbracht und seitdem fast jedes Jahr hier Urlaub gemacht. Dann war er hierhergezogen, hatte ein kleines Bauernhaus gemietet. Er pflegte nachbarschaftlichen Kontakt mit den anderen, die in seinem Dörfchen wohnten, ausnahmslos Franzosen. Sie halfen ihm, wenn er es brauchte, er revanchierte sich, für gewöhnlich mit medizinischem Rat – es hatte nicht lange gedauert, bis sie seinen Beruf herausgefunden hatten.

Den Zugezogenen ging er aus dem Weg. Er mochte ihr exklusives Clubverhalten nicht, ihre Entschiedenheit, noch lauter englisch zu sprechen als zu Hause, ihre übertriebene Vertrautheit mit dem Inhaber des Cafés und den Ladenbesitzern, die Art, wie sie lauthals riefen »Delphine! Dasselbe noch einmal, *s'il vous plait*«.

Sie hatten versucht, ihn einzubeziehen, als er für ein paar Wochen hier gewesen war, hatten zur Kaffeezeit einen Stuhl herausgezogen, damit er sich an ihren langen Tisch zu ihnen gesellen konnte. Er lächelte immer und setzte sich dann allein an einen anderen Tisch. Sie fragten nicht mehr, schauten nur manchmal zu ihm hinüber und redeten über ihn, sobald er gegangen war, das wusste er.

Delphine war fünfundzwanzig. Er war vierundsiebzig. An manchen Tagen schmeichelte er sich damit, dass er zehn Jahre jünger aussah.

Das eiskalte Bier wurde vor ihn hingestellt, nicht von Delphine, sondern von dem neuen jungen Kellner Olivier. Auf Andeutungen, dass sie Richard bevorzuge und ihn außer der Reihe bediene, reagierte sie sensibel und gab seine Bestellung deshalb sehr oft an ihren Assistenten weiter.

Nachdem er sich bei seinen Besuchen im Café mit ihr unterhalten hatte, wenn es ruhiger zuging, hatte er erfahren, dass sie drei Jahre in London verbracht hatte, fließend Englisch sprach, obwohl sie so tat, als könnte sie es nicht, und ebenso intelligent und humorvoll wie gut aussehend war.

Gelegentlich fragte er sich, ob sie eines Morgens beim Aufwachen in ihm den alten Mann sehen würde, der er tatsächlich war, und verschwinden würde, um später an der Seite eines hübschen jungen Franzosen wieder aufzutauchen. Er war nicht in sie verliebt, aber er genoss es, mit ihr zusammen zu sein, ihre Unterhaltung und ihre ungezwungene Zuneigung. Ihre Jugend. Ein angenehmes Arrangement, das schon sechs Monate anhielt. Sie verdiente relativ wenig, bekam aber gutes Trinkgeld und erwartete nichts von ihm. Sie war mit Sicherheit eine bessere Gesellschaft als seine Familie. Cat war mit ihrem neuen Mann beschäftigt, ihren Kindern und ihrer Arbeit, Simon hatte lange keinen Kontakt zu ihm aufgenommen. Simon. Ob er sich erholt hatte? War er aus dem Polizeidienst ausgeschieden? Wo war er und mit wem? Richard hätte abgestritten, sich jemals diese Fragen zu stellen. Aber wenn er allein war und zu viel Zeit zur Verfügung hatte, dachte er an seinen Sohn, so wie an seine Enkelkinder. Und an Judith, seine Ex-Frau. An Judith mehr als an alle anderen.

Delphine brachte ihm sein zweites Bier, nachdem nun viele Gäste bedient waren.

»Es gibt Magret, Salat und Pommes frites. Tut mir leid, chéri.«

Richard mochte keine Ente, das wichtigste Standbein eines jeden Restaurants in diesem Teil Frankreichs.

Er verzog das Gesicht.

»Das Steak mit Pommes frites ist gut, die Langusten sehen sehr gut aus.«

»Danke, aber ich trinke das hier, fahre nach Hause und warte auf dich. Das würde mir gefallen … ein spätes Abendessen an einem warmen Abend.« Er berührte ihre Hand.

»Ich bin nicht vor halb elf, elf hier fertig, okay?«

»Klar. Ich möchte mir eine Sendung über Pathologie ansehen.«

Jetzt war es an Delphine, das Gesicht zu verziehen, bevor sie zu einem Tisch mit Neuankömmlingen eilte. Ihr dunkles Haar war ordentlich zurückgekämmt und mit einer Spange hochgesteckt, sodass ihr langer Hals zu sehen war. Sie trug schwarze Leggins und ein lockeres Oberteil, mit dem sie den Rest ihrer Figur zur Geltung brachte. Sie war schlank. Sie war wundervoll. Er trank noch ein wenig Bier und wandte sich wieder den englischen Nachrichten zu. Alles schien sehr weit weg und hatte immer weniger mit seinem Leben hier zu tun. Mit seinem überraschend sesshaften und zufriedenstellenden Leben.

Er saß im Garten, trank noch ein kaltes Bier, beobachtete die Motten, die gegen die Lampe flatterten, und kurz darauf schlief er im Liegestuhl ein. Als er aufwachte, war es kurz vor Mitternacht, und Delphine war nicht zu Hause. Er ging hinein, warf einen Blick auf das Handy, schaute nach, ob ihr Moped im Unterstand war. Nichts. Er rief im Café an, bekam aber nur den Anrufbeantworter.

Sie saß neben ihrem Moped am Straßenrand, als er sie fand, eine Meile vom Haus entfernt. Seine Scheinwerfer holten sie aus der Finsternis. Sie beugte sich vor, den Kopf auf den Knien.

Das Vorderrad des Mopeds war verbogen, ein Schutzblech fehlte, und es lag auf der Seite. Er konnte es bis an die Hecke ziehen, bevor er Delphine beim Einsteigen in seinen Wagen half. Ihr Gesicht und ihre Hände waren blutüberströmt, aber sie war bei Bewusstsein, und soweit er es im Halbdunkel erkennen konnte, hatte sie weder Knochenbrüche davongetragen noch das Bewusstsein verloren. Das Blut kam aus ihrer Nase, und eine Hand hatte tiefe Schnitte.

»Ein Auto ist mir mit hoher Geschwindigkeit auf der falschen Straßenseite entgegengekommen.«

»Idiot.«

»Ein gelbes Auto.«

»Hast du es erkannt?«

»Nicht so richtig. Es war wie der Blitz vorbei, und ich war am Straßenrand, und weg war er.«

»Idiot und Schweinehund. Aber erst mal werde ich dich gründlich untersuchen. Kann sein, dass du ins Krankenhaus musst.«

»Nein, nein, mir geht's gut.«

Ihre Nase war geschwollen und sehr weich, jedoch nicht gebrochen. Im Haus wusch Richard ihr das Gesicht und die Arme und verband die Wunde, die so tief war, dass er glaubte, sie müsste wohl am nächsten Tag genäht werden, doch er sagte vorerst nichts, verabreichte ihr nur Schmerztabletten und brachte sie in dem Zimmer zu Bett, das zur Seite des Hauses hinausging und von Bäumen überschattet wurde.

»Oh, was ist mit dem Moped?«

»Darum kümmere ich mich morgen früh. Jetzt leg dich hin und versuch zu schlafen, sag mir Bescheid, wenn die Schmerzen schlimmer werden oder starke Kopfschmerzen auftreten. So ein blöder Fahrer. Wenn man von England aus in ein Land mit Rechtsverkehr fährt, lässt man nicht sein Hirn zu Hause. Man muss es sich die ganze Zeit ins Gedächtnis rufen – rechts fahren, rechts fahren. Er muss die Kurve an den Wertstofftonnen viel zu schnell genommen haben.«

»Ja.« Delphine hatte ihr Gesicht abgewandt. »Danke«, sagte sie.

Da war etwas in ihrer Stimme. Er setzte sich auf das Bett und ergriff ihre Hand.

»Was ist los?«

»Nichts, nichts, keine Sorge. Ich steh nur ein bisschen unter Schock, glaub ich.«

»Natürlich – aber das ist es nicht, oder?«

»Doch, doch. Sonst nichts. Wenn ich geschlafen hab, geht es mir wieder gut.«

»Du wirst Wundschmerz haben, und deine Nase wird sehr wehtun, dein Arm ebenso. Geh nicht davon aus, dass du aufstehen und zur Arbeit gehen kannst, Delphine.«

»Mir wird es …«

»Nein. Dir wird es nicht gut gehen. Spürst du schon, dass der Schmerz nachlässt?«

»Ja, danke, es ist schon viel besser. Danke, *mon chéri*. Ich glaube, du warst ein sehr guter Arzt.«

Leise machte er die Tür zu und schenkte sich ein Glas Wein ein. Draußen war es noch sehr warm. Warm. Still. Die Dunkelheit voll flatternder, gespenstisch weißer Motten. Eine Schleiereule. Nachtschwalben zwitscherten.

Er war nicht müde, dachte darüber nach, was Delphine ihm über den Unfall gesagt hatte, und versuchte, sich ein Bild davon zu machen. Er fühlte sich unwohl.

Sein Handy summte, und das Display wurde hell.

Hi Dad.

Cat, in England war es eine Stunde früher.

Sind gerade mit dem Abendessen fertig. Hannah hat vor einer Stunde angerufen, um mitzuteilen, dass sie eine Rolle im neuen Musical hat und die Hauptrolle mit zwei anderen Mädchen teilt. Sie ist außer sich vor Aufregung. Sehe, dass bei euch eine Hitzewelle herrscht. Hier nicht. Hoffe, dir geht's gut. C.

Er las die Nachricht zwei Mal durch. Cat, ihre Familie, das Bauernhaus. Lafferton. Auf einem anderen Planeten. Zurückzukehren kam nicht in Betracht. Ihm gefiel sein Leben hier. Er hatte Delphine. Aber irgendwie fühlte er sich nicht zugehörig, als wären sein wahres Selbst und sein wahres Dasein noch so wie früher, zu Hause in Hallam House, zuerst mit Meriel, dann mit Judith.

Er hatte oft versucht, sich vorzustellen, wieder zu Hause zu leben. Das Haus war noch da, vermietet, wäre aber innerhalb von zwei Monaten wieder sein Eigen, falls er zurückkehren wollte. Die Familie war dort. Nichts hatte sich verändert, bis auf die normale Tatsache, dass das Leben weiterging, Menschen aufwuchsen, älter wurden, heirateten, starben. Neue Häuser wurden errichtet und alte Gebäude abgerissen.

Neue Straßen wurden gebaut und veränderten eingefahrene Reisestrecken. Nicht mehr. Oder weniger.

Er konnte nicht zurückkehren. Vielleicht in ein, zwei Jahren, nicht jetzt – obwohl … er verdrängte die Erinnerung, sobald sie aufzutauchen drohte –, nicht, nachdem er beinahe wegen Vergewaltigung unter Anklage gestellt worden wäre. Beinahe. Weil er Shelley natürlich nicht vergewaltigt hatte, sie hatte sich ihm aufgedrängt, als er schwach und dumm gewesen war, in ein paar vernebelten Momenten. Das war's. Der Rest war eine aufgeblasene Anklage und Rachsucht gewesen. Das wusste er. Auch andere wussten es. Trotzdem wurde er noch immer als »Vergewaltiger« geteert und gefedert von allen, die es wussten, und die Erinnerung hielt lange an. Eine falsche zwar, aber sie blieb.

Er hatte keine Ahnung, ob Shelley und ihr Mann noch immer in Lafferton wohnten, fragte sich jedoch hin und wieder, ob er es herausfinden sollte. Wenn sie weggezogen waren, könnte er ab und zu nach Hause fahren, obwohl er bezweifelte, jemals wieder in Lafferton leben zu wollen.

Bevor er ins Bett ging, schaute er zu Delphine hinein. Sie schlief, ihr Gesicht war geschwollen und rot, sie atmete mühsam durch die verstopfte Nase. Ihr verletzter Arm lag auf der Bettdecke, und ein wenig Blut drang noch immer durch den Verband. Sanft berührte er ihre Hand und hatte das Gefühl, ein verletztes Kind zu beschützen. Sie regte sich, wurde aber nicht wach.

Er legte sich eine Weile hin, bestürzt über die Gefühle, die ihr Unfall und der Anblick gerade in ihm aufgewühlt hatten, große Zärtlichkeit und …

Und er wusste es nicht. Er wusste nur, dass es etwas Ungewohntes war, neu und verstörend.

7

Wookie knurrte, ein tiefes Grummeln, das eher aus seinem Bauch als aus seinem Hals zu kommen schien, aber er rührte sich nicht und machte kein Auge auf.

Dreißig Sekunden danach bog Kierons Wagen in die Auffahrt. Wookie knurrte wieder.

»Dummer Hund.« Cat hatte die Füße auf dem Sofa und war fast mit *Flauberts Papagei* fertig, dem Buch, das in dieser Woche noch im Literaturkreis besprochen wurde.

»Wärst du fünf Minuten später gekommen, hätte ich dir meine volle Aufmerksamkeit schenken können, nur jetzt musst du warten, weil ich auf der vorletzten Seite bin.«

Er kam zu ihr und küsste sie auf die Stirn. »Ich sage nichts. Was zu trinken?« Sie nickte und schlug die Seite um.

Wookie grummelte weiter, Kieron brachte zwei Gläser Wein, stellte sie auf den niedrigen Tisch und setzt sich neben Cat. Der Terrier erhob sich, rückte auf die andere Seite des Sofas und knurrte weiter vor sich hin.

»Wann wirst du dich endlich an mich gewöhnen und aufhören zu knurren, Wooks?«

Cat las noch eine Minute weiter und klappte das Buch dann zu.

»Beachte ihn einfach nicht.«

»Ich wohne hier seit Monaten, und noch immer behandelt er mich wie einen Einbrecher.«

»Würde so einen nicht sehr beeindrucken.«

»Wenn ich in seiner Nähe mit den Fingern schnipse, bleckt er die Zähne.«

»Dann lass es einfach. Hallo im Übrigen. Wie war dein Tag?«

Kieron seufzte. »Zu viel Verwaltungskram, eine zu lange Besprechung mit dem Commissioner und eine Durchgeknallte. Nein, das nehme ich zurück – eine Besessene. Eigentlich tut sie mir sehr leid – ihre Tochter verschwand vor ein paar Jahren, vermutlich entführt, sie ist sich sicher, dass sie weiß, wer es war, und das sind wir auch, er sitzt ohnehin schon für zwei Morde im Gefängnis – er hat gestanden, behauptet aber steif und fest, dass er nichts mit diesem Fall zu tun hat. Sie will Gerechtigkeit, verständlich – sie will einen Abschluss. Sackgasse.«

»Marion Still.«

»Du weißt davon?«

»Sie ist eine Patientin. Kimberley war es auch. Welchen Eindruck hattest du von ihr?«

»Stabil. Zeigt nach außen keine Emotionen.«

»Was hast du gesagt – dass du nichts tun kannst?«

»Mehr oder weniger. Aber ich habe auf dem Heimweg darüber nachgedacht ...«

»Russon ist dafür verantwortlich, oder?«

»Das ist wahrscheinlich, doch ich kenne nicht alle Details, das war vor meiner Zeit hier. Ich lasse mir die Akten zukommen und werfe einen Blick hinein.«

»Heute Morgen bekam ich eine E-Mail von einem früheren Studienkollegen. Luke Renfrew. Ich war ziemlich scharf auf ihn.«

»Das will ich gar nicht wissen. Sag mir nur nicht, dass er nach Lafferton zieht.«

»Eigentlich nach Starly, und keine Sorge, er ist schwul.«

»Leoparden ändern ihre Flecken.«

»Luke nicht. Sein Partner ist ein sehr reicher Italiener, der gerade das Hotel gekauft hat. Er möchte mit mir über ein Projekt sprechen ... mich von ihm zum Lunch dort einladen zu lassen ist das Mindeste, was ich tun kann. Auf die alten Zeiten und so.«

Sie schrie in gekünstelter Angst auf, als Kieron sich auf sie stürzte. Für Wookie war nicht ersichtlich, dass der Überfall nur Spaß war.

»Verdammte Scheiße!«

Der Hund hatte ihn fest in den Arm gezwickt, war vom Sofa gesprungen und hatte das Weite gesucht.

»Daran könnte ich sterben«, sagte Kieron.

»Nein, könntest du nicht, vorausgesetzt, dass du gegen Tetanus geimpft bist. Wenn es anfängt zu pochen oder anschwillt, gebe ich dir Penicillin, aber vorerst kleben wir ein Pflaster drauf.« Cat tupfte den Biss mit Desinfektionsmittel ab.

»Es gibt ein Kampfhundegesetz, nur zu deiner Information.«

»Wookie ist kein Kampfhund.«

Kieron streckte den Unterarm vor.

»Er ist nur nicht daran gewöhnt, dass du hier lebst. Ich mache jetzt das Abendessen.«

Kieron folgte ihr.

»Und hör um Himmels willen auf, deinen Arm so zu umklammern.«

»Es pocht.«

»Nein, es tut bloß weh.«

Er setzte sich und schaute traurig auf das Pflaster. »Und was hat jetzt dieser Luke gesagt, auf den du so scharf bist?«

»Nichts Genaues … nur dass er zu etwas meine Meinung hören will.«

»In eure Gemeinschaftspraxis eintreten?«

»Das glaube ich nicht, jedenfalls wäre das nicht meine Angelegenheit, ich bin keine Teilhaberin. Hier, putz die Bohnen für mich.«

»Ich glaube, ich kann meinen rechten Arm nicht bewegen.«

»Doch, kannst du.« Sie baute Schüssel, Bohnen und Messer vor ihm auf. »Wie war das noch, du sagtest, du hättest dir ein paar Gedanken über den Mord an Kimberley Still gemacht?«

»Keine sehr nützlichen. Ich werde die Akten durchsehen, wenn ich Zeit habe.«

»Und das wird wann genau sein?«

Er stöhnte.

»Da gibt es bestimmt jemanden, der mehr Zeit hat als du.«

Kieron hatte eine Handvoll Bohnen in die Hand genommen. Er legte sie wieder ab. »Jetzt, wo du es sagst …«

»Simon?«

»Simon«, bestätigte er.

8

Der Sturm hatte sich den ganzen Nachmittag über zusammengebraut, und als die letzte Fähre in den Hafen einbog, stampfte und schlingerte sie durch hohe Wellen, der stürmische Wind blies über den Bug, sodass sie dreimal wenden musste, um erneut das Dock anzusteuern. Als sie schließlich vertäut wurde, war nur die Mannschaft fest auf den Beinen und fröhlich.

Sam war noch nie seekrank gewesen, aber diese Fahrt hatte ihn auf die Probe gestellt. Er stützte sich ab, als er den Kai betrat, und der Boden schien unter seinen Füßen nachzugeben. Er hievte sich den Rucksack auf die Schultern und schaute den Hang hinauf, wo die Lichter im Pub noch brannten. So spät hatte er nicht ankommen wollen. Geplant war, dass er eine Fähre am frühen Nachmittag nahm, doch eins kam zum anderen, einschließlich verschlafen, keine Mitfahrgelegenheit finden, dann hinter einem anfahrenden Zug herlaufen, der, wie sich herausstellte, in die falsche Richtung fuhr. Daher hatte er es erst kurz vor Betriebsschluss geschafft.

»Du hast Glück. Die fahren morgen eher gar nicht aus, wenn die Wettervorhersage stimmt.«

Es war dunkel, und niemand wartete am Kai. Die einzigen anderen Passagiere waren ein Mann mit Rucksack, der allein zum Parkplatz ging, und eine Gruppe Studenten auf Exkursion, die in einen wartenden Kleinbus stiegen, der sie auf die andere Seite der Insel zum Feldforschungszentrum bringen würde. Die Crew machte die Fähre zum Auslaufen bereit. Sam ging den Hang hinauf zum Pub. Draußen standen zwei Fahrräder und ein verbeulter Transit. Drinnen war es ruhig, bis auf das Heulen des Windes und zwei Männer, die am Tresen etwas tranken. Sie drehten sich um, als die Tür aufging.

»Komm rein und mach die Tür zu, Junge, sonst werden wir ins Meer geweht.«

Sam war keinen Schritt näher gekommen, nachdem die Tür zu war.

»Du brauchst vielleicht einen Whisky, so grün, wie du aussiehst.«

»Mir geht's gut. Hat jemand ein Auto, um mich mitzunehmen?«

»Haben sie nicht, jedenfalls nicht zu dieser Nachtzeit und bei dem Wetter. Wo willst du denn hin?«

»Komm schon, Junge, ich geb dir einen aus.« Der Mann mit dem roten Gesicht schob dem Wirt ein paar Münzen über den Tresen. »Ich hab dich schon mal gesehen.«

»Ich war schon mal hier.«

»Dann komm ... Auf dich und ein langes Leben.« Sam betrachtete den Whisky. Er hatte noch keinen probiert, aber sie beobachteten ihn. Alle drei. Er hob sein Glas und leerte es in zwei Zügen, wie die Medizin, nach der er schmeckte, stellte das Glas ab und fragte noch einmal, ob die Möglichkeit bestand, über die Insel gefahren zu werden.

Der Wirt seufzte. »Meine Schrottkarre ist in der Werkstatt mit Riss in der Ölwanne, die Frau fährt Fahrrad, und das willst du dir heute Abend nicht leihen. Du lässt deins doch sicher auch hier, oder, John?«

Der Mann mit dem roten Gesicht glitt vom Barhocker. »Aye.«

»Danke für den Drink«, sagte Sam.

Der Mann nickte, schob sich aus der Tür und ließ den nächsten Windstoß herein.

»Er wohnt nur hundert Meter von hier den Hügel rauf. Wenn du auf die andere Seite willst, hast du heute Abend kein Glück. Ich hab kein leeres Zimmer, aber du kannst gern auf meiner Couch schlafen. Du bist Simons kleiner Vetter, oder?«

»Neffe.«

»Ich erinnere mich. Er wohnt ungefähr drei Meilen von hier, nur kannst du bei dem Wetter nicht zu Fuß gehen.«

Sam schaute auf seinen Rucksack. Er könnte ein paar Stunden auf der Couch schlafen und gegen Morgen aufstehen, wenn der Sturm vielleicht nachgelassen hätte. Aber als er das Angebot schon annehmen wollte, hörte er draußen durchdrehende Räder, und die Tür wurde dem Eintretenden aus der Hand gerissen. Draußen herrschte ein Chaos aus Sprühnebel, Regen und Wind.

Der Wirt brach in schallendes Gelächter aus. »Und hier haben wir die Einzige, die so bescheuert ist, bei dem Wetter vor die Tür zu gehen, ob mit oder ohne fahrbaren Untersatz.«

Die Frau, die hereinkam, trug eine grüne Regenjacke, Stiefel und einen Südwester, den sie in den Nacken schob, woraufhin sich Wasser auf die Matte ergoss.

Sie zögerte kurz, warf einen Blick durch den Raum und bemerkte Sam und den anderen Trinker am Tresen, der jetzt beschloss, schlafen zu gehen.

»Ich brauche eine neue Gasflasche, wenn du noch eine von der letzten Ladung übrig hast, Iain. Scheiß Teil. Bin mir sicher, dass sie voll war. Ich hab auf keinen Fall schon eine ganze verbraucht.«

Iain lachte. »Das behauptest du immer, Sandy. Ich sage es dir dauernd, und jetzt soll ich bei dem Wetter raus und deine Gasflasche schleppen.«

»Ich nehme ein Half-Pint, um den Schock abzumildern.«

Iain zapfte ihr Bier. »Ich hol dir dein Gas. Kümmer dich inzwischen um den jungen Mann hier.« Sie wechselten rasch einen Blick, den Sam als ›Behalt ihn im Auge und pass auf, dass er sich keinen Drink oder was anderes nimmt‹ auslegte.

Sandy drehte sich um. Sie musterte ihn, taxierte ihn regelrecht, dachte er. Das war ihm unangenehm. »Sandy Murdoch. Bist du mit der letzten Fähre gekommen?«

Sam nickte. »Ich dachte, ich könnte von hier aus mit jemandem mitfahren, hatte aber Pech.«

»In so einer Nacht fährt keiner rum. Wo willst du denn hin?«

Er zögerte. Woanders hätte er es niemals einer Fremden gesagt, aber auf der Insel war es wohl in Ordnung. Jeder kannte jeden und ging offen damit um, jeder Besucher wurde bemerkt und beurteilt.

»Zu meinem Onkel. Er wohnt in Stane.«

»Simon? Gut, jetzt, wo ich dich ansehe. Du hast seinen guten Knochenbau, wenn auch nicht seinen Teint – oder seine Augen.«

»Dann kennen Sie ihn.« Sam schaute die Frau aus den Augenwinkeln an. Sie hatte ein knochiges Gesicht, sprödes, strohblondes Haar.

»Du trinkst nicht«, sagte sie.

»Ich möchte nichts.«

»Na ja, ich würde nicht behaupten, dass ich nie alleine trinke, aber Gesellschaft ist mir lieber. Was nimmst du, wenn Iain wiederkommt?«

»Limonade?«

»Nicht dein Ernst.«

Sam antwortete nicht, und sie saßen schweigend herum, bis der Wirt zurückkam.

»Sie ist im Jeep, und jetzt schau dir an, wie ich aussehe.«

»Danke, Iain. Einen Dram für Sam, und dann nehm ich dir das andere Half-Pint ab.«

Sie ignorierte Sams Protest, brachte seinen Whisky an den Tisch, dazu ein Glas Limonade.

»So spült man den runter.« Sie lachte und hob ihr Glas.

Eine Viertelstunde später hatte sie Sams Lebensgeschichte

aus ihm herausgekitzelt. Er trank einen weiteren Whisky, und die Kneipe bekam einen goldenen Schimmer. Er war angenehm müde und hatte plötzlich einen Bärenhunger.

»Gut«, sagte Sandy, knallte ihr Glas auf den Tisch und stand auf. »Ich bring dich zu deinem Onkel, bevor ich dich hier raustragen muss. Und das könnte ich glatt.«

Sam war leicht unsicher auf den Beinen, ging aber zielbewusst zur Tür. Als er sie öffnete, riss der Wind sie ihm aus der Hand und schlug sie nach hinten.

»Moment noch – hab was vergessen.« Sandy ging rasch in die Kneipe zurück. Sam beobachtete sie. Sie machte einen ganz netten Eindruck, ein Mensch, für den ihn plötzliche Zuneigung überkam. Whisky brachte wohl von allem das Beste zur Geltung.

Im Jeep war es warm, sobald der Heizlüfter blies und über das Platschen des Regens auf dem Dach und das Pfeifen des Windes durch die undichten Fenster hinweg ein Geräusch wie eine Turbine von sich gab. Sam dachte, so könnte er ruhig noch tausend Meilen weiterfahren. Sein Kopf sang.

»Worum ging's da bei dem ganzen Zeug?«

»Was für ein Zeug?«

Sam versuchte, mit schwerer Zunge die Frage zu formulieren, die er ihr stellen wollte, aber als es ihm gelang, hatte er sie vergessen.

Die Scheibenwischer hatten Schwierigkeiten mit der Bewältigung des strömenden Regens und kratzten nur schwach hin und her, Pause, hin und her, Pause.

»Wie können Sie rauskucken?«

»Da gewöhnt man sich dran. Ich kenne die Straße.«

»Sind Sie hier geboren, Sandy?«

»Nein. Aber mir gefällt es hier, Sam. Die Leute kommen im Juni, Juli her, und alles ist Friede, Freude, Eierkuchen, und sie sehen es überhaupt nicht. Simon mag es, meinst du nicht? Mist.«

Der Jeep rutschte seitwärts über die nasse Straße. Sandy fing ihn geschickt ab, und sie waren auf der letzten Geraden. Sam schaute aus dem Fenster, konnte aber nichts erkennen.

»Ist das ein großer Umweg für Sie?«

»Kein großer.«

Sie bogen ab.

»Da sind wir … zu Hause. Und jetzt gib acht auf dich – es gießt in Strömen, und der Boden ist glitschiger Schlamm.«

»Vielen, vielen Dank. Wirklich nett von Ihnen. Ich bin Ihnen echt dankbar. Danke. Vielen Dank.«

»Gern geschehen, Sam.« Er sah, dass Sandy lachte. Über ihn? Das ärgerte ihn, und er war kurz davor, ihr Paroli zu bieten, wie er da in Regen und Wind stand, aber dann setzte sie zurück, die Räder warfen Schlamm und Wasser auf, und noch bevor er Simons Haustür erreichte, hatte er vergessen, was er hatte sagen wollen.

Eine halbe Stunde später, nachdem er ein heißes Bad genommen, frische Kleidung von Simon angezogen hatte und der Inhalt seines Rucksacks in der Waschmaschine war, saß Sam vor einem Becher Tee und sah zu, wie Eier, Speck und Bratkartoffeln auf dem Herd brutzelten. Simon hatte nicht viel gesagt, bis auf »Ach, du Scheiße!« ganz zu Anfang, als er die durchnässte, schwankende Gestalt vor seiner Tür hereingeholt hatte. Jetzt hörte er sich den oberflächlichen, aber etwas nüchterneren Reisebericht seines Neffen an. Er fragte nicht, was er getrunken hatte, denn er ging davon aus, dass es nicht so viel gewesen war.

»Was ist mit deinen Haaren passiert?«, fragte Sam plötzlich und starrte ihn an, als hätte er ihn erst jetzt gesehen.

»Bisschen heftig?« Simon fuhr sich mit der Hand darüber. Die blonden Haarsträhnen, die ihm normalerweise in die Stirn hingen, waren sehr kurz geschnitten worden und ließen seine Gesichtsknochen und den langen Hals erkennen.

»Bisschen wie ein Sträfling.«

»Danke. Nur weil Geordie es nicht richtig schneiden kann, daher hab ich's ihn lieber mit der Schermaschine machen lassen. Hält auch länger. Möchtest du Toast?«

»Nein danke. Aber hast du Tomaten?«

»Leider nein.«

Simon stellte ihm den Teller hin und wartete, bis Sam drei oder vier Bissen verschlungen hatte und eine Pause einlegte, um etwas zu trinken. Dann sagte er: »Okay, du hast mir erzählt, wie du hergekommen bist. Aber warum?«

»Na ja, weißt du, ich war in der Nähe.«

»Niemand ist in der Nähe von Taransay.«

»Na ja, so ungefähr. Hab dich lange nicht gesehen. Hab gedacht, ich könnte mal wieder vorbeischauen.«

»Wie schmeichelhaft.«

»Wie geht's …?« Er deutete mit einem Kopfnicken auf Simons Arm.

»Gut.«

»Prima.«

Simon ließ ihn allein, machte noch mehr Tee und legte einen Ingwerkuchen auf einen Teller. Kirsty backte sie zu Hause und verkaufte sie zusammen mit ein paar anderen Kuchen im Laden. Die Nachfrage war groß, womit sie ein wenig zum Familieneinkommen beitrugen, so wie mit den Eiern der Hühner. Das Leben auf der Insel war bescheiden. Nichts wurde verschwendet.

In der kurzen Touristensaison im Sommer hofften alle, die spärlichen Einkünfte des langen Winters auszugleichen. Simon gefiel diese Art zu leben, aber er bezweifelte, zäh genug zu sein, es lange durchzuhalten. Im Übrigen langweilte er sich zu schnell für eine so begrenzte Existenz.

Sie saßen sich gegenüber und lauschten dem immer noch tosenden Sturm. Sam hob seinen Becher. »Danke, Si.«

»Gern geschehen.«

»Da ist was, das ich irgendwie kurz mal ansprechen möchte.«

Simon wartete und ignorierte Sams beiläufigen Tonfall.

Ein plötzlicher Windstoß schlug den Regen gegen die Fenster. »Ich hoffe, sie ist gut nach Hause gekommen.«

»Wer, Sandy? Um die mach dir mal keine Sorgen – sie ist eine Überlebenskünstlerin, wie sie im Buche steht. Und wenn es ums Entladen geht, arbeitet sie für zwei Männer.«

»Wo wohnt sie?«

»Über den Hügel Richtung Küste.«

»Mit Familie?«

»Nein, allein. Wenn es irgendwo eine Familie gibt, hat sie nie darüber geredet.«

»Kennst du sie gut?«

»Wie eine Nachbarin – jeder kümmert sich hier um jeden. Das muss sein. Sie ist mal auf eine Tasse Tee reingekommen, wenn sie etwas vorbeigebracht hat. Warum?«

Sam zuckte mit den Schultern und wandte den Blick ab. Simon lachte. »Nein«, sagte er. »Das soll wohl ein Witz sein. Sie ist … na ja … *nein.*«

»Okay. Deine Freundinnen sind immer megaschick, stimmt.«

»Und was ist mit deinen?«

»Hör auf!«

»Ella, so hieß sie doch?«

Sam warf ein Kissen nach ihm. »Hör zu … ich wollte Kieron danach fragen, aber dann, ich … ich glaube, dir vertraue ich einfach.«

»Kein Grund, ihm nicht zu trauen, Sam, er ist ein guter Mann … guter Polizist. Du kommst doch klar mit ihm, oder?«

»Ja, ja, und Mum ist glücklich, also … hält sie sich aus meinen Sachen raus.«

»Genau.«

»Die Polizei. Diese Sache mit SO17, die mir immer vorschwebte.«

Sam hatte schon immer zu den bewaffneten Sondereinheiten der Polizei gewollt, solange er und Simon sich erinnern konnten. Der ursprüngliche Plan war gewesen, einen guten Abschluss zu machen und dann zur Polizei zu gehen, um von dort im Schnellverfahren so bald wie möglich zur bewaffneten Sondereinheit zu wechseln. In den letzten beiden Jahren hatte er Gewehrschießen gelernt und schnell Geschicklichkeit entwickelt. Er hatte die County-Tabellen im Tontaubenschießen angeführt, sich aber geweigert, Wild zu töten. Das hatte zu einigen hitzigen Debatten mit Kieron geführt, der nicht verstehen konnte, wie sein Stiefsohn in Erwägung ziehen konnte, einen Menschen erschießen zu müssen, wenn er aus Prinzip nicht einmal einen Fasan töten wollte. Sam hatte einfach darauf bestanden, dass beides nichts miteinander zu tun hatte. Am Ende hatten sie sich auf Cats Drängen hin darauf geeinigt, das Thema gänzlich zu meiden.

»Ich hab nachgedacht … vielleicht neu überlegt.«

»Polizist zu werden?«

Sam rutschte hin und her. Er griff nach seinem Becher. Trank. Rutschte wieder hin und her. Simon wartete.

»Als du auf halber Strecke das Medizinstudium aufgegeben hast –«

»Weniger. Ich hatte nicht einmal das zweite Jahr beendet.«

»Okay, warum hast du das gemacht? Ich meine, der wahre Grund?«

»Der wahre Grund ist derselbe wie jeder andere. Ich wollte kein Arzt sein. Ich wusste es, bevor ich anfing, aber ich war … oh, ich weiß nicht, Sam, überredet, gedrängt worden. In dieser Familie wird man Arzt. Und ich war nicht absolut dagegen – jedenfalls nicht, bevor ich anfing. Und da wusste ich inzwischen, dass ich zur Polizei, nicht in die Medizin wollte.«

»Hast du es jemals bereut? Hast du gedacht, du könntest deine Meinung noch mal ändern?«

»Nicht eine Sekunde. Ich wäre ein miserabler Arzt geworden.«

»Das kannst du nicht wissen.«

»Ich weiß es. Aber ich wollte Polizist werden, und ich habe jede Minute genossen. Na gut – fast jede Minute.« Er berührte seinen Arm. »Das war ein Ausrutscher.«

»Okay.«

»Und? Wohin führt dich dein Nachdenken?«

»Kann ich bitte noch Tee haben?«

»Greif zu.« Er musste lauter sprechen, um gegen den plötzlich aufheulenden Wind anzukommen.

Sam war nicht auf den Mund gefallen, doch er war vorsichtig. Er ließ sich nicht zu ernsten Worten hinreißen, wenn er nicht sicher war, was er genau sagen wollte, aber Simon vermutete, dass Sam längere Zeit darüber nachgedacht hatte und jetzt einfach nur tief Luft holen musste. Er hätte nicht die lange, komplizierte Reise auf sich genommen, ohne es vorher einstudiert zu haben.

»Vielleicht habe ich meine Meinung über die Polizei geändert.« Er schien auf eine Reaktion zu warten, doch Simon zeigte keine. »Ich habe mir immer wieder mich selbst vor Augen geführt – das Leben … Verstehst du, ich habe mich gesehen wie ein Stück, das nicht ins Puzzle passt. Je mehr ich mich damit beschäftigte, über den Alltag las, desto stärker wurde dieses Gefühl. Ist das dumm?«

»Du weißt, dass es das nicht ist.«

»Ich würde dich enttäuschen.«

Simon schnaubte. »Du würdest niemanden enttäuschen, am wenigsten mich. Werde erwachsen.«

»Ich will keinen Fehler machen. Es wäre eine Verschwendung von allem … deshalb könnte ich … vielleicht meine Meinung ändern.«

»Klingt so, als hättest du dich schon anders entschieden.«

»Ach ja? Vielleicht stimmt es ja.«

»Viel besser ist, wenn du es jetzt weißt, Sambo, als nach einem Jahr der Ausbildung. Besser für dich hauptsächlich.«

»Stimmt …« Ein langes Gähnen unterbrach seinen Redefluss.

Simon stand auf. »Morgen reden wir weiter. Du bist total erledigt. Das Reservebett ist bezogen, aber ich werde noch mehr Decken suchen – solche Stürme lassen die Temperaturen rapide sinken.«

Sie gingen die Treppe hinauf, Sam holte sein Waschzeug und das T-Shirt, in dem er immer schlief, aus dem Rucksack, während das Bett gemacht und die Vorhänge vor der wilden Nacht zugezogen wurden.

»Si … ich will nur … ich meine, na ja, wir werden darüber reden, nur …«

»Ich soll deiner Mutter nichts sagen.«

»Genau.«

»Ich doch nicht.« Er legte den Arm kurz um Sams Schulter, nicht sicher, ob der die stürmischen Umarmungen noch annehmen würde, die er als Junge so geliebt hatte.

Sam setzte sich aufs Bett, um die Matratze zu prüfen. Er kippte zur Seite, um das Kissen zu prüfen, war innerhalb von fünfzehn Sekunden tief eingeschlafen und wurde nicht vor zehn Uhr am nächsten Morgen wach.

Unten schenkte sich Simon einen kleinen Whisky ein und setzte sich wieder aufs Sofa. Er war mitten in der Lektüre des Romans *Der Spion, der aus der Kälte kam*, dachte aber eine Weile an Sam. Wenn ihn dessen Entscheidung überrascht hatte, dann hatte er es sich nicht anmerken lassen. Aber Sam war so lange wie besessen von der Vorstellung gewesen, zur bewaffneten Sondereinheit zu gehen, was Cat immer große Sorgen bereitet hatte, dass es allem Anschein nach eine abgemachte Sache war. Nichts anderes, abgesehen von Kricket und Hockey – und er war in beiden Sportarten ein ausgezeichneter Spieler –, hatte ihn je interessiert. Simon hatte sich Mühe gegeben, ihn davon abzubringen, was die beste Möglichkeit war, die Festigkeit eines Entschlusses zu prüfen, doch Sam hatte nie geschwankt.

Was kam als Nächstes? Die Polizei, aber nicht die bewaffneten Sondereinheiten? Die Kriminalpolizei? Etwas anderes gab es nicht. Sam war helle, und er arbeitete hart, aber er war kein Intellektueller – eine akademische Laufbahn wäre nichts für ihn, ebenso wenig der Beruf eines Lehrers, und ein Leben in irgendeinem Büro würde ihn mit Sicherheit in den Wahnsinn treiben.

Sie würden einen Plan B finden müssen.

9

Von außen sah das Burleigh noch immer wie ein Hotel im Landhausstil aus, doch als Cat ins Foyer trat, merkte sie, dass es auf gepflegte, anspruchsvolle Weise verschönert worden war. Die Wände waren jetzt kittfarben, der Teppichboden braungrau, die Polster variierten zwischen cremefarben und hellgrau. Die Frontseite der Bar war, wie sich herausstellte, mit cremefarbenem Leder bezogen, die Hocker auch, nur in dunklerem Farbton. Die Beleuchtung war neu gestaltet. Es war intim, aber kühl, der italienische Einfluss überall spürbar.

Lukes Partner Enrico musste einige seiner vielen Millionen in dieses Haus gesteckt haben, in der Hoffnung, eine reichere und internationalere Klientel anzuziehen, doch da die Lage ausschlaggebend war, fragte sie sich, ob er wohl Erfolg mit einem Hotel haben würde, das außerhalb von Lafferton lag, wenn auch das Land grün und schön anzusehen war.

»Cat! Du siehst aus wie der junge Frühling!«

Sie wusste sofort, warum sie Luke vor fünfundzwanzig Jahren angehimmelt hatte. Er sah noch genauso aus, war noch schlank und wirkte jünger, als erlaubt war, hatte noch immer dichtes Haar, das allerdings auf attraktive Weise leicht angegraut war. Und er war charmant wie eh und je. Er nahm ihre Hände und küsste Cat auf beide Wangen.

»Und du hast nicht vergessen, wie man Komplimente macht. Es tut so gut, dich zu sehen, Luke.«

»Ich habe einen Tisch am Fenster. Lass uns zur Feier des Tages ein Glas Champagner trinken.«

Er führte sie durch den Raum, in dem es sehr ruhig war. Sie

bemerkte nicht, dass er ein Zeichen gab, um eine Bestellung aufzugeben, aber als sie Platz nahmen, kam ein Kellner mit zwei Gläsern Veuve Clicquot.

»Dieser Anzug kann nur aus Italien sein«, sagte sie. Er war hellgrau, aus feinem Wollstoff, perfekt geschnitten, kombiniert mit einem schiefergrauen Hemd und einer fuchsroten Krawatte. Cat versuchte sich Kieron im selben Outfit vorzustellen und lächelte. Er war schick in Uniform, aber ansonsten das Gegenteil von elegant. Seit sie verheiratet waren, hatte sie sich bemüht, seine Garderobe in kleinen, unauffälligen Schritten aufzubessern. Chris war genauso gewesen. Simon hingegen – der könnte so einen Anzug gut tragen.

»Auf uns«, sagte Luke. Oliven wurden gebracht, dazu Toaststücke in Pennygröße mit einem Klecks Topfgarnelen, mit Dill bestreut, einem Teelöffel Kaviar oder einem Kringel Räucherlachs darauf.

Cat seufzte und lehnte sich zurück. »Was auch immer der Anlass sein mag«, sagte sie, »es ist so schön. Danke.«

»Stimmt, und jetzt erzähl mir von deinen letzten zwanzig Jahren und so, Dr. Deerbon. Du hast deinen Namen aus beruflichen Gründen nicht geändert, nehme ich an?«

Während sie den Champagner genossen, erzählte sie ihm von den Kindern, Chris' Krankheit und seinem Tod, von Simon, Kieron. Richard erwähnte sie nicht – Luke wusste vom Tod ihrer Mutter aus den Todesanzeigen in medizinischen Fachzeitschriften.

»Okay, so weit das Privatleben. Kommen wir zur Medizin.«

»Das wird bis zum Ende des Hauptgangs dauern.«

»Kein Problem. Ich habe jede Menge Zeit. Und du?«

»Ich habe heute meinen freien Tag.«

Das Hotel hatte jetzt sowohl seinen früheren, formellen Speisesaal, als auch eine Brasserie. Luke überließ Cat die Wahl, und sie schaute über die Schulter in den Hauptraum.

»Tut mir leid, aber das wäre wie eine Mahlzeit in der Leichenhalle – da drinnen ist ja niemand.«

Die italienische Brasserie war sehr gemütlich, anheimelnd, die Tische standen nicht zu nah nebeneinander, und die Speisen waren sowohl auf einer Tafel hinter der Bar abzulesen als auch auf einzelnen Kreidetafeln, die an den Tisch gebracht wurden. Sie bestellten Linguine mit Krebs und Hummer, dazu einen Salat. Frisches warmes Brot und Olivenöl wurden vorab gereicht.

»Ich kenne den Zustand von Allgemeinpraxen generell«, sagte Luke, »aber wie steht es mit deiner persönlichen Erfahrung? Bring mich auf den Stand der Dinge.«

Cat tat ihm den Gefallen, legte detailliert ihre Zeit in der Palliativpflege im Imogen House Hospiz dar, die kurze Phase wieder als Partnerin in einer Praxis für Allgemeinmedizin, in der sie ihrer Meinung nach unterschätzt und gemobbt worden war, bis hin zu ihrer neuen Anstellung als Praxisvertretung.

»Das ist einerseits gut – die sind alle nett da, leisten Unterstützung und beziehen mich in Diskussionen und Besprechungen mit ein, als wäre ich eine Partnerin. Tatsache ist aber, dass ich es nicht bin. Ich nehme die Patienten an, die in letzter Minute kommen, die Überhänge, die keine Dauerpatienten sind. Ich erledige eine Menge Telefonberatungen. Da gibt es keine Kontinuität, oder nur sehr wenig, und ich sehe Patienten nur selten zweimal. Das Übliche.«

»Wie viele Wochenstunden hast du?«

»Insgesamt entsprechen sie dreieinhalb Tagen.«

»Ausstattung?«

»Nicht übel. Ich habe kein eigenes Sprechzimmer, aber das haben Vertretungen nie. Es funktioniert, da ich freie Zeit habe, um ein bisschen zu leben und meinen Mann zu sehen.«

»Du bist nicht überlastet.«

»Um Himmels willen, nein.«

»Aber auch nicht gut bezahlt.«

»Nein … Die Zeiten haben sich geändert. Ebenso wie die Ärzte.«

Cat hörte auf zu reden und aß. Die Linguine waren saftig, reichhaltig mit Krebs- und Hummerstücken versehen, der Salat mit dem besten Olivenöl angerichtet. Sie wollte ausgiebig genießen.

Luke schenkte ihnen beiden noch Eiswasser nach. Im Krug schwammen Limonenscheiben und frische Minze.

»Ich möchte dir etwas über Concierge-Medizin erzählen.«

Bitter Lemon Granitas und zwei Portionen Kaffee, so gut, wie ihn nur die Italiener zubereiten, kamen und gingen, und Luke hatte kaum Luft geholt. Doch nun leerte er seinen zweiten Espresso und lehnte sich zurück.

»Ich werde dich jetzt nicht nach deiner Meinung fragen – da gibt es vieles zu überdenken, es klingt kompliziert, obwohl es das eigentlich nicht sein wird. Aber als einzige Reaktion an diesem Punkt müsste ich von dir nur wissen, ob du etwas gegen das Prinzip hast – viele Ärzte sind absolut gegen Privatmedizin jeder Art, und ich respektiere das. Wenn du es auch bist, nun, dann hatten wir ein tolles Mittagessen, und es war schön, dich wiederzusehen.«

»Chris war absolut dagegen. Er hätte sich verabschiedet und wäre gegangen, noch bevor du das erste Viertel vorgebracht hättest. Ich war immer anderer Meinung, obwohl ich einige seiner Argumente nachvollziehen konnte, aber bei ihm kam Stolz mit ins Spiel, und dafür ist kein Platz, gerade in der jetzigen Form der Allgemeinpraxen.«

Luke wartete, ob sie fortfahren wollte, doch sie hatte nichts mehr zu sagen. Heute nicht. Jetzt nicht.

»Ich brauche eine Woche Bedenkzeit, bevor ich dir eine Antwort geben kann. Gibt es schon etwas Schriftliches?«

Luke griff in seine Jackentasche und zog eine Karte heraus. »Hier stehen meine genaue Adresse und die Angaben zur

Website – ist natürlich noch nicht online, wurde von einem professionellen Designer gestaltet, und sie sagt dir absolut alles. Der Versuch, mit weniger Papier auszukommen, wenn auch nicht ganz ohne.«

»Danke. Ich verspreche, dass ich sie mir sehr genau ansehen und wieder auf dich zukommen werde – aber erst, wenn ich mir darüber im Klaren bin, wo ich stehe. Klingt allerdings sehr interessant.«

»Du sagst also nicht Nein.«

»Ich sage jetzt noch gar nichts, Luke, nur dass ich gern noch einen Kaffee hätte.«

Den Rest der Zeit verbrachten sie damit, sich über Studienkollegen auf den neuesten Stand zu bringen und Geschichten über den schrecklichen Zustand der Personalbeschaffung und die Laxheit der aktuellen Ausbildung auszutauschen. Cat fand, sie beide klangen wie ihre Eltern, als Cat mit dem Medizinstudium angefangen hatte – »Früher war alles besser«.

Luke begleitete sie zu ihrem Wagen und küsste sie wieder auf beide Wangen. »Ich kann's kaum erwarten, von dir zu hören«, sagte er.

»Du wirst dich gedulden müssen. Danke fürs Essen.«

Er winkte ihr nach, als sie aus dem Tor fuhr. Sie hatte auf ihn den Eindruck gemacht, als sei sie einigermaßen interessiert an seinem Vorhaben, würde dem detaillierten Studium der Webseite aber keine Priorität einräumen. Tatsächlich war Cat viel neugieriger darauf, als sie sich hatte anmerken lassen. Ihr gefiel, was sie bisher gehört hatte, vor allem weil es einen möglichen Weg aus dem beruflichen Trott eröffnete, in dem sie sich befand. Als sie Luke gefragt hatte, ob sie Kieron etwas darüber erzählen dürfe, war er sogar begeistert gewesen. »Partner sind dabei wichtig, es betrifft ja den gemeinsamen Alltag. Sag es ihm ruhig, mich würden seine Ansichten interessieren. Ich hoffe, ich lerne ihn mal kennen – bin noch nie einem Chief Constable begegnet.«

10

Delphine brauchte eine Woche, um sich zu erholen, nicht nur von den Verletzungen, die sie sich beim Mopedunfall zugezogen hatte, sondern von dem Schock, der dazu führte, dass ihr vor dem Kauf eines neuen Mopeds graute.

»Dann lernst du am besten Auto fahren, ist viel sicherer«, sagte Richard. Er hatte einen *salade niçoise* zubereitet und den Tisch draußen im Schatten unter den Bäumen gedeckt. Auf der anderen Seite des Gartens pickte ein Wiedehopf unter der Hecke nach Raupen. Delphine saß still da, schnitt eine Scheibe Brot ab, aß aber noch nichts. Er schenkte ihr trockenen Rosé aus der Gegend ein, an den er sich gewöhnt hatte. Zwei Flaschen waren immer im Kühlschrank. Aber sie nahm ihr Glas nicht in die Hand.

Sie saß einfach nur da, ihre Nase noch immer leicht geschwollen, blau angelaufen und schrammig, und wollte sich offensichtlich nicht auf ihn einlassen. Er rührte die Salatsoße an und mischte sie unter.

»Was hältst du von Fahrstunden?«, fragte er. »Du müsstest nicht weit fahren, aber es wäre rundum viel besser. Wenn du dir Sorgen um die Kosten machst …«

Delphine tat die Bemerkung mit einer Handbewegung ab. »Ich mag Autos nicht.«

»Du steigst aber immer wieder gern in meins.«

»Das ist was anderes. Ich will damit sagen, ich möchte kein Auto fahren. Vielleicht kann ich das Moped ja reparieren lassen.«

»Das ist ziemlich ramponiert, Delphine, die werden es eher für schrottreif erklären.«

»Okay, na ja, egal. Ich bin es ohnehin leid, und im Winter wird es sehr kalt sein.«

»Dann musst du Auto fahren lernen.«

Sie zuckte mit den Schultern.

»Es passiert nicht noch einmal, weißt du? Hier kommen so wenige Autos vorbei, und sonst wird wahrscheinlich niemand so gefährlich fahren.«

»Mir hat es große Angst eingejagt.«

»Natürlich, aber es geht dir schon viel besser.«

»Davon merke ich nichts.«

»Doch, hör auf, dich so kindisch zu benehmen. Sobald du wieder arbeitest, wirst du die ganze Sache vergessen.«

»Und wie soll ich da wieder hin? Kein Moped, und auch wenn ich Auto fahren lerne, wird es Monate dauern. Im Übrigen …« Sie schaute ihn nicht an, sondern fixierte einen Punkt hinten im Garten.

»Im Übrigen was?«

»Ich weiß nicht … vielleicht will ich da nicht mehr arbeiten.«

»Du solltest dich nach etwas Besserem umsehen, Delphine. Du bist ein kluges Mädchen, du bist zu gescheit, um zu bedienen.«

»Dann gehe ich also wie alle meine Schulfreundinnen aufs College und habe am Ende einen Abschluss und noch immer keinen besseren Job. Wir alle arbeiten in Bars und Cafés, weißt du? Oder im *supermarché*.«

Richard schenkte sich noch ein Glas Rosé ein. Die Sonne war untergegangen, und die Luft im Garten war seidig, die kleinen Kerzen gegen Mücken leuchteten und verströmten ihren scharfen Zitronengeruch. Eine Nachtschwalbe zwitscherte.

Er schaute die junge Frau an, die sich auf ihrem Stuhl zurückgelehnt hatte, die Haare hingen über ihre Schultern. Ja, dachte er. Aber nein. Letztendlich nein.

»Hast du denn eine andere Idee?«

Sie warf ihm einen Blick zu. »Oh ja. Ich könnte hierbleiben. Mich um dich kümmern.«

11

Die Wucht des Sturms hatte am späten Vormittag des nächsten Tages nachgelassen, als Sam verschlafen in die Küche kam, um Tee, Rührei und Toast mit Butter zu verputzen. »Ich muss wohl nicht fragen, ob du gut geschlafen hast.«

»Wie ein Toter. Danke hierfür, Si. Wahrscheinlich könnte ich die doppelte Portion essen.«

»Das geht erst, wenn wir Vorräte holen. Ich muss zum Laden, und vielleicht können wir dann zur anderen Seite hinüberwandern. Hier ist es ganz schön, nur kriege ich nach vierundzwanzig Stunden Platzangst, und so gegen zwei Uhr, schätze ich, wird es ruhiger sein. Oben auf der Kuppe kann es womöglich noch ein bisschen blasen, mehr nicht.«

»Hätte nichts dagegen.« Sam fuhr ohne Punkt und Komma fort. »Meinst du, Mum geht's gut?«

»Soweit ich weiß, ja. Wieso sollte es ihr schlecht gehen?«

»Bin mir nicht so sicher wegen ihrer Arbeit – diese Vertretungsjobs machen sie kaputt.«

»Stimmt. Hast du mit ihr darüber gesprochen?«

»Um Himmels willen, nein.«

»Warum nicht? Sie hört mehr auf dich, als du glaubst.«

Sam schüttelte den Kopf. »Nicht mehr meine Baustelle. Ich hab immer gedacht, ich hätte Dad ein bisschen ersetzt, verstehst du, und dann, na ja, kurz nach deinem …« Er zeigte mit seiner Gabel auf Simons Arm. »… hätte ich dich ersetzt, weißt du? Irgendwie. Bloß jetzt hat sie …«

»Hör mal …«

»Schon gut, schon gut … jetzt hat sie einen Ehemann. Gibt's noch Toast?«

Der Himmel war eine Mischung aus Zobelbraun und Seehundgrau, als sie zum Kai fuhren, der Wind hatte sich beruhigt, das Meer aber war noch aufgewühlt. Sie holten Lebensmittel und eine Zeitung.

»Wir lassen alles hier und brechen auf. Möchtest du zuerst ein Pint?«

Die Bar war halb voll.

»Du bist also in einem Stück angekommen?«, fragte Iain und zapfte ihre Biere. »Hast in Sandys Jeep dein Leben aufs Spiel gesetzt.«

»Sie war nett.«

»Sie ist eine der Besten, das kann ich dir versichern. Stimmt's, Simon? Der Junge ist größer als du, weißt du das?«

»Quatsch.« Simon reichte ihm das Geld. »Danke, dass du gestern Abend den Babysitter gespielt hast.«

»Was meinte er mit Sandys Jeep?« Sie hatten sich an einen Tisch am Fenster gesetzt. »Sie ist eine tolle Fahrerin.«

»Natürlich – und das ist eine Kunst auf diesen Inselpfaden bei Sturm. Er hat sich nur lustig gemacht. Und einen Seitenhieb auf Frauen ausgeteilt. Die sind hier ganz okay, aber ein bisschen was in der Art ist hier normal.«

»Andere Welt.«

»Stimmt. Wenn wir über die Kuppe gehen, kommen wir an ihrem Haus vorbei … ein kleiner Rutsch hinunter zur Ostseite.«

»Du sprichst schon wie ein Einheimischer. Bleib bloß nicht zu lange hier.«

Simon nahm einen tiefen Schluck aus seinem Glas, ohne zu antworten. Aber er fragte sich. Wie immer. Wie lange würde er bleiben, konnte er bleiben, wollte er bleiben? Versuchte er, sich vor der Rückkehr in ein normales Leben zu drücken, oder was auch immer als normales Leben gelten würde mit einem bionischen Arm, wie Robbie ihn nannte? Er war noch immer krankgeschrieben und würde es auch bleiben, bis er die endgültige Prothese hatte und gut damit umgehen konnte. Dann kamen die Entscheidungen.

Während sie in gleichmäßigem Schritttempo bergan gingen, den Wind im Rücken, sprachen sie nicht, sondern konzentrierten sich auf den Pfad, der glitschig und steinig war, und als sie an einen Vorsprung kamen, setzten sie sich auf die raue Grasnarbe und schauten über das Meer. Der Wind blies das Rauschen der Wellen zu ihnen herauf, obwohl der Himmel in der Ferne jetzt heller war und die Dünung nachließ. Sam kaute auf einem Halm. Simon wollte sich zurücklehnen und auf den Ellenbogen abstützen, doch der künstliche Arm trug sein Gewicht nicht, er verlor das Gleichgewicht und war gezwungen, sich auf den Bauch zu rollen.

»Wohnt sie da?« Sam zeigte auf ein Schieferdach, das direkt unter ihnen zu sehen war.

»Nein, das ist eine leerstehende Kate – macht von hier aus einen ganz guten Eindruck, aber sie ist halb baufällig. Auf der anderen Seite sind auch noch ein oder zwei. Niemand kann mit einem Stückchen Land und ein paar Schafen und Hühnern einen nennenswerten Lebensunterhalt verdienen. Man braucht noch etwas anderes – deshalb gibt es Ferienhäuser, doch das läuft natürlich nur ab Ostern, oder ein bisschen später, bis September, und die Leute wollen jetzt die volle Ausstattung, es sei denn, sie sind Wanderer und Vogelkundler – die geben sich mit schlichten Gegebenheiten zufrieden, solange sie warmes Wasser und eine Kochgelegenheit haben. Man kann nicht viel für etwas verlangen, das nicht aufgemotzt wurde. Und die stehen hier nicht auf Renovierung. Das ist mit das Beste an dieser Gegend.«

»Ich habe an Medizin gedacht«, sagte Sam und schob seinen Grashalm von einem Mundwinkel in den anderen.

Simon wartete und behielt eine neutrale Miene bei.

»Was meinst du?«

Schweigen.

»Also … die Sache ist, ich meine, ich könnte. Nur anders als die Medizin, an die du denkst.«

»Ich stelle mir keine bestimmte Medizin vor, du musst es mir schon sagen.«

»Pathologie.«

»Du meinst, im Labor?«

»Nein. Forensisch.«

»Ach so. Gut.«

Ein Kleinbus kam die Straße herunter auf ihre Seite, und während er sich näherte, sahen sie die Forschungsstudenten wie verrückt aus den Fenstern winken. Simon hob den Arm.

»Und? Achte nicht auf die.«

»Okay. Warum?«

»Weiß nicht. Ich versuche gern, Dinge herauszufinden – Schlüsse zu ziehen, verstehst du?«

»Das mache ich die meiste Zeit.«

Sam schüttelte den Kopf.

»Sicherer, natürlich – in einer Leichenhalle. Die können nicht zurückschießen.«

»Damit hat es nichts zu tun.«

Simon richtete sich auf. »Entschuldige, bin bloß verwirrt. Zum einen, was hat dich nicht nur von der Polizei, sondern von der bewaffneten Einheit abgebracht, und was hat dich plötzlich darauf gestoßen?«

»Das kam nicht plötzlich. Ich hab schon eine Weile drüber nachgedacht.«

»Wie jetzt – Tage? Eine oder zwei Wochen?«

Sam warf seinen Grashalm weg und riss den nächsten aus dem Boden.

»Ich höre zu, Sambo, und ich nehme dich ernst. Es ist nur – ein ziemlicher Sprung.«

»Hab nicht gesagt, dass ich Großwildjäger werden will.«

»Nein, aber das wäre andererseits kaum ein Sprung.«

»Ha.«

»Lange Ausbildung.«

»Das macht mir nichts aus.«

»Du könntest damit anfangen und dann entscheiden, dass du in einen ganz anderen Zweig der Medizin wechseln willst.«

»Kann sein. Wahrscheinlich aber eher nicht.«

Weit draußen über dem Meer durchbrach die grelle Sonne das Grau des Himmels.

»Komm, auf, wir müssen uns bewegen, ich werde steif.«

»Wer Erster ist!«

Sam sprang auf und lief los, alles in einer geschmeidigen Bewegung, rannte schnell über den rauen Boden. Simon sah ihm kurz nach und folgte dann. Laufen konnte er noch. An den meisten Tagen wanderte er zehn Meilen über die Insel. Aber Sams besonderen Überschwang, die Lebensgeister eines Jungtiers, hatte er selbst schon lange nicht mehr gespürt. Er beneidete ihn. Und er fragte sich auch, als er ihm folgte, ob es die richtige Zukunft für seinen energiegeladenen Neffen war, seine Tage mit den stillen Toten in einem weiß gekachelten Raum zu verbringen.

Die Sonne drang hin und wieder durch die Wolken, aber es war einigermaßen angenehm zu gehen. Sie legten sechs Meilen zum westlichen Ende der Insel zurück, hauptsächlich in einvernehmlichem Schweigen. Hier stieg das Land an, und es gab Klippen, ein paar Felsen, die aus dem Meer ragten, die in der Geschichte von Taransay so einigen Schiffen und kleinen Booten zum Verhängnis geworden waren. Tölpel, Klippenmöwen und Seemöwen stiegen auf und wirbelten herum, bevor sie wieder heruntertrudelten, um sich in Gruppen niederzulassen und mit ihrem schrillen Geschrei entsetzlichen Lärm zu machen. Sam setzte sich und beobachtete sie.

»Demnach wohnt hier draußen niemand.«

»Nein, es ist einfach zu steil, und man ist der steifen Winterbrise und den Sturmfluten ausgesetzt. Da unten kannst du die Überreste von zwei Steinhäusern sehen. Eigenartige Eremiten und Schafzüchter haben da gewohnt, vermute ich.«

»Jetzt ist auch jemand da.«

»Das kann nicht sein.«

»Aus dem Schornstein da kam Rauch.« Sam zeigte in die Richtung. »Wenn auch nur dünner.«

Simon holte sein kleines Fernglas heraus und klappte es auseinander. Er konnte nichts erkennen.

»Optische Täuschung. Das Licht hier kann einen hereinlegen.«

Sam zuckte mit den Schultern. »Ich komme um vor Hunger.«

Sie aßen die dicken Schinken-Sandwiches, die Simon gemacht hatte, mit hartgekochten Eiern und zwei Bananen. Sam verschlang seine Portion zusammen mit einer ganzen Flasche Wasser, bevor er sich ins Gras zurücklegte und beinahe auf der Stelle einschlief. Simon beobachtete ihn mit halb geschlossenen Augen, aber er döste nur. Die Sonne schien ihnen warm ins Gesicht. Hin und wieder zog eine Wolke vorbei, warf Schatten auf sie, bevor die Helligkeit zurückkehrte. Die Seevögel kreischten. Ein paar kleine, stämmige braune Inselschafe liefen auf dem Abhang hinter ihnen herum, und ihr gelegentliches Blöken vermischte sich mit dem Kreischen und Krächzen der auf- und absteigenden Möwen. Das Meer war weit abgelaufen, und es war still. Die Wellen hatten weiße Gischt an den Rändern, bevor sie sich überschlugen und ausrollten, immer und immer wieder.

Ich habe hier alles, was ich brauche oder haben will, dachte Simon müßig. Warum sollte ich zurückkehren? Sam murmelte ein wenig und war dann wieder still.

Der Mann, der den Pfad etwa hundert Meter entfernt überquerte, sah sie nicht, da sie unterhalb des Vorsprungs verborgen waren. Er ging schnell, den kleinen Rucksack fest auf den Rücken geschnallt. Der Mann hatte sehr wenig bei sich, denn der Rucksack beulte sich nicht aus. In Schlangenlinien folgte er dem schmalen Pfad bergab, der zur zwei Meilen entfernten Hauptstraße führte, über die man auf die andere Seite der Insel, ins Dorf und an den Hafen gelangte. Sein Kopf war gesenkt, da er sich darauf konzentrierte, wohin er seine Füße setzte. Die Pfade waren sowohl steinig als auch überwuchert, weshalb man leicht ausrutschen konnte, aber er ging in gleichmäßigem Tempo weiter und schaute nicht nach links und rechts, ließ das Meer, die Landschaft und den sich wölbenden Himmel außer Acht.

Als Simon ihn zur Kenntnis nahm, sich aufrichtete und Sam schüttelte, war der Wanderer schon außer Sichtweite.

12

Donnerstags war ihr freier Tag. Seit knapp einem Jahr gab es in Lafferton einen Bauernmarkt, der jedoch schon so erfolgreich und beliebt war, dass man früh dort sein musste. Gegen zehn nach neun hatte Cat ihren Korb bereits mit frischen Lebensmitteln gefüllt – Eier, Fleisch, Obst, Gemüse und Blumen – und steuerte auf das Zelt in der Mitte des Platzes zu, in dem die Bäcker ihre Stände hatten. Sie würde eine Pastete mit Steak, Nieren und Pilzen nehmen. Kieron hatte an Donnerstagen oft Besprechungen, die früh zu Ende waren, und manchmal ergriffen sie die seltene Gelegenheit und gingen aus. Heute blieben sie zu Hause mit einer Flasche Wein und einem Film. Wäre sie allein gewesen, hätte sie sich eine skandinavische Krimifolge angesehen, aber Kieron wollte zu Hause nichts von Arbeit wissen. »Würdest du dir *Ein Tag im Leben einer Allgemeinärztin* ansehen?«

»Nein, aber ich schaue mir die Doku-Serie aus der Notaufnahme an.«

»Das ist überhaupt nicht dasselbe.«

Sie hatte ihre Einkäufe erledigt und schlenderte noch zwischen den Ständen herum, bevor sie auf einen Kaffee ins Bistro an den Lanes ging, als sie ein Geräusch vernahm, das sich zunächst wie ein niedrig fliegendes, dröhnendes Flugzeug anhörte, aber dann, als der Lärmpegel stieg, wurde ihr klar, dass es eine Reihe von Explosionen war. Von der anderen Seite des Platzes drangen Rufe herüber. Ein Schrei. Noch einer. Dann stieg eine riesige schwarze Rauchwolke auf, die sich ausdehnte. Ein paar Sekunden später heulten die ersten Alarmsirenen auf, erschreckend nah.

Cat ging schnell durch eine Lücke zwischen zwei Ständen hinaus, zurück zum Parkplatz. Andere folgten ihr, kamen von allen Seiten, rannten, rannten, schauten nicht zurück, warfen nur hin und wieder einen ängstlichen Blick auf den sich ausbreitenden Rauchpilz. Schwarze Flocken wirbelten jetzt durch die Luft und legten sich auf Kleidung, Haare, den Boden. Als Cat eine von ihrem Ärmel wischte, hinterließ sie eine Ölspur. Noch mehr fielen herab, blieben hängen, und eine Schmierschicht legte sich auf alles.

Viele verließen den Parkplatz in Eile, fuhren zu schnell die Rampen hinunter und hupten ungeduldig an den Schranken, während Parkscheine eingesteckt, vor lauter Panik fallen gelassen, wieder aufgehoben wurden, wodurch sich alles verzögerte. Am Ende der Straße hatte sich schon ein Stau gebildet. Nichts ging mehr vorwärts, und eine Sirene nach der anderen ertönte auf der Parallelstraße. Cat stellte im Radio einen Lokalsender ein, doch dort war nur ein Gemisch aus wirrer Musik und Stimmen zu hören. Ein Funkloch. Sie versuchte, Kieron anzurufen, bekam aber auf der Festnetznummer den Anrufbeantworter und die Voicemail auf seinem Handy.

Der Wagen vor ihr machte einen Satz nach vorn, und sie schloss hinter ihm auf, berührte beinahe die Stoßstange, weil sie auf keinen Fall diejenige sein wollte, die von einer Straßensperre oder einem Absperrseil angehalten wurde. Aber sie waren draußen, und Cat schlängelte sich durch eine Abkürzung nah an der Kathedrale vorbei, tauchte wieder auf und gab Gas, um schnell auf die Umgehungsstraße zu kommen. Inzwischen strömten Feuerwehr- und Rettungswagen aus Richtung Bevham heran. Auf der Strecke vor ihr schien alles glatt zu verlaufen. Sie versuchte noch einmal, Kieron zu erreichen, bekam aber wieder nur die Voicemail. Im Lokalsender war noch nichts, doch als sie zu Hause ankam, wurde per Eilmeldung über »eine Explosion und einen Brand« in einer Lagerhalle am Kanal von Lafferton berichtet.

Sie machte Kaffee und nahm ihn mit in den Garten. Es war bewölkt, aber warm genug, um sich draußen mit Notizbuch und Kugelschreiber hinzusetzen. Sie musste über Lukes Vorschlag nachdenken, zwei Listen aufstellen, Pro und Kontra, und die Finanzen so gut wie möglich durchrechnen. Wookie gesellte sich zu ihr und verkroch sich unter ihren Liegestuhl. Eine gute Stunde war es ruhig, bis ihr Handy brummte und den Empfang einer Nachricht anzeigte.

Größerer Vorfall. Warte nicht mit dem Abendessen. Ich liebe dich.

Das Zentrum von Lafferton war abgeriegelt worden, alle Zufahrten zum Kanal und die Uferwege waren gesperrt. Vor zehn Jahren waren etliche Lagerhäuser, ein paar noch in Gebrauch, zusammen mit anderen abgerissen und die Grundstücke für Wohnblocks aufgekauft worden. Zwei Fabriken am Kanal waren dem Erdboden gleichgemacht, aber nicht durch andere Gebäude ersetzt worden, weil der Stadtrat Pläne hatte, das Gelände, die Ufer und Treidelpfade in Grünanlagen und Freizeitparks zu verwandeln, doch das in Aussicht gestellte Geld war nicht gekommen, und seither war nichts geschehen. Besonders das Gebiet am Kanal war noch immer ein Treffpunkt für Drogenabhängige, Penner und Prostituierte. Die Polizei führte gelegentlich Razzien durch und vertrieb alle, doch sie kehrten schon bald zurück. Die letzten Gebäude, die überhaupt noch irgendwie genutzt wurden, waren ein Reifenlager und ein kleiner Malerbetrieb. Im Ersteren war ein Feuer ausgebrochen und hatte sich rasch ausgebreitet. Der Malerbetrieb war aufgrund einiger Explosionen in die Luft geflogen, und jetzt ging es darum, den Brand daran zu hindern, die relativ kurze Entfernung zu den schicken Apartments zu überspringen, die aus der alten Bandwirkerei hervorgegangen waren.

Fünf Löschfahrzeuge waren im Einsatz, doch kurz nachdem der Alarm ausgelöst worden war, hatte es im Gebiet von Bevham eine Explosion im Kino- und Spielhallenkomplex gegeben, neben dem Polizeipräsidium, weshalb alle Löschfahrzeuge und Mannschaften dort gebraucht wurden. Bis andere Einsatzkräfte aus viel größerer Entfernung an der Brandstelle wären, würde mindestens eine halbe Stunde vergehen.

Cat schaute sich die Nachrichten im Fernsehen an. Die Brände waren entsetzlich, schwarzer, mit Flammen durchsetzter Rauch stieg von den Seiten der Gebäude in den Himmel und bedrohte ganze Häuserzeilen. Immer mehr Löschfahrzeuge trafen ein. Immer mehr Polizisten begannen, die direkt anschließenden Gebiete zu evakuieren, und als der Brand dann außer Kontrolle geriet, weiteten sie den Einsatz aus.

Kirchen und Säle wurden geöffnet, Schulen, Jugendclubs, ein Tanzsaal in Beschlag genommen, um Notunterkünfte zu schaffen. Man ging davon aus, dass keines der Gebäude in Lafferton oder Bevham in Benutzung gewesen war, doch das zu überprüfen war noch immer nicht möglich.

Irgendwo hinter den Kulissen koordinierten Kieron und andere Polizei- und Notfallteams nicht die Reaktion auf die Brände selbst, sondern den größeren Rahmen. Pläne wurden aufgestellt für den Zugang zu dem Gebiet am nächsten Tag oder als Umleitungen für Menschen, die zur Arbeit oder in die Schule mussten, für Verkehrsregelungen und für die Spurensicherung, die auf Abruf stand.

Die Nacht wurde lang. Kieron kam um kurz nach fünf erschöpft die Treppe herauf, fiel aufs Bett und schlief übergangslos ein. Cat zog die Bettdecke über ihn und schlief dann unruhig bis sieben Uhr.

Ihr Handy brummte und kündigte eine Nachricht an, als sie in die Küche ging.

Guten Morgen. Danke, dass du beim Lunch mein Gast

warst. Toll, dich wiederzusehen, du siehst höchstens fünf Jahre älter aus und stehst in voller Blüte. Sag mir Bescheid, wenn du Gelegenheit hattest, dir die Vorschläge anzusehen, dann können wir uns wieder treffen, wann immer du willst. Du wirst jede Mange Fragen haben, aber ich hoffe, deine Gedanken sind positiv. Luke.

Sie verdrängte jeden Gedanken daran. Sie hatte einen ausgefüllten Morgen in der Praxis und noch eine Sprechstunde am Spätnachmittag vor sich. Wäre Kieron nicht mit den Notfällen beschäftigt gewesen, hätte sie am Abend zuvor mit ihm darüber gesprochen, und jetzt kam er die Treppe heruntergerannt, während er sich das Hemd zuknöpfte.

»Ich habe Zeit für eine Tasse Tee, wenn das Wasser schon kocht, sonst nehme ich Wasser. Ein Anruf – da ist noch ein verdammtes Feuer ausgebrochen.«

13

Am nächsten Tag zogen sie wieder los. Wanderten. Kletterten. Machten kurz Rast. Wanderten. Wanderten. Kletterten. Kletterten. Geradeso, als müsste Serrailler den Verlust seines Arms damit kompensieren, dass er seine Beine und den Rest seines Körpers hundertfünfzig Prozent stärker strapazierte. Er musste sich verausgaben. Sam beklagte sich nicht, obwohl er ein paarmal lieber später aufgestanden wäre oder einfach nur hin und wieder eine längere Rast eingelegt hätte, aber er verstand instinktiv, worum es hier ging – um mehr als das Genießen der Aussichten und die frische Luft und die Befriedigung, sich bis an seine Grenzen zu treiben und darüber hinaus. Sie waren bis auf die verlassene Westseite der Insel gekommen. Niemand lebte hier. Die Klippen waren steiler als an allen anderen Seiten, und hin und wieder brachen bei Stürmen ganze Platten ab, wenn das Meer dagegenschlug und sie nachgaben. Nicht einmal die kleinen braunen Inselschafe überlebten hier lange, außer in den milden Wochen im Juli und August. Kein Haus war vorhanden, nicht einmal eine verfallene Kate, der Boden war rau und steinig, selbst unter festen Wanderstiefeln noch hart. Der anhaltende Wind fegte über die Felsen. Weder Pflanzen noch Bäume konnten den Sturmböen und der salzigen Gischt standhalten.

»Alles in Ordnung?«

»Ja, aber ich komme um vor Hunger.«

»Okay, dann machen wir am besten kehrt und gehen Richtung Süden – auf dieser Seite finden wir keine Stelle, an der man sich bequem hinsetzen und essen kann. Komm.«

Sams Wadenmuskeln schmerzten, und sein Gesicht fühlte sich durch die Verbindung von Wind und Sonne verbrannt an, aber er überholte Simon und ging mit schnellen Schritten weiter, denn er wollte sich testen, und auch prahlen.

Eine weitere Stunde verging, bis sie die sanftere, leichter begehbare Südseite erreichten, eine Stunde, in der eine plötzliche Sturmbö sie durchweicht hatte, und anschließend hatte die Sonne sie ausgetrocknet.

»Hier.« Ein Haufen Steine lag an der Stelle, an der einmal eine niedrige Mauer die offenen, schräg abfallenden Felder geteilt hatte. Schafe liefen herum, ihr Blöken wurde vom sanften Wind zu ihnen getragen. Simon schlüpfte aus seinen Stiefeln, packte das Essen und zwei Flaschen Wasser aus, und sie aßen schweigend, beide hatten inzwischen einen Bärenhunger. Hoch über ihnen kreisten müßig die großen Vögel. Das Meer war von hier nur zu hören, aber nicht zu sehen.

»Ich weiß, wo wir sind … ist das da unten Sandys Haus?«

»Ja, wir kamen aus der anderen Richtung darauf zu, deshalb sieht es anders aus. Hebt sich deutlicher ab.«

»Das ist ihr Jeep. Verdammtes Teil – hat überhaupt keine Federung.«

Simon lachte.

»Ich muss einen Hammer holen, den sie sich von mir geliehen hat. Wenn wir fertig sind, gehen wir runter.«

»Du bist wirklich nicht mit ihr zusammen?«

Simon wandte sich so wütend zu ihm um, dass Sam zurückschrak.

»Sei nicht so blöd, und wenn schon, was würde dich das angehen? Halt dich da raus.«

Sam stand auf und entfernte sich schnell. Er hatte noch nie erlebt, dass sein Onkel ihn anfuhr, nicht einmal, dass er die Stimme hob. Das, was er gesagt hatte, war als Scherz gemeint, und Sam war verletzt und wütend zugleich. Er blieb stehen und schaute bergauf. Irgendetwas stimmte nicht, und er war vernünftig genug, um zu wissen, dass es nichts mit Sandy oder seinem eigenen schwachen Sinn für Humor zu tun hatte, was Simon auf dem falschen Fuß erwischt hatte. War es sein Arm? Hatte er Schmerzen? Ein Gefühl der Unzulänglichkeit? Oder etwas anderes. Rachel fiel ihm ein. Sam hatte angenommen, wahrscheinlich wie der Rest der Familie auch, dass Simon sie heiraten würde – seine Mutter hatte zurückhaltend reagiert, als er es einmal erwähnt hatte. Sam sah seine Mutter noch vor sich, wie sie mit dem Rücken zum Kühlschrank in der Küche stand und besorgt wirkte. Sie hatte ihn nicht gebeten, ihre Unterhaltung für sich zu behalten, aber es war ihm trotzdem klar gewesen.

»An Rachel liegt es nicht – du weißt, wie sie ist – sie ist ein wunderbarer Mensch, sie sieht gut aus, sie ist lustig, sie ist intelligent – und sie bewundert ihn. Es liegt an ihm.«

»Warum?«

»Ich weiß nicht, Sammy – nicht genau. Für ihn sind langfristige Beziehungen sehr schwierig.«

»Vielleicht ist er schwul?«

»Ich bin mir zu hundert Prozent sicher, dass er es nicht ist.«

»Wäre doch nicht schlimm, wenn doch.«

»Natürlich nicht. Hör zu, er ist einfach ... Herrgott, ich weiß es nicht.« Seufzend hatte sie den Kühlschrank geöffnet, um den Lachs herauszuholen, den sie zubereiten wollte. Sam hatte noch ein paar Minuten gewartet, aber es war klar, dass alles gesagt war.

Das Rascheln des Windes über den Boden, ein Geräusch, das lauter oder leiser wurde, aber nie ganz aufhörte, das Blöken der Schafe und das monotone Geschrei der Seevögel. Mehr war nicht. Sam stand still. Simon hatte sich nicht gerührt.

Da fehlte etwas. Eine Entschuldigung. Eine Erklärung.

Irgendetwas.

Weitere Minuten verstrichen.

»Jetzt komm schon, um Himmels willen, das ist doch albern. Wir holen, was du von Sandy brauchst, egal was, und dann können wir nach Hause gehen.«

Mit schnellen Schritten ging Sam den Abhang hinunter, rutschte an einer Stelle aus, brachte sich wieder ins Gleichgewicht, ein paar Meter weiter schlitterte er über loses Gestein auf dem Pfad und fiel beinahe hin. Er warf keinen Blick zurück, aber er wusste, dass Si nicht folgte. Er kam unten an und ging auf das Haus zu. Sandys Jeep parkte daneben. Er blieb stehen. Er hörte die Schafe nicht mehr, und das Säuseln des Windes wurde durch den Abhang gedämpft. Der Pfad war nach der stürmischen Nacht noch matschig.

Dann vernahm er ein Scharren und einen dumpfen Aufprall, als Simon schnell den Weg herunterkam und neben ihm stehen blieb.

»Alles klar?«

Sam schaute ihn an. Ihr Wortgefecht fortzusetzen hatte keinen Sinn, obwohl er sich noch immer über Simons Überreaktion ärgerte. Aber er nickte.

»Geht ganz schnell.«

Sie bogen in den Weg zum Haus ein. »Keine Klingel«, stellte Sam fest.

»Hier macht man sich nicht viel aus Türklingeln. Entweder ist die Tür angelehnt, oder man klopft an.« Sam klopfte. Ein Huhn kam über den Rasen auf sie zu und pickte herum.

»Wahrscheinlich ist sie hinter dem Haus, oder irgendwo am Strand. Sie ist eine begeisterte Strandgutsammlerin.«

Hinter dem Haus gab es keinen Garten, nur einen ungepflegten Rasenstreifen und den Hühnerstall. Zwei weitere Hühner scharrten im Dreck.

»Sandy? Bist du da draußen?«

In der Ferne blökten die Schafe. Sonst war nichts zu hören.

Simon probierte es an der Hintertür. Sie war abgeschlossen. »Komisch. Wie gesagt, keiner schließt hier ab. Sieh noch mal vorne nach, Sambo.«

Sam ging um das Haus herum. An der Seite gab es keine Fenster. Er schaute noch einmal in den Jeep, und da bemerkte er die Schlüssel, nicht im Zündschloss, sondern im Fußraum auf der Fahrerseite. Er griff danach. Neben dem Autoschlüssel hing noch ein Türschlüssel und ein weiterer am Bund, der aussah, als gehöre er zu einem Schuppen. Er vernahm Simons Stimme, der nach Sandy rief. Die Vorhänge im Wohnzimmer waren zurückgezogen. Sam legte die Hände seitlich an den Kopf und spähte hinein. Ein Tisch. Ein Sessel. Ein Stuhl. Ein kleiner Teppich. Eine Stehlampe. Ein offener Kamin, in dem die Überreste eines Feuers zu sehen waren. Bücherregale in einem Alkoven, einige voll, der Rest vollkommen leer. Das Zimmer war aufgeräumt und hatte nichts Persönliches an sich. Keine Bilder oder Fotos. Es hätte auch ein Ferienhaus zwischen zwei Vermietungen sein können.

Simon kam um die Ecke, und Sam zeigte ihm die Schlüssel.

»Wir gehen am besten rein. Obwohl ich vermute, dass sie irgendwo Strandgut sammelt.«

Simon öffnete die Tür, hielt kurz inne, als wollte er die Atmosphäre im Haus riechen und spüren. Dann trat er vorsichtig ein. »Bleib noch einen Augenblick zurück.«

Sam schaute auf die schmale Treppe direkt ihm gegenüber, die geschlossenen Türen zum Wohnzimmer und, wie er vermutete, zur Küche. Der Flur war kaum als solcher zu bezeichnen. Ein schwerer roter Wollvorhang war mit einer Kordel zurückgebunden. Eine Gummimatte auf dem Boden. Ein schmaler Sims rechts von der Tür mit einem leeren Topf, wahrscheinlich für die Schlüssel, und ein Briefumschlag, der wie eine Wurfsendung aussah.

Dieselbe Anonymität, die er wahrgenommen hatte, als er durch das Fenster schaute.

Simon war die Treppe hinaufgegangen, und Sam hörte dessen Schritte zuerst zum rechten vorderen, dann zum hinteren Raum. Im Letzteren blieb er stehen.

»Ist sie da?«, rief Sam nach oben.

»Nein.«

Sam zögerte. Er sollte bleiben, wo er war, doch bevor er sich dessen bewusst wurde, ging er zur Küchentür und machte sie auf.

Auf dem Tisch standen zwei Becher mit Kaffeeresten. Ein Spültuch hing über dem Wasserhahn. Die Stühle waren unter den Tisch geschoben. Der Herd war aus.

»Vielleicht ist sie unterwegs«, sagte Sam.

Simon stand im Türrahmen und sah sich sorgfältig um. Er schüttelte den Kopf. »Der Jeep wäre nicht da.«

Er schaute über jede flache Oberfläche, öffnete den Vorratsschrank und die Tür unter dem Spülbecken. Alles war an Ort und Stelle. Alles war gefegt und sehr sauber.

»Zwei Becher«, sagte er. »Eigenartig.«

»Wieso? Kriegt sie denn nie Besuch?«

Simon zuckte mit den Schultern.

»Wir können nichts machen«, sagte Sam. »Du musst deinen Hammer ein andermal holen.«

Aber Simon regte sich nicht, schaute nur alles an und ging dann wieder in den Flur, ins Wohnzimmer, die Treppe hinauf und dort wieder nach links, rechts, Treppenabsatz. Ein Schrank wurde geöffnet und geschlossen. Noch einer. Schubladen gingen auf und kurz darauf wieder zu.

»Ich schau mich draußen noch einmal um.«

Er schien eher mit sich zu reden als mit Sam, der unschlüssig auf der Schwelle stehen blieb und hinausblickte. Vom Meer unten zogen Nebelschwaden herauf, legten sich sanft über die Landschaft, das Haus, die Schafe dahinter. Sie hinterließen einen dünnen Schleier aus Feuchtigkeit auf seinen Schultern und Haaren. Der Wind hatte sich gelegt. Es fühlte sich etwas wärmer an. Wie schnell sich das Wetter, die Temperatur, das Aussehen der Insel, selbst ihre Farben veränderten, begeisterte ihn. Er meinte Simon zu hören, der nach ihm rief, doch seine Stimme wurde vom Nebel gedämpft. Kurz darauf tauchte Simon aus den grauen Schwaden auf.

»Kann die Hand nicht vor Augen sehen, doch bis zum Ende des Weges ist niemand.«

»Ob sie ausgerutscht und hingefallen ist?«

»Schon möglich, aber unwahrscheinlich, würde ich meinen. Sie hätte keinen Grund, sich an den Klippenrand zu wagen. Fast jeden Tag ist sie am Strand entlanggegangen, aber sie hat den abschüssigen Pfad von der Straße aus genommen. Wie dem auch sei, es hat keinen Sinn, bei dem aufziehenden Nebel zu versuchen, da runterzuklettern. Wir machen uns auf ins Dorf.«

Sam lief, um ihn einzuholen.

»Bleib dicht bei mir«, sagte Simon. »Im Nebel verliert man leicht die Orientierung.«

Sam antwortete nicht, trottete nur weiter und sorgte dafür, dass er nicht mehr als einen Meter hinter Simon zurückblieb. Das Gehen war mühsam, mit gesenktem Kopf, keine Sicht, nur ein zähes Tempo und das gespenstische Blöken der Schafe irgendwo hinter ihnen, vom Dunst verhüllt.

Der Nebel wurde dichter, als sie sich dem Hafen näherten, und erst kurz bevor sie dort ankamen, konnten sie die Lichter der Häuser oder des Pubs sehen. Laute Musik und Stimmen empfingen sie, als sie hineingingen.

»Du lieber Himmel, der Ceilidh, hab ich ganz vergessen.«

Simon drängte sich vor an die Bar, wobei er ein Paar mit den Schultern beiseitestieß, doch sie machten ihm Platz, ohne etwas zu sagen. Die Türen des Hinterzimmers standen offen, Band und Tänzer waren in Hochform.

»Du hast also Durst«, sagte Iain, der gerade ein Guinness zapfte, und schaute auf.

»Ich muss dich kurz was fragen – war Sandy hier?«

Iain zögerte und erwiderte dann: »Hab sie nicht gesehen, aber das ist keine Überraschung. Schau dich doch mal um. Ich stehe hier seit Tagesanbruch, und ich werde auch beim nächsten Morgengrauen noch hier sein.«

Er stellte das dunkle, schäumende Stout auf den Tresen und nahm sogleich in einer einzigen geschmeidigen Bewegung ein Glas aus der Reihe über ihm. »Ich werde deins zapfen, wenn ich diese Bestellung fertig habe, und gleich wird Lorna schon wieder auftauchen mit dem nächsten Tablett Bestellungen.«

Iains Frau ging ihm normalerweise nicht zur Hand, obwohl sie auf dem Grundstück wohnten. Sie hielt sich mit ihrer Hilfe und ihrer Anwesenheit zurück. Simon war ihr nur selten begegnet.

»Ich seh mal nach.« Er ging in das überfüllte Hinterzimmer, in dem die Musik und die Tanzenden immer ausgelassener wurden, aber nachdem er genau hingesehen und diejenigen auf den Bänken am Rand in Augenschein genommen hatte, war er sicher, dass Sandy nicht da war. Er ging wieder an die Bar.

»Ich brauche einen Moment ohne die Musik und das Geschwafel«, sagte Simon. »Kannst du mir den geben, Iain?«

Iain hielt inne. »Worum geht es hier eigentlich? Heute Abend ist hier viel los, wie du siehst.«

»Sandy ist nicht da.«

Iain schaute ihn an, hatte seinen Tonfall erfasst. Er stellte ein volles Pint auf den Tresen, dann streckte er die Hand zur Schiffsglocke über sich aus und läutete sie lange und laut genug, dass es in der Kneipe ruhig wurde. »Sagt denen da drüben auch Bescheid.«

Innerhalb kürzester Zeit herrschte Schweigen und eine Stille, als nähmen sie an einem Leichenschmaus, nicht an einem Ceilidh teil. Iain läutete die Glocke nicht ohne guten Grund.

Jetzt nickte er Simon zu, der in der Mitte einer kleinen Fläche stand, die sie für ihn frei gemacht hatten. Er war ihnen bekannt. Seine Geschichte war bekannt. Seine Vergangenheit. Sein Beruf. Für kurze Zeit hatte er das Wort.

»Nur eine Vorwarnung für alle. Mein Neffe Sam und ich sind vorhin bei Sandy Murdoch vorbeigegangen – ich musste etwas abholen –, und es war keine Spur von ihr, von einem Einbruch oder anderen Problemen zu sehen. Ihr Jeep stand dort. Aber ich habe sie seit ein oder zwei Tagen nicht gesehen. Das letzte Mal, als sie Sam abends beim Sturm vor zwei Tagen mitgenommen hat. Für Sandy ist es nicht ungewöhnlich, dass sie draußen ist, besonders unten am Strand, aber als ich nachgeschaut habe, war nichts von ihr zu sehen. Ich bin nur ein bisschen in Sorge. Ihr alle kennt Sandy – wenn ihr eine Ahnung habt, ob sie vielleicht aufs Festland gefahren ist oder so, meldet euch, und ich höre auf zu nerven. Iain hat sie auch nicht gesehen, und sie ist für gewöhnlich in den Lagerräumen oder hilft beim Entladen. Das hier ist natürlich nicht mein Revier, doch einmal Bulle … Jedenfalls vielen Dank und zurück zur Musik.«

14

Den ganzen Tag über war Heu geerntet worden. In der warmen, ruhigen Luft schwirrte Staub, und vom Feld gegenüber drang Lärm herüber, aber sie waren fertig, waren dem für den Abend vorhergesagten Regen zuvorgekommen und nach Hause gegangen. Die Stille war wie ein anderes Geräusch, so erschreckend, dass Richard Serrailler davon wach wurde, nachdem er den heißen Nachmittag im Schatten verschlafen hatte. Er setzte sich auf und nahm den Unterschied ringsum wahr. Der Himmel hatte sich verändert, im Westen hing Dunst, und die Luft war voller Feuchtigkeit und winziger Insekten.

Er rief nach Delphine, die ihn aber nicht hören würde, wenn sie in der Küche war. Sie hatte in den letzten beiden Tagen besser ausgesehen, sie waren zusammen auf den Markt gegangen, und Delphine hatte ein Huhn, einen Korb voll Gemüse, ein paar Gewürze, Couscous, Kräuter, kiloweise Aprikosen für ein Kompott gekauft. Anscheinend war sie wie nach einem langen Schlaf zu sich gekommen, hatte die Niedergeschlagenheit abgeschüttelt, die sie seit dem Unfall beschlichen hatte, und war wieder die Alte, entspannt und glücklich. Er war erleichtert. Sie hatten sich nach einer Reparatur ihres Mopeds erkundigt, die nicht so teuer war, wie er befürchtet hatte. Die Arbeit würde zwei bis drei Tage dauern, länger, wenn sie auf Ersatzteile warten mussten, aber dann konnte sie wieder fahren. Richard hatte vor, die ersten Male hinter ihr herzufahren, und dann sagte sie, dass sie vielleicht noch eine ganze Woche freinehmen würde, bevor sie wieder anfing zu arbeiten. Das Thema, dass sie bei ihm einziehen und ihn betreuen wollte, war nicht wieder angeschnitten worden. Darüber war er froh. Er mochte Delphine, sie war sehr umgänglich, doch er hatte nicht den Wunsch, sie den ganzen Tag um sich zu haben. Richard war es gewohnt, allein zu sein. Er sehnte sich nach der Einsamkeit, und es gefiel ihm, tun und lassen zu können, was er wollte. Dabei hatten sich seine Gewohnheiten nicht groß verändert. Er hatte sich ein wenig entspannt, aber er war ein Mann der Gewohnheit. Niemals würde er sich auf Planlosigkeit und Müßiggang einlassen.

Jetzt ging er durch den offenen Eingang, in dem ein Fliegengitter hing, in das kühle Haus.

»Sollen wir etwas Kaltes trinken? Eiskaffee ist im Kühlschrank. Ich will zuerst duschen. Delphine?«

Wahrscheinlich war sie schlafen gegangen. Er war sich nicht sicher, ob ihre Neigung, sich tagsüber zeitweise ins Bett zu legen, die Folge anhaltender Nachwirkungen ihres Unfalls war, der Hitze oder vielleicht auch von Langeweile und leichter Depression. Sie musste wieder arbeiten gehen. Er konnte mit Trübsal oder schlechter Laune nicht gut umgehen. Meriel war mit Gelassenheit gesegnet gewesen, Judith ebenso. Von seinen Kindern war nur Simon gelegentlich der große Schweigsame im Haus gewesen, obwohl er sein Schmollen, wie Richard es bezeichnete, meistens nach draußen getragen hatte.

Delphine war weder im Schlafzimmer noch im Gästezimmer, noch auf der Couch im Wohnzimmer. Verärgert schnalzte Richard mit der Zunge, ging unter die Dusche, nahm seinen Eiskaffee mit in den Garten, zusammen mit dem Kreuzworträtsel der *Times* vom Vortag – die Zeitungen kamen einen Tag später – und der neuesten Ausgabe der Medizinzeitschrift, die er früher herausgegeben hatte und noch immer beriet. Nach einer halben Stunde ließ er sich in den Schlaf sinken. Der Schatten war angenehm. Die Sonne kam herum.

Delphine würde auftauchen, wann es ihr beliebte. Nach ihr zu suchen war das Letzte, was er jemals tun würde.

15

Das ist doch lächerlich, Kieron, du bist der Chief und benimmst dich wie eine Arbeitsbiene. Du hast seit fast einer Woche nachts nicht richtig geschlafen, du versuchst, deine eigene Arbeit und die der gesamten Kriminalpolizei zu machen. Würde mich nicht wundern, wenn du auch noch mit der Feuerwehr ausrückst und die Schläuche hältst. Was willst du damit beweisen?«

Er war am Abend zuvor kurz nach neun nach Hause gekommen, grau vor Erschöpfung, hatte sich einen kleinen Whisky eingeschenkt und war auf dem Sofa so fest eingeschlafen, dass Cat, nachdem sie ihn ein paarmal zu wecken versucht hatte, ihm eine Decke und ein Kissen gebracht und es ihm so bequem wie möglich gemacht hatte, bevor sie nach oben ging. Er hatte sich erst wieder um kurz nach sieben gerührt, als sie den Wasserkocher anschaltete. Jetzt war er zurück in der Küche, nachdem er geduscht, sich rasiert und umgezogen hatte.

»Es ist Samstag«, sagte Cat. »Ich möchte irgendwohin fahren.«

Kieron schaute sie skeptisch an. »Ich muss –«

»Nein. Du musst gar nicht. Du musst jetzt einen Tag mit deiner Frau und ohne dein Handy verbringen.«

»Nein, ich kann nicht –«

»Doch. Ich nehme dein Handy an mich und sehe nach, wer anruft, falls und wenn sie es tun, und wenn es das Revier ist, dann schau nach.« Sie griff nach seiner Hand. »Hör zu, ich habe durchaus Verständnis, das weißt du. Drei Großbrände in deinem Gebiet, furchtbarer Schaden – obwohl Gott sei Dank keine Opfer –, und an dir bleibt alles hängen. Aber nicht jede

Minute an jedem Tag und jede halbe Nacht, Liebling. Was nützt du denn noch irgendwem, wenn du dich dermaßen verausgabst? Ich hätte gern für ein paar Stunden deine Gesellschaft. Lass uns raus aufs Land fahren und spazieren gehen – es ist nicht nass, es ist nicht heiß, es ist perfekt. Wir können nach Starly rauffahren und den Weg zum Gipfel hochgehen. Ganz davon abgesehen, brauche ich die Bewegung auch.«

Kieron schwieg eine Zeit lang. »Ich mache dir einen Vorschlag«, sagte er.

»Klingt unheilvoll, und wenn es ›Lass mich einfach zuerst kurz auf dem Revier vorbeischauen‹ ist, dann ist der Vorschlag jetzt schon abgewiesen.«

»Okay, wie wäre es dann mit ›Lass mich zuerst dort anrufen‹?«

»Hmm. Wenn ich den Anruf zeitlich begrenze und du damit einverstanden bist, dass ich dir das Handy abnehme, wenn ich dich sagen höre, ›dann komm ich am besten vorbei‹.«

»Das ist viel verlangt. Was ist denn, wenn die Kathedrale in Brand gesetzt wurde, oder die Eric Anderson Company, oder –«

»Dann überdenken wir die Sache. Aber das wird nicht der Fall sein.«

»Abgemacht.«

Er legte ihr beide Hände auf die Schultern. Cat schloss die Augen.

»Und –«

Kieron stöhnte.

»Ich hätte gern ein gutes Mittagessen auswärts. Nicht nur ein Würstchen in Blätterteig.«

»Hast du schon mal versucht, in den Gourmet-Pubs hier ein Würstchen in Blätterteig zu bekommen?«

Der Tag war perfekt zum Wandern, weshalb sie eine längere Strecke wählten. Sie saßen oben auf Starly Hill. Aus dem

Flachland unter ihnen erhob sich der Turm der Kathedrale, die Flussbiegung schimmerte silbern, die Schafe auf den Feldern sahen aus, als hätte sie jemand dort verstreut. Eine Brise wehte ihr gespenstisches Blöken zu ihnen herauf. Doch der Tag oder die Stimmung hatten nichts Gespenstisches an sich.

Ich bin glücklich, dachte Cat. Ich war mir sicher, dass ich es nie wieder sein könnte, dass ein allgemeines Wohlbefinden das Höchste war, was ich mir erhoffen konnte, nachdem Chris gestorben war. Ich hätte mich damit abgefunden.

Aber ich bin glücklich.

Sie legte ihre Hand auf seine.

»War das mein Handy?«

Sie hatte Wort gehalten und ihm das Handy abgenommen. Es steckte wohlgehütet in ihrer Jeanstasche und war auf »Vibration« gestellt.

»Nein.«

»Du würdest es mir sagen.«

»Ja.«

Kieron legte sich ins Gras zurück, die Hände hinter dem Kopf.

»Egal, von hier oben würde man den Rauch sehen.«

Der Pub The Oak hatte ebenfalls den Besitzer gewechselt. Er war altmodisch gewesen, ziemlich dunkel und nicht sehr einladend.

»Man hat sich immer gefragt, ob sie gleich morgens einen Haufen Pommes brieten, die sie dann im Lauf des Tages ständig wieder aufwärmten.«

»Offensichtlich nicht mehr.«

»Ich frage mich, ob Lukes Partner den hier auch übernommen hat.«

Der Pub war heller, schicker, sauberer und hatte eine neue Speisekarte.

»Und neue Preise«, stellte Cat fest. Für einen Lunch war

es noch recht früh, und sie waren allein, bis auf zwei elegant gekleidete Frauen, die an der Bar Cocktails tranken. Im alten Oak hätte man gar nicht gewusst, was Cocktails sind.

»Hat mein Handy sich gerührt? Ich sollte einfach mal nachsehen.«

Cat schaute ihn von der Seite an. »Garnelen im Glas und einen Salat mit Erbsensprossen und Feta.«

Sie konnten sich unterhalten, ohne Gefahr zu laufen, belauscht zu werden, und sie hatte seine ungeteilte Aufmerksamkeit, weil sie sein Handy hatte.

»Lukes Vorschlag«, sagte sie. »Ich brauche deine Meinung dazu, weil ich ihm bald Bescheid geben soll, ob ich mit an Bord bin oder nicht.«

Kieron trank einen großen Schluck Bier und lehnte sich zurück. Er war ein guter Zuhörer – wie mein Bruder, dachte Cat. Zwei Polizisten.

»Du weißt genug über meine Arbeit, dir ist klar, dass ich nicht glücklich bin und dass die Allgemeinmedizin in einem Dilemma steckt. Nicht genug Ärzte, zu viele gehen in den Ruhestand oder kündigen und werden nicht ersetzt, eine alternde Bevölkerung, daher werden mehr Termine benötigt, keine Zeit, den Patienten persönliche Zuwendung zu schenken, zu viel Formularkram und Routinearbeiten, zu viel Einmischung von zu vielen Verwaltungsebenen. Das Ergebnis ist allgemeine Unzufriedenheit, weil man wochenlang keinen Termin bei einem praktischen Arzt bekommt, und ausgebrannte Ärzte, die keine Erfüllung mehr in ihrer Arbeit finden. Lukes Idee ist, das Ganze auf neue Weise zu betrachten. Drei Allgemeinmediziner schließen sich zusammen und bilden eine Praxis. Wenn es funktioniert, würden sich andere anschließen, aber für den Anfang sind es drei. Wir würden eine bestimmte Gegend abdecken – er hat die genaue Logistik noch nicht ausgearbeitet, aber mit Sicherheit ganz Lafferton und die Dörfer im Umkreis von zehn Meilen.«

»Dann hättet ihr also eine Praxis im Stadtzentrum.«

»Nein. Das ist das Schöne daran. Keine Praxis. Kein Gebäude. Kein Büro ... bis auf einen Arzt, der vielleicht ein Büro im Haus hätte für eine Sekretärin – das muss es geben –, oder vielleicht könnte die auch von zu Hause arbeiten. Ist noch nicht klar. Wir wären reihum vierundzwanzig Stunden an sieben Tagen in der Woche auf Abruf, und wir würden die Patienten zu Hause aufsuchen. Sie würden nicht zu uns kommen. Wir würden das Gebiet aufteilen.«

»Damit ist verdammt viel Fahrerei verbunden.«

»Nicht mehr, als Ärzte es schon immer getan haben, als sie noch Hausbesuche machten – Besuche, die eben außerhalb der Sprechstunden fällig waren. Das waren noch Zeiten.«

»Du hättest also nachts und an Wochenenden Dienst.«

»Als eine von dreien zunächst, weniger, wenn wir uns vergrößern.«

»Lohnt es sich denn finanziell? Die Kassenärzte sind ziemlich knapp bei Kasse.«

»Ah. Das ist der springende Punkt. Wir wären keine Kassenärzte.«

»Soll das heißen, Privatpraxis? Ich dachte, du wärst dagegen.«

»Chris hätte sich von mir scheiden lassen, wenn ich es auch nur in Erwägung gezogen hätte. Aber mal ehrlich ... es muss einen besseren Weg geben. Für einige, zugegeben, ich weiß.«

»Wie viel pro Visite?«

»Es würde mit Vorauszahlung funktionieren. Man tritt bei und zahlt monatlich eine Summe, vierteljährlich oder jährlich, je nachdem, wie sich der Einzelne entscheidet, per Lastschrift. Das würde alles abdecken, bis auf die Kosten für die Medikamente.«

»Die enorm sein könnten.«

»Könnten, sind es aber in der Regel nicht – die meisten Medikamente, die wir verschreiben, kosten weniger, als man für das Rezept eines Kassenarztes hinlegen muss, falls man nicht befreit ist. Das ist ein offenes Geheimnis. Wir würden bei Notfällen oder schwerwiegenden Krankheiten immer die Kassenärzte empfehlen – Krebsbehandlung, Bypässe zum Beispiel –, damit die Leute in einer kassenärztlichen Praxis eingetragen bleiben. Wenn ein Blinddarm entfernt werden muss, geht das nur und am besten über Kassenärzte, und wir übernehmen dann die postoperative Versorgung.«

Ihre Hauptgerichte kamen, Fischpasteten in einzelnen Auflaufformen, verziert mit ganzen Garnelen. Im alten Oak hatte es auch Fischpastete gegeben, angeliefert, ebenso wie Cottage Pies, von einem Lebensmittelgroßhändler und dann in die Mikrowelle gesteckt.

»Es ist eine andere Welt«, sagte Cat und schnitt die Pastete durch, um die Hitze abzulassen. Das Innere war gut gefüllt mit geräuchertem Schellfisch, noch mehr Garnelen, Kardinalfisch, Pilzen, alles in einer cremigen Soße.

»Genau so ist Privatmedizin.«

»Mir war nicht klar, dass du so dagegen bist. Dann meinst du also, die Kinder hätten staatliche Schulen besuchen sollen?«

»Nein, ich denke, es sollte eine Wahl geben – genau wie in der Medizin. Ich will dich ja nur auf die Probe stellen.«

»Das klingt nach ärztlicher Versorgung für die sehr Reichen, aber eigentlich entsprechen hundert Pfund im Monat einmal auswärts essen gehen oder einem halben Dutzend Flaschen durchschnittlichen Weins oder Karten für irgendetwas. Nicht für die Armen, nein, aber für viele Normalverbraucher erschwinglich.«

»Klingt, als wärst du schon überzeugt.«

»Nein. Kieron, hör zu, ich brauche deine Meinung, und wenn ich mich dafür entscheide, brauche ich deine Unterstützung – ja, natürlich. Du musst damit einverstanden sein. Aber ich verspreche dir, ich wäre nicht den ganzen Tag und die ganze Nacht unterwegs ... wir können telefonisch oder per E-Mail beraten – es ist nicht immer notwendig, persönlich vorbeizuschauen. Viele einfache Sachen können auf die Entfernung diagnostiziert werden, und wenn es irgendeinen Zweifel gibt, dann fahren wir hin.«

»Viele Kilometer, aber du fährst ja gerne, wie ich weiß. Herrgott, diese Pastete ist köstlich.«

Der Pub hatte sich allmählich gefüllt, aber sie hatten einen Tisch am Fenster in der Ecke. Niemand würde mithören.

Kieron aß ein paar Minuten, holte sich ein zweites Bier und überlegte. Seit sie am Tisch saßen, hatte er nicht gefragt, ob sein Handy geklingelt hatte.

Cat wartete. Ja, dachte sie, es ist dasselbe wie mit Si. Er hätte zugehört und den Advocatus Diaboli gespielt, dann hätte er still dagesessen, über alles gründlich nachgedacht, bevor er sich entschied. Dad würde sie wie ein Kronanwalt ins Kreuzverhör nehmen, dann zusammenfassen, in Sekundenschnelle ein Urteil fällen und seine Meinung niemals ändern. Chris hätte ... Nein. Mit dieser Idee wäre sie Chris nie gekommen. Seine Abneigung gegen jegliche Privatmedizin war unumstößlich gewesen. Sie hatten gegessen und Kaffee bestellt, bevor Kieron sagte: »Mir geht es bei alldem nur darum, dass du Freude an deiner Arbeit hast und sie dich wieder zufriedenstellt ... und du dich nicht übernimmst. Für mich klingt es, als wäre diese Arbeitsweise richtig für dich, wenn du meinst, du kannst sie für dich vertretbar machen. Ich möchte dich so oft wie möglich sehen, denn warum hätte ich dich sonst geheiratet? Aber ich möchte, dass du glücklich bist, und du bist sehr pflichtbewusst ... Wenn du sicher bist, dass es dich nicht überanstrengt, solltest du es machen. Doch die Entscheidung liegt bei dir, Cat – was weiß ich schon vom Arztberuf?«

»Du kennst *mich*.«

»Ich glaube, ich beginne gerade damit.«

»Natürlich«, sagte sie, »kann es sein, dass es nicht klappt. Ein langer Weg liegt vor uns … Luke muss viele Hürden überwinden. Obwohl er ein Macher ist … und er schafft es, das war schon immer so.«

»Gut.« Kieron trank gerade seinen Kaffee aus, als sein Handy in Cats Tasche vibrierte. Jetzt gab sie nach.

»Das nur zu ›vertretbarer Arbeit‹«, sagte Cat.

Aber er war schon auf den Beinen. »Es gibt wieder einen«, sagte er.

16

Hör zu«, sagte Iain, »Sandy Murdoch …« Er verstummte für einen Moment, als müsste er überlegen, wie er es erklären sollte. »Sie ist toll … Ich habe nichts gegen sie, verstehst du, nicht das Geringste. Vielleicht ist sie einfach … ein bisschen seltsam. Ich würde nie etwas Schlechtes über sie sagen, sie ist eine gute Frau, eine anständige Frau, immer bereit, allen zu helfen, und sie hat sich eingefügt, was nicht einfach ist. Sie hat sich nicht aufgedrängt, aber sie hat – na ja, einfach gepasst. Und trotzdem …« Er war darauf erpicht, Sandy zu verteidigen, das war klar, doch gegen wen? Was hatten die Leute gesagt? Welche Leute?

Simon schob sein Glas zum Nachfüllen über den Tresen. »Woher kam sie?«

Iain zuckte mit den Schultern.

»Manche sagen, aus Glasgow«, murmelte Tommy McDermid in seinen Whisky. »Andere, aus London. Wieder andere behaupten alles, obwohl sie nichts wissen. Sie hat es nie gesagt – soweit ich weiß. Sie ist einfach in irgendeinem März angekommen – vor drei Jahren vielleicht? Muss wohl. Das Haus hat sie über eine Anzeige gemietet. Hat nicht viel eigene Sachen mitgebracht. Paar Umzugskartons kamen an.«

»Ist sie vorher schon mal verschwunden?«

»Verschwunden wäre übertrieben. Sie war nur mal einen oder zwei Tage nicht da«, sagte Iain.

»Wie würdest du es denn dann nennen?«

»Sie musste nicht jedem über ihr Tun und Lassen Rechenschaft ablegen, fertig. Sie war ein paarmal weg, hätten aber auch mehrere Male sein können, und warum auch nicht?«

»Gibt überhaupt keinen Grund.«

»Du bist Polizist. Du kannst nicht anders.«

»Einmal hat sie gesagt, sie fährt zu einer Beerdigung nach Greenock.«

»Stimmt.« Iain drehte sich um und bediente den Postboten, der am Ende seiner Runde auf ein Pint hereingeschaut hatte.

»Gordon – hast du Sandy irgendwo gesehen?«, fragte Simon.

»Hab heute Morgen einen Brief und ihre Zeitschrift bei ihr vorbeigebracht. Sie war nicht zu Hause. Nicht weiter überraschend. Sie wandert meilenweit am Strand entlang, sie wandert über den Hügel ... Ich sehe Sandy auf der ganzen Insel.«

»Aber sie kommt immer wieder nach Hause.«

»Ich weiß doch nicht, was sie macht.«

»Stand ihr Jeep da?«

»Ja.«

Serrailler erhob sich. Es gab nur eine Möglichkeit, wie Sandy die Insel hätte verlassen und wieder zurückkehren können.

In einer Stunde würde die nächste Fähre ablegen, und an Bord war niemand außer Alec, der in der Kabine etwas überprüfte.

»Wollen Sie rüber? Wie ein Fischteich heute.«

»Nein. Ich suche Sandy.«

»Ach so, ich hab sie gesehen, vorigen Sonntag vielleicht? Sie war da, wo Sie jetzt stehen, und hat beobachtet.«

»Beobachtet.«

»Unser Schiff war voll – ziemlich viele, die zum Feldforschungszentrum wollten, ziemlich viele Wanderer. Sie wissen ja, wie es bei schönem Wetter ist. Ich dachte, Sandy wartet vielleicht auf jemanden, einen Besucher, aber sie hat nur zugeschaut, bis der Letzte von Bord war, dann war sie weg.«

»War sie diese Woche mal hier?«

»Nicht, wenn ich Dienst hatte. Montag und Dienstag war Donald dran, mit John. Ich weiß, es war recht flau. Sie könnten ihn fragen.«

»Mach ich.«

»Steckt sie in Schwierigkeiten?«

»Ich hoffe nicht, aber ihr Jeep steht draußen, und das Haus ist leer. Niemand hat sie gesehen, sie war nicht beim Ceilidh.«

»Och, machen Sie sich um Sandy mal keine Sorgen, das hat sie schon mal gemacht – sie verkriecht sich irgendwo, drüben auf der anderen Seite. Vielleicht beobachtet sie Vögel, vielleicht will sie einfach eine Weile in einer Höhle leben. Wäre nicht mein Ding.«

»In einer Höhle?«

»Unter den Klippen – bisschen wild da draußen, aber es geht, bis Ende Oktober vielleicht … danach will man nicht allein sein. Sandy kriegt nicht so leicht Angst, aber trotzdem.«

Sam saß am Steuer. Er fuhr zügig und ziemlich sicher, dachte Simon, wenn auch noch ein wenig fahrschülerhaft, und er hielt das Lenkrad noch etwas zu fest im Griff. Er würde es lernen, und so ein Ausflug über die Insel war von unschätzbarem Wert. Er musste schnell reagieren, den Weg im Voraus einschätzen. Der Gländewagen lag gut auf der Straße, aber es hatte geregnet, und als sie auf der anderen Seite bergab fuhren, verwandelte sich die Straße in Schlamm. Niemand war zu sehen, obwohl der Kleinbus vor dem Feldforschungszentrum stand und Fahrräder an der Mauer lehnten.

Danach gab es keine Häuser mehr, nur ein paar der alten, verfallenen Katen und Schafställe, den Elementen ausgesetzt, und eine uralte verrostete Scheune. Die verkümmerten Bäume waren schief vom anhaltenden Wind.

»Hier ist in der letzten Zeit niemand gewesen«, sagte Simon.

»Keine Reifenspuren?«

»Keine Radabdrücke an der Seite der Ausweichstelle.«

»Also kommt sie her und lebt wie eine Höhlenbewohnerin aus der Bronzezeit. Oder eine Einsiedlerin. Vielleicht ist sie religiös? Anachoreten – so heißen die doch?«

Sie hatten fast die Landspitze erreicht. Das marineblaue Meer schien zu kochen, war völlig aufgewühlt. Als sie ausstiegen, war die Luft schwer, aber ruhig. Simon deutete zum Anfang eines Pfades, der hinunterführte, und sie gingen los, bogen nach links, dann geradeaus, dann wieder links. Es war steil, und sie schlitterten, mussten sich hier und da an Grasbüscheln festhalten, um sich abzusichern.

»Keine Eile«, sagte Simon, »gleichmäßig ... ein Schritt nach dem anderen.«

»Niemand war hier unten. Alles ist unberührt.«

Bis sie den ersten Felsvorsprung und dann den Strand erreichten, dauerte es eine Weile. Sie schauten hoch. »Vielleicht gibt es einen anderen Weg zurück«, sagte Sam.

»Hmm.« Simon hielt sich im Windschatten der Klippen. Sam folgte ihm. Es war Ebbe. Keine anderen Fußspuren oder sonstige Verwerfungen im Sand.

Zwei Höhlen gab es, eine niedrige, an die sie zuerst gelangten. Große, mit Gras bewachsene Felsen verdeckten fast den Eingang. Simon schüttelte den Kopf. Die zweite befand sich unter dem steilsten Teil der Klippen und hatte einen sandigen Eingang. Das Licht wies ihnen ein paar Meter weit den Weg, dann knipste Sam die Taschenlampe an.

»Großer Gott, das letzte Mal, als ich eine Höhle untersuchen musste ...«

»Was?«

»Egal. Aber es war nicht gut. Die hier reicht wirklich nicht sehr weit hinein.«

Wasser und leuchtend grünes Seegras glitzerte an den Felswänden. Und es gab keinerlei Anzeichen dafür, dass jemand oder etwas hier gewesen war außer den Gezeiten, die kamen und gingen.

»Nichts.«

»Sie war nicht hier. Und ehrlich gesagt frage ich mich, ob sie überhaupt jemals hier war. Man sieht nichts, und die Flut füllt sie wahrscheinlich bis oben hin. Alec hat sich geirrt.«

Sam war an diesem Abend für das Essen verantwortlich. Simon stapelte Holzscheite. Es war kälter. Die Höhle verfolgte ihn, der Geruch von nassem Fels, Seetang, der Sand. Das Echo. Das alles beunruhigte ihn. Machte ihn beklommen. Aber er wusste warum und versuchte, sich nicht mit seinen Erinnerungen an jene anderen Höhlen aufzuhalten, weit hinten in den Klippen von North Yorkshire. Die Felsvorsprünge, die von der hellen Taschenlampe angestrahlt worden waren. Die kleinen, stillen Gestalten.

Er glaubte nicht, dass Sandy sich hier in den Höhlen aufgehalten hatte. Warum sollte sie? Sie wanderte gern, bis auf die Kuppe hinauf, schaute über das Meer, das vom Wind aufgepeitscht wurde. Oder sie ging mit gesenktem Kopf am Strand entlang, um zu sehen, was die Flut angespült hatte. Sandy gehörte nicht zu den Menschen, die sich unter den Klippen versteckten. Er hatte keinen Grund, sich dessen sicher zu sein, aber er war sich sicher, und er war immer seinen Ahnungen gefolgt, seinem Bauchgefühl, als Polizist wie auch im Privatleben. Er würde sich jetzt nicht ändern.

»Hast du schon eine Idee, wie lange du bleibst?«

Sam schaute ihn lange an. Simon nahm sich den Rest der Spaghetti Bolognese.

»Vielleicht noch ein paar Tage?«

»Gut. Und dann?«

Sam zuckte mit den Schultern. Dann schwieg er ein paar Minuten, schnitt Brot, holte eine frische Packung Butter. Simon hatte fertig gegessen. Er hatte das Feuer angezündet, das angenehm knackte, aber noch nicht allzu viel Hitze verbreitete. Das würde jedoch nicht mehr lange dauern. Bald müssten sie die Lampen anmachen.

An wen erinnert er mich? Nicht an seine Mutter. Dann an seinen Vater? Ja. Chris war ruhig gewesen, nachdenklich, hin und wieder auffahrend. Mit einem klaren Verstand. Stur. Änderte kaum seine Meinung. Also ein bisschen von seinem Vater. An wen noch?

Simon lächelte vor sich hin. Ja, dachte er. Wie ich irgendwie. Manchmal.

»Die Sache ist die«, sagte Sam nun, »zu Hause fällt es mir nicht leicht, einen klaren Kopf zu bekommen. Ich glaube, Mum sieht mich noch immer im selben Alter wie Felix, und sie hinterfragt alles … ach, du weißt schon. Ich versuche bloß, alles klarzukriegen.«

»Gut. Gib mir einen Tritt, wenn ich nerve.«

»Das tust du nicht.«

»Danke. Doch wenn du mir etwas sagen willst, kannst du es machen.«

»Das weiß ich. Ich kann mich an Granny nicht mehr so gut erinnern. War sie auch so?«

»Sie war wie eine Mutter, wenn du das meinst. Aber nein – wir waren zu dritt, denk dran, alle im selben Alter. Sie hatte keine Zeit, und sie arbeitete wieder im Krankenhaus, als wir ein Jahr alt waren. Sie war leistungsstark, unsere Mutter. Sie glaubte daran, dass wir zurechtkommen würden, und das stimmte.«

»War Grandpa auch so?«

»Mein Gott, ja. Noch mehr. Nur anders. Er ließ uns in dem Glauben, wir könnten tun und lassen, was wir wollten, und wenn wir das machten, drehte er durch.«

»Zu mir ist er nie so.«

»Nein. Stimmt. Ich vermute, die Leute sind mit Enkelkindern nicht so streng.«

»Vielleicht besuche ich ihn mal.«

»Was, in Frankreich?«

»Warum nicht?«

»Bin mir nicht so sicher, ob er sich freuen würde, wenn du einfach so aufkreuzt.«

»Warum?«

Zu viel »warum«, dachte Simon. Wie ein kleiner Junge. Wie Robbie. Ja. Weil Richard nicht froh wäre, wenn Sam es machte? Weil ich es nie tun würde? Weil … Er hatte nur so eine Ahnung, aber wenn es um seinen Vater ging, hatte er sich nie auf Ahnungen verlassen können.

»Wenn du hinwillst, würde ich ihm zuerst eine Mail schicken – sprich es ab.«

Sam antwortete nicht, stand nur auf und fing an, den Tisch abzuräumen.

Simon ging an die Hintertür. Der Himmel war klar und mit Sternen übersät. Hier gab es keine Lichtverschmutzung. Jede wolkenlose Nacht war sternenklar. Das gefiel ihm immer aufs Neue und vermittelte ihm ein eigenartiges Gefühl der Richtigkeit. Der Zugehörigkeit. Nein, er gehörte nicht hierhin. Das würde nie so sein. Er konnte so oft kommen, wie er wollte, das würde so bleiben.

Wie war Sandy aus dem Nichts aufgetaucht und in Windeseile ein Teil der Insel geworden? Als hätte sie schon ihr ganzes Leben hier verbracht. Was hatte Sandy getan oder nicht getan, um derart akzeptiert zu werden, und wie?

Die Nacht war so still, als würde es immer so bleiben. Immer gab es das leichte Rascheln von Gras, die Bewegung der Luft; der Wind legte sich nie schlafen.

Er ging hinaus, um das Seitentor zu schließen. Bei einem heftigen Windstoß würde das Tor fest zuschlagen und weiterklappern.

Als er wieder ins Haus kam, war Sam nach oben gegangen.

17

Gegen sechs Uhr lief das Wasser mit der Ebbe aus der kleinen Bucht unterhalb des Feldforschungszentrums ab, aber erst nach sieben machten sich vier kühne Schwimmer auf den Weg hinunter ans Wasser, alle in Neoprenanzügen – man hatte sie vor dem kalten Meer gewarnt. Die ersten beiden rannten voraus und stürzten sich hinein, folgten einer Welle, um sich anheben zu lassen, der nächste folgte dicht dahinter, doch dann stieß Laura Roberts mit dem Fuß gegen einen versteckten Fels und landete auf dem harten Sand, alle viere von sich gestreckt. Sie blieb so lange liegen, bis klar war, dass sie sich nicht ernsthaft verletzt hatte, auch wenn sie wahrscheinlich am nächsten Tag blau angelaufene Zehen haben würde. Die anderen bogen sich vor Lachen, ihre Stimmen schwach vor dem Getöse der Wellen.

Laura ließ sich auf den Bauch rollen und schaute über den flachen Sand – und da sah sie es. Sie hatte darüber gelesen. Die Fehler, die Menschen machten. Ein großer Fisch. Ein Stück Holz. Ein Seehund. Teil eines Bootes. Sie stand auf und ging die paar Meter über den Strand. Wurde langsamer, je näher sie kam. Sie zwang sich, hinzuschauen. Ging noch ein paar Schritte. Das Wasser lief ab, doch ein paar schäumende Wellen schwappten darüber. Sanfte Wellen. Spülten es sauber.

Sie konnte sich nicht daran erinnern, ohnmächtig geworden zu sein, nur dass sie wieder zu sich kam und Chloë und Angus sich über sie beugten und Ade dort stand und auf die Frauenleiche starrte.

18

Douglas machte kurz halt. Er war unterwegs, um eine Rolle Stacheldraht abzuholen, die mit der Morgenfähre kommen sollte. Simon begrüßte ihn am Tor.

»Wie lange dauert es, bis die örtliche Polizei hier ist?«

Er zuckte mit den Schultern. »Sie ist tot, also werden sie keine Eile haben. Der Arzt wird als Erster da sein. Er braucht mit seinem eigenen Boot nur zwanzig Minuten, und das Meer ist ruhig und glatt. Er kann direkt in die Bucht fahren. Am besten gehst du gleich hin.«

»Ich gehöre nicht zur Polizei Schottland.«

»Aber du bist noch immer Polizist, oder? Wäre besser, wenn jemand das Kommando übernimmt, bis unsere hier sind.«

»Ich rufe sie an.«

Sam schlief noch, als Simon durchkam.

»Wir benutzen die normalen Fährdienste, um nach Taransay zu kommen, es sei denn, es handelt sich um einen echten Notfall. Das Geld für ein extra gechartertes Boot ist nicht leicht aufzutreiben. Angespülte Leichen, nein. Was genau machen Sie auf der Insel, Chief Superintendent?«

»Reha nach einer Operation. Ich bin jetzt voll einsatzfähig und kenne Taransay.«

»Ich rufe zurück.«

Nach zehn Minuten sprach er mit einem ranggleichen Beamten bei der für die Highlands und die Inseln zuständigen Kriminalpolizei.

»Ich habe sogar noch weniger Personal zur Verfügung als sonst, im Norden läuft ein Einsatz wegen Drogenschmuggels, und ich kann niemanden entbehren. Vermisste, die ertrunken aufgefunden werden, stehen ganz unten auf der Aufgabenliste, daher schickt Sie uns der liebe Gott. Geben Sie mir Ihre Nummer. Ich mache mich in einer halben Stunde auf den Weg, aber halten Sie mich auf dem Laufenden. Irgendeine Vermutung, bevor Sie sie sehen?«

»Nein, aber ich bezweifle, dass es Selbstmord war. Unfall scheint am wahrscheinlichsten, obwohl sie jeden Winkel kannte.«

»Unfälle passieren trotzdem. Leute werden leichtsinnig, das erleben wir andauernd. Warten Sie auf Doktor Murray und holen Sie seine Bestätigung und erste Meinung ein. Er wird die Leiche hierher ins Leichenschauhaus bringen.«

Simon hatte mit einer Menge Schaulustiger gerechnet. Die gab es immer. Menschen kamen wie aus dem Nichts, lungerten herum, glotzten und erzählten sich Schauermärchen. Aber es waren nur zwei junge Männer aus dem Feldforschungszentrum zur Bewachung der Leiche da. Sie hatten sie mit einer Plastikplane abgedeckt, beschwert mit ein paar Steinen. Sie saßen im Schneidersitz im nassen, glänzenden Sand, wie Teilnehmer an einer urtümlichen Beisetzung.

»Vielen Dank dafür. Nicht gerade der beste Start in euren Tag. Ich vertrete nur die örtliche Polizei, bis sie herkommen kann, und der Arzt ist unterwegs.«

»Wissen Sie, wer sie ist? Jemand wurde vermisst, hat der Mann aus dem Ort gesagt.«

»Ja. Ich schaue nur kurz nach. Ihr habt die Leiche nicht bewegt?«

Die beiden waren aufgestanden. »Nein. Wir haben sie nicht angerührt, es kam uns nur falsch vor, sie einfach so … Sie wissen schon, herumliegen zu lassen.«

Simon kniete sich hin und spürte, wie das Wasser in seine Hose drang. Er hob einen der Steine hoch und schob die Plastikplane ein Stück beiseite.

Sandy. Und während er sie anschaute, vernahm er den Motor eines Bootes, das schnell auf den Strand zuhielt.

»Okay, Jungs, ihr müsst nicht mehr hierbleiben. Da kommt der Arzt. Vielleicht müsst ihr später der Form halber noch die eine oder andere Frage beantworten – wie lange seid ihr im Feldforschungszentrum?«

»Noch drei Tage. Sind Sie sicher, dass Sie uns nicht brauchen?«

»Ihr habt das toll gemacht, vielen Dank, aber ihr könnt jetzt zurückgehen.«

Der Motor verstummte, das Boot glitt auf den Sand und kam zum Stehen.

»Superintendent Serrailler? Ken Murray. Gut. Was haben wir?«

Forsch und auf den Punkt, effizient, kühl, aber irgendwie auch respektvoll vor dem, was ein Mitmensch war, nicht nur ein lebloser Körper. Wie jeder Pathologe, den Serrailler bisher getroffen hatte. Der Arzt holte seine Tasche und öffnete den Reißverschluss an seiner gelben Regenjacke und Rettungsweste. Er rollte die Plastikplane ganz zurück. Hinter ihnen ebbte das Wasser so still ab wie immer an dieser Küste.

Schweigend nahm er die Leiche zunächst nur in Augenschein, dann untersuchte er sie mit leichter Berührung, wobei er möglichst wenig veränderte. Simon sah zu. Sandys Hände. Ihr Gesicht. Die Fußgelenke. Sie trug einen dunklen Pullover. Eine Jacke, der Reißverschluss bis oben zugezogen. Schwarze Jeans. Ein Stiefel. Der andere fehlte. Ihr Haar war offen. Sie hatte weder Schal noch Mütze, doch die wären wohl unter Wasser verloren gegangen. Sie war gerade noch zu erkennen. Eine Leiche, die abgetaucht und den schlagenden Wellen ausgesetzt war, ist kein angenehmer Anblick, wenn sie an Land gespült wird.

»Tot«, sagte Murray und richtete sich auf. »Das wäre der leichte Teil. Bekannt?«

»Sandy Murdoch. Sie wohnt auf der Insel.«

»Familie hier?«

»Nein, sie lebte allein. Ich weiß nicht viel über sie. Bin mir auch nicht sicher, ob jemand mehr weiß.«

Sie schwiegen einen Moment. Murray schüttelte den Kopf. »Es ist nie richtig«, sagte er.

»Gut, ich kann hier sonst nichts unternehmen. Helfen Sie mir, sie in den Leichensack zu schaffen, dann bin ich weg.«

Es war nicht leicht, und sie mussten vorsichtig sein. Das Muskelgewebe wurde schon weich. Finger und Handflächen waren runzlig. Aber der Arzt war fachkundig, seine Bewegungen sicher, er leitete Serrailler mit wenigen Worten an, und die Leiche war an Bord, festgeschnallt und gesichert. »Schaffen Sie es allein zurück?«

Simon nickte und sah zu, wie das kleine Boot wendete, nach Osten fuhr und schneller wurde. Erst als es beinahe außer Sichtweite war, schaute er in den Sand, leicht eingedrückt an der Stelle, an der sie angeschwemmt worden und liegen geblieben war. Den Fundort abzusichern hatte keinen Sinn, selbst wenn er die Mittel dafür zur Verfügung gehabt hätte. Die Flut würde in ein paar Stunden alles rein waschen. Und wahrscheinlich war es nicht einmal ein Tatort.

19

Das Café war noch voll, an jedem Tisch saßen Leute, die zu Abend aßen oder nur Kaffee und Halbliterkaraffen Rosé tranken, von rechts und links stieg Rauch in die ruhige, warme Nacht. Olivier eilte zwischen den Tischen hindurch, als Richard ihn am Ärmel festhielt.

»*Nous sommes complets, mais si vous …*«

»*Où est Delphine?*«

Der junge Kellner riss sich los und schüttelte den Kopf. »*Pardon … je suis …*«

Der Inhaber, Victor, war an diesem Abend anwesend, groß, dünn, mit eingebautem gallischem Schulterzucken und einem mürrischen Verhalten, das sich wie eine Wolke vor der Sonne nur sehr selten verzog, um einem Lieblingsgast Charme, Lächeln, Küsse, Händeschütteln und lebhafte Konversation zukommen zu lassen – immer einem Ortsansässigen. Er kam die beiden Stufen herunter und schaute zu Richard hinüber.

»*Monsieur.*«

»*Où est Delphine?*«

Das Schulterzucken.

»War sie heute überhaupt hier?«

»*Non.*«

»Hat sie angerufen oder –«

»*Non.* Wenn sie nicht bei Ihnen ist, dann weiß ich nicht, wo sonst, *Monsieur le docteur. Excusez-moi.*«

Richard zögerte. Sollte er abwarten, ob sie noch auftauchte? Nach Hause fahren?

Er ging, das Stimmengewirr und Klirren von Porzellan

und Glas und den blauen Zigarettenrauch hinter sich lassend, über die dunkle, stille Straße zu seinem Auto. Wo war sie? Victor wusste es wahrscheinlich. Olivier wohl auch. Sie hatte es ihnen mitgeteilt – und dass sie nichts sagen sollten, falls er nachfragte.

Er machte sich jetzt keine Sorgen. Er war wütend. Nichts zu wissen, nicht informiert zu werden, sich hereinlegen zu lassen.

Er fuhr zu schnell über die sich windenden Landstraßen zum Haus.

Sie war nicht da. Niemand war da.

Er schenkte sich ein Glas Wein ein und setzte sich in den Garten. Ob sie zurückkehrte? War sie mit jemandem weggegangen? Warum?

Und wie viel machte es ihm aus? Er hatte Delphine gemocht und ihre Gesellschaft genossen. Er hatte sie nicht mit Geld oder Geschenken verwöhnt, sie hatte nie etwas erwartet. Aber man hatte einen Narren aus ihm gemacht, und jetzt spürte er diesen Narren. Ein alter Narr. Ohnegleichen.

Er holte die angebrochene Flasche nach draußen, zündete die Mückenspirale an und machte sich im schwachen Licht der Veranda an das Kreuzworträtsel in der *Times*. Für gewöhnlich löste er es morgens, doch er war zu unruhig und gereizt, um ins Bett zu gehen, und er mochte es nicht, tatenlos herumzusitzen. Nichtstun war noch nie seine Sache gewesen. Immer hatte er Arbeit gehabt, und später medizinische Abhandlungen geschrieben, die Zeitschrift herausgegeben, dann war da noch seine Familie. Er hatte mit Meriels Tod zurechtkommen müssen, Judith geheiratet und mit ihr ein anderes Leben entdeckt, war im Wohnmobil verreist, quer durch Amerika und Europa. Er hatte nie damit gerechnet, dass es ihm gefallen könnte, aber er hatte es gemocht. Judith. Er schaute vom Kreuzworträtsel auf, das er noch nicht angefangen hatte. Was war passiert? Sie hätten sich nicht trennen sollen. Sie hätte ihn nicht verlassen sollen. Es hätte einiger Worte der Entschuldigung bedurft, ein paar Richtigstellungen, aber er hatte nicht den Eindruck gehabt, dass sie es wollte.

Er schenkte das letzte Glas ein. Die Mückenspirale wurde schwächer und ging aus, eigenartiger Moschusduft blieb in der Luft hängen. Es war noch immer sehr warm.

Ein Geräusch weckte ihn – ein Auto auf der Straße, vielleicht fuhr es am Haus vorbei. Er hob den Kopf, doch es war wieder ruhig, er schlief erneut ein, ausgestreckt auf dem Gartenstuhl, äußerst bequem.

Schließlich war es kein Geräusch, sondern die plötzliche Kühle, die ihn aufschreckte. Die Luft war feucht, wie am frühen Morgen.

Er war steif, verfluchte sich, dass er eingeschlafen war und nicht so viel Vernunft besaß, im Haus zu bleiben. Auf dem Gras lag schon leichter Tau, als er nach drinnen humpelte.

Weil er durch den Schlaf leicht benommen war, dauerte es einen Moment, bis er etwas bemerkte. Die Küche war wie gewöhnlich, und er schenkte sich ein Glas Wasser ein, gab ein paar Eiswürfel dazu, schloss die Hintertür ab und ging durch den kleinen Raum, den er als Arbeitszimmer benutzte. Seine kleine georgianische Uhr stand nicht auf dem Beistelltisch, der Royal-Dulton-Krug war nicht auf dem Regal, auch die beiden Aquarelle von Cotman fehlten. Sein Laptop war verschwunden. Sein Roberts-Radio. Die drei Silberrahmen, in denen die Fotos seiner Enkelkinder gesteckt hatten. Die Fotos selbst lagen auf dem Schreibtisch verstreut. Er zog die Schubladen auf. In der obersten verwahrte er ein paar Hundert Euro in einem Umschlag, um Leute zu bezahlen oder sich Wechselgeld zu nehmen, wenn er es brauchte, und in der zweiten den tragbaren Safe, der mehrere Tausend enthielt, sowie eine wertvolle goldene Taschenuhr. Nach nur einem flüchtigen Blick wusste er, dass alles weg war. Kleine

Gegenstände, manche von Wert, manche, die ihm wirklich am Herzen lagen, eine Perlmuttdose, sechs Silberlöffel, ein Anhänger, der seiner Mutter und dann Meriel gehört hatte.

Es war sonnenklar, dass Delphine sich genommen hatte, was sie wollte. Auch ihre Sachen waren restlos verschwunden. Hatte sie das alleine gemacht? Hatte sie gelogen, als sie sagte, sie wolle hier im Haus bleiben, um ihn zu betreuen?

Spielte irgendetwas davon eine Rolle?

Er griff zum Handy. Aber es war halb sechs morgens, Cat wäre ihm nicht dankbar, wenn er sie jetzt anrief. Was sollte er ihr sagen? Würde er es ihr erzählen? Er fühlte sich hilflos und unsicher und, ganz plötzlich, alt.

20

Kein Grund für Überstunden, Mrs Lee, es liegt nichts Dringendes an.«

»Ich möchte mich nur um die Notizen zu Mr Bakers Testament kümmern und alles ablegen. Ich hatte bisher noch keine Gelegenheit, alles fertig zu machen.«

Er füllte den Türrahmen ihres Büros. Das Gebäude war alt, die Eingänge schmal, die Decken niedrig. Die Kanzlei befand sich seit siebzig Jahren hier im Kathedralenhof. Niemand würde einen Umzug in modernere oder praktischere Räumlichkeiten in Erwägung ziehen, und die Wände und das Dach aus dem sechzehnten Jahrhundert verhinderten nicht, dass sie absolut auf dem neuesten Stand waren. Zu modern, dachte sie manchmal, sagte aber nichts. Sie war neunundfünfzig, hatte jedoch oft das Gefühl, sie hätte Anfang des zwanzigsten Jahrhunderts leben sollen.

»Einen schönen Abend noch.«

»Ihnen auch, Mr Dodsworth.«

Sie würde bis halb sieben arbeiten, dann durch den Hof über die Lanes zur Silver Street gehen. Primrose's, das Restaurant, in dem sie sich immer trafen, war ein guter Ort für sie beide, denn das Essen war unkompliziert, die Portionen nicht zu knapp bemessen, es war gemütlich und vor allem ruhig, auch wenn es voll war. Sie versuchten denselben Tisch zu bekommen, an der Seite, nicht am Fenster, aber nah genug, um einen Blick auf die Straße zu haben, mit der Kathedrale im Hintergrund. Tagsüber fehlte die Atmosphäre der erst vor Kurzem eröffneten Bars und Bistros, doch nach sechs wurden Kerzen in kleinen Gläsern mit Deckeln aufgestellt, die eine rote Tönung hatten, was dem ganzen Raum einen Hauch von Geborgenheit und Behaglichkeit verlieh. Die Rückenlehnen der Stühle hatten Kissen, und im Winter wurde ein Holzofen angezündet. Sie hatten es in ein paar anderen Gasthäusern versucht, die aber wegen des Lärms ungeeignet waren. Sie mussten sich verständigen können, ohne schreien zu müssen, was dann mitgehört wurde und Aufmerksamkeit auf sie zog.

Marion musste reden. Darüber zu sprechen war ihr Lebensinhalt, doch nur wenige Menschen konnten es ertragen, ihr noch länger zuzuhören. Ihr Sohn Tim, der in Newcastle wohnte, ihr Bruder, Nachbarn – sie waren ausgelaugt, hatten keine Kraft mehr, zuzuhören. Sie mussten jetzt davor in Deckung gehen. Es regte sie auf, bekümmerte und beunruhigte sie, machte sie zornig oder langweilte sie.

Daher klebte Marion an Brenda, die meinte, es sei ihre Pflicht, ihr zuzuhören. Wäre es nicht um Marions Tochter gegangen, dann wäre sie eigentlich eine ideale Freundin gewesen. Sie kamen gut miteinander aus, sie hatten vieles gemeinsam, alltägliche Vorlieben und auch ihre Vorgeschichte. Sie waren sogar einmal zusammen in Urlaub gefahren, an eine schöne Bucht in Cornwall, in ein Hotel mit direktem Blick aufs Meer. Sie wanderten gern, lasen, schauten sich Kulturdenkmäler und Kirchen an – das Wetter war sehr gut gewesen, bis auf zwei neblige Vormittage, aber gegen Mittag hatte es immer aufgeklart. Doch alles führte zu Kimberley zurück.

Brendas Schwiegertochter hatte ihr gesagt, es würde sie krank machen und in den Wahnsinn treiben, wenn sie ihre Bindungen mit Marion nicht löste. Aber sie konnte sie nicht einfach im Stich lassen. Sie wollte helfen. Wenn Brenda etwas tun könnte, um Marion Seelenfrieden zu geben, dann würde sie es tun, nur gab es nichts. Bloß zuhören. Es war ihr gelungen, einen größeren Abstand zwischen ihre Treffen zu legen, da sie den einen oder anderen dringlicheren Termin oder eine familiäre Verpflichtung hatte oder Überstunden vorschob. Daher waren fast vierzehn Tage vergangen, seit sie zum letzten Mal zusammen zu Abend gegessen hatten. Eine längere Pause ließ ihr Gewissen nicht zu.

Und es musste schrecklich sein. Brenda hatte es sich oft genug vorgestellt und sich an Marions Stelle versetzt. Niemand hatte das Recht, Marion zu kritisieren, weil sie sich daran festhielt, jeden Morgen kam es ihr als Erstes in den Sinn, wenn sie aufwachte. Es war einfach nur – anstrengend für alle anderen.

Marion wartete auf sie, wie immer, ihre Gläser Chablis waren bereits bestellt. Um diese Zeit war es ruhig – nur zwei andere Tische waren besetzt. Brenda brauchte eine Weile, um aus ihrer Jacke zu kommen, ihre Tasche abzustellen, nach der Speisekarte zu greifen, Marion zuzuprosten und einen Schluck zu trinken, weil sie zuerst runterkommen musste und für ein paar Minuten den unvermeidlichen Sprung in dasselbe Thema hinausschieben wollte. Immer dasselbe. Marion wirkte angespannt, als lägen ihr die ersten Sätze schon auf der Zunge und sie müsste sie unbedingt herauslassen. Entspannend war es nie.

Um sich fünf Minuten Zeit zu gönnen, fing Brenda mit einer eigenen Geschichte an, keine sehr interessante, über einen Arbeitsunfall, als Lauren ausgerutscht, die steile Treppe hinuntergefallen und unten liegen geblieben war, während alle herumwuselten, und Mr Dodsworth einen Klienten hinausbegleitete und nicht wusste, ob er weitergehen, zurückgehen, zu Lauren hinuntereilen sollte und …

»Und dann stand sie auf und lachte, und sie hatte sich nicht mal den Knöchel verstaucht. Sie trägt immer diese blöden Schuhe mit Keilabsatz. Kannst du die Tafel mit den Spezialitäten sehen, Marion? Von hier aus ist es nicht so gut zu erkennen.«

Sie wollte das Thema Kimberley so lange wie möglich hinauszögern, daher fing sie nach der Spezialitätenfrage mit der Folge von *MasterChef* vom Vorabend an, und warum die Person, die zuerst nach Hause geschickt wurde, nie hätte gehen sollen, nicht in einer Million Jahren.

So ging es weiter, bis sie ihre geräucherte Makrelen-Pâté vor sich stehen hatten.

»Es war auf den Tag genau fünf Jahre her«, sagte Marion. »Als ich wieder aufs Polizeirevier ging.«

Der Jahrestag von Kimberleys Verschwinden, obwohl Marion glaubte, sich als Einzige noch daran zu erinnern. Brenda hatte offensichtlich nicht daran gedacht. Als sie es aussprach, sah Marion etwas über das Gesicht ihrer Freundin huschen, einen Ausdruck von – was war es? Erschöpfung? »Nicht schon wieder«? Verlegenheit? Sie konnte es nicht deuten, und es war ihr auch gleichgültig.

»Fünf Jahre«, wiederholte sie. Brenda blickte starr auf ihren Teller.

»Es ist nicht einfach nur ein Tag, ein Datum. Es ist mehr. Das war ein kräftiger Schlag in den Nacken, verstehst du? Ich kann es nicht loslassen. Ich muss nörgeln und nörgeln und nörgeln, bis sie wieder anfangen, Brenda. Neulich habe ich etwas über einen Mord im Norden gelesen, der nach zweiundvierzig Jahren aufgeklärt wurde. *Zweiundvierzig*! Der Täter ist schon lange tot, aber sie haben weiterermittelt, bis sie ihm den Mord nachweisen konnten. Tja, und das hier ist erst fünf Jahre her. Was ist schon eine Fünf? Warum haben sie es in eine Schublade gesteckt und sie nie wieder aufgemacht?«

Brendas Blick verweilte auf ihrem Teller.

»Ich habe beschlossen, ihn zu besuchen.«

»Wen?«

»Ich kann seinen Namen nicht aussprechen. Du weißt, wen ich meine.«

Brenda legte ihr Messer ab. »Wenn es der ist, von dem ich glaube, dass du ihn meinst, Marion, das kannst du nicht machen. Wirklich nicht.«

»Doch, kann ich. Ich weiß, in welchem Gefängnis er sitzt.«

»Nein, darum geht es nicht.«

»Er hat meine Tochter umgebracht. Wir wissen das.«

»Na ja ...«

»Ich dachte, du wärst meine Freundin. Ich dachte, du wärst auf meiner Seite.«

»Das bin ich auch. Doch hier geht es um etwas anderes. Hör zu, ja, die Polizei glaubt, dass er Kimberley umgebracht hat, und ja, wir alle wissen, dass er es wahrscheinlich getan hat, aber sie haben keine Beweise. Das ist eine Tatsache, Marion, die du nicht leugnen kannst. Die Wahrscheinlichkeit besteht, wenn du so willst, doch es gibt keinen Beweis. Im Übrigen, was versprichst du dir davon, wenn du dorthin fährst und ihn zur Rede stellst? Was willst du damit erreichen?«

»Ihn dazu bringen, es zu gestehen.«

»Das wird er niemals. Das hat er nie und wird es auch nie tun.«

»Ich könnte ihn dazu bringen.«

Brenda streckte die Hand aus und legte sie auf Marions, die eine Gabel hielt und so zitterte, dass Marion sie weder benutzen noch ablegen konnte.

»Nein«, sagte sie, »schlag dir das aus dem Kopf. Es frisst dich von innen her auf, und du brauchst es nicht.«

»Ich habe nicht gebraucht, dass meine Tochter umgebracht wurde, ich brauche nicht, dass er ungeschoren davonkommt.«

»Das wohl eher nicht. Er sitzt lebenslang im Gefängnis.«

»Nur nicht wegen Kimberley.«

»Ich verstehe nicht, wo da der Unterschied ist. Würde er morgen gestehen, was wäre dann anders? Es würde –«

Marions Augen waren voll Tränen, aber es waren Tränen

der Wut, und ihre Stimme war zornig, bittere Wut durchdrang jedes Wort, obwohl sie leise sprach.

»Nein«, sagte sie, »es würde Kimberley nicht zurückbringen – glaubst du, ich weiß das nicht? Aber es wäre ein Schlussstrich. Ich könnte in der Gewissheit sterben, dass es erledigt ist.«

Brenda seufzte und schaute wieder auf ihren Teller, auf Toaststücke und kleine Häppchen Pâté. Auf eine Tomate und einen Zweig Petersilie und eine Scheibe Zitrone. Das Restaurant füllte sich jetzt. Die rosafarbenen Lampen auf dem Tisch, der Geruch nach Wein und gebratenem Fleisch, das Murmeln ringsum, das gemütliche Ambiente, Menschen, die ihr Essen genossen, das allgemeine Wohlbefinden schien zu schwinden und sauer zu werden, während Brenda schwieg und Marions Tränen flossen. Wie sollten sie den restlichen Abend verbringen? Worüber sollten sie sprechen, nachdem diese unmögliche Sache nun zwischen ihnen stand?

»Da gibt es noch etwas«, sagte Brenda, denn es war ihr gerade erst eingefallen und erwies sich als ihre Rettung. »Du wirst ihn gar nicht besuchen können, denn du kannst nicht einfach zur Besuchszeit in einem Gefängnis auftauchen, du musst einen Antrag stellen, und nicht die Gefängnisleitung muss über den Antrag entscheiden, sondern der Häftling. Es ist seine Entscheidung, Marion, nicht deine oder die eines anderen.«

»Das kann nicht stimmen.«

»Doch, es stimmt. Das weiß ich zufällig.«

»Dann stelle ich einen Antrag.«

»Und du glaubst wirklich, dass er mit deinem Besuch einverstanden wäre? Mal ehrlich.«

»Das sollte er. Man sollte ihn dazu zwingen.«

»Trotzdem. Ich weiß, er ist Gefangener, aber in gewissen Dingen hat er noch eine Wahl, und das hier gehört dazu.«

Marion begann jetzt ernsthaft zu weinen, hässliche, unkontrollierte Tränen, die sie zum Würgen brachten und ihr die Luft abschnitten, ihre Nase tropfte, und ihr Gesicht lief rot an, dennoch hörte sie nicht auf zu weinen. Brenda sah, dass die Kellnerin ein paar Meter von ihnen entfernt stand und ihre leeren Teller abräumen wollte, aber nicht wusste, ob sie näher kommen oder sich zurückziehen sollte. Erstarrt vor Verwirrung und Verlegenheit.

21

Ich brauche Ihre Hilfe«, sagte die Stimme, aber es kam rüber wie »I aue eilfe«.

»Wer spricht da?«

»Sheevon.«

»Bleiben Sie dran, ich gehe ein Stück den Abhang rauf, da ist der Empfang manchmal besser.« Doch als Serrailler weiter oben das Handy ans Ohr hielt, war nur ein Zischlaut zu hören, dann abrupte Stille.

»Scheiß Empfang.«

Sam rief vom Türrahmen: »Ich hab Kaffee gemacht.«

»Prima, danke. Weiß der Himmel, wer das war, ich konnte mir keinen Reim drauf machen.«

Sie setzten sich an den Küchentisch. Sam hatte die Kaffeekanne, Milch und einen Teller mit Kirstys Schoko-Brownies rausgestellt, die Douglas kurz nach dem Morgengrauen vor die Haustür gelegt hatte.

»Sie päppelt mich gern auf«, sagte Simon. »Findet mich zu dünn.«

Sam schaute auf seinen Teller und sagte: »Sie ist hübsch. Echt.«

»Stimmt. Und eine herrliche Frau und gut verheiratet.«

»Gut?«

Simon antwortete nicht.

»Willst du damit sagen, wenn sie frei wäre, hätte sie dein freies Leben als Single bedroht?«

»Nein.«

»Du hättest eine gute Wahl getroffen.«

»Hier leben? Ich glaube nicht.«

»Du weichst immer aus.«

»Funktioniert *dein* Handy hier?«

»Siehst du!«

»Ich gehe am besten rüber zum Pub und frage nach, ob jemand eine Nachricht hinterlassen hat. Kommst du mit?«

»Herr im Himmel, das ist ja wie in den 50er Jahren. Ich hatte gestern Empfang auf der Höhenstraße ... na ja, einen halben Balken.«

Aber Simon war schon auf dem Weg zur Tür.

»Wahrscheinlich war es der Arzt«, sagte Sam, schnappte sich die Autoschlüssel und kletterte auf den Fahrersitz.

»Deswegen will ich ja jetzt nachfragen. Ich kann mit dem Arm fahren, weißt du? Fühlst du dich bei mir nicht mehr sicher?«

»Doch, ich fahre das Ding einfach gerne. Fühlst du dich unsicher, mit der Behinderung?«

»Verdammt, Sam, manchmal treibst du es zu weit. Nein, ich komme mir absolut normal vor. Ich habe einen sehr schlauen, voll funktionsfähigen Arm, dank der hervorragenden Prothesenhersteller, und in ein bis zwei Monaten werde ich einen dermaßen hochmodernen haben, dass ich eine Nadel mit den Fingern aufheben kann. Ich fühle mich nicht unsicher, ich finde, ich habe verdammtes Glück gehabt. Die haben mein Leben gerettet, was ist also ein Arm?«

»Freunde fürs Leben.«

»Pass auf!«

Ein paar Meter vor ihnen war ein Schaf über die Straße gelaufen. Sam bremste, wich aus und geriet ins Schlingern, brachte den Wagen wieder auf die Spur und fuhr weiter.

»Wird er sagen können, ob sie sich ertränkt hat?«, fragte er nach zwei schweigend zurückgelegten Meilen.

»Weiß ich nicht ... auf jeden Fall wird er wissen, ob sie ertrunken ist, wovon man beinahe sicher ausgehen kann – das ist der leichte Teil. Andere Faktoren kommen ins Spiel, wenn man einen Selbstmord vermutet – Geisteszustand laut Augenzeugen, schriftliche oder mündliche Nachrichten, die jemandem hinterlassen wurden, Sachen wie Manteltaschen voll schwerer Steine, die sie herabziehen … aber ich bin kein Mediziner. Was meinst du?«

Sam zuckte mit den Schultern. »Du hast sie gekannt, ich nicht.«

»Stimmt, aber du warst höchstwahrscheinlich der Letzte, der Sandy lebend gesehen hat – wenn sie also psychisch belastet war …«

Sam sah Simon erschrocken an. »Hältst du das für möglich? Dass niemand sie mehr sah, nachdem sie mich an dem Abend abgesetzt hat?«

»Kann sein, Sambo. Sie lebte allein, es war spät … und das Wetter war grausig. Vermutlich würde da niemand mehr vorbeikommen … vielleicht am nächsten Morgen, wer weiß, aber als bemerkt wurde, dass sie eine Weile nicht aufgetaucht war, hätte doch jemand gesagt, ob er an dem Morgen beim Haus war.«

»Oh Mann. Was passiert jetzt?«

»Wenn man davon ausgeht, dass du der Letzte warst? Nichts, nur dass du vielleicht bei der amtlichen Untersuchung als Zeuge aussagen musst. Mach dir keine Sorgen – es wird kurz und formell sein, und der Coroner wird zu dem Urteil kommen, dass sie sich durch Ertrinken das Leben genommen hat.«

»Er könnte auch glauben, ich hätte sie umgebracht.«

»Warum um alles in der Welt sollte er das? Du meinst, du hättest rausgehen können, nachdem ich im Bett war, durch ein Gewitter und einen heulenden Sturm zu einem Haus, das du nicht kanntest, hineingehen und … und was? Sie auf den Kopf schlagen und einen steilen Pfad hinunter ans Meer schleppen, bei pechschwarzer Dunkelheit? Und was hätte dein Motiv sein sollen?«

»Schon gut.«

Trotzdem sagte Sam für den Rest der Strecke nichts mehr.

Iain lachte kurz auf. »Es werden noch Wetten angenommen … Willst du vor oder nach dem Drink ans Telefon?«

In der Bar waren ein halbes Dutzend Besucher. Sam ging schnell zu einem Tisch am anderen Ende.

»Falls du dich fragen solltest, es sind alle betroffen – der Funkmast ist beschädigt worden oder der übliche Blödsinn. Handys taugen hier draußen nichts, echt nicht. Du hattest drei Anrufe, alle wollten eine Nachricht hinterlassen oder verlangten von mir, dass ich alles stehen und liegen lasse und dich suche, als hätte ich dafür Zeit.«

»Tut mir leid, Iain. Ich hätte gern ein Pint Cluny und eine Cola für Sam, und was willst du?«

»Nicht nötig, trotzdem danke. Lorna hat gerade aufgelegt, also auf, schnapp es dir, bevor es ein anderer macht. Hier.«

Er hielt Simon einen halben Umschlag mit Namen und Nummern hin.

Dr. Murray. Kieron. Richard.

Er fing mit dem Pathologen an und bekam den Anrufbeantworter. Hinterließ eine Nachricht. Richard? Der Name sagte ihm nichts. Er rief Kieron an.

»Sekretariat des Chief Constable.«

»Simon Serrailler. Ich habe eine Nachricht erhalten, dass ich zurückrufen soll.«

»Ah, Entschuldigung, er ist gerade in einer Besprechung, heute Abend hat er ein Dinner, und ich habe keine Ahnung, was er von Ihnen wollte, tut mir leid – er hat mir nichts gesagt.«

»Schon gut … danke. Richten Sie ihm bitte aus, dass ich ihn morgen anrufe. Mich auf dem Handy anzurufen hat keinen Sinn, die ganze Insel ist im Funkloch. Er kann mir aber auch eine Mail schicken. Das scheint zu funktionieren.«

»Das mach ich. Danke.«

Er ging wieder zu Sam, der seine Cola geleert, sich eine neue geholt hatte und jetzt durch die *Sun* blätterte.

»Ein Schundblatt«, sagte Simon.

»Das kannst du wohl sagen. Hast du alle erreicht?«

»Keinen.«

»Simon«, rief Iain herüber. »Der Arzt ist wieder in der Leitung.«

»Wie mir scheint, sind Sie noch immer der Verantwortliche«, sagte der Pathologe. »Wissen Sie über die Vorgänge auf dem Festland Bescheid?«

»Wie ich hörte, können sie niemanden entbehren. Irgendein Drogenschmuggel. Aber ich kann hier so lange die Stellung halten. Haben Sie Ergebnisse für mich?«

»Ja, und die eine oder andere Überraschung. Können Sie rüberkommen?«

»Die nächste Fähre legt in zwanzig Minuten ab, die kriege ich noch. Wohin soll ich kommen?«

»Ich hole Sie ab.«

Dr. Murray wartete am Kai, als die Fähre anlegte, im üblichen ramponierten Jeep, auf den sich alle verließen, die problemlos zu jeder Jahreszeit und bei jedem Wetter beweglich sein mussten.

Sie fuhren eine Meile, hielten dann vor einem viktorianischen Gebäude, das wie eine Schule aussah, tatsächlich aber das alte Landkrankenhaus war. Das war zusammen mit der örtlichen Grundschule in ein modernes Gebäude im Westen des Ortes umgesiedelt worden.

»Wir sind das pathologische Labor, das Leichenschauhaus und die Registratur, und dahinter ist das Büro des Staatsanwalts. Wir haben jahrelang auf mehr Platz und moderne Einrichtung gedrängt, aber es sieht nicht so aus, als bekämen wir sie. Kommen Sie rein.«

Sie hatten den Eingang über eine kurze, halbkreisförmige Steintreppe erreicht und gingen jetzt durch den unvermeidlich cremefarben gestrichenen Flur mit hohen Schiebefenstern an den Seiten zu einer Doppeltür, an der ein Schild hing mit der Aufschrift »Für Unbefugte kein Zutritt«.

Der übliche Geruch einer Leichenhalle. Desinfektionsmittel und Chemikalien einer ganz besonderen Art. Formaldehyd. Und noch etwas. Der Geruch des Todes, den nichts jemals unterdrücken oder verbergen könnte. Dennoch wusste Serrailler, dass der Geruch eigentlich nicht vorhanden war. Der Tod war hier drinnen schon hygienisch gemacht, neutralisiert worden. Der Tod war sauber gewischt, von seinem früheren Selbst, dem Leben, distanziert und in den Strudel geworfen worden, in dem sich jedes seiner Moleküle veränderte. Tod war hier nicht Tod. Doch er war auch nicht Leben. Tod war eine medizinische Angelegenheit, etwas Anonymes, ein seiner Persönlichkeit und seines Status beraubtes Objekt. Tod war überwunden und abgefertigt.

Er hatte den Arbeitsbereich eines Pathologen nie beängstigend oder abstoßend gefunden. In gewisser Weise fand er ihn sogar ziemlich schön, so wie alle rituellen Handlungen schön waren. Immer war Respekt spürbar, Förmlichkeit. Man hielt sich an Regeln, folgte einer Routine. Nie gab es Raum für Ungezwungenheit, für Kreativität, überstürzte Handlungen, Ablenkung. Eine Autopsie hatte ein Muster, einen Umriss, eine Form.

Murray hatte den Assistenten hinausgeschickt. »Wir haben nur die eine Leiche«, sagte er. »Gestern hatte ich drei. Ein kleiner Junge kam unter die Räder eines Schaftransporters. Unter den seines Vaters.« Er schüttelte den Kopf.

Sage keiner, dass diese Männer herzlos und zynisch werden, dass sie schon alles gesehen haben und nichts mehr empfinden, dass sie medizinische Automaten sind, dass jeder tote Körper ihnen so wenig bedeutet wie der letzte und vorletzte.

»Ich kannte sie alle. So ist das – man lebt in einer kleinen Gemeinde. Man leidet mit.«

Erneut schüttelte er den Kopf.

»Sie können sich da drüben hinstellen, wenn es Ihnen lieber ist.«

»Kein Problem.«

»Erstaunlich, wie viele Polizisten damit nicht zurechtkommen. Es kann losgehen, Peter.«

Serrailler sah zu, wie der Assistent die abgedeckte Leiche hereinschob. Er hob sie zusammen mit dem Arzt auf den Untersuchungstisch, dann gab der Pathologe Simon ein Zeichen, näher zu kommen. Zuerst legte er das Gesicht und den Hals frei.

Sandy sah aus wie alle Leichen. Sauber gewischt, als hätte der Tod nicht nur den Atem genommen, der das Leben war, sondern auch die Person, die Persönlichkeit, das Wesen, um am Ende eine Leere zu hinterlassen, trotzdem gab es noch Gesichtszüge, und diese nannten Sandys Namen.

Sie war es. Aber Sandy war nicht mehr bei ihnen.

»Noch immer dieselbe Identität?«

»Ja. Sie ist es.«

»Gut. Dann drehen wir sie um, bitte.«

Sie drehten Sandy um, sodass sie nun mit dem Gesicht nach unten lag. Die langen Haare waren abgeschnitten, der Kopf rasiert. Der Arzt zeigte auf den Hals.

»Sehen Sie, da?«

Simon beugte sich darüber und sah genauer hin. Pfiff leise.

»Kein Selbstmord also«, sagte er.

Was er sah, war eine Schusswunde. Ein genau platzierter Todesschuss.

»Haben Sie schon eine Ahnung, was für eine Waffe es war?«

»Nicht genau, nur dass es kein Gewehr war, sonst wäre der Schädel weggepustet worden – und Gewehre sind die einzigen legitimen Waffen der Insulaner. Könnte eine Glock gewesen sein, doch ich bin kein Ballistik-Experte. Ich habe Fotos per E-Mail verschickt und werde eine genaue Identifizierung aus Glasgow bekommen, vielleicht morgen, wenn ich Glück habe. Das wird Ihnen vermutlich mehr verraten.«

»Niemand, der eigentlich ein Kaninchen jagen wollte, hat sie getroffen. Das ist ein Revolver.«

»Was bedeutet, der Mord war vorsätzlich.«

»Und wahrscheinlich sorgfältig geplant. Ich bezweifle, dass jemand auf Taransay so eine tödliche Waffe besitzt – und wenn, dann hat er sie gut versteckt gehalten. Aber warum? Gibt es noch weitere Verletzungen?«

»Nichts Ernstes – ein paar Schrammen und kleinere Schnitte an den Händen und am Kopf – gegen einen Fels gestoßen oder so. Die Person war schon tot, als sie ins Meer kam.«

»Ich war früher schon auf der Insel – kenne sie ganz gut, soweit das einem Außenstehenden möglich ist –, und ich kann mir Raufereien vorstellen – ich habe an Samstagabenden welche gesehen. Aber das ist eine eingeschworene Gemeinschaft ...«

»Das sind sie alle und deshalb nicht schlimmer als andere.«

»Nein. Und ich kann mir niemanden vorstellen, der Sandy ermorden würde. Sie war beliebt ... eine Einzelgängerin irgendwie, aber sie beteiligte sich, sie war Teil der Insel geworden. Warum sollte jemand sie umbringen?«

Murray sah ihn eine Weile schweigend an, gab dann dem Assistenten ein Zeichen, ihm zu helfen, die Leiche wieder umzudrehen und das Tuch wegzunehmen.

»Mich hat es eigentlich nicht überrascht, in Anbetracht der einen oder anderen Auffälligkeit, aber für Sie könnte es ein Schock sein.«

Sandy. Noch immer unverwechselbar Sandy. Tot. Auf ihrem Rücken liegend.

Auf *seinem*.

22

An s.serrailler@police.gov.uk
Von chief.bright@police.gov.uk

Hoffe, alles ist in Ordnung bei dir, wenigstens besser als hier. Eine Serie von Brandstiftungen und kein Ende in Sicht. Da du im ruhigen, verbrechensfreien Land zwischen Meer und Himmel bist, wäre ich dankbar, wenn du das hier öffnen und mir mitteilen könntest, was du darüber denkst. Die Mutter will, dass der Fall wieder aufgenommen wird. Ich hänge eine ZIP-Datei mit allem an, was das Verschwinden von Kimberley Still und die darauf erfolgten Ermittlungen betrifft. Einen Hintergrund zu Lee Russon ebenfalls. Das musste zurückgestellt werden, weil wir knapp an Personal sind und die Brandstiftungen zusätzlich zu dem übrigen Kram alle vollauf beschäftigen. Keine Zeit für ungelöste Fälle, aber das weiß Mrs Still nicht.

Für mich ist ziemlich klar, dass Russon Kimberley entführt und umgebracht hat, ziemlich sicher, dass wir es nie beweisen werden. Aber wenn da irgendwas drin ist, könnte es sich lohnen, ihn noch einmal zu verhören. Ist jedoch noch zu früh. Wann kommst du zurück? Alles klar hier, abgesehen von den Bränden. Cat hat was Neues – sie wird es dir erzählen. Kann sein, dass es nicht funktioniert. Ich bin da geteilter Meinung. Ist Sam noch da? Seit ein paar Tagen nichts von ihm gehört.

Alles Gute, K.

23

Er hatte Sam eine Textnachricht geschickt, in der er ihm mitteilte, dass er Verbindung zur örtlichen Polizei aufgenommen hatte – so sie denn da war –, um seine eigene Position bei den Ermittlungen zu besprechen, in denen es inzwischen um Mord ging. Er werde mit der letzten Fähre zurückkommen, und Sam solle unterdessen im Laden etwas fürs Abendessen besorgen – Eier und tiefgefrorene Fritten am besten. Bei dem schlechten Empfang war es fraglich, ob er die Nachricht erhalten würde.

Er hatte seinem Neffen nichts über die weitere Komplikation mitgeteilt.

Die Polizei war mit den Drogenschmugglern überfordert.

»Wir haben niemanden, der Sie ablösen kann«, hatte der DI zu Simon gesagt. »Ich habe das offizielle Einverständnis, Ihnen vorübergehend die Leitung der Ermittlung zu übertragen – was Sie herausfinden, leiten Sie weiter. Können Sie die normalen Verhöre übernehmen – wo zuletzt gesehen, mit wem, irgendetwas Ungewöhnliches zu berichten und so weiter? Wir müssen uns darauf verlassen, dass Sie alles weitergeben, und wir werden jemanden rüberschicken, sobald es uns möglich ist. Aber ich fürchte, Sie sind vorerst auf sich allein gestellt. Ist das für Sie in Ordnung?«

Simon sah, wie der DI auf seinen Arm schaute.

»Geht klar«, sagte er.

Er würde nach Hause fahren, duschen, sich umziehen, dann in den Pub und Iain fragen, ob er ihm einen Mini-Ermittlungsraum im Nebenzimmer einrichten könnte, das, außer an hektischen Freitag- und Samstagabenden, selten benutzt wurde. Dort könnte er in den nächsten Stunden Fragen stellen, während Einheimische ein und aus gingen, könnte versuchen, sich ein Bild zu machen – obwohl er ziemlich sicher war, dass eher eine schwache Skizze entstehen würde. Sobald er mit dem Wirt und dem ersten Gast gesprochen hatte, war klar, dass die anderen im Lauf des Tages auftauchen würden.

Laute Musik kam durch das offene Fenster des Gästezimmers.

»Stell es etwas leiser, Sam.«

Sam gehorchte. Ein bisschen.

»Dachte, du würdest Douglas helfen.«

»Hatte keinen Bock.«

Simon blieb auf dem Weg zum Bad stehen. »Das kenne ich nicht von dir.«

»Nein, na ja. Was ist denn nun eigentlich passiert?«

»Ich erzähl's dir, wenn ich geduscht habe. Haben wir was zu essen?«

»Eier. Das Brot ist schon ein bisschen älter.«

»Kannst du schon mal anfangen?«

Sam rührte sich nicht.

Das Wasser kam kalt, dann brühend heiß aus der Leitung, bevor es sich auf lauwarm einstellte. Duschen war eine der kniffligsten Angelegenheiten. Ein Bad war nicht viel leichter. Simon schaute ans obere Ende seines linken Arms, aus dem jetzt kein Arm mehr wuchs. Haut und Muskelgewebe waren verheilt, doch obwohl die Prothese gut saß – viel besser als die, mit denen die Leute sich bis vor wenigen Jahren noch hatten abfinden müssen –, gab es noch immer das unvermeidliche Wundscheuern, bis alles hart und fest geworden war. Er musste es jeden Morgen und jeden Abend säubern und eincremen. Doch die ärgerliche Röte hatte nachgelassen.

Jedes Mal, wenn er hinschaute, erinnerte er sich, welches Glück er gehabt hatte, mit dem Verlust eines Arms und nicht seines Lebens davongekommen zu sein. Er hatte Schmerzen gehabt, er war frustriert, wütend, er war es leid, aber er hatte kein einziges Mal gefragt, warum. »Warum ich? Warum das?«

Weil es eine klare Antwort gab. Menschen, die seltene Krankheiten bekamen und nicht von gestörten Kriminellen angegriffen wurden, schlugen sich mit dieser Frage herum. Als Polizist, selbst bei der Kriminalpolizei, stellte er sich an jedem Arbeitstag in die Schusslinie, sie alle taten es. In Anbetracht des Gefahrenpegels da draußen war es nur verwunderlich, dass es nicht öfter passierte.

Es dauerte eine Weile, bis er sicher sein konnte, dass sein Arm ganz trocken war. Wenn nicht, würde es unangenehm.

Sam verquirlte Eier und briet Tomaten, als Simon schließlich wieder nach unten kam.

»Guter Junge.«

»Entschuldige – kein Speck oder sonst was. Ich toaste das Brot.«

»Prima.«

Mehr wurde nicht gesagt, bis sie sich setzten, das Essen vor sich auf dem Tisch.

»Okay«, sagte Sam mit vollem Mund. »Und?«

Simon berichtete, zuerst über das Einschussloch. Der leicht verdauliche Happen.

»Ich hab's gewusst. Ich meine, natürlich nicht, aber … es war einfach seltsam. Hast du dir das nicht auch gedacht?«

»Klar. Schließlich bin ich Polizist. Kriminalpolizist. Ich mache die ganze Zeit nichts anderes. Bei jeder Leiche besteht die Möglichkeit – manchmal eine sehr geringe, manchmal gar keine, weil alle Indizien in eine andere Richtung deuten, aber man muss es im Kopf behalten. Bei Sandy jedoch – war es nicht meine erste, nicht einmal meine zweite Möglichkeit, muss ich zugeben.«

Sam hatte Messer und Gabel abgelegt und schaute ihn an. »Wer zum Teufel? *Wer*?«

»Keine Ahnung vorerst. Womöglich steht das Warum vor dem Wer.«

Sam schüttelte den Kopf. »Man sollte meinen, das hier sei der sicherste Platz auf Erden, diese Insel.«

»Und du hättest auch recht, was Gewaltverbrechen angeht. Da ist sie weit außerhalb der Norm.«

»Was weißt du über sie? Über Sandy? Hat irgendjemand etwas gewusst?«

Jetzt war es an Simon, mit dem Essen aufzuhören. Er zögerte. Genau genommen war es unsittlich, aber sein Neffe hatte Sandy gemocht, und Simon war ehrlich interessiert an dessen Reaktion auf die Neuigkeit, dass Sandy ein Mann gewesen war. Simon hatte keine Ahnung, wie sie ausfallen würde. Überraschung bestimmt, aber danach … Schock? Ekel?

Mit Gelächter hätte er niemals gerechnet. Sam starrte ihn über den Tisch hinweg an, und für den Bruchteil einer Sekunde gab es gar keine Reaktion, doch dann brach er in schallendes Gelächter aus und stieß mit der Faust in die Luft.

»Verdammte Scheiße … gut für Sandy … das wird die *Kleinen freien Männer* aufscheuchen. Verdammte *Scheiße*! Alexander, nicht Sandy … und wenn ich es recht überlege, weißt du … na ja, ich bin ihr – ihm – ja kaum begegnet, nur auf der Fahrt hierher, und es ging um das Wetter und meinen Zustand … aber rückblickend passt es. Jep. Ist dir das nie in den Sinn gekommen, Si?«

»Nein.«

Sam kicherte noch immer, während er seinen Teller mit Ei und Toast leerte, hörte dann aber urplötzlich auf und wurde still. »Bloß … Sandy wurde ermordet. Spielt eigentlich keine Rolle, oder – wer oder was, Mann oder Frau … jemand hat ihn erschossen. Und nicht aus Versehen, anstelle eines Kaninchens. Ich meine – verflucht! Niemandes Leben sollte so enden.«

»Nein.«

Sie blieben sitzen, dachten nach, gingen alles noch einmal durch und versuchten, eine Erklärung zu finden. Die Nacht war ruhig. Auf Taransay wehte immer ein Wind, aber er war jetzt so schwach, dass man ihn im Kamin kaum hörte, und kein Fenstergriff rappelte, die Vorhänge bewegten sich nicht.

»Oh, und ich hab mir überlegt, weiterzuziehen, vielleicht morgen oder übermorgen.«

»Nach Hause?«

»Nein. Vielleicht treffe ich mich mit ein paar Freunden in London – zumindest waren sie da, als ich das letzte Mal was von ihnen gehört habe.«

»London«, sagte Simon. »Um was zu tun, Sam?«

»Du weißt schon … Leute treffen.«

»Einfach nur so?«

Sam schaute ihn fragend an.

»Und wenn du dich mit Leuten getroffen hast? Was dann?«

Schweigen.

»Hast du genug Geld, um nach London zu kommen?«

»Oh. Nein. Ich dachte …«

Simon stand auf und sammelte die Teller ein. »Tja, dann hast du falsch gedacht, Sambo. Du bist sogar zu faul, rauszugehen und Douglas wieder zu helfen, Kirsty wird im Moment jeden Tag übel, sie ist keine große Hilfe, bis sie es überstanden hat. Also erwarte jetzt nicht von mir, dass ich in die Tasche greife, damit du nach London abhauen kannst.«

»Dann muss ich also hierbleiben?«

»Nein. Hast du dir Rückfahrtickets für die Fähre und den Zug geholt, als du hierherkamst?«

»Äh …«

»Dachte ich mir. Okay, ich werde dir Geld für die Rückfahrkarten geben. Und damit meine ich, zurück nach Lafferton. Entweder so, oder du bleibst hier und arbeitest.«

Er hatte noch nie so mit Sam gesprochen – das war nie nötig gewesen. Sam war weder faul noch ein Schnorrer, er war immer ein eifriger, aktiver, fröhlicher Junge gewesen, aber er war kein Junge mehr, er war ein aufgewühlter junger Mann, der sich nicht sicher war, wo seine Zukunft lag oder welchen Schritt er in ihre Richtung machen wollte. Vielleicht hätte er ihn sanfter anpacken sollen, auch wenn er sich nicht gerne Geld für eine Fahrt nach London aus der Tasche ziehen ließ, um dort wen auch immer zu treffen.

Iain überließ ihm gern das kleine Nebenzimmer, und es waren fünf Stammgäste da, mit denen Simon zuerst sprechen konnte, einschließlich Douglas, aber auch Fergal Morne, dessen Farm das nächste bewohnte Gebäude neben Sandys Cottage war. Fergal war taub, Sohn eines Vaters und Enkel eines Großvaters, die auf demselben Grundstück Schafe gehalten hatten und die auch taub gewesen waren. Er war verheiratet und hatte eine Tochter, die perfekt hörte, und scheute sich vor einem weiteren Kind aus Angst, dass es ein Junge mit demselben genetischen Defekt sein könnte. Fergal trug ein Hörgerät, obwohl er damit andere immer noch so sprechen hörte, als säßen sie hinter einer Wand aus Watte. Doch er konnte gut Lippen lesen und Mienen deuten.

»Das war ein schwerer Schock, Sandy ... schwerer Schock. Hätte nie gedacht, dass sie sich dass antun würde, das sag ich dir. Gute Frau – gute Nachbarin, obwohl ich nie bei ihr im Haus war, kein einziges Mal. Sie kam zu uns.«

»Hat sie über sich gesprochen, Fergal? Bevor sie herkam – wo sie gelebt hat, was sie gemacht hat, Familie und so?«

Fergals Gesicht zeigte, dass er zuhörte und aufnahm, was Simon sagte, über die Fragen nachdachte, aber langsam, sorgfältig, und erst als er nachgedacht hatte, wurde das Gesicht wieder lebhaft.

»Nein, sie hat nichts gesagt, niemals. Sehr zurückgezogen, diese Sandy ... obwohl ich nie gedacht hätte, dass sie Geheimnisse hatte, irgendetwas Schlimmes, verstehst du? Sie ist meistens draußen gewesen. Sie hat Taransay oft in ganzer Länge und Breite abgelaufen. Hab sie unten am Strand oder oben auf der Kuppe gesehen. Aye, sie war fit und aktiv.«

»Wann hast du sie zuletzt gesehen?«

»Vor vier Tagen vielleicht. Der Tag, an dem sich der letzte Sturm zusammenbraute.«

»Wo?«

»In den Lagerräumen, und dann fuhr sie mit ihrem Jeep nach Hause, und wir kamen aneinander vorbei – man muss anhalten, du kennst das ja –, wir winkten uns zu. Sonst nichts.«

»Wie sah sie aus?«

Fergal zuckte mit den Schultern. »Wie sonst auch.«

»Ist sie immer allein unterwegs gewesen, wenn sie über die Insel streifte?«

»Die ganze Zeit. Ich dachte immer, sie hat neun Leben, wie sie da andauernd die Klippen runterkraxelt und Steinschlag auslöst, oder schnell zurückkommt, um vor der Flut wegzulaufen, oder so etwas in der Art. Bloß hat sie jetzt Pech gehabt.«

»Hatte sie jemals Besuch?«

»Wir haben nicht den ganzen Tag hinter der Gardine gestanden und ihr Haus beobachtet.«

»Das glaub ich dir gern, aber du musst doch irgendwelche Besucher bemerkt haben.«

»Nein … was nicht heißen soll, dass keine da waren, verstehst du?«

»Klar. War mit Sandy etwas anders, als du sie das letzte Mal gesehen hast? Schien sie besorgt … vielleicht ein bisschen zerstreut?«

»Ist mir nicht aufgefallen. Aber wir haben nicht viel miteinander geredet.«

»Gut. Wenn du dich an irgendetwas erinnerst, und wenn

es noch so unbedeutend ist, dann lass es mich wissen, ja? Es könnte wichtig sein, Fergal – das ist den Leuten nicht immer klar, und sie blenden Kleinigkeiten aus. Alles, was dir einfällt, das nicht ganz … wie immer war, was an Sandy, an ihrem Haus, ihrem Auto nicht stimmte … alles. Es muss dir nicht peinlich sein, und glaube nicht, du vergeudest meine Zeit oder die anderer.«

»Da gibt es nichts. Aber ich werd drüber nachdenken. Ganz bestimmt.«

So ging es weiter. Niemand hatte etwas oder jemanden gesehen oder gehört. Nichts Außergewöhnliches, nichts Alarmierendes … das war umso eigenartiger, da die Insel nur dünn bevölkert war und doch so eng zusammenhielt. Dass sie so weit verstreut wohnten, spielte keine Rolle, sie passten aufeinander auf, und jeder wusste, was los war. Aber über Sandy – nichts.

Nur eine Sache tauchte auf, und obwohl sich Serrailler den Kopf zerbrach, konnte er beim besten Willen nicht herausfinden, warum es allem Anschein nach irgendwie von Bedeutung war. Doch das war es.

Derry Muir lieferte alles, was auf der gesamten Insel zu liefern war – Sachen, die im Laden bestellt oder von der Fähre gebracht wurden, meistens zu denen, die nicht an den Anleger kommen konnten, um es selbst abzuholen, vielleicht weil sie zu alt oder zu unsicher waren, oder ihr Fahrzeug kaputt war. Derry hatte Sandy nicht besser gekannt als die anderen, weil sie ihre Sachen immer selbst abholte, aber sie hatten in der Bar geplaudert, und einmal, vor etwa einem Monat, hatte Sandy geholfen, seinen Lieferwagen aus einem Graben in der Nähe ihres Hauses zu ziehen. Sie hatte ihn zu einem Becher Tee eingeladen, und dabei hatten sie eine gemeinsame Leidenschaft für Curling entdeckt. Derry und seine Frau spielten beide, fuhren zu Wettbewerben zwischen verschiedenen Ligen auf dem Festland, und Sandy sagte, sie habe drei Jahre in Kanada gelebt, als sie Anfang zwanzig war, und dort den Sport entdeckt. Sie hatten sich darüber unterhalten, bis Derry eine Stunde zu spät dran war, und danach war er bei ihr vorbeigefahren und hatte ihr ein paar Curling-Zeitschriften gebracht. Er hatte sogar vorgeschlagen, sie solle doch mal mit ihm und Monia mitkommen und zusehen, vielleicht sogar wieder anfangen zu spielen. Sandy hatte zurückhaltend reagiert.

»Ich sehe nicht, wie das in irgendeinem Zusammenhang stehen sollte – das Curling. Oder Kanada.«

»Ich auch nicht, aber vielen Dank, Derry. Es könnte etwas bedeuten.«

Doch was in aller Welt das war, konnte Simon sich nicht vorstellen, obwohl es ihm nicht aus dem Kopf gehen wollte. Denn sonst gab es nichts. Keine Besucher bei Sandy. Keine Fahrzeuge. Sie war immer zu unterschiedlichen Zeiten unterwegs gewesen, deshalb war es nicht als ungewöhnlich empfunden worden, wenn sie um neun Uhr abends durch das Moor oder am Strand entlanggewandert war, oder wenn sie im Morgengrauen die Klippenpfade hinabkletterte. Sie war eigen gewesen. Das letzte Mal war sie am Abend des Sturms von jemandem aus dem Ort gesehen worden, als sie den Pub mit dem betrunkenen Sam verließ, um ihn nach Hause zu fahren. Und bisher war Sam noch immer aller Wahrscheinlichkeit nach der Letzte, der Sandy gesehen hatte, bevor sie umgebracht wurde.

24

Cat hatte ein Risotto und Stachelbeercreme gemacht. Dazu hatte es eine Flasche Sauvignon aus Neuseeland gegeben, und dann hatte Kieron sie beide allein gelassen, als er ins Fernsehzimmer ging, um sich ein wichtiges Fußballspiel anzusehen. Er und Luke hatten sich letztlich ganz gut verstanden, obwohl Cat mit Belustigung, die sie sich nicht anmerken ließ, festgestellt hatte, dass Kieron sich zu Beginn des Abends äußerst formell verhalten und Lukes Anzug und grellbunte Missoni-Krawatte argwöhnisch gemustert hatte. Doch sobald er sich davon überzeugt hatte, dass Luke keinerlei Interesse an seiner Frau zeigte, außer als ihr guter, langjähriger Freund, und sie auch nicht an ihm, hatten sie viele Gemeinsamkeiten entdeckt – Fußball gehörte nicht dazu –, und Cat hatte ihnen entspannt zugehört.

Luke war gekommen, um mit ihr über Geschäftliches zu reden. Sie hatte ihn zu sich nach Hause eingeladen, weil sie wollte, dass er Kieron außerhalb der weniger entspannten Atmosphäre des Hotels oder eines Restaurants kennenlernte. Und zu Hause konnte man am besten über Arbeit und die Zukunft sprechen. Sie machte Kaffee, und Luke öffnete sein iPad, auf dem sich ein Entwurf für eine Webseite, ein Werbetext, Finanzpläne, rechtliche Hinweise und Geschäftsbedingungen befanden. Er reichte es Cat und beugte sich dann vor, nahm Wookie von seinem Sitz am Ende des Sofas und setzte ihn sich auf den Schoß.

»Vorsicht – gestern hat er Kieron gebissen.«

»Der ist doch kein böser Hund, sondern ein kleines Schmusekätzchen.«

»Und du bist ihm fremd. Kieron gehört zur Familie.«

Aber sie sah, dass Wookie es sich bequem gemacht, sich zu einer Kugel zusammengerollt hatte und eingeschlafen war. Luke streichelte ihn.

Wir bieten hochwertige, individuelle Allgemeinmedizin, die Ihnen auf fürsorgliche, professionelle und diskrete Weise ins Haus geliefert wird.

Wir kümmern uns lieber um entschieden weniger Patienten als traditionelle Allgemeinmediziner, was uns in die Lage versetzt, diese gewonnene Zeit damit zu verbringen, Sie und Ihre gesundheitlichen Bedürfnisse zu verstehen. Als Praxismitglied haben Sie 24 Stunden an jedem Tag des Jahres unbegrenzt Zugang zu Beratung, Unterstützung und Bestärkung durch Ihre Ärztin oder Ihren Arzt.

Wir sorgen für alles, was Sie von Ihrem niedergelassenen Arzt erwarten würden, praktisch und zeitnah geliefert. Wie Ihre gesundheitlichen Bedürfnisse auch aussehen – wir sind da, um zu helfen.

Wir sind ein vollkommen unabhängiger Dienst, der für Lafferton und Umgebung zuständig ist. Wir haben den traditionellen Hausbesuch zu individuell ausgerichteter Familienmedizin ausgebaut und lassen die oft verloren gegangene Beziehung zwischen Arzt und Patient wiederaufleben. Sie und Ihre Familie werden immer prompt und professionell von erfahrenen ortsansässigen Ärzten versorgt, die Sie kennen und denen Sie vertrauen.

Unsere Methode wurde entwickelt, damit wir uns vollständig auf die Gesundheit und das Wohlergehen unserer Mitglieder konzentrieren können. Kommen Sie in den Genuss eines völlig neuen Angebots, und erleben Sie, wie Medizin auf fürsorgliche, angemessene und verantwortliche Weise geliefert werden kann.

Cat schaute auf.

»Wie viel zahlen die Patienten?«

»Ich möchte das möglichst vertretbar halten ... wir werden eine Menge einsparen, wenn wir keine konventionelle Praxis haben. Wir stellen jemanden ein, um die Büroarbeit zu erledigen, aber wir hätten kein Büro ... wir fahren überallhin, sehen alle in den eigenen vier Wänden. Keine Fixkosten für eine Praxis.«

»Wie viel?«

»Individuelle Mitgliedschaft ungefähr 100 Pfund im Monat, Paare 150, Familien 175 Pfund, ungeachtet der Personenzahl, solange sie verwandt sind und im selben Haus wohnen.«

»Bleiben sie bei einem Kassenarzt registriert?«

»Das würden wir empfehlen, wegen Einweisungen ins Krankenhaus in Notfällen und so. Sobald man das System verlassen hat, ist es nicht immer einfach, wieder aufgenommen zu werden.«

»Wie groß ist das Gebiet, das wir abdecken?«

»Kommt drauf an. Anfangs werden wir zu dritt sein, und wir werden es ziemlich einfach aufteilen, je nachdem, wo wir loslegen. Du könntest über Skype, E-Mail und auch Telefon beraten – nicht jeder Fall benötigt eine Visite, aber wir würden hinfahren, wenn die Patientin oder der Patient es vorzieht – viele ältere Menschen würden es wahrscheinlich.«

»Und die mit Neugeborenen.«

»Und manche möchten wohl eher von einer Ärztin behandelt werden. Wir versuchen, dem nachzukommen, aber es wird nicht immer möglich sein.«

»Notfälle?«

»Wenn wir um zwei Uhr morgens angerufen werden, weil jemand auf der anderen Seite des Gebietes Schmerzen in der

Brust hat oder die Treppe runtergefallen ist, sollte er lieber den Notarzt rufen, und wir werden ihm das sagen. Keine private Notaufnahme, wie du sie kennst.«

»Was ist mit Palliativpflege?«

»Muss man drüber reden. Da wird dein Beitrag von wesentlicher Bedeutung sein.«

»Luke … ich habe nicht gesagt, dass ich es mache.«

»Noch nicht.«

»Ich habe darüber nachgedacht und mit Kieron gesprochen – nicht dass er irgendwas von Medizin verstehen würde, bis auf die Tatsache, dass er Hypochonder ist. Aber es würde sich auf unsere gemeinsame Zeit auswirken.«

»Ich vermute, ihr hättet mehr davon.«

»Schon möglich. Doch im Moment bin ich nur Teilzeit-Ärztin und bin an den Abenden und Wochenenden hier – das würde sich ändern.«

»Es wäre keine Rückkehr in alte Zeiten, als du Rufbereitschaft hattest, Cat – wir konnten nicht per E-Mail und Telefon beraten, und wenn Patienten um zwei Uhr morgens wegen eines Nietnagels einen Hausbesuch wollten, waren wir gesetzlich verpflichtet, hinzufahren.«

»Meine Patienten waren nicht oft derart unvernünftig. Aber es gibt andere Dinge …«

Sie legte das iPad ab und schwieg eine Weile. Luke streichelte Wookie weiter, der wohlig schnarchte.

Cat wusste, dass die Idee gut war, dass sie für sie perfekt war. Sie hatte Hausbesuche immer gemocht. Die gaben ihr Zeit, sich ein vollständiges Bild von einem Patienten zu machen, ihm zuzuhören, die Lage ruhiger einzuschätzen. Ihr würde es gefallen, nichts mehr mit einer überfüllten Praxis zu tun zu haben, in der sie zehn Minuten für einen Termin hatte und panisch wurde, wenn ein Patient zwanzig Minuten beanspruchte. Sie fuhr gern, auch sie war der Meinung, dass viele Beratungen ohne weiteres telefonisch stattfinden konnten, per Skype oder E-Mail, wenn es gleichzeitig die Gewährleistung eines Hausbesuchs gab, falls es dann notwendig erschien. Weniger Patienten auf der Liste zu haben bedeutete, ihnen mehr Zeit und Aufmerksamkeit zu schenken, und sie wäre von der Bürokratie befreit, die der Fluch jedes Allgemeinmediziners war.

»Aber …«, sagte Luke.

»Chris hätte sich von mir scheiden lassen, wenn ich auch nur daran gedacht hätte. Er wäre der Meinung gewesen, es sei total unfair und ungerecht, dass Menschen, die das Geld haben, Zugang zu besserer medizinischer Versorgung bekommen … Geld sollte nicht …«

Luke streichelte Wookie weiter. Er sagte nichts. Er wartete einfach ab.

Cat hatte lange nicht um ihren ersten Mann, Vater ihrer drei Kinder, geweint, doch jetzt war es ihr nicht möglich, die Tränen zurückzuhalten. Sie hatte ein lebhaftes Bild von ihm vor Augen, eingerollt auf ihrem Bett, ihre Arme um ihn geschlungen, sterbend an einem inoperablen Hirntumor, zu jung, zu viel, was er noch zu geben und zu genießen hatte, zu viel Liebe und Leben.

Luke legte seine Hand auf ihre. »Keine Sorge. Es eilt nicht, du musst es dir überlegen. Und ich verstehe – ich kannte ihn auch, wie du weißt. Chris war ein guter Arzt, und er hatte Prinzipien, von denen er niemals abwich … Die Sache ist, Cat – hier geht es nicht um etwas für die Reichen, was die Armen nicht bekommen können. Ein Freund von mir führt eine Praxis nach diesem Modell – sie waren die Ersten. Und ja, sie haben ein paar wohlhabende Patienten, aber sie haben auch Menschen, die einen Teil ihrer Rente oder ihrer Ersparnisse verwenden, weil sie dauerhaft verlässliche Fürsorge haben wollen. Die Allgemeinmedizin steckt aus allen möglichen Gründen in der Krise, das wissen wir, und vor allem wenn Menschen älter werden, wollen sie ihren Seelenfrieden mit ihrer Gesundheit haben. Das können sich mehr normale Menschen leisten, als du dir vorstellen kannst. 1200 Pfund im Jahr … was ist das im Vergleich mit Kosten für einen Urlaub. Ich mache das nicht, um reich zu werden – ich werde froh sein, wenn ich schließlich das verdiene, was ich als Kassenarzt eingenommen habe. Ich vermute, es wird dir ähnlich gehen.«

Cat putzte sich die Nase und stand auf, um noch mehr Kaffee zu machen. Am Spülbecken spritzte sie sich kaltes Wasser ins Gesicht. Sie würde weiter über Lukes Plan nachdenken. Da gab es noch die Einzelheiten, das Kleingedruckte. Und Kierons Meinung dazu. Das alles.

Aber sie wusste es. Sie wusste bereits, wie ihre Antwort lauten würde.

Als sie zum Sofa zurückkehrte, war der alte Kater Mephisto hereingekommen und drängte sich an Luke, schnurrend, und Wookie lag noch auf seinem Schoß. Kieron tauchte kurz auf, um sich in der Halbzeit ein Bier zu holen und zu fragen, ob noch jemand eins haben wollte. Dabei überkam Cat das eigenartige und völlig unerwartete Gefühl, als ließe sie Chris endlich los, und mit ihm so vieles, woran sie sich so lange geklammert hatte – und als gäbe er ihr seinen Segen dafür.

25

Serrailler brachte Sam zur Fähre und ging dann hinüber zum Pub. Es war kurz nach sechs, und die Bar war leer. Iain tauschte gerade die Dosierer an den Flaschen aus.

»Wenn du das kleine Zimmer wieder haben willst, das geht in Ordnung – dienstags ist es immer ruhig. Kann ich dir einen Dram einschenken? Geht aufs Haus. Wenn der Anlass auch alles andere als erfreulich ist, hast du doch ein paar Leute hergebracht, und wenn sie nach dem Gespräch mit dir ausgedörrt sind, kommen sie hier durch.«

»Jetzt gerade nicht, danke … ein andermal nehme ich gerne einen. Bin froh, dass es hier leer ist, Iain. Ich muss dich nämlich was fragen.«

Iain sah Simon schräg an. »Ich war's nicht«, sagte er. »Ich hab nur ein Gewehr, und mit ordentlichem Waffenschein. Im Übrigen, wann hab ich jemals Zeit, schießen zu gehen?«

»Das wollte ich gar nicht fragen. Obwohl sie natürlich auch mit einem Gewehr erschossen worden sein könnte.«

»Das passt nicht. Du weißt doch, wie jemand danach aussieht. Wer immer sie gefunden hat … wer sie zuerst gesehen hat … hätte nicht den geringsten Zweifel. Aber ich sag dir was, Simon … das Ganze tut mir sehr leid. Vielleicht hat es da draußen in der Welt jemand verdient, aber nicht sie. Nicht Sandy.« Er hatte den Tresen abgewischt, schob den Putzlappen jedoch immer noch hin und her. »Und du bist keinen Schritt weitergekommen? Du hast niemanden im Verdacht?«

»Ich habe einfach nur Fragen gestellt – und ein paar brauchbare Antworten bekommen.«

»In welcher Hinsicht brauchbar?« Iain drehte sich um und

schenkte sich einen Double-Malt ein. »Auf deine Gesundheit«, sagte er und kippte ihn hinunter. Simon war überrascht. Er hatte Iain noch nie mehr als ein paar Schlucke von einem Pint trinken sehen, das an der Seite des Tresens stand und den ganzen Abend vorhielt.

»Hast du dir je Gedanken über Sandy gemacht? Woher sie kam, ihr Vorleben?«

»Wer hat das nicht? Wir alle haben eine Vergangenheit. Die Leute lernen, nicht allzu viele Fragen zu stellen. Das weißt du selbst.«

Nein, dachte Simon. Sie stellten Zugereisten keine direkten Fragen, weil sie sich die größte Mühe gaben, es auf andere Weise herauszufinden. Sie beobachteten und hielten die Ohren offen und redeten untereinander und fügten eins und eins zusammen. Doch soweit er wusste, hatte niemand eine Drei daraus gemacht – nicht einmal die richtige Zwei.

»Dir ist nie etwas an ihr aufgefallen? Hast du nicht mal gedacht, dass sie, wie soll ich sagen, ein bisschen anders war?«

»Na klar war sie anders. Du hast sie doch kennengelernt, mit ihr geredet … sie war anders als alle anderen Inselbewohner, weil sie keine Insulanerin war. Aber sie war immer hilfsbereit. Sie kam ein paarmal die Woche her, half beim Ausladen, arbeitete bereitwillig für jeden und nahm nie etwas an, außer einem Lammbraten zum Einfrieren oder einem selbst gebackenen Kuchen vielleicht. Sie hat mit allen hier drinnen geredet, ob Freund oder Fremder, sie machte Witze, sie trank einen Dram, sie nahm am Ceilidh teil, und sie kam zum Quizspiel. Sie ging nie in die Kirche, aber sie tanzte bei Hochzeiten und bei Taufen. Sie war uns so nah, wie es eben möglich ist, wenn man nicht einer von uns ist. Ich sag dir, Simon, ich bin so wütend über das, was passiert ist, als hätte es einen aus meiner Familie getroffen. Und nicht nur, weil sie tot ist. Sondern weil sie erschossen wurde. Das hat mich erschüttert. Totgeschossen.«

Das war die längste Ansprache, die Simon jemals aus dem Mund dieses Mannes gehört hatte.

Und jetzt würde er Iain erneut erschüttern.

»Du solltest das vorerst für dich behalten.«

Iain hörte mit seiner Tätigkeit auf und schaute über den Tresen. Da war etwas in seinem Blick, das Serrailler nicht zu deuten vermochte … eine Herausforderung, Trotz? Aber wieso?

Der Wind frischte wieder auf und rüttelte an der Seite des Gebäudes, der Westwind, der immer weiter zunehmen und womöglich eine Woche oder länger nicht abflauen würde. Beide lauschten. Doch Iain beobachtete Serraillers Gesicht.

Simon sagte es ihm mit vier Wörtern.

26

Könnte ich bitte den Chief Constable sprechen?«

»Ich stelle Sie in sein Büro durch.«

Ob sie wussten, dass sie es war? Hatten sie eine besondere polizeiliche Methode, mit der sie sahen, wer anrief, obwohl sie ihre Nummer unterdrücken konnte? Denn es dauerte nur den Bruchteil einer Sekunde, bis es hieß »Tut mir leid, die Leitung ist besetzt, würden Sie es bitte noch mal versuchen?«.

»Nein, ich bleibe dran.«

»Das könnte dauern, heute Nachmittag ist hier sehr viel los.«

»Das macht nichts. Ich habe nichts Wichtigeres zu tun. Es gibt überhaupt nichts Wichtigeres.«

Das übliche Gedudel einer Warteschleife ertönte. Keine richtige Musik. Nur dummes Gedudel. Dann eine Automatenstimme, die sich bedankte, dass sie noch in der Leitung war, und ihr mitteilte, wie viele Straßenunfälle jedes Jahr durch Trunkenheit am Steuer verursacht werden, dann wieder Gedudel und die Erklärung, dass sie die 999 nicht wählen solle, wenn ihr Anruf beim Notfalldienst kein echter Notfall sei, sondern stattdessen anrufen solle unter …

»Die Leitung ist nach wie vor belegt, tut mir leid. Wollen Sie sie noch immer halten?«

Sie wartete zwanzig Minuten, bis die Sekretärin sich meldete, und dann war Mr Bright natürlich den ganzen Tag außer Haus, und sie würde eine Nachricht aufnehmen, aber sie habe keine Ahnung, wann er zurückkommen werde, vielleicht jemand anders …?

Marion legte das Telefon ab, und dabei passierte etwas.

Statt der Enttäuschung darüber, wieder einmal abgewiesen worden zu sein, die sie in solchen Augenblicken überkam, kam ihr eine vollkommen neue Idee, und sie fühlte Kraft und Entschlossenheit in sich aufsteigen. Warum sie noch nie darauf gekommen war, wusste sie nicht, aber sie würde ihre Zeit nicht mehr mit Grübeleien vertun. Das spielte keine Rolle. Es war über sie gekommen, aufblitzend wie ein grelles Licht, und sie handelte dementsprechend.

»Nachrichtenabteilung.«

»Oh, ich bin mir nicht sicher, ob ich richtig … ich möchte mit jemandem sprechen, der vorbeikommt und mit mir redet. Ich habe da … na ja, ich vermute, es ist eine Geschichte, nur sind es wahrscheinlich keine Neuigkeiten. Keine neuen Nachrichten, wenn Sie verstehen, was ich meine.«

»Schön. Wenn Sie mir vielleicht kurz schildern, worum es geht, kann ich entweder damit weitermachen oder Sie an die richtige Person weiterleiten. Mit wem spreche ich?«

»Mrs Still … Marion Still … Mutter von Kimberley Still.« Eine kurze Pause. Aber woher sollte die Redakteurin das wissen?

Und dann, »Kimberley Still … Entschuldigen Sie, man kann es nicht anders ausdrücken … die Kimberley Still, die vermisst und womöglich ermordet wurde?«

Sie hieß Dorcas Brewer und war innerhalb einer Stunde in Marions Haus in der Mountfield Avenue. Marion hatte Tee aufgegossen und den frischen Zimtkuchen herausgestellt, den sie am Tag zuvor in der neuen Bäckerei gekauft hatte.

»Sehr nett von Ihnen, dass Sie so schnell gekommen sind. Damit hatte ich nicht gerechnet.«

»Sie klangen besorgt.«

Sie war eine außergewöhnlich große junge Frau mit sehr kurzem, pink gefärbtem Haar. Aber es war gut gemacht, dachte Marion. Es stand ihr und wirkte nicht gewöhnlich, wie sie hell gefärbtes Haar immer empfunden hatte, sondern sah schick aus. Sie trug einen orangefarbenen Trenchcoat. Rosa und Orange? Doch auch der sah gut aus.

Sie hatte kein Notizbuch, sie hatte ein Handy, mit dem sie ihre Unterhaltung aufnehmen würde, und am Anfang störte es Marion. Immer wieder warf sie einen Blick darauf und fragte sich, wie ihre Stimme wohl klingen mochte, ob sie gerade das Falsche gesagt hatte. Doch die junge Frau war sehr entspannt und freundlich, ohne zu drängen, sie trank zwei Tassen Tee mit Zucker, aß ein Stück Kuchen und nahm sich noch ein weiteres. Das half. Andere junge Frauen wie sie hätten vielleicht schwarzen Kaffee verlangt und den Kuchen mit Verachtung gestraft.

»Reden Sie einfach mit mir«, sagte sie und lehnte sich zurück.

»Heute Morgen, als ich den Chief Constable anrief – Mr Bright, ich weiß nicht, ob Sie ihn kennen –, er hat mich ein Mal empfangen, und ich vermute, dafür muss ich dankbar sein. Er hat sehr viel zu tun, das verstehe ich, und er hatte damals nicht einmal diesen Posten inne, als Kimberley … ja, er hat mich empfangen, und er hat gesagt, er wolle sich den Fall noch mal vornehmen.«

Marion goss sich noch eine Tasse Tee ein und trank sie halb leer, bevor sie fortfuhr. Die Reporterin lächelte nur und wartete, stellte nicht endlos Fragen, war nicht ungeduldig. Das beruhigte. Und half.

»Aber natürlich ist nichts passiert. Ich habe danach zweimal versucht, ihn telefonisch zu erreichen, und heute Morgen haben sie mich zwanzig Minuten in der Leitung schmoren lassen, und ich habe trotzdem nicht mit ihm gesprochen. Ich weiß, die Polizei hat zu tun, doch es ist nicht gut, mich einfach so abzuwimmeln. Ich weiß, er ist im Gefängnis, aber er sitzt nicht wegen des Mordes an Kimberley, nicht wahr?

Und das ist es, was mir wichtig ist. Können Sie das verstehen, Miss Brewer?«

»Dorcas. Natürlich kann ich das.« Sie beugte sich vor, die Hände auf den Knien, und schaute Marion nicht nur ins Gesicht, sondern in die Augen. Und Dorcas' Augen, dunkelbraun, strahlten tiefes Mitgefühl aus. »Die haben sogenannte ›ungeklärte Fälle‹ – vielleicht wissen Sie davon. Die kommen häufig in Fernsehkrimis vor – das heißt, ein Verbrechen wurde vor einigen Jahren begangen und nie aufgeklärt, aber ihnen sind die Hinweise ausgegangen und …«

»Ideen.«

Dorcas lächelte. »Volltreffer. Sie hören auf, diese Fälle zu bearbeiten, schließen sie jedoch nicht ab … das können sie nicht, bis sie jemanden haben, den sie festnehmen und vor Gericht bringen können, und diese Person dann auch schuldig gesprochen wird. Selbst wenn die Person tot ist, kann sie noch schuldig gesprochen und der Fall abgeschlossen werden.«

»Ich wünschte, er wäre tot. Das klingt furchtbar.«

»Ja? Die Wahrscheinlichkeit ist groß, dass er Ihre Tochter umgebracht hat, Marion. Und ich würde vermutlich dasselbe sagen. Ich kann mir kaum vorstellen, wie es die ganze Zeit für Sie gewesen sein muss. Natürlich hat die Polizei viel zu tun, und sie haben jeden Tag neue Fälle – aber sie haben nicht viele Morde. Sie haben die Pflicht, diesen hier aufzuklären. Wie lange ist es her – vier Jahre?«

»Fast fünf.«

»Dann ist es an der Zeit, die Akten wieder aufzumachen und noch einmal hineinzuschauen. Seitdem ist viel geschehen.«

»Was denn?«

Dorcas' Blick war vage, dennoch sagte sie: »Neue Techniken zur Überprüfung von Beweismaterial.« Was Marion Still beeindruckte.

»Was können wir denn tun … was können Sie tun?«

»Ich denke, die Polizei zur Verantwortung ziehen, sie an Kimberley erinnern, alles wieder an die Öffentlichkeit bringen – das wird wirklich viel ausrichten. Die lassen sich nicht gern auf dem falschen Fuß erwischen, wissen Sie? Ganz bestimmt mögen sie keine schlechte Publicity, und wer will es ihnen verdenken? Hier ist also eine Chance für sie, uns zu zeigen, dass sie mehr als nur Lippenbekenntnisse zu dem ablegen, was der Chief Constable Ihnen gesagt hat … wir werden ein neues Licht darauf werfen.«

ICH GEBE KEINE RUHE, BIS ICH GERECHTIGKEIT FÜR MEINE KIMBERLEY HABE

Mrs Marion Still versucht, eine tapfere Miene aufzusetzen, und serviert mir Tee und ein Stück köstlichen Zimtkuchen in ihrer hellen, makellosen Doppelhaushälfte in einem schönen Teil von Lafferton. Auf dem Kaminsims steht eine Uhr mit einem lächelnden Sonnengesicht, und Kissen mit »Hier schläft die Katze« und »Vorsicht, fliegende Schweine« liegen auf dem bequemen Sofa. Mrs Still trägt eine blaue Strickjacke, und ihr Haar ist frisch onduliert. Aber wenn ich ihr in die Augen schaue, sehe ich Traurigkeit, und neben der Uhr steht das Foto eines hübschen Mädchens, dessen Gesicht voller Leben und Lachen ist.

»Ja«, sagt ihre Mutter, nimmt es herunter und reicht es mir. »Das ist meine schöne Kimberley. Wer bringt so ein Mädchen um? Wer macht so etwas?«

Doch noch während sie diese Fragen stellt, ist sie sicher, dass sie die Antwort kennt.

»Sie wurde von Lee Russon ermordet«, sagt sie bestimmt. »Er sitzt wegen Mordes an zwei anderen Mädchen im Gefängnis, und die Polizei weiß, dass er meine

Kimberley auch umgebracht hat, alle wissen es. Aber sie sagen, es habe nicht genügend Beweise gegeben.« Sie sieht wütend aus, obwohl ihr Tränen in den Augen stehen.

Als ich sie frage, ob sie glaubt, dass die Polizei nach Kimberleys Mord nicht genug unternommen hat, sagt sie zögernd: »Sie haben schwer daran gearbeitet, dessen bin ich mir sicher. Sie alle, und natürlich haben sie Russon für die anderen Morde gekriegt, nicht wahr? Vielleicht glauben sie, das reicht – ich meine, er hat lebenslänglich bekommen, also …« Sie schenkt uns beiden noch eine Tasse Tee ein, und ich werfe einen zweiten Blick auf das Foto ihrer Tochter.

»Ich will wissen, warum sie nicht von vorn anfangen können? Warum können sie keinen Blick zurück werfen, das Ganze noch einmal aufrollen? Ich weiß, es ist erledigt, ich habe über Morde gelesen, die dem Schuldigen zwanzig oder dreißig Jahre später angelastet wurden, wenn etwas Neues ans Tageslicht gekommen ist. Und das war, als sie nicht mal einen konkreten Verdächtigen hatten. Na ja, jetzt haben sie einen, oder nicht?«

Ich frage sie, ob sie Rache will – und wer würde ihr das verübeln? Sie fummelt an einer Ecke des Deckchens auf dem Tablett herum, sagt aber, es sei keine Frage von Rache.

»Es geht um Gerechtigkeit … Ich will, dass er gesteht, was er getan hat, und wenn nicht, dann sollen sie ihm zeigen, dass sie es wissen – dass es genug Beweise gab, die sie nur nicht gefunden haben.«

Wer ist nach Meinung dieser entschlossenen Frau mit gebrochenem Herzen dafür zur Verantwortung zu ziehen, dass nach fünf Jahren noch niemand den Fall neu aufgerollt hat?

»Ich weiß nicht, wer damals dafür verantwortlich

war, daher könnte ich es nicht sagen.« Sie zögert. Bisher hat Marion Still leise gesprochen, doch nun klingt ihre Stimme laut und deutlich. »Ich weiß nur, wer jetzt dafür verantwortlich ist. Und das ist der amtierende Chief Constable. Mr Kieron Bright.«

Sie errötet vor Wut und Schmerz, während sie mir erzählt, dass sie den Chief Constable persönlich getroffen und darum gebeten hat, den Fall gegen Lee Russon wieder aufzurollen.

»Er war sehr nett«, sagt sie ohne jede Ironie. »Wir haben eine Tasse Kaffee getrunken, er hätte nicht genauer zuhören können. Aber seither – nichts. Er hat nichts unternommen.«

Hat sie versucht, Chief Constable Bright noch einmal zu sprechen?

»Oh ja, ich habe es versucht. Man hat mich nur abgewimmelt. Er ist nie da, sie können mich nicht durchstellen. Gestern habe ich zwanzig Minuten in der Leitung geschmort. Ich habe darum gebeten, er möge mich zurückrufen, was er natürlich nicht getan hat.«

Jetzt zweifelt sie daran, dass überhaupt etwas passiert. »Er hat kein Interesse«, sagt sie zu mir, »das war vor seiner Zeit. Er sieht nicht, wie es fur mich ist. Vermutlich kann ich ihm nicht einmal einen Vorwurf machen.«

Doch ich bin mir bewusst, dass sie es tut. Ich kann auch verstehen, warum. Ich würde dieselben Fragen stellen.

Warum untersucht die Polizei nicht noch einmal den Mord an der wunderbaren, strahlenden Kimberley Still, 24 Jahre alt, die ihre Zukunft noch vor sich hatte? Warum suchen sie nicht nach neuen Beweisen, ganz gleich welchen, gegen den Mann, von dem sie doch wissen, dass er Kimberley umgebracht hat? Mrs Still sagt leise, es habe wahrscheinlich mit Geld zu tun. »Die sagen, sie haben die Mittel nicht. Das ist schrecklich, finden Sie nicht? Dass es bei Gerechtigkeit nur um Knete geht?«

Sie begleitet mich zur Tür. Im Flur hängt noch ein Foto von Kimberley, diesmal eine lachende Neunjährige mit Pferdeschwanz, verkleidet als Dorothy aus dem Zauberer von Oz, *beim Töpfermarkt in Lafferton.*

»Sie hat den ersten Preis gewonnen«, sagt Marion Still. Und legt sanft einen Finger auf das Foto. »Und ich will Ihnen etwas sagen. Ich werde sie nicht in Ruhe lassen. Ich werde die Polizei und alle, die damit zu tun haben, immer und immer wieder nerven. Ich gebe nicht eher Ruhe, bis ich für meine Kimberley Gerechtigkeit bekomme.«

Und das glaube ich ihr.

27

Volles Haus. Das war so üblich an Samstagnachmittagen, wenn es nicht regnete. Von diesen Idioten hatten viele bei schlechtem Wetter einfach keine Lust.

Er hatte einen Tisch an der Wand bekommen, also ein Vorteil. Nur einer nebenan in Hörweite, und dieses Paar dort würde nicht lauschen, sie hatten zu viel mit ihrem eigenen Zoff zu tun, und der war getaktet. Gleich würde der nächste Wärter herüberkommen und sie warnen. Was sollte das, zu Besuch kommen und dann einen Streit vom Zaun brechen, sobald man sich hingesetzt hatte?

Er schaute über seinen Tisch. Er besaß keine bessere Hälfte. Ein Problem weniger. An diesem Nachmittag war Dave gekommen. Russon hatte vier Brüder. Alan kam nie in seine Nähe, und Jim war auf einem Containerfrachter auf halbem Weg nach Südamerika, also waren es immer entweder Lewis oder Dave.

Fünf Minuten lang sprachen sie über dies und das. »Hast du Dad gesehen?« – »Wie geht's dem Kleinen?« – »Womit nerven die Hammers wieder rum?« – »Ich hab dir deine Lieblings-Toffees mitgebracht.«

Dann sagte Dave: »Ich hab noch was«, und kramte in seiner Tasche. Er war durchsucht worden, sie hatten die Zeitung aufgeschlagen und ausgeschüttelt, aber Papiere und Zeitschriften waren erlaubt, man konnte nicht viel darin verbergen, es sei denn, man klebte irgendwo ein Tütchen hinein, nur hatte Lee nichts mit Drogen zu tun und hielt nichts vom Tauschhandel damit. Einiges fand er falsch, und Drogen gehörten dazu. Niemand hatte es je fertiggebracht, ihn zu fragen, wieso Mord für ihn in Ordnung war, aber Koks nicht. Überhaupt stellte ihm nie jemand Fragen.

Jetzt nahm Dave die zusammengefaltete Seite heraus und reichte sie hinüber. Lee schaute ihn an.

»Du kannst es sofort lesen, wenn du willst.«

»Was ist das?«

»Zeug über … dich und diese … Kimberley. Kimberley Still.«

Lees Miene wurde vollkommen ausdruckslos. Er zog die gefaltete Seite zu sich, faltete sie noch einmal, dann noch einmal. Strich sie glatt und steckte sie in die Hosentasche. Der Wärter schaute herüber. Lee zog die Seite wieder raus, breitete sie aus, wedelte damit. Drehte sie um. Drehte sie zurück.

Dar Wärter richtete seine Aufmerksamkeit erneut auf das Paar nebenan.

Der Raum war warm und roch nach menschlichen Ausdünstungen. Kinder waren da, Babys mit vollen Windeln und Ältere mit Taschen voll Käse und Zwiebelchips. Lee schloss halb die Augen. Sein Bruder beugte sich vor, die Ellbogen auf dem Metalltisch.

»Erinnerst du dich an Ash Alamba?«

»Nein.«

»Doch, tust du.«

»Nein.«

Dave seufzte. »Schön. Egal.«

»Was?«

»Wenn du nicht weißt, wer er ist …«

»Um Himmels willen, du musst über was reden, also sprich über diesen Typen Ash.«

»Hat einen Jaguar geklaut und um einen Baum gewickelt, und sich selbst gleich mit.«

Lee zuckte mit den Schultern. »So was passiert.«

»Willst du was, bevor es klingelt?«

»Nein.«

»Könnte sein. Wenn du die Zeitung gelesen hast.«

Das Paar nebenan ging plötzlich so laut aufeinander los, dass sie aufstanden. Der Mann warf den Tisch um und schob ihn auf die Frau zu. Leben kam in die Wärter, dann ertönte die Klingel.

Dave erhob sich. »Pass auf dich auf.«

Lee verdrehte die Augen.

Erst nach dem Einschluss konnte er sich an seinen kleinen Tisch setzen und die Zeitungsseite ausbreiten. Er machte den Beutel gemischter Toffees auf, die Dave auch mitgebracht hatte und die ihm schon zweimal schmerzhafte Besuche beim Gefängniszahnarzt beschert hatten. Er konnte nur auf der rechten Seite kauen, bis er die letzte Füllung bekommen hatte, aber er steckte zwei Rum-Buttertoffees in den Mund und wandte sich der Zeitungsseite zu. Draußen auf den Fluren war es noch immer laut. Dabei war es im Gefängnis nie still, so wie es dort nie dunkel war. So etwas ging einem stärker auf die Nerven, als man erwartet hätte, und Lee Russon hatte mit vielem gerechnet. Er war ein Lebenslänglicher, was seiner Ansicht nach die Strafe war. Es sollten nicht auch noch Zustände wie auf einer Müllhalde herrschen. Nicht in Ordnung, dass man sich mit so einem Scheiß abfinden musste – drei Viertel des Tages in seiner Zelle eingesperrt zu sein, weil nicht genug Personal da war – und Schweinefraß vorgesetzt bekam. Und Licht, das sich ins Gesicht bohrt, und Eisentüren, die scheppern, und Stiefel, die Eisentreppen rauf- und runtertrampeln, wenn man versucht einzuschlafen. Man hatte ein Recht auf Schlaf.

Das Alleinsein machte ihm nichts aus. In den ersten drei Jahren im Knast hatte er mit verschiedenen anderen Männern eine Zelle geteilt, Hirntoten oder Junkies, oder der Sorte, die den ganzen Tag und die halbe Nacht reden wollte, die einen in blöde Pläne hineinziehen wollte. Er war zufrieden mit seiner eigenen Gesellschaft – wenn ihm schon keine jungen Frauen Gesellschaft leisteten.

Er las gern. Historisches. Napoleonische Kriege. Drittes Reich. 1914–18. Die ersten Luftfahrzeuge. Flugzeuge aus dem Zweiten Weltkrieg im Einsatz. So was in der Art. Er konnte sich Titel in der Gefängnisbücherei bestellen, und man versuchte, sie zu bekommen. Meistens klappte es. Er lernte auch – Psychologie und Betriebswirtschaft. Er hatte die Fächer mehr oder weniger mit einem Stift aus einer Liste gepickt, und er hatte nicht das Gefühl, dass er sich noch viel länger mit Psychologie aufhalten würde. Das war nicht nur schwer. Es war ein Haufen Scheiße. Betriebswirtschaft war keine Scheiße, die war nützlich. Wenn er wieder rauskäme …

Er ließ nie den Gedanken zu, dass das nicht der Fall sein könnte. Dass Leben *leben* bedeuten würde. Das würde es nicht. Er nahm an Therapiesitzungen teil, er konnte beweisen, dass er keine Phantasien mehr hatte, weder über die Gesellschaft junger Frauen noch über ihre Vergewaltigung und Ermordung. Die Sitzungen waren interessant. Er fing an zu begreifen, woher derjenige kam, der ihm gegenübersaß, und dann begann er herauszufinden, wie er ihm geben konnte, was verlangt wurde, und mit dem Verständnis und dem Begreifen, wie alles funktionierte, entstand langsam ein Plan. Langsam hieß langsam. Man konnte nicht ohne Nachdenken in diese Sachen hineinplatzen. Man dachte und dachte, langsam, sorgfältig und bis in alle Einzelheiten, und dementsprechend schmiedete man seine Pläne.

Er breitete die Zeitung aus, die Dave ihm dagelassen hatte. Ortsansässiger Gold bei den Invictus Games gewonnen. Besitzer von Kebab-Bude verkauft Pferdefleisch. Er dachte, das machten sie doch alle. Zwei Brände in verfallenen Gebäuden – Verdacht auf Brandstiftung. Straßensperrungen. Fahrradunfall. Schule erhält Sternebewertung durch Schulaufsicht. Scheiße, was sollte der ganze Mist? Nur die Brandstiftung klang lustig. Er fragte sich, ob einer seiner alten Zellennachbarn wieder Dummheiten anstellte. Der immer beschrieb, wie die Flammen in die Höhe zischten.

Dann drehte er die Seite um und sah es:

ICH GEBE KEINE RUHE, BIS ICH GERECHTIGKEIT FÜR MEINE KIMBERLEY HABE

Ihr Bild. Das Foto ihrer Tochter. Sein verdammtes Bild. Das steile Ufer hinter dem Kanal. Die überhängenden, verkümmerten Büsche.

Er spürte, wie Wut in ihm hochkochte, wie Luftblasen, die immer schneller durch ein Rohr gepumpt werden, stärker pulsieren, an Kraft zunehmen. Die Wut setzte in der Magengrube an, stieg auf in die Brust und in die Kehle, in den Hals und in den Kopf, schwoll an und wurde heißer. Würde er in den Rasierspiegel schauen, wäre sein Gesicht rot angelaufen. Seine Augen blutunterlaufen. Der Arzt hatte ihm gesagt, er müsse seine Wut unter Kontrolle bringen, sonst würde sie ihn beherrschen.

»Die macht Sie fertig«, hatte er gesagt. »Sie werden explodieren. Ganz einfach.«

Man hatte ihm ein Blatt Papier mit Atemübungen gegeben, eine Liste mit zwanzig beruhigenden Phrasen. Wenn er die Wut auch nur als leichte Reizung in den Zehen spüre, sollte er danach greifen.

Er zog das Atemzeug jetzt durch, und es machte etwas aus. Er wollte nicht explodieren. Früher hatte er natürlich immer einen Ausweg gehabt. Durch seine Taten hatte er die Wut immer wie eine Eiterbeule aufschneiden können.

Hier hatte er keine Chance.

Er nahm das Blatt Papier und zerriss es, immer und immer wieder, bis nur noch Konfetti übrig war. Seine Stummelfinger waren wund, so kräftig langte er zu.

Er warf die Schnipsel in den Abfalleimer.

Er verfluchte Kimberley Stills Mutter und die Reporterin und die Zeitung mit den schlimmsten Wörtern, die er kannte, murmelte sie laut vor sich hin, damit sie wirkungsvoller waren. Er hätte sie lauthals geschrien, doch dann wäre jemand zu ihm gerannt.

Andererseits, überlegte er, würde niemand Notiz von ihr nehmen, nicht jetzt, nicht mehr als früher. Sie konnte machen, was sie wollte, jammern, sich beschweren, Briefe schreiben, Reporter mobilisieren, sogar ins verdammte Fernsehen gehen. Das würde nichts ändern. Die würden den Fall nicht neu aufrollen. Warum sollten sie? Sie hatten ihn ja schon eingebuchtet.

Er hatte ihnen oft gesagt, dass er es nicht getan hatte. Andere. Die zwei, für die er im Knast saß. Ja. Aber er hatte gesagt, bis er blau angelaufen war, dass er zu dem Mord an Kimberley Still nicht stehen würde. Auf keinen Fall. Was für ein Unterschied wäre es für ihn? Er war hier eingesperrt, er ging nirgendwohin, lebenslänglich bedeutete lebenslänglich, und da konnten sie nichts drauflegen, sie hatten nicht mehr Ahnung als alle anderen davon, wie lange »lebenslänglich« sein würde. Er könnte morgen »explodieren«, oder etwa nicht?

Er beruhigte sich. Ruhe und Frieden. Er spürte, wie der letzte Rest Wut hinaus aufs Meer wehte.

Dann kam ihm die Idee. Er wusste, was er tun konnte.

28

Richard Serrailler war nie ein Koch gewesen, geschweige denn eine Art Hausherr, aber er liebte Ordnung, und er genoss gutes Essen. Er sehnte sich nach einem selbst gemachten Abendessen und nach Gesellschaft bei Tisch. Er vermisste Delphine, obwohl er sie für das verachtete, was sie getan hatte – die Beziehung mit ihrem früheren Freund fortzusetzen, während sie mit ihm im Landhaus wohnte, und ihn schließlich zu berauben.

Er war missmutig. Er konnte sich nicht lange auf etwas konzentrieren. Er machte einsame, triste Spaziergänge und trank abends zu viel Wein.

An dem Tag, an dem er sich dabei erwischte, wie er sich zum Mittagessen das dritte Glas Sauvignon einschenkte, wusste er, dass er nicht länger allein bleiben sollte.

Die Fahrt durch Frankreich zum Fährhafen war in einem Tag zu schaffen, aber er fuhr lieber über die langsameren Straßen, als über die gebührenpflichtigen Autobahnen zu rasen, übernachtete in einem kleinen Hotel in der Dordogne und in einem anderen in der Normandie. Er schlenderte durch die Ortschaften, saß an Kaffeetischen in der Abendsonne, aß gut und war erleichtert, dass er sich entschieden hatte zurückzukehren. Seine einzige Sorge war, wo er eine Bleibe fand – Hallam House war vermietet, und die Mieter blieben noch zwei Monate dort. Er mochte Frankreich, doch er gehörte nicht hierher, nicht mehr als die anderen Auswanderer, die er beobachtete, wie sie sich jeden Tag in diesem oder jenem Café in Gruppen zusammenfanden. Der Unterschied war, dass er es wusste. Er hatte nie vorgehabt, seinen

Lebensabend dort zu verbringen, aber Delphine hatte seine Zukunftspläne ausgebremst.

Er blieb sitzen, bis die Lampen aus den Bars und Cafés auf den kleinen Platz leuchteten, erfreute sich an einer Karaffe Rotwein, dachte, dass Cat freudig überrascht wäre, wenn er vor der Tür des Bauernhauses auftauchte. Er fragte sich, ob er Simon sehen würde, von dem er seit Monaten nichts gehört hatte. Sein Sohn enttäuschte ihn. Selbst der dritte Drilling, Ivo, war jetzt mit einer australischen Krankenschwester verheiratet. Sie sahen ihn nie, aber er schickte regelmäßig E-Mails und Fotos. Er war in vielerlei Hinsicht ein engeres Familienmitglied als Simon.

Die Kellnerin kam, um die Tische abzuräumen. Er bot ihr einen Drink an. Sie mache in fünf Minuten Schluss, sagte sie, und wolle nach Hause gehen. Sie lächelte. Und *»peut-être mon mari n'aime pas que j'accepte. Mais merci, Monsieur, vous êtes très gentil.«*

Die Musik im Café wurde abgestellt. Er stand auf, ein wenig steif nach der langen Fahrt, und schlenderte durch den Ort, bevor er sein Hotel aufsuchte.

Es war sauber, ruhig und komfortabel, doch er schlief schlecht, wachte ein paarmal auf und hatte eigenartige, flackernde Träume, und als er aufwachte, stellte er fest, dass er nass geschwitzt war und fröstelte. Er duschte und machte sich auf die Suche nach einer Apotheke, wo er Paracetamol und Halstabletten kaufte.

Bis er wieder unterwegs war, nach drei Tassen starkem Kaffee und einem Croissant, fühlte er sich besser und beschloss, falls er eine Erkältung bekommen sollte, wäre er in der Lage, sie hinauszuschieben, bis er wieder in Lafferton wäre.

29

Er saß am Schalter, und die kurze Schlange der Buchausleiher schlurfte langsam vorwärts. Insgesamt brachten sie zwölf Bücher zurück und gingen an den Regalen entlang, um weitere auszusuchen. Lee Russon stempelte ab und schrieb Namen auf, legte die Bücher auf den Rollwagen, damit er sie am Ende der Öffnungszeit wieder in die Regale einsortieren konnte.

Er mochte Bücher. Nun ja, einige. Er mochte auch diesen Raum, weil er ruhig und ordentlich war, und die Atmosphäre hatte etwas, als ob vorübergehend, und nur hier drinnen, Gedanken an Wut und Gewalt und Rache und Drogen und Trinken und Verzweiflung ein wenig nachließen. Es stimmte nicht, dass nichts und niemand einem hier auf die Nerven gehen konnte, aber so fühlte es sich an. Wie eine Kapelle für alle, die mit Gott nichts zu tun hatten.

Zwei Männer setzten sich, um durch Bücher zu blättern, ein dritter las im Stehen. Zwei kamen herein. Der blinde Typ, der wegen seiner Bücher in Blindenschrift kam, die gesondert bestellt und reserviert werden mussten. Und Gerry.

Jeder hütete sich davor, dem Gefängniswärter namens Gerry Moon in die Quere zu kommen. Er war zwei Meter groß, ging täglich zwei Stunden ins Fitnessstudio, und niemand hatte ihn je lächeln sehen. Sein Ruf eilte ihm voraus.

Er wechselte die Schicht mit einem der anderen, Normanton, noch so ein Elend. Ständig kamen einem Gerüchte über Normanton zu Ohren, der mit allen möglichen Drogen zu tun hatte, die in Umlauf waren, und mit SIM-Karten.

Gerry Moon war absolut gegen Drogen. Er hatte ein Näschen dafür, einen siebten Sinn, und wenn er sie fand, kam der Gefangene nicht mehr mit den Füßen auf den Boden, Moon nahm ihn beim Wickel und brachte ihn direkt zur Chefin. Die Gefängnisdirektorin liebte Moon.

Normanton ging hinaus. Moon schaute sich im Raum um. Alle waren plötzlich in ein Buch vertieft und hatten den Kopf gesenkt. Moon verschränkte die Arme und stellte sich neben die Tür. Lee legte noch zwei Bücher auf den Rollwagen. Nickte in Moons Richtung.

»Ausleihe, bitte.«

»Du nimmst die hier?«

»Danke, und ich glaube, ich möchte das wieder haben, das ich mitgebracht hab, da … ich glaube, ich les es noch mal.«

Lee nahm den Band von Dick Francis vom Rollwagen und reichte ihn hinüber. »Hab noch vier oder fünf davon.«

»Lese sie alle.«

»Lee Child schon probiert?«

»Schreibt der über Rennsport?«

»Nein. Aber liest sich toll.«

»Ich nehm erst mal das hier.«

Einer nach dem anderen lieh sich Bücher aus und ging hinaus, Bücher unter dem Arm. Zwei weitere kamen herein. Warfen einen Blick auf Moon.

»Ich geb die hier bloß ab, will keine mehr, danke.«

»Du? Du hörst doch nie auf zu lesen, was ist los?«

»Werde Freitag verlegt. Silverdale Open.«

Moon war vorgetreten. Er hörte zu.

»Gut für dich, Kumpel. Mach's gut. Viel Glück.«

Zwei waren noch übrig, der eine hatte die Nase in ein Buch gesteckt, das flach auf dem Tisch lag. Er hatte kaum aufgeschaut, seitdem er im Raum war. Der andere fuhr mit dem Finger über die Buchrücken auf dem Regal für historische Lektüre. Sah aus, als läse er keinen einzigen Titel, sondern liefe nur hin und her.

»Zehn Minuten«, sagte Moon.

»Ja, Chef. Ich bring die hier nur weg.«

Russon nahm den Rollwagen und fing an, die Bücher wieder an Ort und Stelle zu bringen, langsam. Der Mann am Regal für Historisches fuhr weiter mit dem Finger über Buchrücken. Der Leser am Tisch blätterte eine Seite um. Lee stellte ein Exemplar von *Der Name der Rose* in die Abteilung Krimis. Zögerte. Stellte es um zu den historischen Romanen. Zögerte erneut. Wartete. Ging weiter.

Andy McNab, allseits beliebt. Er kam in die Abteilung Fantasy-Romane. Terry Pratchett. Manche konnten ihn nicht lesen, andere bekamen gar nicht genug davon.

»Wachen! Wachen!« Er las den Titel laut vor und lachte dabei kurz auf. Hielt inne. Dann nahm er, ohne sich umzuschauen, schnell und geübt, einen Umschlag aus seiner Tasche und ließ ihn zwischen die Buchseiten gleiten. Stellte das Buch wieder ins Regal. Machte weiter mit den letzten beiden Büchern, ordnete sie ein und fuhr den Rollwagen wieder an seinen Platz hinter dem Schalter.

Moon stand noch immer da, die Arme verschränkt.

»*Abgang*.«

Die beiden Leser wuselten hinaus. Russon meldete sich auf dem Dienstplan mit Datum und Uhrzeit ab und folgte ihnen, ohne einen Blick auf den Gefängniswärter zu werfen.

Moon wartete, bis der Raum leer war, ging dann zu dem Buch, in dem der Umschlag steckte, und zog ihn heraus. Er faltete ihn, steckte ihn in die Tasche, machte das Licht aus, ging hinaus und schloss die Tür zur Bibliothek ab.

Er wohnte nur zwei Meilen vom Gefängnis entfernt und fuhr immer mit dem Rad. An dem Abend steckte er, wie so oft, auf seinem Heimweg Lee Russons Umschlag in einen Briefkasten. Seine Belohnung würde irgendwann später kommen und wäre nicht nachzuverfolgen.

30

Simon?«

»Am Apparat.«

»Meine Güte, du hast ja Empfang – oder hast du die Insel verlassen?«

»Wer spricht da? Du bist weit weg – die Verbindung ist nicht gut.«

»Kieron.«

»Das ist schon besser. Entschuldige. Guten Morgen, Chief.«

»Ich denke, das kannst du lassen, wir sind nicht im Dienst. Wie geht's dir?«

»Ganz gut. Mitten in einer Sache, die damit anfing, einfach nur traurig zu sein, aber wahrscheinlich Routine, und die sich als viel trauriger und definitiv keine Routine herausstellt. Interessant.«

»Ich rufe an, um zu fragen, wie du mit den Kimberley-Still-Akten vorankommst. Die Front hat sich ein bisschen verhärtet.«

»Tut mir leid, ich habe nicht viel daran getan … diese andere Sache ist mir in die Quere gekommen, und ich hatte Sam bei mir, wie du wahrscheinlich weißt.«

»Ist er denn jetzt nicht da?«

»Nein. Ist vor zwei Tagen weggefahren.«

»Und wohin?«

»Ich dachte, zu euch. Nicht?«

»Jedenfalls nicht bis heute Morgen.«

»Oh Mann. Sag aber nichts meiner Schwester.«

»Ich werd mich hüten. Wahrscheinlich nimmt er nur die

landschaftlich schönere Strecke. Besteht denn die Möglichkeit, dass du dich bald mit den Akten beschäftigen kannst? Wäre gut zu erfahren, was du darüber denkst und ob dir irgendetwas merkwürdig vorkommt.«

»Mach ich. Kann hier nicht viel mehr tun. Ich habe mit allen auf der Insel gesprochen und kein Glück gehabt.«

Er briet sich eine frische Makrele, dazu Kartoffelbrei und Dosenerbsen, frisches Gemüse war jetzt rar. Während der Fisch in der Pfanne lag, saß er am Küchentisch mit einem Glas Malbec und ging alles über Sandy durch, woran er sich erinnern konnte. Dass sie tatsächlich »er« gewesen war, noch dazu ein unveränderter »er«, hatte ihn überrascht, so wie es Iain im Pub anscheinend überrascht hatte. Sandy hatte sich nie groß rausgeputzt, aber beim Ceilidh hatte sie als Frau getanzt, hatte absolut überzeugend wie eine Frau ausgesehen und sich auch so gekleidet. Er versuchte, sie sich jetzt vorzustellen. Sie hatte sich nie geschminkt, doch das traf auf die meisten Inselbewohnerinnen zu. Ihre blonden Haare hatten etwas spröde ausgesehen, offensichtlich nicht gefärbt. Sie war groß gewesen, wenn auch nicht außergewöhnlich, und sie hatte, soweit er sich erinnerte, keine Eigenarten, die sie dem einen oder dem anderen Geschlecht zugeordnet hätten. Andererseits sah man, was man sehen wollte. Wie waren ihre Gesichtszüge? Das einzige Bild, das er sich von ihr ins Gedächtnis rufen konnte, war das von ihrer Leiche am Strand, und dann, als er sie auf dem Tisch in der Pathologie gesehen hatte.

Er hatte auf sie hinabgeschaut und die Sandy gesehen, an die er sich erinnerte. Ja. Sie. Ihre Gesichtszüge waren … wie? Neutral? Auffällige, für eine Frau ungewöhnliche Gesichts- oder Körperbehaarung hatte es nicht gegeben, doch als er es erwähnte, hatte der Pathologe gesagt, im Blut seien Spuren von Östrogen vorhanden, die darauf hinwiesen, dass Sandy weibliche Hormone eingenommen hatte. Sonst nichts.

Das Einzige, was er hatte, war ein Name. Sandy Murdoch. Für Alexander? Alexandra? Der ganze Name hätte falsch sein können. Sie hatte einen leichten schottischen Akzent, aber war das eine Folge ihres Lebens auf der Insel, oder war sie gebürtige Schottin?

Simon hatte absolut nichts, womit er weitermachen konnte.

Er nahm die Kartoffeln vom Herd. Die Kriminalpolizei Schottland würde in den nächsten Tagen eintreffen und den Fall übernehmen. Sie hatten die Mittel, um mehr über Sandy herauszufinden, doch es würde nicht leicht sein. Und wenn es ihnen gelänge, wären sie dann in der Lage zu sagen, wer sie umgebracht hatte und warum? Er würde ihnen alles aushändigen, was er herausgefunden hatte, allerdings war es ziemlich wenig, und sie würden damit weitermachen. Simon hatte kein Problem damit, bis auf die Tatsache, dass er Sandy gemocht hatte, soweit er sie gekannt hatte, und er verspürte eher einen persönlichen als einen beruflichen Wunsch, herauszufinden, was ihr zugestoßen war.

Nachdem er gegessen hatte, nahm er sich die Kimberley-Still-Akte vor, die Kieron ihm gemailt und in die er kaum einen Blick geworfen hatte. Sie war eingescannt und gezippt worden, aber sobald er sie geöffnet hatte, sah er, dass er mehrere Stunden brauchen würde, um sie zu lesen. Er verdrängte alles, was mit dem Mord an Sandy zu tun hatte, machte sich eine frische Kanne Kaffee und fing an.

Um drei Uhr nachts ging er schließlich ins Bett, und dann auch nur, weil seine Augen wund waren, nachdem er so lange am Bildschirm gelesen hatte. Beim Einschlafen gingen ihm noch immer Einzelheiten des Falls durch den Kopf, und in dem Augenblick, als er aufwachte, weil stürmischer Wind und Sturzregen über dem Cottage niedergingen, war alles wieder präsent.

Er musste zurück an den Computer, war sich jedoch bewusst, dass die Gelenkpfanne am Arm stärker schmerzte als sonst. Er frühstückte, machte seine zwanzig Minuten Training, das er für Schlechtwettertage entwickelt hatte, nahm Schmerzmittel und las die eingegangenen Meldungen und Nachrichten. In gut einem Monat wäre er in der Klinik, um die endgültige Prothese zu bekommen, einen neuen Arm, der mit Bolzen an den verbleibenden Knochen gesetzt würde. Man hatte ihm gesagt, dass es eine große Verbesserung sein würde, sobald er voll funktionsfähig wäre, und der Unterschied zwischen dem neuen und seinem alten, lebendigen Arm viel geringer wäre. Er hielt sich mit einer Beurteilung zurück, lächelte aber bei dem Gedanken, wieder nach Taransay zu kommen, um dem kleinen Robbie den bionischen Arm und dessen magische Eigenschaften zu zeigen.

Der Sturm heulte wie eine Todesfee. Heute würde zwar keine Fähre ablegen oder ankommen, doch er hatte reichlich Vorräte. Vorerst hatte er auch eine Internetverbindung, und die Kimberley-Still-Akte hatte er für alle Fälle runtergeladen.

John Wilkins war der SIO, Senior Investigating Officer, und damit zu der Zeit, als das Mädchen verschwand, Leiter der Ermittlungen gewesen. Inzwischen war er im Ruhestand und nach Spanien gezogen. Während Serrailler dessen Berichte sorgfältig durchlas, wurde ihm immer mulmiger zumute. Ja, viele Puzzleteile waren gleich an der richtigen Stelle eingefügt worden, aber er kam rasch zu der Erkenntnis, dass Wilkins viel zu lange an seiner Meinung festgehalten hatte, Kimberley werde wahrscheinlich wieder auftauchen. Sie war eine junge fünfundzwanzigjährige Frau, und die Zeit war vermutlich nicht so schnell abgelaufen wie bei einem Kind. Bei jenen Fällen war das Zeitfenster, in dem das Kind noch am Leben sein konnte, klein, und sich dessen bewusst zu sein, machte die Sache sehr ernst. Nach achtundvierzig Stunden sanken die Chancen rapide, Kinder noch lebend zu finden, teilweise, weil sie wahrscheinlich nicht aus eigenem Antrieb verschwunden waren. Bei Kimberley hätte es durchaus so sein können.

Die Ermittlungen hatten sich zunächst auf die unmittelbare Umgebung ihres Arbeitsplatzes konzentriert, SK Bearings, und ihr Zuhause. Doch dann hatte die Kriminalpolizei Patrouillen in das Umland von Lafferton geschickt, überall in die nahe liegenden Ortschaften und die Umgebung, die eine junge Frau eventuell hätte aufsuchen können – oder wohin man sie hätte mitnehmen können. Außerdem hatte Wilkins eine deutliche Vorliebe für Flugblätter, die an so vielen Stellen verteilt worden waren, dass wahrscheinlich jeder Einwohner von Lafferton eins bekommen hatte. Die anderen Firmengebäude, die an SK Bearings anschlossen, waren durchsucht und noch mehr Flugblätter verteilt worden.

Während Simon las, kritzelte er häufig in das Notizbuch auf dem Tisch neben sich, und diese Notizen waren teilweise unterstrichen, es wurden immer mehr, die Unterstreichungen und Fragezeichen verbreiteten sich wie Hautausschlag.

Arbeitskollegen.
Angrenzende öffentliche Gebiete.
Überwachungskameras.
Taxis am Stand in der Nähe.
Fahrzeuge, einschließlich Motorrädern.
Verlobter.
Privatleben zu Hause.
Nachbarn.
Andere Verwandte.
Regelmäßige abendliche Unternehmungen – Unterricht.
Vergnügungen.
Schule.
Weiterbildungs-College.

Die Lücken in den Ermittlungen, kleine Lücken und klaffende Löcher, waren allzu offensichtlich. Und die ganze Zeit hatte Wilkins angenommen, dass sie vor allem nach einer jungen Frau suchten, die noch am Leben war, die entführt worden war und festgehalten wurde, oder, noch wahrscheinlicher, irgendwohin ausgerissen war.

Am Mittag machte Simon eine Pause und schaute aus dem Fenster. Wolken und Regen zogen in großen Schwaden über die Landschaft, doch der Wind hatte etwas gedreht, weshalb der Regen nicht mehr direkt gegen das Haus schlug.

Als er sich wieder an den Computer setzte, ging er dazu über, statt Polizeiberichten Zeitungsmeldungen zu lesen, vor allem in der Lokalpresse, die Freunde, Arbeitskollegen und Familienmitglieder aufgesucht und um ihre Meinung, Gefühle und Befürchtungen gebeten hatte.

»Ich kann nicht glauben, dass sie selbst den Entschluss gefasst hat, abzuhauen.«

»Kim würde das nie machen, sie war kein Mädchen, das sich mir nichts, dir nichts in einen Zug oder Bus setzt und verschwindet.«

»Sie war immer rundum glücklich. Sie mochte ihren Job, sie war mit Rick sehr glücklich, sie haben schon Heiratspläne geschmiedet – wieso sollte sie weglaufen?«

»Jemand hat sie entführt, klar, aber die Polizei glaubt wohl, dass sie sie lebend finden. Das sehe ich nicht so.«

»Sie hatte Rick, sie war wahrscheinlich gerade unterwegs, um sich mit ihm zu treffen. Natürlich würde sie nicht mit einem anderen Mann weggehen, einfach nur so, Hals über Kopf.«

»Mein Gott, bestimmt hat sie jemand irgendwo gesehen … ganz bestimmt hat jemand *etwas* gesehen.«

»Erwachsene lösen sich nicht einfach am helllichten Tag mitten in einer belebten Stadt in Luft auf.«

Die überregionale Presse hatte sich auf die Unzufriedenheit mit den polizeilichen Ermittlungen gestürzt. DCI Wilkins hatte eine nichtssagende Stellungnahme in Fachkauderwelsch herausgegeben, und alles war noch eine Woche weitergegangen. Inzwischen empfand Simon zunehmenden Frust. Er musste sich ins Gedächtnis rufen, dass der Fall fünf Jahre alt war und sich alles verändert hatte, auch ein Großteil des mit dem Fall beschäftigten Personals. SK Bearings hatte dichtgemacht, das wusste er aus einer neueren eigenen Recherche, und das Gebäude war jetzt ein kleines Einkaufszentrum mit darüberliegenden Büros. Zwei Straßen führten zur Kathedrale, eine zum großen Platz, eine Seitenstraße zur Feuerwehr, und gegenüber lagen der St.-Michael-Park und der Kinderspielplatz. Eine andere Fabrik neben SK Bearings, die billige Kinderkleidung hergestellt hatte, war im selben Jahr pleitegegangen und abgerissen worden. Zwei Wohnblocks standen an ihrer Stelle.

Simon trank einen Becher Tee und ließ sich das gesamte Gebiet durch den Kopf gehen. Er kannte es gut. Er war beinahe täglich auf dem Weg zum Kathedralenhof, wo er wohnte, durch die großen und kleinen Straßen gegangen. Er hatte unzählige Male bei seinem Lieblingsitaliener am Ende der Dulcimer Street gegessen, hatte unter anderem Milch und Zeitungen in Laffertons einzigem Kramladen an der Ecke eingekauft, hatte den Park an der Adelaide Road als Abkürzung am Ende einer Jogging-Runde benutzt.

Vage erinnerte er sich an Mrs Marion Still, aber er hatte den Fall nur flüchtig gekannt. Als er jetzt alles langsam durchging, manchmal zurückscrollte und erneut las, sich Notizen machte, holte er auf. Innerhalb von vierundzwanzig Stunden wäre er mit jedem Detail vertraut, als hätte er den Fall selbst bearbeitet. Nur hätte er es niemals so schlecht gemacht.

Die Vernehmungen von Kimberleys Mutter, dem Verlobten und den Arbeitskollegen waren von unterschiedlichen Personen aus dem Ermittlungsteam durchgeführt worden, und im Großen und Ganzen waren sie in Ordnung, obwohl Serrailler die eine oder andere Fragestellung noch weiterverfolgt hätte, und die von Rick, dem Verlobten, war oberflächlich. Ihre direkte Vorgesetzte bei SK Bearings, Wendy Peak, hatte bestätigt, dass Kimberley eine ausgezeichnete, bei allen beliebte Mitarbeiterin war. Falls jemand im Betrieb Probleme hätte oder »am Rad drehen würde«, was ihn oder sie dazu veranlassen würde, wegzulaufen, dann wäre es bestimmt nicht Kimberley Still.

Die junge Frau, mit der sie eng zusammenarbeitete, Louise Woods, hatte einfach gesagt: »Sie hat mir gegenüber nie angedeutet, dass sie abhauen wollte, und das hätte sie mir bestimmt gesagt.«

Schließlich musste der SIO sich mit dem Gedanken abfinden, Kimberley nicht mehr lebend zu finden. Sackgassen gab es überall. Die Suche nach ihr war weit über Lafferton hinaus ausgedehnt worden, bis hin zum alten Flugplatz, zu zwei Steinbrüchen, zu Scheunen und Ställen und einer verbarrikadierten Farm und zu einem vor Kurzem geschlossenen Pub. Wälder, Moore, Wasserwege waren durchsucht worden, ohne auf eine Spur oder gar eine falsche Person zu stoßen.

Erst da richtete Wilkins über alle Medien einen dringenden Appell an die Öffentlichkeit, sich mit Informationen an die Polizei zu wenden, mit Fotos des vermissten Mädchens und der ernsten Verlautbarung, dass »wir jetzt wohl doch davon ausgehen müssen, Kimberley nicht mehr lebend zu finden. Doch selbst dann müssen wir jeden Stein umdrehen, und das werden wir, auf der Suche nach dieser jungen Frau, über deren Unversehrtheit wir uns zunehmend Sorgen machen.«

Der Regen hatte aufgehört, aber es wehte immer noch ein starker Wind. Das könnte tagelang so bleiben. Simon zog Stiefel und eine dicke Wetterjacke an und machte sich auf den Weg zu den Hügeln, die schließlich zu der einspurigen

Straße quer über die Insel von Westen nach Osten führten. Er ging schnell, stieg in gleichmäßigem Tempo bergan, den Kopf gegen den Wind gesenkt, und ging dabei den Fall Kimberley Still immer und immer wieder durch. Der Chief hatte gesagt, der Fall sei wahrscheinlich »eiskalt«. Doch schon jetzt, ohne überhaupt das letzte Drittel der Akte gelesen zu haben, wusste Simon, dass es nicht so war. Noch bevor er sich der möglichen Verwicklung von Lee Russon und jeder eventuellen Anklage gegen ihn zuwandte, wusste er, dass die ganze Ermittlung neu aufgenommen werden musste.

31

Sam fand, er könnte etwas Besseres mit dem Geld anfangen, das Simon ihm gegeben hatte. Daher war er per Anhalter gefahren, trotz aller Warnungen, und auf den ersten beiden Abschnitten hatte es auch gut geklappt, jedes Mal mit Lastwagen, der eine von Glasgow bis Birmingham, von wo aus Sam einige Meilen gelaufen war, bis er den nächsten Laster Richtung Süden fand. Beide Male hatte er in einigermaßen bequemen Kojen im Führerhaus geschlafen, in Fernfahrerkneipen und Drive-in-Lokalen gegessen und sich angeregt mit den Fahrern unterhalten. Dann hatte er fast einen Tag lang festgesessen, bis er es schaffte, nur noch zehn Meilen von zu Hause entfernt zu sein. Von dort hatte er seine Mutter angerufen, ohne sich klarzumachen, dass es erst halb sechs morgens war.

»Du stinkst tierisch«, hatte Cat zur Begrüßung gesagt. »Hast du was gegessen?«

»Nein.«

Sie seufzte und fuhr zur nächsten Tankstelle, wo Sam ein doppeltes englisches Frühstück verputzte, Cat sich eine Zeitung kaufte, einen Kaffee trank und Sam in Ruhe ließ.

Sam war in den Wochen, seit sie ihn zuletzt gesehen hatte, offenbar gewachsen, und sein Gesicht war schmaler geworden. Er hatte tatsächlich etwas Animalisches, seine Haare mussten dringend geschnitten werden, und sein Bartwuchs war lückenhaft. Aber er war da, in Sicherheit, gesund, saß ihr gegenüber, und sie nahm es ihm überhaupt nicht übel, dass er sie vor Morgengrauen aus den Bett geholt hatte.

»Wie geht's Simon?«, fragte sie, als sein Teller endlich leer war und er seinen zweiten Becher starken Tee trank. Sam lehnte sich zurück und seufzte zufrieden.

»Das war toll, danke. Si … dem geht's gut. Ich glaube, sein Arm nervt ihn ein bisschen. Er hat zwar nichts gesagt, aber du kennst ihn ja.«

»Der neue soll bald angepasst werden. Abgesehen davon?«

»Na ja, er wird dir ja von der Frau erzählt haben, die, wie sich rausstellte, ermordet wurde und nicht Selbstmord begangen hat.«

»Er zieht solche Sachen regelrecht an, oder? Ermittelt er tatsächlich?«

Sam brachte sie auf den neuesten Stand und erzählte von seiner eigenen Begegnung mit Sandy, doch Cat merkte rasch, dass seine Augen rot vor Müdigkeit waren, und unterbrach ihn.

»Erzähl's mir im Auto. Oder wenn wir zu Hause sind.«

Als sie sich in den Verkehr einfädelte, sah sie, wie Sam den Kopf zurücklehnte. Eine Minute später war er eingeschlafen und wachte erst zu Hause wieder auf.

Ein unbekanntes Auto stand in der Einfahrt, und Kieron kam an die Haustür, als er sie beide hörte.

Sam rieb sich noch die Augen und reckte sich, während Cat zu ihrem Mann trat.

»Dein Vater ist hier«, sagte er.

32

Russon?«

Er war dabei, einen der Zäune um das Gelände für den Fünferfußball mit Karbolineum anzustreichen. Der Typ, der ihm dabei half, hatte bisher noch kein Wort gesagt, weder als Antwort auf Fragen noch aus eigenem Antrieb. Er war schmuddelig, hatte Muttermale am Kopf und eine seltsam bleiche Haut. Wann immer Lee Russon auf einen Neuen traf, schwatzte er gerne mit ihm. Er konnte sich nicht zurückhalten. Wo wohnst du? Bist du verheiratet? Was hast du gearbeitet? Hast du Kinder? Was schaust du dir im Fernsehen an? Spielst du Pool oder Billard? Fußball? Gärtnerst du gern? Curry? Was für ein Auto hattest du? Alles, was ihm in den Sinn kam. Manchmal hielten sie eine Weile durch, nickten, grunzten, doch für gewöhnlich antworteten sie, stellten dann ihre eigenen Fragen und fanden auf diese Weise einen Draht zueinander. Nicht als Freunde. Freundschaften schloss man hier nicht, nicht im eigentlichen Sinne. Konnte nicht passieren. Aber man musste miteinander auskommen, und so ging es. Nur selten fiel einer aus der Rolle und wollte nichts davon wissen, und genau so einer war dieser Typ heute, der noch nicht mal mit seinem Namen rausgerückt war.

»Komm schon, ich muss dich doch irgendwie ansprechen können.«

Keine Antwort.

»Kann doch nicht einfach ›He, du‹ sagen.«

Keine Antwort. Aber dann: »Sprich mich nicht an.«

Das eine, was man immer, immer wissen musste – oder zumindest Lee –, war: Was hast du angestellt, weswegen bist du hier? Nur alle Jubeljahre kam mal einer hier rein, bei dem man Bescheid wusste, weil man sein Foto in der Glotze oder der Zeitung gesehen hatte, und dann war alles klar. Meistens wusste man jedoch nichts.

Den Schmuddeligen erkannte er nicht, und der hatte ein Gesicht, das man nicht vergaß.

Die Männer wollten oft nicht sagen, warum sie hier waren, doch es war erstaunlich, wie viele es kaum erwarten konnten, alles auszupacken, und wenn sie das taten, gab es zwei Dinge. Was auch immer sie angestellt hatten, es war nie ihre Schuld, und ihnen war der mieseste Pflichtverteidiger des Landes zugeteilt worden. Teuflisch.

Sobald das aus dem Weg war, wurden sie meist lockerer. Lee hatte ein Talent dafür, zuzuhören, ihnen die Befangenheit zu nehmen, bis sie ihm auch das letzte bisschen erzählten. Hatten sie das einmal getan, gehörten sie ihm.

»Russon? Die Gefängnisdirektorin will dich sprechen.«

Damit hatte er nicht gerechnet. Nicht vorstellbar, dass sein über Gefängniswärter Moon betriebener illegaler Briefkasten entdeckt worden war. Das wusste er. Moon würde nie … mehr als sein Job, seine Zukunftsaussichten sein … nein. Das nicht.

Was gab es sonst? Lee achtete sehr darauf, keine der kleinkarierten, dämlichen Regeln zu brechen, denn es waren die kleinkarierten, dämlichen Regeln, die allen auf den Geist gingen, sie so wütend machten, dass sie die Regeln aus lauter Frust brachen, weil sie nicht anders konnten, und dadurch verloren sie Privilegien, ihr Hafturlaub wurde gestrichen – falls ihnen Hafturlaub überhaupt zustand. Russon war sehr vorsichtig. Hielt sich bedeckt. Hielt sein Pulver für den Ernstfall trocken.

»Worum geht's?«

Der Wärter zuckte mit den Schultern. Er ging schnell. Innerhalb des Gebäudes wurden Türen aufgeschlossen. Korridore. Treppenaufgang. Weitere Korridore. Mehr Treppen hinauf. Fenster hier oben. Natürlich vergittert, aber trotzdem, Fenster, aus denen man schauen konnte. Na ja, ein bisschen.

Aufschließen. Abschließen. Treppen. Kurzer Korridor.

Anhalten vor einer Tür.

Gefängnisdirektorin.

Ein Vorzimmer. Klein. Mit grünem Plastik bezogene Bank. Schreibtisch. Computer. Drehstuhl.

Niemand saß drauf.

Innentür.

Der Wärter bedeutete Russon, sich auf die Bank zu setzen, blieb selbst aber stehen.

Laut der Bürouhr vergingen zehn Minuten in völliger Stille.

Die Gefängnisdirektorin, Claire McAllister, war eine Frau in den Fünfzigern, hatte sehr kurzes Haar und ein Gesicht zum Reinhauen, wie Russons Mutter es genannt hätte. Sie trug ein marineblaues Kostüm und eine hellblaue Bluse. Die Kostümjacke hing über ihrer Stuhllehne.

Sie hatte allerdings nicht das zu so einem Gesicht passende Verhalten. Sie sprach leise, wirkte ruhig, sah ihm in die Augen.

»Guten Morgen.«

»Morgen, Ma'am.«

Auf dem Schreibtisch vor ihr stand ein aufgeklappter Laptop, und sie blickte darauf, doch nur ein Mal.

»Falls Sie befürchten, Sie wären wegen eines Verweises hierhergebracht worden, können Sie sich entspannen. Ich dachte nur, es wäre das Beste, direkt mit Ihnen zu sprechen, da ich eine etwas ungewöhnliche Anfrage bekommen habe. Mrs Marion Still.«

Ihr Blick blieb auf sein Gesicht gerichtet, und ihm fiel es schwer, dem standzuhalten.

»Wissen Sie, wer das ist?«

Russon nickte.

»Sind Sie Mrs Still je begegnet oder haben mit ihr gesprochen?«

»Nein, Ma'am.«

»Haben Sie irgendeinen Kontakt mit ihr gehabt, seit Sie in diesem Gefängnis sind?«

»Nein, Ma'am. Dazu …«

»Ja? Sprechen Sie weiter.«

»Dazu gab es ja keinen Grund, oder?«

»Wie dem auch sei, Mrs Still hat einen Besuchsantrag gestellt.«

»Sie … Wie bitte?«

»Sie wirken überrascht.«

»Natürlich bin ich überrascht, verdammt noch mal. Entschuldigung.«

»Was glauben Sie, warum sie darum bittet, Sie zu besuchen?«

»Keine Ahnung. Das … das ist einfach verrückt. Was könnte …«

Verwirrt zu sein oder keine Worte zu finden, passierte ihm nicht oft, aber er war von dem, was die Direktorin gesagt hatte, so aus der Bahn geworfen, dass sein Kopf anscheinend unter heftigen Druck geriet, wodurch ihm heiß wurde und er weder logisch denken noch sich konzentrieren konnte.

»Lassen Sie mich kurz rekapitulieren. Ich weiß, Sie waren wegen des Mordes an Kimberley Still angeklagt –«

»Das wurde verworfen. Der Staatsanwalt hat es verworfen.«

»Aus Mangel an Beweisen.«

»Die es nicht gab, weil ich es nicht getan habe.«

Claire McAllister schwieg ein paar Sekunden, schaute hinab auf ihren Schreibtisch.

Dann fing sie wieder seinen Blick auf. »Was halten Sie davon, Lee?«

Sie war als die Gefängnisdirektorin bekannt, die daran glaubte, Gefangenen die Wahl zu lassen, mit dem Vornamen oder dem Nachnamen angesprochen zu werden. Lee hatte »Vorname« angekreuzt, als er hier eingetroffen war. Wie konnte sie sich daran erinnern? Weil sie nachgeschaut hatte, bevor er hier raufkam, Blödmann. Trotzdem, sie hatte sich die Mühe gemacht.

»Ich kann's nicht begreifen.«

»Sie müssen nicht zustimmen, wissen Sie? Ich kann antworten, dass Sie die Besuchsanfrage ablehnen, und ich brauche keine Begründung anzugeben. Sie auch nicht. Doch wenn Sie mit ihrem Besuch einverstanden sind, müssten wir uns noch ein bisschen länger unterhalten.«

»Ich weiß einfach … Herrgott. Es ist … wie gesagt. Es hat mich umgehauen. Ich weiß nicht.«

»Hören Sie, ich muss nicht sofort antworten. Wir können es bis morgen verschieben. Bitte denken Sie sorgfältig darüber nach. Wenn Sie die Besuchsanfrage ablehnen wollen, sagen Sie morgen beim Mittagessen einfach dem diensthabenden Wärter Bescheid, und er wird mir die Nachricht weiterreichen. Doch wenn Sie sich für einen Besuch von Mrs Still entscheiden, bitten Sie ihn, sich nach einem Termin zu erkundigen, wann ich erneut mit Ihnen sprechen kann. Das wird am Nachmittag sein, ich habe bis zwei Uhr Termine außerhalb des Gefängnisses. Sind Sie mit diesem Vorgehen einverstanden?«

»Ja. Es …« Er schüttelte den Kopf. »Es ist einfach verrückt. Aber gut, ich mach es.«

»Denken Sie sorgfältig darüber nach … Gründe dafür und dagegen. Dann sehen wir weiter.«

»Ja, Ma'am. Vielen Dank.«

Sie nickte. »Ich danke Ihnen, Lee.«

Ihm blieb noch eine weitere Stunde, um den Zaun fertig zu streichen. Zeit zum Nachdenken. Der Schmuddelige war fort. Russon griff nach dem Pinsel, tunkte ihn in die klebrige braune Flüssigkeit und strich sorgsam über den hölzernen Lattenzaun, rauf und runter, rauf und runter. Der Tag war sonnig, der Himmel blau. Das Karbolineum stieg ihm in die Nase, und zuerst hatte ihm der Geruch gefallen, wie ihm immer der Geruch neuer Hochglanzzeitschriften gefallen hatte oder der von Terpentin und Leim, obwohl es ihn nach einer Weile anwiderte und ihm schlecht wurde.

Aber er war nicht mit dem beschäftigt, was er riechen konnte, sondern mit dem, was er dachte. Dachte und fühlte. Und als Erstes versuchte er, sich an den Zeitungsartikel zu erinnern, in dem die Mutter mit der Reporterin über »Gerechtigkeit für meine Kimberley« geredet hatte.

Das war erst vor einer Woche gewesen. Warum es sich anscheinend plötzlich wieder lohnte, die Sache noch mal aufzurollen, wusste der Himmel. Nichts war passiert. Niemand hatte irgendetwas herausgefunden. *Er hatte es nicht getan*. Inzwischen glaubte er sich. Er hatte sich selbst davon überzeugt. Er hatte es nicht getan. Die anderen ja. Aber diesen nicht.

Er stieß fest mit dem Pinsel gegen den Lattenzaun. Was? Natürlich hatte er es getan. Niemand sonst wusste davon, nur er. Was sollte das? Er konnte alles vor allen verbergen, aber nicht vor sich selbst, und warum sollte er auch? Er redete ja nicht.

Sie hatte also einen Besuch im Gefängnis beantragt. Sie wollte hierherkommen, ihm gegenübersitzen, ihn sehen, ihm in die Augen blicken und mit ihm reden. Worüber? Über Kimberley, was gab es denn sonst? Aber was über Kimberley? »Hast du sie umgebracht?« »Nein.« Ende des Gesprächs.

Er musste nicht zustimmen. Er konnte ablehnen, morgen, die Nachricht an die Direktorin weiterleiten, und damit hätte es sich. Danach wäre Ruhe, und falls die Frau ein zweites Mal darum bat, ihn besuchen zu können, würde er ein zweites Mal ablehnen, und ein drittes und ein hundertstes.

Doch wenn er zustimmte?

Er war es nicht gewohnt, sich mit Problemen rumzuschlagen, vor allem weil hier drinnen alle auftauchenden Probleme von der überschaubaren Sorte waren, mit der man leicht fertigwurde. Er aß und schwieg, und das Problem drehte sich wie ein Karussell in seinem Kopf, und als er später Pool spielte, waren seine Bewegungen mechanisch, was auffiel, und er musste sich eine Lüge wegen des Zahnarztes ausdenken.

Das Karussell drehte sich und drehte sich.

Wenn er dem Besuch der Frau zustimmte.

Wenn er es nicht tat.

Wenn er …

Wenn …

Er versuchte zu lesen, den neuen Michael Connolly, der ihn hätte packen und fesseln sollen, aber das Karussell schob sich zwischen ihn und die bedruckten Seiten.

Licht aus, und er sah das Karussell im Kreis fahren, bis er fast so weit war, sich den Schädel einzuschlagen, um es anzuhalten.

Doch dann entschied er sich. Das Karussell blieb stehen. Sein Kopf fühlte sich wieder normal an. Und dann begriff er nicht, warum er es nicht von Anfang an getan hatte, weil er sich kannte, er war in Ordnung, er brauchte nichts zu sagen oder zu tun, was er nicht wollte, niemals. Herrgott, das müsste er doch inzwischen wissen.

Er schlief ein, kein allmählicher, angstvoller Übergang, sondern auf der Stelle, peng, sein Gemüt beruhigt.

33

DI Lynch, Polizei Schottland. Das hier ist DC Goode.«

Graham Lynch, rothaarig, sehr groß und ein typisch mürrischer Aberdeener. Andy Goode war nichts davon, und als er Serrailler die Hand schüttelte, war sein Händedruck fest, sein Gesichtsausdruck freundlich, interessiert. Lynch mochte interessiert sein, doch er war eindeutig ein Mann, der sich nicht in die Karten schauen ließ.

»Kommen Sie herein. Ich habe gerade den Kessel eingeschaltet, oder es gibt auch eine Kaffeemaschine.«

»Nein danke.«

»Ein Becher Tee wäre prima ...« Lynch warf seinem jüngeren Kollegen einen scharfen Blick zu. Dann eben nicht, dachte Simon, du kannst ja dabeisitzen und zuschauen, wie wir beide Tee trinken und die Butterkekse verputzen.

»Ich bin gekommen, um Sie von jeder weiteren Mitwirkung an dem Fall dieser Frau zu entbinden, Sandy Murdoch, tot, vermutlich ermordet. Ich muss Ihnen für Ihre Unterstützung danken, während die Polizei Schottland in diesem Gebiet unterbesetzt war und mit dringenden Angelegenheiten zu tun hatte. Ab sofort werde ich formell die Verantwortung für die Ermittlungen übernehmen.«

Er klingt wie ein verdammter Roboter, dachte Serrailler, und der Junior weiß, dass dem so ist. Bewusst wich er dem Blick von DC Goode aus, als er die Teekanne und die Becher auf den Tisch stellte.

»Sind Sie sicher, dass Sie keinen wollen?«

»Ja, vielen Dank.«

Serrailler setzte sich zu den beiden an den Küchentisch.

Kein Small Talk, keine Einleitung, nichts Verbindliches. Das hier war offiziell, selbst Tee war unzulässig. Er spürte, dass der DI sich im Cottage nicht wohlfühlte und lieber in einem Polizeirevier gesessen hätte, das es auf Taransay jedoch nicht gab.

»Ich habe Ihren Bericht gelesen und den Bericht des Pathologen. Meiner Meinung nach ist dem wohl nichts mehr hinzuzufügen.«

»Wie stellen Sie sich den Fortgang der Ermittlungen vor?«

»Das überlassen Sie getrost uns, Chief Superintendent. Wir werden selbstverständlich allem nachgehen.«

»Da bin ich mir sicher. Aber hören Sie, Inspector, wir wissen, dass es sich hier weder um einen Unfall noch um Selbstmord handelt, also ist es eine Mordermittlung, und sobald die Inselbewohner das herausfinden, wird es sie ziemlich aufwühlen. Sandy Murdoch war sehr beliebt, sie war ein Mitglied der Gemeinschaft geworden. Die Leute waren bestürzt über ihr plötzliches Verschwinden und dann über das Auffinden ihrer Leiche, doch Mord wäre ihnen niemals in den Sinn gekommen.«

»Was wollen Sie mir damit sagen?«

»Nur –«

Aber nur was?, dachte Simon. Nur zur Vorsicht raten. Nur Respekt walten lassen. Nur taktvoll sein. Nur …

»Nichts.«

Die Tatsache, dass ihm der DI unsympathisch war, bedeutete nicht, dass er an dessen Kompetenz zweifelte, und selbst wenn er das tat, hatte das nichts mit ihm selbst zu tun. Er war draußen. Er würde gerne erfahren, ob sie je die Identität von Sandys Mörder herausfanden, doch er hatte den Verdacht, der Fall würde letztlich bei den »ungelösten« landen und offenbleiben. Vielleicht jahrelang, vielleicht für immer.

Aber er hätte nicht sagen können, warum er dieser Ansicht war.

Die nächsten drei Tage arbeitete Simon fast ohne Pause an den Still-Akten. Je länger er sich damit befasste, desto mehr Lücken fand er und desto mehr Fragen tauchten auf. Er wollte damit fertig werden und den ganzen Fall dann noch mal durchgehen, seine Notizen dazu ergänzen.

Doch in der dritten Nacht, während das Haus immer noch vom Sturm gebeutelt wurde, wachte er um drei Uhr auf, und sofort richteten sich seine Gedanken nicht auf Kimberley Still, sondern auf Sandy Murdoch. Simon lag auf dem Rücken, den rechten Arm hinter dem Kopf, hörte, wie der Wind an den Fensterläden rüttelte und die Dielenbretter knarrten und ächzten, und es war, als hätte die mit einem anderen, ganz unterschiedlichen Fall verbrachte Zeit einen Teil seiner Gedanken frei gemacht, damit er über Sandy nachdenken konnte. Ihm war vollkommen bewusst, dass der Fall nichts mehr mit ihm zu tun hatte, aber er war sich sicher, dass die beiden, die den Fall übernommen hatten, die ganze Sache auf die lange Bank schieben würden, sobald sie sich auf den neuesten Stand gebracht hatten.

Ihn beschäftigte nicht, wer Sandy war, sie oder er. Ihm ging es um die Schusswunde. Viele der Inselbewohner besaßen Gewehre, doch sie war nicht mit einem Gewehr erschossen worden, sondern mit einem Revolver – die Art Waffe, die seit dem Dunblane-Vorfall praktisch nicht mehr zu bekommen war. Kriminelle in Großstädten mochten Zugang dazu haben, aber doch bestimmt niemand auf Taransay. Warum sollte jemand einen Revolver haben wollen, zum Beispiel eine Glock? Auf Kaninchenjagd ging man mit so was nicht.

Also war der Revolver entweder mit einem Fremden auf die Insel gekommen, war benutzt worden, um Sandy zu töten, und dann mit derselben Person wieder verschwunden, oder … oder jemand auf Taransay hielt einen versteckt. Das war so unwahrscheinlich, dass Simon die Idee sofort verwarf und seine Gedanken wieder auf einen Fremden richtete.

Da waren die Studenten vom Feldforschungszentrum. Ein Mann war gesehen worden, der mit ihnen von der Fähre gekommen, aber allein losgezogen war. War er derselbe, den Simon auf der Hochstraße gesehen hatte? Er versuchte sich auf die Gestalt in seiner Erinnerung zu konzentrieren. Wanderstiefel. Rucksack. Kappe. Wachsjacke. Alles in Dunkelgrün und Khaki, verschwimmend mit dem Hintergrund. Größe und Gewicht durchschnittlich. Einen Blick auf das Gesicht des Mannes hatte er nicht werfen können. Nichts, was herausstach, nur dass er ein Fremder war und allein über die Insel wanderte. Doch Leute machten das. Wanderer, Vogelbeobachter, Archäologen, die für einen Tag oder eine Woche kamen und wieder abreisten. Der Mann war nicht im Inn abgestiegen, und andere Möglichkeiten gab es nicht.

Aber er war so gut wie sicher wieder abgefahren, und zu versuchen, ihn aufzuspüren, wäre wie die Suche nach der Nadel im Heuhaufen. Man kaufte am Kai eine Karte für die Fähre. Online-Buchungen waren möglich, doch das machte fast niemand, bis auf die paar kurzen Wochen im Hochsommer. Niemand fragte nach Namen, Ausweis, Pass, genauso wenig, wie man beim Besteigen eines Zuges danach gefragt wurde.

Er drehte sich auf die Seite. Sollten doch DI Lynch und sein Helferlein den Mann finden.

Simon verschlief Wind und Regen bis nach sieben Uhr, und als er aufwachte, dachte er immer noch an Sandy und den Revolver und den Fremden und das Merkwürdige an diesem ganzen Szenario.

Zwanzig Minuten später fuhr er zum Haus von Douglas und Kirsty. In der Küche roch es nach gebratenem Speck, und Robbie mühte sich mit seinen Schnürsenkeln ab.

»Dad hat die ganze Zeit Stiefel an, und im Haus Pantoffeln. Ich hab ihn noch nie mit Schnürschuhen gesehen«, sagte Robbie, nach dem Bücken rot im Gesicht. »Kannst du Schnürsenkel binden, Mr Simon?«

»Kann ich. Lass mich –«

»Sogar mit deiner bionischen Hand?«

Simon zögerte. Er trug Stiefel zum Reinschlüpfen. Denn bis er seine neue Prothese bekam und entsprechend damit geübt hatte, war das Binden von Schnürsenkeln sowie das Ausführen subtilerer Aufgaben für Daumen und Zeigefinger unmöglich. Am Abend zuvor hatte er automatisch zugegriffen, um einen schweren herabgefallenen Ast aus dem Weg zu räumen, und der war ihm auf den Fuß gefallen, weil er in der Prothese keine Muskelkraft besaß. Und nachdem es ihn so erwischt hatte, war er ausgerastet, hatte sich und die leblosen Gegenstände verflucht, die ihm diese Niederlagen bescherten. Und jetzt wurde er von einem Vierjährigen herausgefordert, Schnürsenkel zu binden.

»Nein, Robbie. Du hast recht. Ich kann's nicht. Ich kann dir nicht helfen.«

Das kam ihm wie ein gewaltiges und bedeutsames Versagen vor und widerte ihn an.

Kirsty reichte ihm einfach einen Becher Tee. »Speck auf Toast?« Sie musterte ihn genauer.

»Douglas ist draußen, aber er bringt gleich Robbie in die Schule … falls du zu ihm wolltest.«

»Ja.«

»Setz dich, genieß dein Frühstück.«

»Du hast nicht gefragt, ob ich schon gefrühstückt habe.«

»Das kann ich dir ansehen, und selbst wenn ich mich irre, wer würde ein zweites ablehnen, bei diesem Wetter?«

Robbie bückte sich wieder und sagte nichts mehr, doch als Simon den ersten Schluck Tee trank, sprang der Junge auf. »Ich hab's geschafft, ich hab sie zugebunden, ich hab sie zugebunden!«

Kirsty schenkte ihm ein breites, warmes Lächeln. »Komm

mal her, lass mich schauen.« Robbie hob ein Bein, dann das andere und hielt ihr die Schuhe hin.

»Na, sieh an, mein Kleiner, jetzt kannst du sie schnüren und wirst es nie vergessen. Gut gemacht, Rob.« Sie streckte die Arme aus, um ihn zu umarmen, aber er duckte sich fort und floh aus der Küche. Kirsty lachte. Ihr Gesicht hatte sich gerundet, und die Schwangerschaft war ihr deutlich anzusehen.

»Du siehst prächtig aus«, sagte Simon. »Alles in Ordnung?«

»Alles bestens, vielen Dank. Mir geht's jetzt viel besser, nachdem mir nicht mehr jeden Tag so übel ist. Und bei dir?«

Er nickte, den Mund voll mit heißem Speck. Wahrscheinlich würde er nicht mehr lange auf der Insel bleiben, und das wollte er ihr nicht sagen. Er würde es niemandem sagen, würde einfach auf die Fähre steigen und warten, bis sie zurückfuhr und es sich herumsprach, dass er abgefahren war, mit einem schweren Rucksack und einer Reisetasche.

Kirsty setzte sich mit ihrem Teebecher ihm gegenüber. »Wenn du das nächste Mal kommst«, sagte sie, als wüsste sie, was er gedacht hatte, wüsste, dass er bald fort sein würde, »wirst du einen neuen Arm haben, wir ein neues Kind, und sie werden herausgefunden haben, wer Sandy Murdoch umgebracht hat.«

»Wer?« Douglas kam durch die Hintertür herein. »Robbie? Du hast noch zehn Minuten.« Ein Ruf von oben.

»Er hat sich selbst die Schnürsenkel zugebunden.«

Douglas sah sie an und lächelte. »Dieser Junge!«

Simon sah den Blick, den sie wechselten, ein Blick voller Stolz und Freude. Und Liebe. Ihn überlief ein plötzliches Frösteln.

»Morgen, Simon. Was kann ich für dich tun?«

»Ich wollte mit dir reden, aber du musst Robbie zur Schule bringen. Vielleicht komme ich ein andermal wieder.«

»Geht es um was, wobei ich helfen kann?«, fragte Kirsty.

Simon zögerte. Er hatte keine Ahnung, doch noch ein bisschen länger in der Küche zu bleiben, mit Tee und Speck, war verlockend.

»Mag sein. Ich weiß es einfach nicht, um ehrlich zu sein. Vermutlich lasse ich nur einen Versuchsballon steigen.«

»Lass ihn steigen. Robbie, hast du deine Tasche, deinen Rekorder und die Turnschuhe?«

Robbie schlüpfte hinaus.

»Wann ist denn das Neue fällig?«

»Im Februar. Kommt garantiert mit Windstärke acht.«

»Junge oder Mädchen?«

»Keine Ahnung. Hier kriegt man nicht alle zwei Wochen eine Ultraschalluntersuchung. Bei der ersten war es noch zu früh, um es zu erkennen, und außerdem lassen wir uns vielleicht lieber überraschen.«

»Es ist ein Junge«, sagte Simon.

»Ach, du bist der Experte?«

Er lachte. Kirsty war einfach eine Jungsmutter. Das stand für ihn fest, und er hatte keine Ahnung, wieso.

Douglas und Robbie wirbelten in einem Chaos aus Taschen und Mänteln, Stiefeln und Brüllen und durchdrehenden Reifen davon, und sie hörten den Jeep den Weg hinaufrattern.

»Jetzt noch einen Tee und Speck?«

Er lehnte sich zurück. War es das, was er wirklich brauchte? Wollte? Dieses Leben hier. Er konnte an alten Fällen arbeiten. Ermittler auf Abstand. Aber Kirsty würde nicht dazugehören, und wen gab es sonst auf der Insel? Vermutlich andere, nur hatte er sich nie die Mühe gemacht, das herauszufinden.

Vielleicht würde er sie fragen. Kirsty würde es wissen.

Sie hatte den Kessel wieder angeschaltet und stellte nun auch für sich selbst einen Teller hin. »Bei all diesem Durcheinander kann ich nicht in Ruhe frühstücken.«

»Und dann bin ich auch noch aufgetaucht, um deinen Frieden zu stören.«

»Aye, aber das schaff ich schon. Also – worum geht's?«

»Sandy Murdoch.«

»Ich dachte, damit hättest du jetzt nichts mehr zu tun.«

»Nachrichten verbreiten sich schnell.«

»Wie du wohl weißt.«

Ein Blick. Er wusste, was er bedeutete. Sie wusste Bescheid.

Er erklärte. »Kirsty, ich bin es zigmal durchgegangen, und ich weiß, was sie machen werden. Ja, es war Mord, ja, sie werden ermitteln, wie es ihre Pflicht ist, doch sie werden sich Zeit lassen. Sandy hatte keine Verwandten, von denen wir wissen, niemand hat sich gemeldet, und ohne das wird es den üblichen zähen Rechtsweg nehmen. Natürlich werden sie wieder herkommen und all die Fragen stellen, die ich gestellt habe, doch währenddessen … Ich habe Sandy kaum gekannt, aber es juckt mich, hier Klarheit zu schaffen, weil da irgendwas ist, irgendwas … Entweder war es der Fremde, der beim Verlassen der Fähre und beim Wandern auf den Hochwegen gesehen wurde, und in dem Fall –«

»Keine Chance.«

»Nur sehr wenig … Denk an den Mord an Jill Dando – dieser hübschen jungen Fernsehansagerin, die vor ihrer Haustür von einem Unbekannten erschossen wurde, den man nie gefunden hat. Kein Motiv, keine Waffe, kein Mörder. Nichts. Hier ist es genauso, nur dass Sandy nicht berühmt war, daher ist niemand von der Presse da, denn es gibt nichts Interessantes zu berichten. Hör zu, ich sag dir, was mir keine Ruhe lässt. Sie wurde mit einem Revolver erschossen. Nicht mit einem Gewehr. Und wer in Gottes Namen sollte auf Taransay so eine Waffe haben?«

Kirsty schwieg, trank ihren Tee, schaute aus dem Fenster. Dachte nach. Ebenso wie Simon. Nur hatte er keine Hoffnung, dass sie auf eine Antwort kommen würden.

»Wer könnte seit Jahren so eine Waffe besitzen? Sie behalten haben?«

»Und die Munition.«

»Aus welchem Personenkreis?«

»Ein Krimineller. Jemand, der zu einer Bande gehörte.«

»Ein Polizist?«

»Unmöglich. Wenn du ein von Amts wegen bewaffneter Polizist bist, werden die Überprüfungen bei der Aushändigung und Rückgabe nur für einen einzigen Vorfall vorgenommen, und nur für diesen einen. Dasselbe gilt für die seltenen Fälle, dass ein Beamter wie ich zum Beispiel eine Waffe tragen muss – und dazu werden regelmäßige Eignungstests durchgeführt. Die geben dir nicht einfach eine Waffe, wenn du darum bittest.«

»Also wer sonst?«

»Ehemalige Soldaten – aber auch die kriegen nicht einfach eine Waffe, um sie sich in die Gesäßtasche zu schieben.«

»Und wann tragen sie eine bei sich?«

»In Kriegszeiten. Bei Armee-Einsätzen. Und bei Schießübungen. Die werden jedoch genauso einzeln ausgehändigt und zurückgegeben.«

»Geht es dabei nicht um Maschinenpistolen?«

»Kommt darauf an, wer sie sind, auf ihren Posten, Dienstgrad, die Umstände. Natürlich trifft das nur auf das Vereinigte Königreich zu – denkt man an den Nahen Osten, Russland … Aber das hier ist Taransay, Kirsty.«

»Ja.« Sie stand auf und nahm die letzten beiden Speckstreifen aus der Pfanne. Toast von der Herdplatte.

»Eine für jeden.«

Sie aßen schweigend. Beide dachten an Waffen. Waffen und Patronen. Waffen und Leichen. Nichts wollte zu dem passen, wo sie sich befanden. Die Sonne war zum ersten Mal seit über einer Woche herausgekommen, der Himmel über dem Meer war plötzlich strahlend blau. Der Wind hatte sich gelegt.

Kirsty seufzte.

»Geht er gerne zur Schule?«

»Ja. Nur sie sind so wenige. Das macht mir Sorgen. Ich rede nicht mit Douglas darüber, aber Robbie braucht mehr – mehr Freunde, mehr Herausforderungen.«

»Was wird er später machen?«

»Mit der Fähre fahren, entweder täglich oder nur Montag und Freitag. Sie bleiben auf dem Festland – die Schule hat kein Wohnheim, sie kommen bei Familien unter, das ist kein Problem.«

»Er wird dir fehlen.«

»Natürlich. Douglas hat das auch gemacht, genau wie alle anderen, denn welche Möglichkeit bleibt uns sonst? Leben auf dem Festland? Nein.«

»Ich sollte jetzt gehen. Vielen Dank für …«

Kirsty blickte zu ihm hoch. »Du hast gesagt, Krieg? In Kriegszeiten?«

»Ähm, ja, aber damit habe ich keine alten Waffen gemeint, übrig geblieben nach 1945 oder sogar 1918.«

»Das weiß ich.« Sie runzelte die Stirn.

»Was ist?«

»Vielleicht sollte ich nicht …«

»Doch«, sagte Serrailler. »Du sollst.«

»Es könnte bedeutungslos sein.«

»Lass mich das beurteilen. Kirsty?«

Sie stand auf und trat ans Fenster. Kam zurück. Wirkte verunsichert. Besser, sie nicht zu drängen, lieber zu warten, bis sie sich durchgerungen hatte, und zu hoffen, dass sie zur richtigen Entscheidung kam. Was immer sie zu sagen hatte, würde nicht belanglos sein, nur konnte er sich im Moment nicht vorstellen, wie da irgendwas sein könnte, das ihm weiterhalf.

Dann setzte sie sich wieder und sagte: »Iain.«

Simon schwieg.

»Er ist seit fast zwanzig Jahren hier. Hat Lorna auf dem

Festland kennengelernt und sie hierhergebracht. Ich weiß nicht, wie … wir sehen sie nicht oft, und ich habe sie nie richtig kennengelernt, aber ich spüre, sie ist nicht glücklich, und das schon seit einer ganzen Weile.«

Sie goss sich mehr Tee ein. Inzwischen war er lauwarm, der Bodensatz der Kanne, doch sie trank ihn trotzdem.

»Douglas … Er sollte dir das selber erzählen. Ich weiß nicht.«

»Möchtest du, dass ich ihn frage, wenn er zurückkommt?«

»Nein. Nein, er wird nichts dagegen haben. Er hat es niemandem außer mir erzählt … Douglas behält die Dinge für sich. Andererseits kann er nicht der Einzige sein – du kennst Taransay. Er hat Iain ein- oder zweimal mit Sandy gesehen.«

Das überraschte Simon. Nicht nötig, zu fragen, ob Douglas sich sicher war, nicht nötig, überhaupt etwas zu sagen.

»Ich weiß, das bedeutet nicht … Aber warum in Gottes Namen sollte er sie erschießen?«

»Ja. Und wie?«

»Du sagtest … Kriegszeiten. Männer hatten solche Waffen in Kriegszeiten. Soldaten.«

Douglas hatte Iain und Sandy gesehen. Hatten sie wirklich eine Affäre gehabt? Iain war ständig im Pub. Sandy war immer allein gewesen. Und Iain hatte eine Frau. Viele der anderen Bewohner waren auf der Insel unterwegs, nur Iain offenbar nie. Doch wenn es stimmte, hätte Iain seinen Schock und Schmerz verbergen müssen, und das hatte er ohne Frage erfolgreich getan. Ja, er war verstört gewesen, aber das waren alle anderen auch. Und man ging nicht von dem vagen Verdacht einer Affäre so ohne weiteres zu einem Mordvorwurf über.

Draußen war der Jeep zu hören. Die Haustür schlug zu.

»Ich mache frischen Tee.« Kirsty stand auf, ohne Simons Blick zu begegnen. Es war klar, dass sie das Gespräch nicht fortsetzen wollte.

»Für mich nicht, danke. Ich muss noch arbeiten.«

»Wann wird denn der Arm angepasst?«, fragte Douglas. »Robbie will unbedingt sehen, wie du deine Schnürsenkel bindest.« Er legte den Arm um Kirsty, die sich an ihn lehnte.

Simon ging. Wenn ihm nicht so viel durch den Kopf gegangen wäre, hätte er sich ausgeschlossen gefühlt, trotz Speck und Toast und Tee und Gesprächen.

34

»Sam, wärst du so lieb und schaust mal, ob dein Großvater etwas braucht? Sag ihm, ich komme gleich rauf.«

»Ich war letztes Mal. Schick doch Felix.«

»Felix macht seine Mathe-Hausaufgaben.«

»Okay, okay.«

»Und hör auf zu seufzen.«

Sam seufzte. Cat lehnte sich an den Küchentisch und atmete tief durch. Der Tag war schwierig gewesen. Sie hatte den Partnern in der Praxis mitgeteilt, dass sie aufhören würde, jedoch nicht vor Ende des Jahres. Als sie ihnen erklärt hatte, warum, hatten beide gemeint, sie sei verrückt, dieses ganze neue Unternehmen sei unmoralisch und ohnehin zum Scheitern verurteilt.

Die Praxis war überlaufen gewesen von Leuten, die sich selbst hätten behandeln oder zu einem Apotheker gehen können, aber dann war ein kleines Kind mit fast vierzig Grad Fieber gebracht worden. Es hatte Masern, die Mutter hatte ein Neugeborenes und »glaubte nicht« an Impfungen. Jetzt lag das Kind in kritischem Zustand im Kreiskrankenhaus Bevham, und das Baby hatte sich möglicherweise angesteckt. Mit Glück und der angemessenen Notfallbehandlung konnten beide genesen, doch das war nicht sicher.

Und Cats Vater war zu Hause, krank, wobei sie nicht wusste, was ihm genau fehlte; er weigerte sich, einen anderen Arzt kommen zu lassen, war übellaunig und schwierig. Kieron, dem nichts anderes übriggeblieben war, als ihn hereinzulassen und es ihm bequem zu machen, bis sie zurückgekommen war, hatte sich ausgeklinkt. Er hatte Cats Kinder mit Freuden und bereitwillig aufgenommen und behandelte sie wie seine eigenen. Ihr Vater war jedoch eine andere Sache. Cat warf ihm das nicht im Geringsten vor. Aber ihr Vater war ernsthaft krank, konnte nirgendwo anders hin, und …

»Blut ist dicker als Wasser«, sagte sie laut und schenkte sich ein Glas Wein ein. Im Kühlschrank lag ein Lammkarree, der Dampfkochtopf war mit frisch geputztem Gemüse gefüllt, daneben stand ein Topf mit geschälten Kartoffeln in Wasser. Sie bekam leichte Schuldgefühle, Sam nach oben geschickt zu haben, nachdem er all das hier schon vorbereitet hatte, noch dazu unaufgefordert.

»Er will *dich*.«

»Sam … danke, dass du das alles hier fertig gemacht hast.«

»Kochen kann ich es nicht.«

»Wird Zeit, dass du es lernst. Aber fürs Erste ist das prima. Hat er gesagt, was er will?«

»Dich. Jetzt. Kommt Kieron heute Abend heim?«

»Ja. Abendessen um halb acht.«

»Das ist ja erst in Stunden.«

»Fang bloß nicht an, dir Sandwiches zu machen. Eine Tüte Chips, mehr nicht, sonst willst du nichts zum Abendessen. Und zieh deine Jacke aus, sonst spürst du den Unterschied beim Rausgehen nicht.«

Er wich dem geworfenen Geschirrtuch aus und verzog sich mit der Chipstüte.

Richard war bleich im Gesicht und ausgemergelt, mit dicken Ringen unter den Augen. Schon an der Tür hörte sie seinen kratzigen Atem.

»Ich werde Fieber messen und deinen Brustkorb abhören.«

»Ich muss zur Toilette, fühle mich aber nicht sicher genug, allein zu gehen.«

»Sam hätte dir doch geholfen, Dad.«

»Und du nicht?«

»Natürlich helfe ich dir. Ich meine nur, dass es nicht nötig war, ihn wegzuschicken. Nun komm.« Sie schlug die Bettdecke zurück.

Er fühlte sich sehr heiß an, die Haut trocken. Als er sich wieder ins Bett legte, lief ihm der Schweiß über das Gesicht.

Seine Temperatur war zu hoch, und sie hörte ihm sorgfältig den Brustkorb ab, ohne auf seine Einwände zu achten.

»Irgendwelche Schmerzen?«

»Nein.«

»Bestimmt nicht?«

»Ich bin müde. Fühl mich ein bisschen zerschlagen. Offensichtlich eine Grippe, Catherine. Gib mir ein, zwei Paracetamol und einen Whisky, und ich schlafe sie aus.«

»Paracetamol ja, Whisky nein, und du hast eine Lungenentzündung, Dad. Du solltest im Krankenhaus sein.«

»Blödsinn. Wenn jeder mit einer leichten Lungenentzündung ein Bett belegen würde …«

»Trotzdem.«

»Ich bleibe hier, du bist eine gute Ärztin, erfahrener als jeder Assistenzarzt, den sie auf mich loslassen würden. Es wird ein Virusinfekt sein. Ich brauche keine Antibiotika.«

»Hm. Ich schicke morgen früh eine Sputum-Probe ans Labor, dann werden wir es erfahren. Du solltest etwas essen … in Milch verquirltes Ei mit einem Löffel Zucker.«

Er schnaubte.

»Nahrhaft. Leicht zu verdauen. Ich bring dir auch einen Krug mit Eiswasser. Hoffentlich sinkt deine Temperatur durch die Tabletten, und du solltest schlafen. Ich lass heute Nacht deine Tür offen.«

»Würdest du freundlicherweise aufhören, mich wie ein minderbemitteltes Kleinkind zu behandeln?«

»Mir will einfach nicht einleuchten, wie du es geschafft hast, durch Frankreich zu fahren, den Kanal zu überqueren und mit schwindelerregend hohem Fieber bis hierher zu kommen, ohne zu kollabieren.«

Er wandte den Kopf ab.

Kieron schickte eine Nachricht, dass es bei ihm sehr spät werden würde, und Felix war mit seinem Buch ins Bett gegangen. Daher aßen Cat und Sam allein, ohne sich viel zu unterhalten. Als sie ihn behutsam dazu bringen wollte, über seine Zukunft zu sprechen, blockte er sie ab und verzog sich ins Fernsehzimmer, nachdem er die Spülmaschine eingeräumt hatte.

Cat trat leise in Richards Zimmer. Er schlief, mit rasselndem Atem, fühlte sich aber kühler an. Sie berührte seine Stirn, die feucht war, und deckte ihn zu, doch er warf die Bettdecke wieder ab. Sie hatte ihn noch nie gepflegt, konnte sich kaum daran erinnern, dass er je krank gewesen wäre, bis auf die gelegentliche Erkältung. Bei ihrer Mutter war es genauso gewesen, und Zähigkeit kannte auch bei weniger Robusten kein Pardon. Als Kinder waren sie während der meisten Unpässlichkeiten zur Schule geschickt worden, wenn es sich nicht um eine eindeutig ansteckende Krankheit handelte. »Dir wird's schon besser gehen, wenn du dort ankommst, und wenn nicht, werden sie mich anrufen.« Damals riefen Schulen selten an. Man wurde auf ein hartes Feldbett gelegt, mit einer einzigen Decke und einem Eimer neben sich, falls einem schlecht wurde, und die Schulsekretärin schaute hin und wieder mit forscher, fröhlicher Aufmunterung herein.

Cat lächelte jetzt, erinnerte sich an den Geruch von Dettol und Bohnerwachs und an die raue graue Decke unter ihrem Kinn.

Sie betrachtete Richard eine Weile, lauschte auf seinen Atem, fühlte nichts als eine unbeteiligte medizinische Besorgnis. Er hatte sich auf eine Weise verhalten, die sie erschüttert und für die sie sich geschämt hatte. Sie spürte ebenfalls, dass sie ihn nicht nur nicht kannte, sondern ihn nie gekannt hatte.

Als Kieron nach Hause kam, schlief sie bereits, und er weckte sie auch nicht auf. Was sie schließlich weckte, war Richards Husten, Würgen und das Ringen nach Atem.

Der Krankenwagen brauchte fünfundvierzig Minuten bis zur Ankunft.

35

»Ich werde wieder die Pâté nehmen. Die war letztes Mal sehr gut.«

»Ich weiß nicht … Vielleicht nehme ich den eingelegten Hering.«

»Wir haben den immer Rollmops genannt.«

»Ja.«

»Die Sache ist nur, dass der einem schwer im Magen liegen kann.«

»Das sind die Zwiebeln.«

»Ja.«

»Und danach den Pie mit Huhn und Pilzen. Der Teig ist immer so gut.«

»Ich weiß nicht.« Marion starrte auf die Speisekarte. Nichts ergab einen Sinn, und sie wollte nichts davon essen.

Brenda legte die Speisekarte beiseite und griff nach der Hand ihrer Freundin. »Komm schon, wir sind hier, um gut zu essen und zu plaudern, was uns doch immer gelungen ist, nicht wahr? Atme erst mal tief durch.«

»Ich glaube, ich kann nichts essen.«

»Ich weiß, was ich mache. Bedienung … wir hätten bitte gerne noch zwei Gläser von dem Chablis.«

»Oh nein, nein, Brenda. Ich –«

Der Chablis war der teuerste, deswegen bestellte Brenda ihn, nach dem Prinzip, dass er deshalb der beste sein müsste. Große Gläser.

»Nein, Brenda.«

Brenda beachtete sie nicht und wandte sich wieder der Speisekarte zu. Der Wein wurde serviert.

Das zweite Glas zeigte Wirkung, und das rasch. Marion entspannte sich.

»Siehst du? Ich genieße das hier. Also, wie ist es, willst du immer noch den Hering?«

»Eigentlich nicht. Ich glaube, ich schließe mich dir bei der Pâté an.«

»Du wirst es nicht bereuen. Und danach?«

»Mir ist trotzdem nach Fisch. Vielleicht die Scholle?«

»Ich finde Scholle eher langweilig. Was hältst du von gebratenem Seehecht mit Chorizo und Spinat?«

Marion nahm noch einen Schluck. Die Speisekarte sah plötzlich verlockend aus. »Mir bleibt nur die Qual der Wahl. Ich werde die Lammhüfte nehmen – mit roter Johannisbeersoße, Karotten, Erbsen und Kartoffelbrei.«

Sie gaben der Bedienung die Speisekarten zurück. Im Restaurant war es wie immer, nicht zu voll, nicht zu leer. Sie passten es zeitlich genau ab.

»Ich möchte dich um etwas bitten.« Marion trank erneut, diesmal um sich Mut zu machen. »Würdest du mitkommen?«

Brenda nahm die Lesebrille ab und legte sie neben den Beilagenteller. Aber sie schwieg. Ihre Vorspeisen kamen, der Toast in eine Serviette gewickelt. Sie griffen nach den Streichmessern, pressten Zitronensaft, aßen und blickten sich nicht in die Augen. Sie tranken ihren Wein fast bis auf den letzten Schluck aus. Gäste kamen herein. Ein Paar setzte sich an den Nachbartisch. Vier nahmen den Tisch am Fenster. Sie mussten die Stimmen senken.

»Ich kann nicht mitkommen, Marion. Zum einen muss ich arbeiten. Ich habe keinen Grund, dorthin zu fahren, sie würden mich nicht reinlassen, und ich hätte ihm auch nichts zu sagen. Außerdem ist es … Ich halte es für falsch, doch du scheinst das Bedürfnis zu haben, ihn zu sehen, und ich werde auch nicht mehr versuchen, dich davon abzuhalten. Aber ich kann nicht mitkommen.«

»Nein. Verstehe.«

»Dir wird nichts passieren. Er kann dir nichts antun, da werden überall Wärter sein.«

»Das ist es nicht. Ist schon gut, Brenda. Mir wird nichts passieren. Diese Pâté schmeckt anders. Nicht so gut wie letztes Mal.«

36

Das Buch hatte den Titel *Sakrileg*. Sehr beliebt. »Jede Menge alter Schwachsinn.«

»Ich hab's regelrecht verschlungen. Hab aber nichts davon geglaubt.«

Sie hatten zwei Ausgaben davon, und die eine war ausgeliehen. Er stellte die andere zurück ins Regal, ließ seine Hand eine oder zwei Sekunden darauf ruhen.

Zwei saßen lesend an den Tischen, die Köpfe gesenkt.

Nur noch vier Minuten bis zur Schließung. Keiner würde jetzt noch reinkommen, aber Russon verharrte trotzdem bei den Romanen A–E.

Der Zwei-Minuten-Summer ertönte. Beide Leser standen auf, stellten ihre Bücher zurück und verließen gemeinsam den Raum.

Russon ging zur Tür, Moon trat ans Regal.

Und raus.

Moon nahm den Zettel aus *Sakrileg*, steckte ihn ein, schaltete das Licht aus.

Und raus.

37

Du könntest das beruflich machen«, sagte Kieron. Sam hatte die Hühnerbrust mit Käse und Kräutern gefüllt und mit Speck umhüllt, Pilze und Tomaten langsam angebraten und alles mit Pellkartoffeln serviert.

»Ha, nein danke. Obwohl das ziemlich … befriedigend war.«

Kieron schenkte sich ein Glas Wein ein. Cat war beim Chor, Felix war mit einer Erkältung und einem alten geliebten Roald Dahl als Trost früh zu Bett gegangen.

»Also keine Kochschule.«

Sam schüttelte den Kopf, schwieg aber.

»Sag mir, dass ich mich um meinen eigenen Kram kümmern soll.«

»Nein, nur erst kommt Mum damit, dann Si, jetzt du. Und die Antwort ist, ich *weiß* es einfach nicht.«

»Ich will dir nicht auf den Pelz rücken, Sam. Zum einen, du entscheidest selbst über deine Zukunft, zum anderen, und ebenso wichtig, hätte ich gar nicht das Recht dazu. Aber du könntest mich als Resonanzboden benutzen, falls du einen brauchst, und wenn ich dann auch noch helfen kann, wäre das gut. Doch wenn du lieber nicht darüber reden willst, in Ordnung, dann reden wir über was anderes.«

»Und über was?«

Kieron aß ein paar Minuten schweigend, trank und schaute dann Sam an.

»Ich wäre da tatsächlich an deiner Ansicht über eine Sache interessiert. Weil ich vor einem Rätsel stehe – wie der Rest von uns auch. Und jede Sicht von außen könnte nützlich sein.«

»Eine Polizeiangelegenheit?«

Kieron nickte.

»Wie sollte ich da helfen?«

»Ich habe keine Ahnung. Ich dachte nur, es könnte sich lohnen, den Ball mal in deine Richtung zu werfen. Du bist nicht beteiligt, du bist Zivilist, du hast bisher nicht – soweit ich weiß – über diese Sache nachgedacht – ein unvoreingenommener Blick.«

»Okay. Wirf.«

»Wie viel weißt du über die Brände in Lafferton?«

»Was, die Brandstiftungen? Falls es welche sind.«

»Sind sie. Ein vollkommen unbeabsichtigtes Feuer – du weißt schon, Kabelbrand, jemand lässt eine brennende Zigarette liegen – kommt äußerst selten vor. Und so viele in einem einzigen Gebiet … können nur absichtlich gelegt sein. Da gibt es auch andere Hinweise – die Feuerwehrleute sind sich ziemlich sicher. Du brauchst also nur zu wissen, dass es Brandstiftungen sind. Also – irgendwelche Vorschläge?«

»Du meinst, wie oder warum …?«

»Ich meine, welche Art von Person? Motiv? Herkunft?«

»Was soll das sein, eine Art Test?«

Kieron lachte. »Absolut nicht. Wenn du dich für die Aufnahme bei der Polizei testen lassen willst, nimmst du den üblichen Weg. Nein, wir brauchen nur jede Hilfe, die wir bekommen können.«

»Bring mich auf den neuesten Stand – in Kurzform.«

Sam lehnte sich zurück. Ihm waren nie Fragen dieser Art gestellt worden, und er wusste nicht genau, wo er anfangen sollte. Aber er erkannte, dass es nicht unkompliziert war. Und interessant.

»Okay, zunächst mal werden solche Taten anscheinend meist von Männern verübt. Ich weiß nicht, warum ich das denke, vielleicht weil ich nur Zeitungsberichte gelesen habe. Stimmt das?«

»Brandstiftung ist überwiegend ein von Männern begangenes Verbrechen, ja.«

»Also schafft das in gewisser Weise mehr Klarheit. Oder auch nicht. Geistesgestört?«

»Ah, das wirft eine gewaltige Frage auf, nicht wahr? Würde ein geistig vollkommen gesunder, rational denkender Mensch immer wieder Gebäude in Brand setzen? Nun ja, offensichtlich nicht. Und wenn man das weiterspinnt – was ist geistige Gesundheit, was ist Wahnsinn?«

»Okay, jemand, der wütend ist. Wenn so jemand, sagen wir mal, Wettbüros in Brand steckt, hat er vielleicht eine Menge Geld verloren oder denkt, er sei betrogen worden. Oder er ist einfach angepisst und pleite.«

»Möglich. Wut … Rache. Das ist ein klares Motiv. Doch bei den Bränden in Lafferton ist jeder anders, an unterschiedlichen Orten, mit unterschiedlichen Gebäudetypen. Da gibt's kein Muster.«

»Könnte trotzdem Wut sein, vielleicht auf Firmen. Kapitalismus?«

»Ja. Aber keine davon war noch in Betrieb – zum Glück. Das waren heruntergekommene oder unbenutzte Gewerbebauten, und in zwei Fällen wurde das Feuer unter freiem Himmel gezündet. Auf einem leeren Parkplatz und dem Treidelpfad.«

Sam holte sich eine Cola und schenkte Kieron ein weiteres Glas Rotwein ein. Ihm kam es wie die beste Art eines Logikrätsels vor, mit einem zusätzlichen psychologischen Element. Nur dass er daran nichts Logisches entdecken konnte.

»Er mag einfach Feuer. Sie anzünden und lodern sehen. Ich meine, das kann ich verstehen.«

»Ich auch, bis zu einem gewissen Punkt. Mir macht es Spaß, ein Feuer aus herabgefallenen Ästen, Herbstlaub und alten Kartons aufzuschichten, einen richtig kalten, klaren Tag abzuwarten, und dann wusch! Doch damit schädige ich niemanden oder das Eigentum anderer, und ich würde es auch nicht zu oft machen wollen.«

»Stimmt. Trotzdem ist es dasselbe, oder? Du machst es gerne. Du siehst gerne, wohin es führt. Und dazu gehört, dass die Feuerwehr ausrückt und du alles beobachtest.«

»Ja. Und das alles deinetwegen.«

»Also Macht.«

»Ja. Nur das?«

»Pudding gibt's übrigens nicht. Äpfel sind noch da, und Bananen.«

»Danke.«

»Ich schätze … der Nervenkitzel, den Brand zu legen und zu sehen, wie er auflodert, ist so was wie ein Anturner?«

»Jetzt liegst du goldrichtig – Brandstiftung wird von Psychologen oft als Sexualverbrechen betrachtet.«

»Nur von Psychologen?«

»Wer bin ich, ihnen zu widersprechen?«

»Aber?«

»Aber ich glaube nicht, dass es immer die Antwort ist, oder zumindest nicht die ganze Antwort.«

»Also … er ist männlich. Alter? Könnte jedes sein, allerdings vielleicht nicht über siebzig?«

»Wieso?«

»Man muss fit und wendig sein. Schnell abhauen können.«

»Siebzig ist nicht neunzig.«

»Vielleicht unverheiratet oder ohne Partner. Dauernd allein weggehen zu den unmöglichsten Zeiten …«

»Möglich. Nicht zwingend.«

»Einzelgänger?«

»Das sind viele Kriminelle – bis auf Gangs und Drogengeschäfte. Doch in diesem Fall, ja, sehr wahrscheinlich.«

»Einheimischer. Er fährt nicht extra hundert Meilen. Dann könnte er es in seiner Nähe tun.«

»Einheimischer, weil …«

»Ortskenntnisse.«

»Genau.«

»Also, ein Typ aus Lafferton. Wie entzündet er die Brände? Nicht bloß mit Streichhölzern.«

»Nein. Benzin, entweder mit benzingetränkten Lappen oder auf die übliche Weise, wie wir alle Feuer im Kamin anmachen – Zeitungen, Kienspäne, Feueranzünder, nur sehr viel mehr, als wir verwenden, und dann schüttet er Benzin drüber. Fügt alte Farbdosen hinzu. Lack. Alles Mögliche. Nichts davon schwer zu bekommen.«

»Er muss danach riechen.«

»Guter Punkt.«

»Umso mehr Gründe, warum er Single ist oder die Sachen, die er dafür anzieht, irgendwo verwahrt.«

»Wo?«

»Irgendwo ... leeres Haus, alter Schuppen, womöglich gar unten am Fluss oder am Kanal.«

»Wie kommt er von den Bränden dorthin und von dort nach Hause?«

»Fahrrad. Oder er läuft. Einfacher, durch Nebenstraßen und Hinterhöfe abzuhauen. Was bedeutet, er kommt nicht von weit her.«

Kieron griff nach Block und Stift. »Also, was haben wir?«

»Männlich. Single. Bisschen seltsam, aber vielleicht nicht total bescheuert. Ich meine, er ist gerissen, er kann planen. Einheimischer. Alter zwanzig bis fünfzig? Das ist ein weites Feld. Was anderes ... haben Leute bei der Arbeit oder wo auch immer bemerkt, dass er Interesse an Feuern hat, vielleicht an diesen Bränden – du weißt schon, schaut in Internetnachrichten oder in der Zeitung danach, wartet darauf, dass sie im Fernsehen gezeigt werden? Ich meine, er will ein Ergebnis, oder? Er will gerne irgendwie berühmt sein, selbst wenn es nur in seinem Kopf ist.«

Kieron trank seinen Wein aus und stand auf, um den Tisch

abzudecken. »Das war wirklich toll, Sam, und sehr hilfreich. Hat eine Menge totes Holz aus dem Weg geräumt und mir den Kopf frei gemacht.«

»Ja, aber das hat doch nichts mit dir zu tun, oder? Du bist der Chief. Du gehörst nicht zur Kriminalpolizei. Du leitest den Fall doch nicht.«

»Nein. Aber ich muss den Überblick behalten, wie über alles andere. Das ist nicht nur ein Fall, der vermutlich an mir vorbeizischen würde, da hast du recht. Der hier dauert an, und es könnte leicht noch schlimmer werden – wir müssen ihm voraus sein. Was nicht einfach ist.«

»Haben sie denn schon jemanden in Verdacht?«

»Nein. Was das große Problem ist. Da ist nicht mal irgendwer auf dem Radar. Also könnte es auch nur um die Wachsamkeit der Streifenbeamten gehen statt um findige Detektivarbeit.«

»Ist das oft so?«

»Das variiert. Möchtest du Kaffee?«

»Nein danke. Du meinst, Streifenbeamte erwischen Kriminelle oft zufällig?«

»Gelegentlich, aber nicht für gewöhnlich. Im Allgemeinen basiert es auf etwas – einem Tipp, der Arbeit der Kriminalpolizei, es ist immer unterschiedlich. Das ist der Grund, warum Polizeiarbeit so interessant ist.«

»Bin mir nicht sicher, ob's mir gefallen würde, stundenlang in einem Streifenwagen herumzugondeln.«

»›Gondeln‹ ist nicht der Ausdruck, den ich verwenden würde, Sam. Das hat auch seine Momente.«

»Ich glaub, ich fahr noch mal los und schau, ob irgendwer in der Gegend ist.«

»In der Gegend?«

Sam warf ihm von der Tür einen Blick zu. »Genau.«

Er blieb nicht lange fort. Keiner seiner Freunde war in

der Stadt. Er traf jemanden, den er entfernt aus der Schule kannte, zusammen mit ein paar von dessen Freunden, aber nach einer Stunde wurde ihm schlagartig klar, dass er mit denen überhaupt nichts anfangen konnte. Sie wollten sich nur besaufen und verhielten sich so kindisch, wie es nur ging. Er war gefahren, daher war ein halbes Helles sein Limit, und das Gejohle, als er auf Cola umstieg, genügte, ihn nach Hause zu treiben.

Kieron war zu Bett gegangen. Cat räumte die Spülmaschine aus und trank Kierons restlichen Rotwein. Sie fragte Sam nicht, wo er gewesen war.

»Kieron sagte, er hätte dir einen Link zu zwei Artikeln geschickt, die dich interessieren könnten, wie er meinte. Ich bin vom Chor direkt ins Krankenhaus gefahren.«

»Wie geht's ihm?«

»Nicht besonders gut. Sie haben alles getan – CTs, Röntgenbilder, Bronchoskopie – Thoraxmedizin war nicht umsonst sein Fachgebiet. Der Facharzt war einer seiner ehemaligen Studenten.«

»Geht nur darum, wen man kennt, wie üblich.«

»Manchmal. Jedenfalls hat er Lungenentzündung und hätte viel früher behandelt werden sollen – die Verstopfung der Lunge ist schlimm. Aber sie werden schon damit fertig – er ist generell ziemlich fit für sein Alter.«

»Ich wette, er macht denen die Hölle heiß.«

»Oh, das tut er. Mir im Übrigen auch.«

»Das ist doch nicht deine Schuld.«

Sie lachte. »Mach das Licht aus und so weiter, wenn du nach oben kommst, Sambo.«

Als sie an ihm vorbeiging, umarmte sie ihn rasch und verstrubbelte seine Haare, um ihn zu provozieren.

An sam101notout@gmail.com
Von chief.bright@police.gov.uk

Dachte, diese beiden könnten dich interessieren. K

Ein Link führte zu einem Journal über forensische Psychologie und einem Artikel über Brandstiftung. Der andere zu zwei Studiengängen in Kriminologie. Sam speicherte den ersten, um ihn später zu lesen, und hatte nur vor, den zweiten zu überfliegen, ging aber schließlich nach oben und vertiefte sich auf seinem iPad in verschiedene Studienprogramme. Er las immer noch, als er bei eingeschaltetem Licht nach zwei Uhr einschlief.

38

Als Marion ins Auto stieg, war sie sich nicht sicher, ob sie überhaupt fahren konnte. Sie war zittrig, hatte feuchte Hände und konnte nicht richtig sehen. Die Umrisse der Gebäude verschwammen vor ihren Augen.

Doch es wurde besser, sobald sie losgefahren war und die ersten paar Meilen hinter sich hatte, aus der Stadt hinaus auf die Umgehungsstraße und dann in Richtung Bevham, denn alles war so vertraut, dass sie fahren konnte, ohne sich über die Richtung Gedanken zu machen. Danach wurde alles neu. Das Navi führte sie nach rechts und links, um Kreisverkehre zu dieser oder jener Abfahrt, über Kreuzungen, dann »der Straße vier Meilen folgen«, und sie umklammerte das Steuer, als befürchtete sie, es könnte sich aus seiner Befestigung lösen. Für gewöhnlich war sie eine völlig entspannte Fahrerin und auch kompetent, doch so fühlte sie sich jetzt nicht, hatte das Gefühl, eine Gefahr für alle zu sein, und auch, als könnten die Leute sie irgendwie durch die Autofenster sehen und wissen, wer sie war und warum sie auf dieser Straße fuhr.

Die Schilder tauchten auf, mehrere Meilen vor dem Gefängnis. Darauf hätte »Wertstoffhof« oder »Krankenhaus« oder »Krematorium« stehen können, tat es aber nicht. Und als sie das letzte Mal abbog, in eine kurze Straße, waren die Aufschriften weiß auf Schwarz: *Justizvollzugsanstalt Leverworth*.

Sie hielt am Straßenrand und stieg aus. Sie hatte das Gefühl, sich übergeben zu müssen. Tief atmete sie die kalte Luft ein. Ihre Brust verengte sich, und ihr wurde wieder schwindlig. Mehrere Autos fuhren vorbei. Sie lehnte sich an die Autotür.

Nach all den Bemühungen würde sie aufgeben und umkehren müssen. Sie brachte es nicht fertig. Konnte ihm nicht in die Augen sehen. Das Gefängnis selbst ängstigte sie nicht. Das Gefängnis war nichts. Sie würde nicht angegriffen oder bedrängt werden. Gewöhnliche Leute waren unterwegs, andere Frauen. Kinder.

Er.

Lee Russon. Der letzte Mensch auf Gottes Erdboden, der Kimberley lebend gesehen hatte, das wusste sie, und der Einzige, der sie tot gesehen hatte. Auch das wusste sie.

Sie würgte und spuckte Schleim ins Gras.

Warum hatte sie darauf bestanden, das hier zu tun? Was war nur in sie gefahren?

Im Brief hatte gestanden, man würde sie durchsuchen, und sie hatte gedacht, das würde ihr nichts ausmachen – es war notwendig, und sie hatte nichts zu verbergen. Doch es machte ihr etwas aus, gab ihr das Gefühl, eine Nummer zu sein, keinen Namen zu haben, unsauber zu sein und entblößt. Zack, rauf und runter an ihr strich das Abtastgerät in der Hand der Gefängniswärterin, vorne und hinten, und dann die Hände, »und drehen Sie sich so herum, jetzt nach rechts, danke. Sie können durchgehen.«

Sie hatte nichts mitgebracht. Man hatte ihr eine Liste geschickt, was man ins Gefängnis mitbringen durfte und was nicht, aber das war ihr nicht einmal in den Sinn gekommen. Jetzt sah sie Frauen mit Zeitschriften, Süßigkeiten und Schokoriegeln und bekam ein schlechtes Gewissen. Als wäre sie geizig. Was lächerlich war.

Überall herrschte Lärm, Metallstühle kratzten hin und her über den nackten Boden, Kreischen, Kinderstimmen, und dann ihre Schritte, als die Häftlinge durch die Tür an der Rückseite hereinkamen. Marion starrte auf ihre Hände im Schoß, auf die Tischplatte aus Resopal, auf den Boden, auf ihre Füße. Sie konnte keinen von denen anschauen, versuchte nicht, ihn ausfindig zu machen, zu sehen, wie er auf sie zukam.

Ein Geruch hing in der Luft, nach Bodenreiniger und etwas anderem, das sie nicht identifizieren konnte. Schweiß? Angst?

Der Stuhl ihr gegenüber wurde herausgezogen, und sie sah einen Körper, der das Licht vom Fenster hinter ihm blockierte. Hände auf dem Tisch. Hände.

»Guten Tag«, sagte er. »Marion.«

Seine Hände fielen ihr auf. Eckig geschnittene Nägel. Sauber. Kurze, dicke Finger. Haare auf den Handrücken wie Pelztiere. Die Hände. Wie hatte er sie getötet? Mit seinen Händen?

»Alles in Ordnung«, sagte er. »Ich beiße nicht. Ich bin wirklich sehr froh, Sie zu sehen. Marion.«

Sie atmete scharf ein, schaute rasch auf, und er sah ihr direkt ins Gesicht, in die Augen; sie hätte seinem starren Blick nicht ausweichen können.

Das Gesicht war schlaff. Ein Schatten zog sich über Backe und Kinn. Das Haar war grau meliert und kurz. An dem Gesicht war nichts Interessantes, Überraschendes, Ungewöhnliches oder Bemerkenswertes. Ein Allerweltsgesicht. Die Augen waren bleich. Graugrün, mit Schlieren, wie die in Murmeln. Bleich. Kleine Schweinsaugen, aber starrend, starrend. Ohne zu blinzeln, ohne ihr Gesicht loszulassen. Er lächelte. Er hatte schlechte Zähne. Sie schaute weg.

»Danke, dass Sie mich besuchen, Marion. Ich weiß das zu schätzen. Kann nicht leicht gewesen sein.«

Lächeln.

»Hören Sie, ich weiß, warum Sie es tun. Sie belästigen mich nicht, ich bin froh, dass Sie hier sind, weil ich es Ihnen ins Gesicht sagen kann. Schauen Sie mich an, Marion.«

Sie sah ihn an.

»Vielen Dank. Ich bin kein Ungeheuer, Marion, aber ich

weiß, was ich getan habe, und ich werde dafür bestraft, und das ist nur richtig. Nicht gut, aber richtig.«

Er trommelte mit den Fingern auf die Tischplatte, trommelte und trommelte, schneller und schneller, wandte seinen Blick aber nicht von ihrem Gesicht ab. Dann hörte er abrupt auf.

»Ich möchte, dass Sie mir zuhören, Marion, weil wir diese Chance nicht wieder bekommen werden, Sie werden nicht wieder herkommen, das weiß ich, und warum sollten Sie? Ich muss meine Chance ergreifen. Hören Sie zu.«

Russon beugte sich so plötzlich vor, dass Marion beim Zurückweichen fast ihren Stuhl umwarf. Aus den Augenwinkeln sah sie den Wärter, der in ihre Richtung blickte.

»Ich habe Ihre Tochter nicht umgebracht. Ich habe Kimberley nicht getötet.« Er flüsterte beinahe, zischte die Wörter zwischen fast geschlossenen Zähnen mit einem Strom schlechten Atems heraus. »Denn Sie sind meine Zeugin, Marion. Ich habe Schlimmes getan, obwohl ich kein schlechter Mensch bin. Egal, wie ich dazu gekommen bin, aber ich habe es getan. Nur Sie werden das hier hören, weil es die reine Wahrheit ist. Ich weiß, was Sie denken, und ich weiß, was Sie glauben, und wissen Sie was? Ich werfe es Ihnen noch nicht mal vor, weil ich an Ihrer Stelle vermutlich dasselbe glauben würde. Nur sage ich es Ihnen jetzt und sage es Ihnen ehrlich. Ich habe Ihre Tochter nicht getötet. Und Sie müssen mir glauben, Marion. Sie werden keine Ruhe finden, bevor Sie das nicht tun.«

Und dann lächelte Lee Russon.

Ein paar Meilen vom Gefängnis entfernt sah sie eine Raststätte. Dort roch es nach kaltem Frittierfett, und auf den roten Plastikbänken saßen ein paar Fernfahrer. Sie schauten nicht in ihre Richtung. Marion holte sich einen Becher Tee und ein Stück Kuchen. Der Tee war stark, heiß und frisch, der Kuchen staubtrocken, mit Fondant überzogen.

Der Verkehr rauschte im Dauerregen vorbei, der eingesetzt haben musste, während sie im Gefängnis war.

Sie konnte weder Russons Augen noch sein Gesicht, seine Stimme, seine Hände oder seine Kleidung, alles an ihm, aus dem Kopf bekommen. Wie ein aufgehängtes Poster, und ganz egal wohin sie schaute, es stand ihr wieder vor Augen.

Sie war dorthin gefahren, um ihn zur Rede zu stellen. Sie war hingefahren, um zu verlangen, dass er ihr die Wahrheit sagte, den Mord an Kimberley gestand. Ihr sagte, wo er ihre Leiche abgeladen hatte.

Stattdessen hatte er die Führung übernommen. Er hatte nicht besorgt gewirkt. Er hatte gesagt, er habe Kimberley nicht getötet, ganz so, als würde er sagen, er habe am Abend zuvor die Fernsehnachrichten verpasst, und mit dem aus diesen bleichen Augen auf sie gerichteten Blick hatte er darauf bestanden, dass sie ihm glaubte.

Tat sie das? Sie nippte am Tee, der so heiß war, dass er ihr die Zunge verbrannte, sie aber belebte. Tat sie das?

Ja. Irgendwie hatte er sie überzeugt. Er hatte sich mehr oder weniger zu anderen schrecklichen Verbrechen bekannt, wollte sie aber wissen lassen, aus seinem eigenen Munde, dass er am Mord an Kimberley keine Schuld trug und keine Ahnung hatte, was mit ihr passiert sein konnte, und sicherlich nicht wusste, ob sie tot war.

Sie riss sich zusammen. Nein. Er hatte nicht gesagt, er habe keine Ahnung, was mit ihr passiert sei, oder dass er wisse oder nicht wisse, ob sie wirklich tot war. Er hatte gesagt, er habe sie nicht getötet. Doch in dem Fall hätte er ihr doch bestimmt gesagt, er wisse überhaupt nichts über ihr Verschwinden?

Das hatte er nicht gesagt.

Ihr drehte sich der Kopf.

Sie blieb fast eine Stunde dort sitzen, trank den Tee aus und bestellte sich einen zweiten Becher, aß sogar den staubtrockenen Kuchen, ging alles durch, was Lee Russon zu ihr gesagt hatte, doch als sie schließlich aufbrach, war weder ihr Kopf klarer, noch war sie vorangekommen.

Nichts war erreicht worden, und ihr war seltsamerweise das Gefühl auferlegt worden, sie wäre diejenige, die an etwas schuld sei. Mit diesem vagen Schuldgefühl war sie aus dem Gefängnis gekommen, doch davon abgesehen mit leeren Händen.

39

Kirsty war Simon nach draußen gefolgt, als er an jenem Morgen gegangen war, und hatte ihm fünf Wörter gesagt, leise, als hätte sie sich endlich dazu durchgerungen, dass sie, falls es etwas mit Sandys Tod zu tun haben sollte, die Pflicht hätte, sie auszusprechen. Wenn nicht, würden sie keinen Schaden anrichten. Und sie kannte Simon. Er würde behutsam vorgehen, nicht hereinplatzen, sie provozierend herausbrüllen, Fragen stellen.

Kurz nach vier wachte er auf. Der Sturm raste tosend auf das Haus zu. Vor dem Zubettgehen hatte er als Letztes noch mal diese fünf Wörter für sich wiederholt. Dann hatte er zwei Kapitel aus einem alten Evelyn-Waugh-Lieblingsbuch gelesen und war eingeschlafen. Die Wörter würden in sein Unterbewusstsein sinken. Am Morgen würde er wissen, was zu tun war, wenn überhaupt etwas.

Er wusste es um vier und wusste auch, dass er nicht mehr einschlafen würde. Er stand auf und machte sich eine Kanne starken Kaffee, nahm ein Notizbuch heraus und schrieb eine Liste einzelner Wörter auf. Dann duschte er, las seine E-Mails und öffnete den Kimberley-Still-Ordner.

Der Sturm hatte sich ganz plötzlich gelegt, wie er das hier manchmal tat, die Wolken waren verjagt worden und hinterließen einen dieser strahlenden, spröden Tage des Spätherbstes. Das Meer hatte Schaumkronen von der auflaufenden Flut.

Als er den Pub erreichte, war es erst kurz nach acht, doch aus dem Schornstein kam Rauch. Licht brannte.

Sollte er jetzt hineingehen, selbst wenn Lorna da sein könnte, oder warten und riskieren, dass die erste Fähre mit einer Lieferung eintraf? Er musste Iain allein erwischen und auch eine Weile ungestört mit ihm bleiben. Wie er auf die Dinge reagieren würde, die Simon zu sagen hatte, auf die Fragen, die er stellen musste, war unmöglich einzuschätzen.

Er wartete im Auto, bis er Bewegungen durch das Fenster des Pubs sah. Falls Lorna da war, hatte Simon eine Ausrede für sein frühes Erscheinen parat, doch als er an die Tür klopfte, machte Iain selbst auf, öffnete sie weit und war offensichtlich allein.

»Morgen, Simon. Ich kann dir einen Dram geben, aber ich hab auch gerade Kaffee aufgesetzt.«

Er wirkte nicht überrascht, ihn so früh zu sehen.

»Danke – das wäre prima. Ich war auf der anderen Seite und hab versucht, eine Verbindung zu kriegen.«

Er setzte sich an einen Tisch in der hinteren Ecke.

Iain kam mit zwei Bechern Kaffee, Zucker und Milch und setzte sich, was bedeutete, dass Simon ihn nicht zum Bleiben auffordern musste.

»Ist eine wunderbare Tageszeit, weißt du, von fünf bis ungefähr halb acht. Ich kriege eine Menge geschafft, kann es aber alleine machen, ohne dass mich jemand stört.«

»Ah. Tut mir leid, Iain.«

Iain winkte ab. »Du bist damit doch nicht gemeint.«

»Ist Lorna denn schon so früh auf?«

»Lorna ist in Glasgow, bei ihrer Familie.«

Er löffelte Zucker in seinen Becher. Wich Simons Blick aus. Simon wartete ruhig, trank den heißen Kaffee. Das war seine Technik, er wusste, dass er sie benutzte, seine Verhörkappe aufgesetzt hatte.

Iain sah ihn immer noch nicht an. »Die Fähre kommt erst in einer Stunde, weißt du?«

»Ich weiß.«

»Du fährst also nicht ab?«

»Nein.«

»Wie lange bleibst du denn noch hier?«

»Ich fahre bald. Bin fast fertig.«

»Fertig?«

Er beschäftigte sich weiter mit seinem Kaffee und antwortete nicht, weil er wusste, dass Iain gezwungen sein würde, das Thema bald anzusprechen.

Da kein Wind wehte, was selten war, wirkten der Pub und die Welt ringsum sehr still. Die Ebbe hatte eingesetzt. Keine Wellen krachten an den Kai.

Iain hielt den Blick starr auf die Tischplatte gerichtet.

Simon würde tun, was er immer tat, langsam im Stillen bis hundert zählen, dann das Schweigen brechen. Doch noch bevor er bei zwanzig war, sprang Iain auf und lief zur Tür. Er verriegelte sie und zog das Rollo halb über das nächste Fenster. Als er sich umdrehte, sah Serrailler, dass Iain weinte.

»Lass dir Zeit«, sagte Simon.

Der Mann zögerte, als wollte er hinter den Tresen treten und sich einen Dram aus dem Dosierer einschenken, doch schließlich setzte er sich wieder und starrte weiter auf die Tischplatte.

»Du hast dich mit Sandy getroffen?«, fragte Serrailler.

Iain nickte. »Du weißt, wie das ist. Lorna ist nicht so oft hier. Wir kommen schlecht und recht miteinander aus, ich würde lügen, wenn ich behaupte, uns ginge es ganz miserabel. Aber Sandy … prima Gesellschaft und … interessant. Ich hab viel über sie nachgedacht, und dann haben wir viel geredet, weißt du, hier drin, nach Feierabend, früh am Morgen. Wie jetzt. Und sie konnte mit mir reden …«

»Hat Lorna es herausgefunden?«

Iain antwortete nicht.

»Na gut«, sagte Simon, nun forsch, trieb die Sache voran. »Was ist passiert, Iain?«

»Wie viel … weißt du?«

»Über Sandy? Alles. Nun ja, und in anderem Sinne nichts. Aber das Wichtigste.«

»Aye.«

»Ich habe ihre Leiche gesehen.«

Iain wischte sich mit dem Handrücken über die Augen. »Aye.«

»Willst du es mir von hier an erzählen?«

Schweigen.

»Wir haben ein bisschen Zeit, ich dränge dich nicht. Doch irgendjemand wird schon bald hier auftauchen, und du musst öffnen.«

Sie saßen weiter da. Mehr Schweigen. Zu viel Schweigen.

»Wann hast du es herausgefunden?«, fragte Simon.

Iain schüttelte den Kopf.

»Hat sie sich geweigert, mit dir zu schlafen? Als klar war, dass du das wolltest? Hat sie es dir erzählt, oder …?«

»Ihr blieb keine andere Wahl.« Ein merkwürdiger Laut kam aus seiner Kehle. »Ich kann es immer noch nicht glauben, weißt du? Ich kann immer noch nicht … ich kann nicht verstehen, wieso ich es nicht gemerkt habe.«

»Warum? Ich kannte Sandy nicht so gut wie du, aber ich habe sie oft genug gesehen, wir haben uns unterhalten. Ich hab es nicht vermutet. Alle anderen auch nicht. Sie war einfach sie.«

Schweigen.

»Hat dich das wütend gemacht?«

Schweigen.

»Verständlich, falls dem so war. Du wärst dir betrogen vorgekommen.«

Schweigen.

»Hat Lorna es herausgefunden?«

Schweigen.

Simon hielt inne, bevor er sich in einem raschen Kurswechsel über den Tisch beugte und fragte: »Woher hattest du die Waffe, Iain?«

Nichts. Dann blickte Iain auf. Tränen liefen ihm über das Gesicht, der Mund arbeitete.

»Du musst es mir sagen«, sagte Serrailler. »Du wirst deines Lebens nicht mehr froh, wenn du es nicht tust, und was noch wichtiger ist, wenn du es nicht tust, kann ich dir nicht helfen.«

»Warum solltest du mir helfen?«

»Sag du's mir.« Er stand auf. »Mir ist verdammt noch mal egal, welche Tageszeit wir haben – du brauchst diesen Dram.« Er schenkte zwei aus dem Dosierer ein, wobei er seinen nicht anrühren würde, und kehrte an den Tisch zurück. Dabei schaute er aus dem hinteren Fenster. Niemand da. Der Himmel hatte sich bezogen.

Iain trank seinen Single Whisky in einem Zug.

»Was wirst du machen?«

»Das hängt davon ab, was du mir erzählen wirst.«

»Du buchtest mich ein. Das ist dein Job.«

Nun war Simon an der Reihe, zu schweigen.

»Woher weißt du es? Wie hast du es herausgefunden?«

Simon wartete.

Schließlich sagte Iain: »Ich war in der Armee. Bosnien. Natürlich sollten wir unsere Waffen abgeben, aber ich hab's nicht getan, wie viele andere auch. Du würdest dich wundern. Kein richtiger Grund, außer dass du dich nie sicher fühlst, du willst nie wieder ohne eine sein. Es bleibt dir im Kopf. Herrgott.«

»Also vor zwanzig Jahren.«

Iain nickte. Er hatte nicht aufgeschaut, war Simons Blick kein einziges Mal begegnet.

»Der Revolver blieb einfach hier, in der untersten Schublade von meinem alten Schreibtisch. Abgeschlossene Schublade, ich gehe nie Risiken ein. Ich habe nie vergessen, dass er da war, das gab mir das Gefühl, in Sicherheit zu sein. Nicht dass es irgendwelche Gefahren auf Taransay gibt.«

»Du besitzt zusätzlich noch ein Gewehr.«

»Zwei, und mit gültigem Waffenschein, und sie sind im Gewehrschrank verschlossen, alles legal. Aber ein Gewehr ist was ganz anderes. Wie du weißt.«

»Was ist passiert? Du bist wütend geworden.«

»Ja. Aber – nein. Ich war wütend auf mich selbst, ein Dummkopf zu ein, wütend auf sie – ihn –, mich zum Narren gehalten zu haben … all das. Verärgert. Außerdem verstand ich es nicht. Ich verstehe es immer noch nicht. Sie wusste ganz genau, was sie tat, doch sie ließ es weiterlaufen, und sie muss gewusst haben, dass es zu einer Krise kommen würde, sie würde es mir sagen müssen. Also warum?«

»Sie mochte dich. Sie wollte mit dir zusammen sein. Ich glaube nicht, dass sie dich bewusst zum Narren halten wollte, Iain. Beziehungen können auf diese Weise funktionieren, aber es braucht Zeit.«

»Mag sein.«

»Hat Lorna es herausgefunden?«

»Hat sie und hat sie nicht. Sie hat mir Fragen gestellt, hat mich beobachtet, dachte, da wäre jemand, wäre irgendwas. Aber die Wahrheit hat sie nie herausgefunden.«

»Bist du dir sicher?«

Er schüttelte den Kopf. »Nein. Wie soll ich das? Ich bin mir bei vielem nicht mehr sicher.«

»Außer darüber, dass du Sandy Murdoch erschossen hast. Du bist zu ihrem Haus gegangen, mit deinem Revolver. Du wusstest, was du tun würdest, du hast nicht rotgesehen, als sie es dir erzählte, bist nicht aus Wut und Verzweiflung auf sie losgegangen und hast sie zu Boden geschlagen, dass sie hingefallen ist und sich den Kopf aufgeschlagen hat. Du hast es geplant.«

»Ist wohl so gewesen. Klingt alles verdammt kaltschnäuzig.«

»Das war es.«

Jetzt blickte Iain auf.

»Was wird mit mir passieren?«

»Wo ist der Revolver jetzt?«

»Im Meer. Ich hab ihn reingeworfen ... von den Klippen runter. Hinter ihr her. Und schau mich nicht mit deinem Polizistenblick an, das ist die reine Wahrheit.«

Serrailler war einen Moment lang verblüfft. »Mein Polizistenblick?«

»Er ist weg. Der Revolver. Der wird nicht angeschwemmt.«

»Nein.«

»Ich hab dich gefragt, was mit mir passieren wird.«

Simon schwieg eine Weile. Dann waren draußen Reifengeräusche zu hören, und die Türen des Fahrzeugs wurden zugeknallt.

»Ich weiß es nicht«, sagte er, »und das ist ebenfalls die reine Wahrheit. Ich weiß, was passieren sollte. Ich weiß, was das Gesetz sagt.«

Iain schüttelte wieder den Kopf.

»Ich gehe nach Hause. Ich werde mir das alles durch den Kopf gehen lassen. Du weißt, dass es nicht mehr mein Fall ist, darum kümmert sich jetzt die schottische Polizei. Ich habe da kein Mitspracherecht.«

»Welchen Unterschied würde das machen?«

Simon stand auf. Jemand klopfte laut an die Hintertür. »Willst du aufmachen?«

»Der Tag muss anfangen.«

»Ich komme heute Abend, Iain. Gegen zehn oder so.«

»Lorna kommt morgen zurück.«

»Wirst du es ihr sagen?«

Als er zur Tür ging, sagte Iain: »Das geht nur mich was an.«

40

Er hatte nichts gehört, aber jemand hatte den Umschlag in den Spalt unter der Tür geschoben. Einen Briefkasten gab es nicht. Er bekam keine Post. Hatte keine Adresse. Er existierte nicht. Hatte seit fast zwei Jahren nicht mehr existiert.

Dünner brauner Umschlag. Ohne Beschriftung auf der Außenseite. Er schaute ihn an, hob ihn auf und drehte ihn um.

Er ließ ihn liegen und machte sich Tee. Als er zurückkam und bevor er nachdenken konnte und sich Fragen stellte, für die er keine Antwort hatte, schlitzte er den Umschlag auf und nahm den Zettel heraus. Darauf standen vier Zeilen, getippt.

Keine Unterschrift.

Die Zeilen lösten zwei Reaktionen aus, eine direkt nach der anderen. Erregung. Dann Angst.

Die Erregung war echt und stärker, als er sie je empfunden hatte, aber die Angst war ebenfalls stark. Er brauchte sich die möglichen Gefahren, die möglichen Konsequenzen, falls etwas schiefging, nicht erst auszumalen, sie sprangen ihn an, schlugen ihm fast ins Gesicht. Dasselbe galt für die Erregung. Die Vorfreude. Das überwältigende Gefühl, dass es das Beste sein könnte, das, worauf er immer hingesteuert hatte, wofür er geplant hatte, ohne es zu wissen.

Die letzte Zeile war es. *Melde mich. Halte dich bis dahin raus.*

41

Simon kehrte nicht ins Cottage zurück. Stattdessen fuhr er in den Norden der Insel, zur wilden Seite, wohin nur wenige Menschen kamen und wo keine Schafe grasten, da es hier nur eine dünne Erdschicht und vertrocknetes Gras auf dem harten, felsigen Boden gab, tückische Kraxeleien hinab zum Strand, und Wind. Doch von hier hatte man einen unvergleichlichen Ausblick auf das weite Meer bis zum Horizont, den Wechsel und die Übergänge von Grau zu Blau, Dunkelheit zu Helligkeit, das Wasser gekräustelt und gerippt durch die Bewegung der Luft. Er setzte sich auf einen Felsvorsprung und schaute hinaus. Mit dem Skizzenbuch kam er nie hierher, denn es gab nichts zu zeichnen. Bleistift und Tinte konnten die ständige Bewegung nicht einfangen, und es gab zu wenig Einzelheiten, wenn er auch oft Steine aufgehoben hatte, seltsam verformte Zweige und Gräser, und manchmal Knochen, um sie mitzunehmen und damit zu arbeiten.

Nachdem er einige Zeit aufs Meer geschaut hatte, begann er zu überlegen, ruhig und methodisch, ging alles durch, was von dem Zeitpunkt an passiert war, an dem Sandy vermisst wurde, bis zu dem Moment, als er vorhin vom Pub losgefahren war. All seine alten Fähigkeiten, einen Fall Stück für Stück auseinanderzunehmen, in fortlaufenden Einzelheiten, kamen zum Tragen. Kirsty hatte fünf Wörter gesagt. »Iain war in der Armee.« Von da an war es unkompliziert gewesen, doch Iains Geständnis war entscheidend. Vor zwanzig Jahren Soldat gewesen zu sein bedeutete weder, dass er seine Waffe behalten, noch, dass er Sandy umgebracht hatte, und die Entdeckung der Wahrheit wäre der schottischen Polizei überlassen geblieben.

Aber Iain hatte den Mord gestanden.

Als Nächstes musste Simon den DI benachrichtigen und dann Iain entweder verhaften oder warten, bis sie mit der nächsten Fähre kamen und es selbst taten. Das machte keinen Unterschied. Iain würde aufs Festland gebracht werden. Man würde Simon um einen ausführlichen Bericht bitten, wonach er nichts mehr mit dem Fall zu tun hätte. Wieder. Und danach würde Iain nie nach Taransay zurückkehren, aber höchstwahrscheinlich zu lebenslanger Haft verurteilt werden. Die Wellen fluteten in die Bucht hinein, von Westen. Simon beobachtete ihren Rhythmus, wie sie sich überschlugen, über- und untereinander, immer wieder. Das half ihm zu entscheiden, was er tun würde.

Nämlich nichts. Überhaupt nichts. Das Gesetz verlangte, dass er einen Anruf tätigte. Die Gerechtigkeit verlangte es. Wirklich? Ja, Iain war schuldig, und ja, Simon selbst war als Polizeibeamter moralisch verpflichtet, die Information weiterzugeben, die er bekommen hatte. Doch nichts würde Sandy Murdoch zurückbringen. Warum war er auf die Insel gekommen und hier geblieben? Hatte seine Familie ihn abgelehnt? Seine Freunde? Die Gesellschaft? Als er die Ereignisse der vorangegangenen halben Stunde durchdachte, erkannte Simon, dass ihm, oder zumindest seinem Unterbewusstsein, während er geschlafen hatte, gelaufen war oder Iain zugehört hatte, auch die Lösung eines Rätsels gelungen war.

Er betrachtete die Wellen, die jagenden Wolken, die Lichtveränderungen am Horizont und auf dem Meer. Er traf eine Entscheidung.

Er hatte stets geglaubt, dass der Tag, an dem er vergaß, an erster Stelle ein menschliches Wesen zu sein und an zweiter Stelle Polizist – oder zumindest gleichzeitig ein Polizist –, der Tag wäre, an dem er den Dienst quittieren sollte. Er hoffte, das nie vergessen zu haben, weder im Kopf noch in Aktion. Der Mensch war sich ziemlich sicher, was er jetzt zu tun hatte, und der DCS widersprach nicht – er blieb neutral. Sein Gewissen war rein.

Er ging über den Pfad zurück zu seinem Auto, genoss die Bewegung und die Weite, dachte an alles Mögliche, jetzt, nachdem er seine Entscheidung getroffen hatte – dachte an Cat und Sam, an seinen Vater, die kommenden Krankenhaustermine, seine Zukunft als Polizeibeamter und welche Veränderung seine Verletzung bewirken würde – obwohl Kieron ihm versichert hatte, es gäbe keine. Er dachte über Kirsty und Douglas und Robbie nach. Darüber, wann er Taransay verlassen würde.

Das Cottage war kalt, als er zurückkam, aber er würde kein Feuer machen und nicht den Herd anzünden, bevor er nicht den einen Anruf getätigt hatte.

»Iain?«

Schweigen.

»Alles in Ordnung mit dir?«

»Was glaubst du denn?«

»Sind Gäste da?«

»Ein paar, aber ich bin draußen bei der Hintertür. Kommst du rüber? Oder werden es die anderen sein?«

»Ich denke, das ist deine Entscheidung, Iain. Nicht meine. Ich habe nur dein Wort für das alles – ich habe sonst nichts, keine Beweise, keine Indizien. Daher sollte Folgendes passieren: Du solltest derjenige sein, der es ihnen sagt. Ruf sie an. Sprich mit ihnen am Telefon, oder lass sie herkommen. Und erzähl ihnen, was du mir erzählt hast. Das ist nicht mehr mein Fall, sondern ihrer. Du hast mit mir als Freund geredet, nicht als Polizist, und ich bin in ein paar Tagen fort. Doch mein Gewissen ist in dieser Sache rein. Es ist an dir, allen eine lange Ermittlung zu ersparen, bei der die Insel monatelang im Scheinwerferlicht stehen wird, es ist an dir, es klar und einfach zu machen. Was es ist. Du schuldest es dir selbst, und mehr noch, du schuldest es Sandy. Du schuldest mir nichts. Denk darüber nach, aber nicht allzu lange. Es ist deine Entscheidung, Iain.«

Er hatte seine Entscheidung getroffen. Jetzt musste er damit leben, etwas, das jeder Polizist von seinem ersten Tag an lernt.

Da war nur noch eine andere Sache. Soviel ihm bekannt war, wusste niemand sonst über Sandy Bescheid, und obwohl es nicht Simons Aufgabe war, die Nachricht auf der ganzen Insel zu verbreiten, fand er, es ihr sagen zu müssen.

»Kirsty?«

»Hi, Simon. Alles in Ordnung?«

»Da gibt es etwas, das du wissen solltest, aber behalt es für dich, wenigstens vorläufig. Du wirst wissen, wann es an der Zeit ist, es anderen zu erzählen.«

»Um Himmels willen, du machst mir aber Angst.«

»Es geht um Sandy.«

»Was ist passiert? Was hast du rausgefunden?«

»Dass Sandy ein Alexander war … sie war ein Mann.«

»Wie bitte? Was sagst du da? Das glaub ich nicht.«

»Ich habe die Leiche gesehen, Kirsty. Wer weiß, ob sich Sandy je entschlossen hätte, das irgendjemandem auf der Insel zu erzählen … vielleicht, vielleicht auch nicht. Sie nahm Hormone, hat sich aber nicht auf andere Weise behandeln lassen, soweit der Pathologe feststellen konnte. Allerdings wird es im Abschlussbericht noch weitere Infos geben. Ich wollte es dich nur wissen lassen … du kannst helfen, wenn das alles rauskommt.«

»Helfen? Sandy ist jetzt jenseits jeder Hilfe.«

»Ja, doch es geht darum, den Schock abzufedern. Du weißt nicht, wie die Leute reagieren werden.«

»Genauso, wie sie überall reagieren. Manche werden es akzeptieren, andere nicht, aber es wird sie sicherlich wie ein Schock treffen – obwohl es jetzt leichter sein könnte.«

»Wieso?«

»Sie müssen nicht auf Sandy persönlich reagieren, überlegen, was sie zu ihr sagen sollen, all so was. Denn was immer sie auch gedacht hätten, es wäre schwierig gewesen, seltsam. Bist du nicht selbst überrascht?«

»Sehr. Es wäre mir nie in den Sinn gekommen.«

»Siehst du. Ich muss auflegen, die Suppe brennt an. Ich werde nichts sagen.«

Da war er sich sicher.

Jetzt musste er nur noch packen, im Haus Ordnung machen, was nicht lange dauern würde. Er würde dem Besitzer eine Nachricht schicken, den Schlüssel und Geld für die Reinigung hinterlassen und die Fähre am späten Nachmittag nehmen.

Er sprach mit niemandem, sah niemanden, und als er am Kai eintraf, warteten dort nur ein halbes Dutzend Studenten vom Feldforschungszentrum mit riesigen Rucksäcken und schweren Leinwandtaschen. Sie trugen bunte Daunenjacken und sahen fröhlich aus – und, wie Simon fand, nicht älter als fünfzehn, obwohl sie alle Doktoranden waren. Er schaute hinüber zum Pub, sah das Licht brennen und Iains große Gestalt hinter dem Tresen.

Douglas' und Kirstys Haus war von hier aus nicht zu sehen. Er schickte ihnen in Gedanken einen Abschiedsgruß. Sie würden über seine abrupte Abreise nicht überrascht sein. Inzwischen kannten sie ihn gut genug. Es konnte sein, dass Robbie Fragen stellte, doch falls er das tat, würde es vermutlich um den bionischen Arm gehen. Der Landungssteg der Fähre wurde herabgelassen. Simon nickte Alec zu, der das Tau hielt, doch der war mit seiner Arbeit beschäftigt und erwiderte den Gruß nur flüchtig. Niemand sonst sah, wie Simon Taransay verließ.

42

Dr. Deerbon? Hallo, hier ist Schwester Odone, von Station G im Kreiskrankenhaus Bevham. Machen Sie sich aber keine Sorgen …«

Das sagten sie immer. Cat erinnerte sich, das selbst gesagt zu haben.

»Geht es ihm schlechter?«

»Ganz im Gegenteil, er macht sich sehr gut, wir sind sehr zufrieden mit ihm.«

Ja, dachte Cat, und ich kann mir seinen Ausdruck vorstellen, als du ihm das gesagt hast. »Wir sind sehr zufrieden mit Ihnen, Dr. Serrailler, Sie sind unser Starpatient.«

Er würde mit Grunzen und Stirnrunzeln reagieren, und wenn Cat ihn das nächste Mal besuchte, würde er sagen, er sei es leid, von Schwestern und jungen Ärzten bevormundet zu werden, die seine Enkelkinder sein könnten.

»Wollen Sie ihn heute noch besuchen?«

»Ja, vermutlich am frühen Abend.«

»Könnten Sie vor vier hier sein?«

»Ich kann's versuchen – warum?«

»Weil die gute Nachricht ist, dass Sie ihn mit nach Hause nehmen können.«

Richard sah grau aus, und seine Wangen wirkten eingefallen. Seine Augen waren tief in die Höhlen gesunken, und Cat bemerkte zum ersten Mal, dass er einen leichten Tremor hatte. Innerhalb einer Woche war ihr Vater um zehn Jahre gealtert.

»Ich weiß nicht, ob er so weit ist, das Krankenhaus zu verlassen«, sagte sie zum Assistenzarzt, bemüht, es so klingen zu lassen, als ob sie ihn fragte, statt es ihm mitzuteilen.

»Ich könnte es nicht verantworten, ihn noch länger ein Bett belegen zu lassen.«

»Er ›belegt‹ jedoch kein Bett, nicht wahr? Er ist krank und benötigt deswegen eins.«

Der Assistenzarzt zuckte mit den Schultern.

»Ich weiß sehr gut, was Betten blockieren bedeutet.«

»Die Sache ist, Doc, er befindet sich in einer privilegierten Position.«

»Wie kommen Sie denn darauf?«

»Na ja, er ist offensichtlich bei Ihnen untergebracht, daher hat er nicht nur eine Tochter, die sich um ihn kümmert, sondern darüber hinaus noch eine Ärztin. Wie viele alte Leute können das von sich behaupten?«

Cat hätte ihm am liebsten eine geknallt. Sie wusste aber auch, wie sinnlos es war, Streit anzufangen.

»Ich packe seine Sachen zusammen.«

»Er muss noch auf Medikamente warten.«

»Welche Medikamente?«

Er listete sie auf.

»Gut, die kann ich ihm alle verschreiben, was wesentlich effizienter wäre, als zwei Stunden auf eine überlastete Medikamentenausgabe zu warten. Ein Patient weniger für die Ausgaberunde.«

»Die Krankenhausapotheke ist hervorragend, und wenn Sie eine Beschwerde haben –«

»Habe ich nicht. Die sind immer, immer überlastet. Können Sie mir bitte eine Kopie seiner Krankenakte geben, Dr. Girling?«

»Kann ich leider nicht, das verstößt gegen die ärztliche Schweigepflicht, wie Sie wissen dürften.«

»Na gut, geben Sie dann bitte meinem Vater eine Kopie seiner Krankenakte? Er ist selbst Arzt, wie Sie sicher wissen.«

Sein Pieper summte. Was sie beide erleichterte, dachte Cat.

»Sie müssen die Schwestern bitten. Ich werde anderswo gebraucht.«

Erst nach sieben wurde Richard entlassen und wartete in einem Rollstuhl am Eingang, bis Cat ihr Auto gefunden und einen Strafzettel wegen Parkzeitüberschreitung unter dem Scheibenwischer herausgezogen hatte. Richard war wackelig auf den Beinen, und es war schwierig, es ihm bequem zu machen. Zweimal musste sie anhalten und ihm bei einem Hustenanfall helfen.

Sie war noch nie so froh gewesen, die Lichter des Bauernhauses und den Rauch aus dem Holzofen zu sehen. Kieron war nicht da, doch als sie rief, kam Sam und half seinem Großvater hinein, Felix trug die Taschen, und gemeinsam machten sie es Richard im Bett bequem. Er beschwerte sich über das Auto, den Sicherheitsgurt, die Straßen, die Unebenheiten in der Auffahrt, die Treppe und hörte erst auf, als der Husten wieder einsetzte.

Cat reagierte nicht auf sein Genörgel, weil sie daran gewöhnt war und es gut wegstecken konnte, doch es machte ihr etwas aus, dass er zu den Jungen so barsch war, und als sie schließlich wieder in die Küche kam, war sie kurz davor zu weinen, eher aus Frustration und Müdigkeit als aus Kummer.

»Mum … komm mit.« Sam streckte ihr die Hand hin. Sie durchquerten das Wohnzimmer, und Sam rückte den Armsessel näher ans Feuer.

»Setz dich und beweg dich nicht. Ich komme wieder.«

Felix tauchte auf, guckte besorgt, umarmte sie rasch und verschwand.

»Hier. Du brauchst das.«

Sam hatte eine Cola für sich in der Hand und einen großen Gin Tonic in der anderen. Er hatte die Zitronenscheibe angeschnitten und über den Glasrand gehängt. Eis war auch drin.

»Sammy, du bist der Beste. Wahrscheinlich der Beste, den es je gegeben hat.«

Er grinste und versteckte sich hinter der Colaflasche. Cat nahm einen großen Schluck und schloss die Augen. Für den Moment empfand sie große Zufriedenheit.

Ein Ruf von oben. Sam sprang auf. Noch ein Ruf. Aber Sam bedeutete ihr, sich wieder zu setzen.

Was nun? Was nun, was nun, was nun? Richard würde wieder gesund werden, außer es geschah etwas Ungewöhnliches. Er war fit, körperlich jung für sein Alter, und obwohl er schwer krank gewesen war, hatte er nicht auf der Schwelle des Todes gestanden. Sie machte sich keine Sorgen um ihn, nur hatte sie bisher keine Ahnung, was sie wegen seiner längerfristigen Zukunft unternehmen konnte, selbst angenommen, er würde ihr dafür ein Mitspracherecht gewähren. Das alte Haus wäre in zwei Monaten wieder frei, und er würde dorthin zurückkehren wollen. Vielleicht wollte er sogar wieder nach Frankreich und dort bleiben. Selbstsüchtig dachte Cat, das wäre das Beste für sie und den Rest der Familie, sogar für ihn – eine Zeit lang. Doch dann würden die unvermeidlichen Schwierigkeiten auftauchen, die Notfallreisen dorthin, die Probleme um den Verkauf des Hauses.

Sie war bei vielen Gesprächen mit Verwandten über die Frage dabei gewesen, was mit älteren Patienten geschehen sollte, war Zeugin emotionaler Erpressung geworden, der Bedrängnis auf der einen oder anderen Seite, während sie versucht hatte, sowohl hilfreich als auch neutral zu bleiben. Nie war es unkompliziert gewesen, nie leicht. Und nun war sie dran. Wenn Judith geblieben wäre, hätte es diese Schwierigkeiten nicht gegeben, aber sie wünschte ihr nichts davon. Judith hatte mehr als genug zu tragen. Sie waren in Kontakt geblieben, hauptsächlich per E-Mail und durch Postkarten,

Geschenke für die Kinder zu Weihnachten und an Geburtstagen, und sie empfanden nichts als Zuneigung füreinander. Richard wurde nie erwähnt. Er war nicht mehr erwähnt worden, seit Judith ihn verlassen hatte.

Im Zimmer war es still, das Feuer heruntergebrannt. Cat hatte ihren Gin Tonic ausgetrunken. Von oben konnte sie nur Felix im Bad singen hören. Wieder schloss sie die Augen und richtete ihre Gedanken auf die neue Arbeit. Sie stand kurz vor der Unterzeichnung des Vertrags mit Luke. Sie würde wieder eine Medizin praktizieren, die den Patienten in den Mittelpunkt stellte. Doch immer noch konnte sie Chris' missbilligende Stimme hören. Sie würde die Reichen behandeln, sie würde den Nationalen Gesundheitsdienst betrügen, der sie ausgebildet hatte, sie würde jene vernachlässigen, die sie am meisten brauchten, aber sich die Bezahlung nicht leisten konnten, all das und mehr. Manchmal wachte sie nachts auf, und seine Stimme war da, setzte ihr zu, stichelte, brachte sie dazu, angstvolle Zweifel zu haben. In dieser einen Sache war er unnachgiebig und unbeugsam gewesen.

Sie kam zu sich, als Sam sie rief und Kierons Auto in die Auffahrt fuhr.

Richard saß aufgestützt durch drei Kissen, hatte einen Wasserkrug und ein Glas neben sich, ein Buch, seine Brille und eine Schachtel Taschentücher in Reichweite und einen missmutigen Ausdruck. Sam hatte ihr einen Blick zugeworfen und war aus dem Schlafzimmer geschossen, als sie eintrat.

»Dad? Wie fühlst du dich? Sieht aus, als hätte Sam an alles gedacht.«

»Muss ich etwas einnehmen?«

»Ja, das Antibiotikum in einer halben Stunde. Ich werde deinen Brustkorb abhören.«

»Danke dir.« Es war das erste Mal, dass er ihr erlaubte, sich wie seine Ärztin zu verhalten, ohne sich zu beschweren oder Kritik zu üben.

»Du klingst immer noch ziemlich krächzig. Und da ist ein leichtes Pfeifen. Haben sie dir Salbutamol gegeben?«

»Ich bin kein Asthmatiker.«

»Nicht direkt, aber da ist die Enge im Brustkorb, und das wird sie auflockern. Wie gerade du wissen müsstest. Ist dir danach, etwas zu essen? Ich mache Omeletts und Gemüse, und dann gibt's einen Bratapfel.«

»Ich bringe nichts hinunter.«

»Hast du im Krankenhaus irgendwas gegessen?«

Er rümpfte die Nase.

»Ich weiß. Aber das hier wird ganz anders ein, und ich bring dir nur eine winzige Portion. Hättest du gerne Eiswasser?«

»Wenn du so lieb wärst. Ich weiß nicht, warum Sam das nicht eingefallen ist.«

Sie überhörte die Bemerkung.

Kieron drehte sich um, als sie in die Küche kam.

»Hi, Liebling – tut mir leid, ich war oben.«

»Sam hat's mir gesagt.«

»Ich hatte nicht damit gerechnet, Dad wieder hier zu haben, aber was soll man machen. Abendessen in einer halben Stunde. Bleibst du jetzt hier?«

»Ja, Gott sei Dank. Die längste, sinnloseste Sitzung aller Zeiten bei der polizeilichen Beschwerdestelle, am Ende wurden beide Beschwerden fallengelassen. Eine verdammte Zeitverschwendung. Ich dusche rasch und zieh mich um.«

Er klang müde und gereizt. Sitzungen, von denen er zu viele hatte, brachten nie die beste Seite des Chief Constable zum Vorschein.

»Warte mal kurz, Liebster … bringst du das bitte rauf zu Dad?«

Kieron zögerte. Runzelte die Stirn. Nahm dann wortlos den Krug mit Eis.

Dann war es also etwas anderes, dachte Cat. Etwas verdammt anderes.

43

Als er schließlich Bevham erreichte, sehr spät am Abend, war Serrailler verspannt, hungrig, durstig und sehnte sich nach einer heißen Dusche. Jede Verbindung hatte Verspätung gehabt, oder der Zug war ausgefallen, er hatte drei Stunden in einem überfüllten Wagen stehen müssen, und ab Glasgow hatte es keinen Speisewagen gegeben. Warum hatte er das Geld nicht vernünftig eingesetzt und war geflogen? Die Bahnfahrt hatte ihn fast genauso viel gekostet.

Er hatte vorgehabt, mit dem Taxi zum Supermarkt zu fahren, Lebensmittel zu kaufen und sich dann in seiner eigenen Wohnung fallen zu lassen, um ein paar Tage mit Wäschewaschen, Schlafen und Essen zu verbringen. Aber es war schon fast elf, die Heizung würde nicht mehr laufen, und er verspürte das plötzliche Bedürfnis, versorgt zu werden, was zwar erbärmlich war, dem er aber kampflos nachgab.

Der Taxistand war nicht besetzt, und als nach zwanzig Minuten eines kam, war der Fahrer verärgert, eine Fahrt in die entgegengesetzte Richtung seines Zuhauses annehmen zu sollen. Er sah Simon an, als wollte der ihn unterwegs überfallen und ausrauben. Zumindest seinen Gestank im Inneren des Taxis verbreiten. Erst als Serrailler ihm vor dem Einsteigen dreißig Pfund gab, war der Fahrer bereit, loszufahren. Simon versuchte, Cat anzurufen, aber sein Akku war leer. Das machte ihm keine Sorgen, er hatte einen Schlüssel zum Bauernhaus, wusste jedoch, dass er den nicht brauchen würde. Sie gingen nie früh zu Bett. Er würde sein Abendessen und Whisky bekommen, eine heiße Dusche und ein bequemes Bett.

Nachdem er zweimal geklingelt hatte, rief jemand von drinnen, bevor die Riegel zurückgezogen wurden und Sam die Tür öffnete, an der Kette.

Eine Reihe von Ausdrücken huschte über Sams Gesicht, von Überraschung über Alarm bis hin zu Freude. Doch er sagte: »Hör zu, die sind mitten bei einem Mega-Streit, und Großvater ist hier …« Simon stellte seine Taschen im Flur ab. Er hörte Stimmen von oben, die etwas lauter waren, aber nicht besonders wütend klangen.

»Ich hol dir einen Drink«, sagte Sam.

»Gibt's noch Reste? In den verdammten Zügen war nichts zu bekommen.«

Sam zögerte. »Klar.« Aber er machte keine Anstalten.

»Was ist denn los?«

Sam zuckte mit den Schultern. Er sah aus wie ein Siebenjähriger, der bei irgendwas erwischt worden war.

Oben knallte eine Tür. Einen Augenblick später hörte Simon die nörgelnde Stimme seines Vaters.

»Ich sollte besser raufgehen.«

»Vielleicht nicht.« Sam sah noch verlegener aus.

»Kannst du mir nicht wenigstens eine Andeutung geben, worum es hier geht?«

Doch Sam wurde durch das Geräusch von Schritten auf der Treppe gerettet.

»Und was zum Teufel machst *du* hier?«

Cat sah leicht erhitzt aus, das Haar wirr, weil sie mit der Hand hindurchgefahren war, etwas, das sie seit ihrer Kindheit tat, wenn sie wütend oder bestürzt war. Simons Tick war, sein in die Stirn fallendes Haar zurückzustreichen. In diesem Moment sahen sie sich beinahe ähnlich, was sonst nicht der Fall war.

»Entschuldige.« Sie trat an den Schrank und nahm eine Flasche Whisky heraus. »Du?«

Er nickte. »Wie ich mitbekommen habe, ist Dad hier.«

»Herr im Himmel.« Sie setzte sich an den Tisch. »Und ich weiß, wie er ist, und ich bin auch nicht wild darauf, ihn für absehbare Zeit hier zu haben, so, wie er sich verhält, aber er ist immer noch ziemlich krank, er könnte nicht allein in dem Haus sein, selbst wenn es nicht vermietet wäre, und das Krankenhaus hat das Bett gebraucht. Tja, natürlich brauchten sie es, nachdem sie erkannt haben, dass ich Ärztin, Krankenschwester und pflichtbewusste Tochter bin. Ignorier mich.«

»Nein. Mir ginge es genauso, und ich würde Schlimmeres sagen. Und ich schätze, Kieron ist nicht glücklich darüber?«

Cat trank ihren Whisky. »Wir hatten noch keinen einzigen Streit, erst recht keinen Krach. Nichts dergleichen. Natürlich musste es Dad sein, der den ersten ausgelöst hat, wer sonst?«

Simon trat hinter seine Schwester, umarmte sie fest, griff nach seinem Whisky.

»Ja. Andererseits, was hat er von dir erwartet – dass du ihn in ein Altersheim steckst?«

»Er findet … ach, verdammt, weißt du was? Reden wir lieber davon, warum du hier wie aus heiterem Himmel auftauchst. Was ist passiert?«

»Nichts. Wurde Zeit, nach Hause zu kommen.«

»Du kannst Hannahs Zimmer haben, wenn du über Nacht bleiben willst und nichts gegen rosa Flauschigkeit hast … nur …«

»Ich will dich nicht belasten – ich kann in meine Wohnung fahren, kein Problem.«

»Die kalt und unfreundlich ist. Mach das morgen. Ich helf dir, ich hab morgen Vormittag frei. Aber nicht jetzt, ich bin völlig fertig und sollte erst mal Dad ruhig kriegen. Schaust du bei ihm rein?«

»Vielleicht. Hör mal, das ist doch nur ein Sturm im Wasserglas, oder? Mit Kieron?«

»Was ist mit mir?«, fragte der und kam in die Küche. »Wo kommst du denn her?«

»Das ist kompliziert. Wie geht's dir?«

Kieron zögerte, blickte dann zu Cat. »Es tut mir leid.«

Sie schüttelte den Kopf.

»Nein. Ich hab mich danebenbenommen. Er ist dein Vater, natürlich muss er hier sein, zumindest für eine gewisse Zeit.«

»Ich habe es auch nicht als Dauerlösung angesehen, Kieron, das könnte ich genauso wenig ertragen wie du.« Sie streckte die Hand aus. »Aber gut, alles in Ordnung. Er macht das mit uns allen. Hat er schon immer und wird er wahrscheinlich immer tun. Ist Sam nach oben gegangen?«

Sie saßen um den Tisch, ohne zu reden, unangenehm berührt, müde und mit den Nerven am Ende.

»Bleibst du, Simon? Kannst du natürlich gerne.«

»Nur über Nacht.«

Sie tranken noch etwas. Simon machte sich ein Omelett. Cat schaute nach ihrem Vater und ging dann zu Bett.

»Er ist ein Mistkerl«, sagte Simon nach einiger Zeit. Kieron nickte. »Halt dich nicht zurück, sag über ihn, was du willst. Ich hab's schon getan.«

Aber Kieron schüttelte den Kopf. »Du glaubst, du hättest etwas über den Fall Still rausgefunden?«

»Ich glaube schon. Im Wesentlichen haben sie die Sache verpfuscht.«

»Na gut. Morgen ist alles voll. Aber lass uns am Donnerstag gleich zu Dienstbeginn darüber reden. Du musst mich überzeugen, dass ich Mittel aus dem Budget zur Verfügung stelle, um einen Fall wieder aufzurollen, und das Budget ist knapp, wie immer. Noch knapper. Diese verdammten Brände haben es strapaziert.«

»Gibt es noch immer welche?«

»Seit einer Weile nicht mehr. Was mich natürlich beunruhigt. Brandstifter hören nicht einfach auf, das weißt du, und sie fahren auch nicht auf die andere Seite des Landes, um dort anzufangen, sie mögen ihr heimatliches Pflaster. Vertrautes Gelände. Er hockt da irgendwo und plant etwas, und wie zum Teufel wollen wir ihm da voraus sein? Das können wir nicht. Es gibt kein Muster.«

»Kein Sinn dahinter.«

»Nicht für uns. Für ihn schon. Wir haben morgen Abend auch noch eine Exhumierung.«

Simon zog die Augenbrauen hoch.

»Ich weiß. Eine Exhumierung kommt selten vor, und wir hatten zwei in achtzehn Monaten. War im Übrigen ein Fall von dir. Die Frau, die in den Ställen gefunden wurde.«

»Ja. Das war allerdings eine natürliche Ursache.«

»Vielleicht nicht. Willst du mitkommen?«

»Ich bin noch nicht einsatzfähig.«

»Nein. War nur ein Gedanke. Um dich wieder in Schwung zu bringen.«

»Ich sag dir was, Chief –«

Kieron runzelte die Stirn.

»Nein, das hier ist ein Arbeitsgespräch, also Chief.«

»Okay – was willst du mir sagen?«

»Ich bin an die zwanzig Jahre bei der Polizei, und ich war noch nie bei einer Exhumierung. Wobei das angesichts der Seltenheit auf die meisten von uns zutreffen dürfte.«

»Wird also Zeit, dieses Kästchen abzuhaken, Superintendent.«

44

Mir ist nicht danach, auszugehen, Brenda.«

Brenda wich nicht von der Türschwelle. »Ich weiß. Das hast du schon am Telefon gesagt. Daher wusste ich, dass ich vorbeikommen und dich loseisen muss. Du kommst mit. Wenn dir nicht nach unserem üblichen Lokal ist, können wir woandershin gehen – die Brasserie soll sehr nett sein, und wir waren noch nie dort. Mittwochs ist es immer ruhig.«

»Tut mir leid. Mir ist …«

»Ich verstehe dich. Ehrlich. Am liebsten möchtest du deinen Kopf unter die Decke stecken und nie mehr aus dem Bett kommen, du hast das Gefühl, alle werden dich anstarren und hinter vorgehaltener Hand über dich reden, du kannst dich nicht aufraffen, dich zu waschen, umzuziehen und die Haare zurechtzumachen. Ich weiß.«

»Woher?«

Inzwischen waren sie im Wohnzimmer. Marion sah erschöpft aus, lehnte sich im Sessel zurück. Es war kalt. Und dunkel.

»Das ist kein Wunder … zu tun, was du getan hast, war mutig.«

»Töricht, hast du gesagt.«

»Das auch. Doch es hat dich ausgelaugt. Du warst vorher ein Nervenbündel, die ganze Warterei und die Anspannung, und ihn dann zu sehen … Aber bitte komm mit. Wenn nicht, muss ich nach Hause gehen und was aus der Dose essen, weil ich nichts anderes mehr habe. Ich freue mich auf unsere Abende.«

Das war natürlich die richtige Taktik. Sie hatte gewusst, dass Marions Reaktion Mitleid mit ihr sein würde. Brenda hatte zwei einwandfreie Lammkoteletts und einen Korb Gemüse in ihrer Küche, von Dose konnte keine Rede sein. Doch was sein musste, musste sein.

Marion stand auf. »Das können wir nicht zulassen«, sagte sie. »In fünf Minuten bin ich fertig.«

Sie gingen in die Brasserie an den Lanes. Dort war es ruhig, und Brenda steuerte auf einen Fenstertisch zu.

»Können wir nicht weiter hinten sitzen, Bren? Macht es dir was aus?«

»Nun ja, nein, aber vom Fenster aus können wir sehen, was los ist.«

»Um diese Abendzeit ist nichts los.«

»Leute gehen vorbei, in den Geschäften brennt Licht ... das ist ein netter Tisch.«

Marion rührte sich nicht. Hinter ihnen wartete die Kellnerin mit großen Speisekarten.

»Na gut, entscheide du, wo du sitzen möchtest.«

Der Tisch stand in der Ecke, außer Sichtweite.

»Alles in Ordnung, Marion? Ich hatte gehofft, es würde dich aufmuntern, woandershin zu kommen. Vielen Dank.«

Marion blickte hilflos auf die Speisekarte. »So viel ... das sieht so kompliziert aus.«

»Nein. Schau nicht auf die rechte Spalte, das ist Frühstück. Auch nicht auf das am unteren Rand, das ist die Kinderkarte. In Ordnung? Also, links ... im obersten Absatz stehen die Vorspeisen, dann Fisch, dann Fleisch, dann Vegetarisches ... darunter die Nachspeisen. Auf der Rückseite sind die Getränke. Daran ist nichts Kompliziertes, oder? ... Oh, Marion.« Sie streckte rasch die Hand aus. Marions Augen standen voller Tränen, ihre Miene war niedergeschlagen und ängstlich.

»Was ist los? Ich hätte dich nicht drängen sollen mitzukommen. Fühlst du dich nicht gut?«

»Ist schon in Ordnung.«

»Dir setzt dieser Gefängnisbesuch noch zu.«

Marion wische sich über die Augen. »Ich bin nur einfach schwach.«

»Nein, das ist das Letzte, was du bist. Hör mal, sollen wir ein Glas Wein trinken? Würde das helfen?«

Es half. Sie bestellten ihr Essen, und die Farbe kehrte in Marions Gesicht zurück.

»Tut mir leid«, sagte sie. »Mir geht es dreckig, wenn du es wissen willst, seit ich da hingefahren bin, um diesen Russon zu besuchen. So ging es mir noch nie, ich weiß nicht, was mit mir passiert. Mir war schon beim Aufwachen schlecht, mir war schwindlig, ich fürchte mich vor … vor Dingen.«

»Was für Dinge?«

»Dinge, die nicht furchterregend sind. Ich schlafe ein und wache mit hämmerndem Herzen auf. Dauernd denke ich, dass da jemand – irgendwas – im Haus ist. Ständig überprüfe ich die Türschlösser.« Sie hielt inne, als die Kellnerin das Essen brachte. »Werde ich verrückt? Vielleicht hat das nichts mit ihm zu tun. Vielleicht werde ich einfach nur verrückt oder dement.«

»Nein. Außerdem fängt Demenz nicht so an. Und ich glaube auch nicht, dass Verrücktwerden so anfängt.«

Marion schob ein Stück Fisch auf dem Teller herum. Wunderbarer Fisch, Seebarsch, und sie brachte keinen Bissen davon herunter, ihre Kehle schnürte sich zu, wenn sie es versuchte.

»Entschuldige.«

»Trink einfach deinen Wein und mach dir keine Sorgen. Nichts wird passieren.« Brenda aß ihre Krebs-Linguine. Sie schmeckten köstlich, und Brenda kam sich gierig vor, irgendwas vor ihrer bekümmerten Freundin herunterzuschlucken.

Sie gingen sehr bald.

»Entschuldige, entschuldige«, wiederholte Marion. »Du willst sicher nie wieder mit mir ausgehen, ich hab das alles verdorben.«

»Jetzt hör zu, hier ist der Taxistand, du quälst dich heute Abend nicht mit Bussen ab. Er kann mich zuerst rauslassen. Und keine Widerworte.«

Aber sie war zu müde und kaputt. Die Taxifahrt war kurz, und Brenda winkte ihr von ihrer Haustür zu, bis sie um die Ecke gebogen waren.

»Wie viel macht es?«

Doch Brenda hatte für sie beide bezahlt und an alles gedacht. Das war Freundschaft und Freundlichkeit, und Marion schämte sich, eine so jämmerliche Gefährtin zu sein, gutes Essen zu verschwenden – überhaupt ausgegangen zu sein. Diesen Fehler würde sie nicht noch mal machen.

Das Taxi fuhr fort, als sie die Gartentür öffnete und sah, wie ihr Haus sie aus dunklen, leeren Fenstern anstarrte. An den Häusern zu beiden Seiten und gegenüber waren die Vorhänge fest zugezogen, Fernseher flackerten hinter zwei von ihnen. Sie ging den Pfad hinauf. Es war zu still.

Jemand hatte sich an der Haustür zu schaffen gemacht. Das wusste sie. Der Schlüssel fühlte sich im Schloss merkwürdig an. Die Tür ging zu leicht auf. Für gewöhnlich musste man ein bisschen ruckeln und schieben, und Marion war wirklich die Einzige, die keine Schwierigkeiten damit hatte.

Sie drückte die Tür auf und trat zurück. Dunkle Stille. Ein Auto fuhr vorbei, und sie drehte sich halb um, dachte daran, es anzuhalten, Hilfe zu holen. Oder sie konnte nach nebenan gehen. Die Masons waren ziemlich zurückhaltend, aber durchaus nett, und sie wusste, dass John herüberkommen und alles für sie überprüfen würde.

Im Flur zögerte sie einen kurzen Moment, dann machte sie kehrt und ging rasch den Pfad wieder hinunter.

»Da ist überhaupt nichts, niemand ist hier, und um ganz ehrlich zu sein, Marion, es sieht nicht so aus, als wäre jemand drinnen gewesen.« John war sofort gekommen und vor ihr hineingegangen. »Nichts sieht unordentlich aus – natürlich weißt nur du, ob Wertgegenstände verschwunden sind. Komm und schau es dir mit mir zusammen an, überprüf alles.«

Sie folgte ihm. Nichts. Niemand war im Haus gewesen, nichts fehlte oder war auch nur verrückt worden. Abrupt setzte sie sich auf die Sofakante.

»Es tut mir so leid«, sagte sie.

»Ach, sei doch nicht albern, du hast genau das Richtige getan. Ich bin nur froh, dass ich dich beruhigen konnte. Das habe ich doch, oder?«

Das habe er, definitiv, sagte sie. Niemand war im Haus gewesen.

Doch das stimmte nicht. Am Türschloss war etwas merkwürdig gewesen. Sie hätte ihn bitten sollen, das zu überprüfen, wie dumm. Sie war dumm. Sie wagte nicht, hinzugehen und es erneut zu probieren, und sie konnte nicht rübergehen und ihn bitten, noch mal zu kommen. Lange saß sie auf dem Sofarand, immer noch im Mantel; ihr Herz schlug zu schnell, und sie wusste, dass niemand im Haus war oder gewesen war, wusste, dass sie in jede Ecke geschaut hatte, mit John Mason vor sich, und nichts Ungewöhnliches gesehen, nichts gehört, gefühlt, gerochen, gespürt hatte. Niemanden.

Sie stand auf. Zog die Vorhänge fest zu. Hängte ihren Mantel an den Haken. Schloss auf und schloss zu. Schob den Riegel vor. Überprüfte jeden Fenstergriff.

Sie ging nach oben und machte dasselbe, ohne Licht anzuschalten, wusch sich nur rasch und ging dann ins Bett, im Dunkeln, und lag voller Angst da, ihre Gedanken wie auf einer Achterbahn, die plötzlich steil hinabschoss, dann wieder hinauf, sich drehte, dass ihr übel und schwindlig wurde und das dunkle Zimmer sich drehte. Immer rundherum. Sie hielt die Augen offen, schloss sie dann, und trotzdem drehte sich das Zimmer. Immer rundherum.

Stopp.

Sie setzte sich im Bett auf, hellwach, weil sie jemanden schreien gehört hatte, doch während sie zu sich kam, erkannte sie, dass es ihre eigene Stimme gewesen war. Sie knipste die Nachttischlampe an. Alles war still. Ein Albtraum.

Doch dann vernahm sie ein Geräusch, von irgendwo unten, ein Knarren oder eine Bewegung, und sie knipste die Lampe wieder aus. Auf dem beleuchteten Reisewecker war es zehn nach drei. Zehn nach drei, wenn kein Mensch wach ist, kein beruhigendes Licht mehr brennt, selbst die Straßenlaternen gedimmt sind, um Strom zu sparen. Sie streckte die Hand nach dem Telefon aus und hörte das Geräusch erneut, lauter, was sie so erschreckte, dass sie das Telefon zu Boden stieß. Es landete vor dem Teppichrand auf dem Holzboden, mit einem Krachen, das bestimmt die Nachbarn nebenan geweckt haben musste.

Sie fröstelte, obwohl es nicht kalt war. Wieder das Geräusch. Kein Knarren, nein, ein Kratzen oder ein Rums, das nicht von der Fensterseite des Wohnzimmers unter ihr kam, sondern von einer Stelle nahe der Tür, die in den Flur führte und dann direkt die Treppe hinauf.

Sie beugte sich vor, hob das Telefon auf und sah, als sich das Display erhellte, die Liste der am häufigsten gewählten Nummern, Brendas an erster Stelle.

Es klingelte lange, bevor sich die Voicemail einschaltete, doch die Ansage wurde von Brendas Stimme unterbrochen.

»Hallo? Wer ist da? Einen Moment, ich muss das Licht einschalten.«

»Brenda, bitte …«

»Marion? Bist du das? Es ist mitten in der Nacht, was ist los? Ist alles in Ordnung?«

»Nein, da ist jemand unten, ich kann Geräusche hören, ich bin mir ganz sicher.«

»Dann ruf die Polizei an, verschwende keine Zeit mit mir.

Du wählst jetzt die Notrufnummer und rufst mich dann wieder an?«

Das Geräusch klang jetzt anders. Ein schwaches Bollern und Tappen hinten in der Küche, wobei es schwer war, das genau zu sagen. Sie versuchte zweimal, die Nummer richtig einzugeben. Ihre Finger rutschten ab, und ihr verschwamm alles vor den Augen, wenn sie aufs Display schaute. Sie atmete tief durch, um sich zu beruhigen, doch das machte sie noch ängstlicher, und als sie sprechen sollte, bekam sie zuerst kein Wort heraus. Aber die Stimme am Telefon blieb geduldig, fragte, mit welchem Dienst sie verbunden werden wollte, und als dann schließlich die Polizei in der Leitung war, konnte Marion nur noch ihren Namen und ihre Adresse angeben, bevor sie in Tränen ausbrach.

Sie saß zusammengekauert auf dem Sessel, die Arme fest um sich geschlungen, wartete, wartete, und jetzt war da überhaupt kein Geräusch mehr, alles in und um ihr Haus herum war totenstill. Das war ihr egal. Sie brauchte jemanden.

Ein Viertelstunde später waren zwei Polizistinnen eingetroffen, durch das gesamte Haus gegangen, durch den Garten und entlang der Häuser auf beiden Straßenseiten und hatten nichts zu berichten.

»Das könnte ein Fuchs oder eine Katze gewesen sein«, sagte die eine von ihnen, »die sind nachts überall in den Hintergärten, Sie würden sich wundern, und Dachse machen besonders viel Lärm. Jedenfalls ist da draußen jetzt kein Fuchs oder Dachs – wir haben noch nicht mal eine Katze gesehen –, und es gibt keinerlei Anzeichen für menschliche Aktivitäten. Bitte machen Sie sich keine Sorgen, Mrs Still, man kann nicht vorsichtig genug sein, und es war richtig, dass Sie uns angerufen haben.«

»Ich komme mir wie ein Dummkopf vor.«

»Ach, bitte tun Sie das nicht … es ist mitten in der Nacht, Sie sind hier ganz allein, und Sie haben Geräusche gehört. Natürlich waren Sie alarmiert. Sie können uns immer anrufen, wir kommen dann und überprüfen alles genau – dafür sind wir da, also zögern Sie bitte nicht.«

Sie wollten nichts Heißes zu trinken, ein Funkspruch kam, und sie mussten weiter. Der Streifenwagen fuhr die Straße hinauf, und plötzlich war das Haus wieder ruhig. Ruhig und still und leer.

»Brenda?«

»Ich wollte dich gerade anrufen – ist alles in Ordnung, Marion? War die Polizei schon da?«

Sie erzählte die Geschichte, die kaum eine war.

»Sie waren sehr gründlich. Ich kam mir so dumm vor.«

»Hörst du bitte auf, solche Sachen zu sagen? Hör mal, möchtest du, dass ich zu dir rüberkomme und bei dir bleibe? Ich könnte einfach ein Taxi nehmen, die arbeiten die ganze Nacht.«

»Nein, nein, das ist nicht nötig. Mir geht's viel besser, seit sie hier waren und nichts gefunden haben. Sie sagten, es kann ein Fuchs im Garten gewesen sein, der herumgewühlt und nach den Mülltonnen gesucht hat. Ein Stadtfuchs.«

»Es geht nicht darum, ob ich glaube, dass da jemand in deinem Haus war, es geht darum, dass ich weiß, wie dich das quält und wie beängstigend es war. Es geht um diese Lee-Russon-Sache, Marion, das weißt du, und es überrascht mich nicht. Wenn das nicht gewesen wäre, hättest du nicht lange nachgedacht. Du hättest den Schürhaken genommen und wärst selbst rausgegangen.«

Marion lachte. Das stimmte. Dieser ganze Gefängnisbesuch hatte ihre Nerven strapaziert, und wem wäre das nicht so gegangen?

»Ich muss mich zusammenreißen. Du brauchst nicht herzukommen und hierzubleiben, ich muss nur meinen Kopf klar kriegen. Aber ich danke dir, Brenda, du bist eine gute Freundin, und ich weiß, dass du es ernst gemeint hast.«

Sie hatte die Haustür verschlossen und verriegelt, nachdem die Polizistinnen gegangen waren, und sie überprüfte alles erneut. Dann ging sie wieder zu Bett und schärfte sich ein, dass sie in Sicherheit sei, nichts passiert sei oder passieren werde und sie jetzt einschlafen und erst wieder aufwachen werde, wenn es vollkommen hell war.

Erstaunlicherweise gelang ihr das, weshalb sie nicht hörte, dass der Streifenwagen zurückkam, anhielt, eine der Polizistinnen ausstieg, sich rings um das Haus, vorne und hinten, noch einmal rasch umsah, und der Wagen dann weiterfuhr.

Am Morgen ging Marion in den Garten und vergewisserte sich, dass nichts unter oder durch den Zaun oder die Seitentür hereingekommen war und es weder tierische noch menschliche Fußabdrücke gab. Und es waren keine da. Auf John Masons Zuruf erwiderte sie, es gehe ihr gut. »Ich muss mich verhört haben.«

Nur das Echo einer leisen Stimme in ihrem Kopf sagte ihr, sie habe sich nicht verhört. Überhaupt nicht.

45

Als er die Augen öffnete, erblickte er vor sich eine flauschige rosa Lichterkette über dem Bettende sowie seine Schwester, die sich mit einer dampfenden Kaffeetasse über ihn beugte. Simon setzte sich auf und stöhnte.

»Dieses Bett wurde nicht für einen Polizisten von ein Meter neunzig gemacht.«

»Kannst dich verdammt glücklich schätzen, dass du überhaupt ein Bett hattest, ganz zu schweigen von heißem Kaffee, bei dem Zustand dieses Hauses. Felix ist die Treppe runtergefallen, aber ihm fehlt nichts, er ist in der Schule, Dad beschwert sich, dass es beim Atmen wehtut, und Kieron ist schlecht gelaunt weggefahren. Komm schon, nimm ihn.«

»Danke … du brauchst mich nicht auch noch zu bedienen.«

»Ich musste dringend mit einem zurechnungsfähigen und vernünftigen Menschen reden.«

»Hör mal, ich muss heute Morgen zurück in meine Wohnung, aber warum nicht heute Abend flüchten? Ich lade dich zum Essen ein. Dann können wir richtig reden.«

»Himmel, das klingt gut. Ich muss mich bei allen abmelden, aber ja, gerne. Wie geht's dem Arm morgens?«

»Nicht schlecht. Da wartet sicher ein Termin auf mich, um den neuen anzupassen. Muss dafür nur eine Menge neuer Regeln und Verhaltensmaßnahmen lernen, dann bin ich wieder ein voll funktionierendes menschliches Wesen.«

Cat sah ihn scharf an. »Du warst nie etwas anderes. Das weißt du, oder? Ich will nicht kleinreden, was der Verlust eines Arms bedeutet, Si, du hattest ein starkes Trauma, und das hat sich zwangsläufig in jeder Hinsicht auf dich ausgewirkt, auch geistig. Und schau mich nicht so an. Aber du warst nie etwas anderes als Simon, ganz und intakt.«

»Ja, Frau Doktor.«

»Ich meine es ernst.«

Er schlug die schmale Decke zurück, die mit winzigen rosa Blümchen bedruckt war.

»Oh, und du hast dein Handy in der Küche gelassen, und es hat gesummt. Hier.«

Er ging davon aus, dass es nichts Dringendes sein konnte, weil er nicht arbeitete und es wohl kaum wichtige Nachrichten von jemandem geben konnte, bei dem er nicht schon war. Also schaltete er es nicht an. Er duschte, packte seine Sachen und trug seine Tasche nach unten, bevor er für sich und Cat Rührei und Schinken machte.

Dann schaute er auf das Display. Drei verpasste Anrufe, alle von diesem Morgen, zwischen sechs Uhr dreißig und vor einer halben Stunde. Alle von Kirsty.

Er rief nicht zurück. Einen Moment lang starrte er auf das Handy, dann steckte er es in die Tasche, als Cat hereinkam. Simon wusste, wie man etwas beiseiteschob, im Geiste eine Tür davor schloss, es in Ruhe ließ und die Tür erst öffnete, wenn man bereit war, ihm seine volle Aufmerksamkeit zu schenken und sich darum zu kümmern. Sein Leben lang hatte er Dinge in Kammern gesperrt. Darin war er Experte. So war er schon immer mit Problemen und Komplikationen umgegangen, bei seiner Arbeit und in seinem Privatleben.

»Danke, Bro. Bin dir was schuldig.«

Er schenkte ihr Kaffee ein. »Erzähl mir von diesem neuen Projekt.«

Cat schüttelte den Kopf. »Heute Abend. Ich muss mich mit einer Menge Zeug auseinandersetzen und hätte gerne ein paar nette, ruhige Stunden, um das alles zu erklären. Bei dir alles okay?« Sie kannte ihn in- und auswendig. Sie wusste, wie er mit schlechten Nachrichten umging, Themen, denen er sich nicht gleich widmen konnte, Dingen, denen er ausweichen wollte. Dann kam ein bestimmter leerer Ausdruck in sein Gesicht, und den sah sie jetzt.

»Klar. Ich muss ein paar Vorräte einkaufen. Besteht die Chance, dass du mich rüberfährst?«

»Ich muss erst nach Dad schauen. Sam schläft noch. Hat er auch drei Viertel des Tages verschlafen, als er dich besucht hat?«

Simon zuckte mit den Schultern. Sam. Sein Besuch. Die Insel. Das alles war hinter der geschlossenen Tür.

»Warte noch ein halbe Stunde. Dads Brustkorb ist noch nicht in Ordnung, aber es ist schon viel besser geworden. Er ist schwach wie ein Kätzchen und schäumt darüber, doch ich mache mir keine Sorgen. Ich bringe ihm sein Frühstück rauf. Er hat die Zeitung, das Radio, saubere Laken, ein Buch über Gehirnchirurgie mit dem Titel *Keinen Schaden anrichten*. Er wird zurechtkommen.«

»Wie lange noch, bis er nach Hause kann?«

Cat verzog das Gesicht.

»Kieron mag Dad nicht, und es gefällt ihm nicht, ihn hier zu haben, teilweise weil er ihn als Verbrecher betrachtet, der es geschafft hat, aufgrund einer Formsache davonzukommen, aber trotzdem schuldig ist.«

»Kieron hat recht.«

»Ich weiß. Doch sein Motiv dafür, Dad aus dem Haus zu bekommen, ist ziemlich schäbig.«

»Wie bitte?«

»Es könnte ein schlechtes Licht auf den Posten des Chief Constable werfen.«

»Zum Teufel noch mal!«

»Genau.«

»Catherine … wo bist du? Ich kann meine Brille nicht finden.«

Zwei Stunden später hatte sie Simon mit den Einkäufen bei seiner Wohnung abgesetzt, er hatte die Heizung angestellt und den größten Teil seiner wartenden Post, die unerbetenen Kataloge und Wurfsendungen, weggeworfen, die Waschmaschine gefüllt, am Küchenrollo herumgefummelt, das sich gelöst hatte, und ein Paar Wanderstiefel aussortiert, die ihre beste Zeit hinter sich hatten und die er dort hätte lassen sollen.

Schließlich, unfähig, noch weitere Ablenkungen zu finden, schaute er wieder auf sein Handy. Taransay war weit entfernt. Aber trotzdem nahe. Zu nahe.

Eine Textnachricht.

Iain wird vermisst. Kannst du mich anrufen? K.

Die war ihm entgangen, und eine andere Voicemail auch.

Simon stand auf und trat ans Fenster. Draußen war es grau und leicht nebelig. Das mächtige Kirchenschiff der Kathedrale ragte zu seiner Rechten auf, die Häuser im Kathedralenhof wirkten klein, eine Reihe hübscher Puppenhäuser mit gleichmäßig verteilten Bäumen dazwischen, ordentlich gemähte Rasenflächen auf beiden Seiten. Er sah nach unten. Und vor ihm war der Tresen im Pub, leer und still, und Iain neben ihm, der seinen Whisky runterkippte, das Gesicht voller Qual. Iain.

Er sollte jetzt Kirsty anrufen, herausfinden, ob sonst noch etwas passiert war, sogar ob Iain zurückgekehrt war, Besorgnis ausgelöst hatte, aber nichts Schlimmeres, nachdem er einen Spaziergang gemacht hatte, um den Kopf frei zu bekommen.

Falls er nicht zurückgekommen war, hatte er die späte Fähre genommen und war zur Polizei gegangen. Simon hatte ihm die Chance gegeben und war dann abgefahren, ohne mit jemandem zu sprechen. Iain vertraute ihm, wusste, dass er diesen Schritt tun sollte. Er hatte Sandy Murdoch getötet. Simon wusste es, aber sonst niemand auf der Welt.

Wäre Simon nicht persönlich verwickelt gewesen, hätte er Kirsty sofort zurückgerufen, hätte herausgefunden, was passiert war, und getan oder gesagt, was immer er konnte. Aber er *war* verwickelt. Er war der Ermittlungsbeamte gewesen, eingesetzt von der schottischen Polizei, und hatte weiterermittelt, auch nachdem er den Fall abgegeben hatte. Soviel er wusste, war das ein formales Vergehen, aber nichts, wofür man gehängt wurde, und außerdem, wer hatte davon gewusst? Danach jedoch, und sobald er auch nur einen Verdacht gegen Iain hatte, ganz zu schweigen davon, mit ihm gesprochen zu haben, wusste er sehr gut, er hätte nichts im Zusammenhang mit Sandy Murdoch für sich behalten dürfen. Iain eine Warnung zu geben, Informationen nicht weiterzugeben, die Insel zu verlassen, ohne etwas über die Sache zu berichten – für all das konnte er gemaßregelt, wenn nicht aus dem Polizeidienst entlassen werden. Wenigstens glaubte er das. Die schottische Polizei war eine getrennte Behörde, unabhängig von der Polizeiarbeit im Vereinigten Königreich, und Simon stand nicht unter deren Jurisdiktion, doch das war der Fall gewesen, als er in den Anfangstagen ermächtigt worden war, die Ermittlung zu übernehmen, nachdem Sandy vermisst wurde und man ihre Leiche gefunden hatte.

Er fühlte sich nicht moralisch schuldig dafür, wie er Iain behandelt hatte, und auf Formalitäten hatte Serrailler nie großen Wert gelegt.

Er konnte Kirstys Nachricht ignorieren. Nichts würde passieren, und es würde keine Rolle spielen oder irgendwelche Konsequenzen nach sich ziehen, außer womöglich ihre leicht unbehagliche Freundschaft zerstören.

Aber er war verwickelt gewesen, und er war verantwortlich dafür, Iain zum Reden gebracht zu haben. Zumindest sollte er die Sache verfolgen. Früher hätte er es sich nicht zweimal überlegt, doch ihm war bewusst, dass er sich verändert hatte – und wer wusste, ob das nur vorübergehend war?

Als sein Handy erneut klingelte, schaute er nicht darauf. Er ging zum Laufen auf den Treidelpfad, kam auf dem Rückweg an der Brasserie vorbei, trank zwei Kaffee und las eine der Zeitungen, die an langen Stöcken an der Wand hingen, wie in Paris. Er reservierte einen Tisch für das Abendessen mit Cat. Er ging shoppen, kaufte ein Paar schwarze Schuhe und einen hellblauen Kaschmirpullover. Das Herrenmodegeschäft lag nur ein paar Häuser entfernt von Laffertons Buchhandlung. Aus kürzlich gelesenen Rezensionen hatte er sich mehrere neue Titel gemerkt und wollte sie sich ansehen, und ihm gingen die Skizzenblöcke aus, die er benutzte und die der Laden immer auf Lager hatte, vermutlich speziell für ihn. Er wusste sehr gut, dass alles, was er tat, nur eine Ablenkung war, doch auch als das Handy in seiner Tasche wieder summte, zog er es nicht heraus.

Die Tür der Buchhandlung stand offen, aber es waren keine anderen Kunden da, und er ging direkt auf die Abteilung für Neuerscheinungen zu.

Dabei kam eine Frau auf ihn zu, die Bücher in die Regale eingeräumt hatte. »Kann ich Ihnen helfen, oder wollen Sie lieber selbst schauen …« Sie hielt inne. Hörte auf zu reden. Hörte auf, sich zu bewegen. Stand erstarrt da, mehrere Bücher unter dem Arm.

»Oh.«

Und er hatte es ebenfalls vergessen, war auch erstarrt, den Kopf ihr leicht zugewandt, erschrocken, wie er es selten war, stolpernd über irgendwelche Phrasen, seine Sprechmuskeln anscheinend gelähmt.

Schließlich brachte er heraus: »Rachel …«

Sie rührte sich nicht. Vielleicht hätten sie sich beide nie wieder bewegt oder gesprochen, da beide nicht wussten, was sie sagen, wie sie reagieren sollten, gefangen in einem Wirbel aus Gefühlen, Ängsten, Verwirrung. Verlegenheit. Doch zwei Kundinnen kamen zusammen herein, eine wollte ein

Buch umtauschen, die andere fragte nach der Kochbuchabteilung, also wurde Rachels Aufmerksamkeit abgelenkt.

Simon huschte rasch aus der Tür.

»Feigling«, sagte Cat. Sie hatten sich vor der Brasserie getroffen, und als Cat bemerkt hatte, wie verstört er aussah, hatte Simon ihr erzählt, warum, was er sonst niemand anderem erzählt hätte. Sie wurden zu dem Platz geführt, um den er gebeten hatte, einen ruhigen Tisch, der im dunkleren Bereich stand.

»Gibt es nichts näher am Fenster? Sogar direkt am Fenster?«

»Gibt es, Sie können Tisch fünf auf der linken Seite haben, aber dort wird es nicht so ruhig sein, und Sie hatten gebeten –«

»Ist gut, vielen Dank, viel besser.« Er schenkte der Kellnerin sein gewinnendstes Lächeln.

»Ein großes Glas Sauvignon Blanc, neuseeländischen, wenn Sie haben, und einen großen Wodka Tonic. Vielen Dank.«

Sie brachte eine Kerze unter einem kleinen gewölbten Glas, einen Krug Eiswasser und die Speisekarten und wurde mit einem erneuten Lächeln belohnt.

Cat warf ihm einen scharfen Blick zu. »Was sollte das denn?«

»Ich sitze nicht gerne dort hinten … hätte daran denken sollen.«

»Warum?«

Er schüttelte den Kopf. »Ging es besser mit Dad?«

»Nein, er war die reinste Nervensäge, aber heute Abend ist Kieron zu Hause, und mit ihm legt er sich nicht an. Er ruft immer zuerst nach Sam, nur ist Sam bei den Sportschützen, daher ist Dad sauer. Si, bitte erzähl mir nicht, du hättest vergessen, dass Rachel die Besitzerin der Buchhandlung ist.«

»Irgendwie wusste ich es schon, aber nicht, als ich vorbeigekommen bin und mir etwas eingefallen ist, das ich haben wollte. Ich bin einfach reingegangen. Spielt keine Rolle.«

»Doch.«

»Vergiss es.«

»Si ...«

»Hör mal, das ist nicht wichtig. Ich muss dich um etwas bitten. Und damit meine ich, dich allein.«

»Verstanden. Warte kurz.«

Ihre Getränke kamen, die Gläser gekühlt. Die Kellnerin schaute nur Simon an, als sie die Spezialitäten des Tages aufzählte.

»Vielen Dank. Wir haben es nicht eilig.«

»Das macht mich so wütend!«, sagte Cat. »Als wäre ich unsichtbar. Ich wünschte, du würdest nicht mit jeder verdammten Frau in Sichtweite flirten.«

»Hab ich nicht.«

»Natürlich hast du, das machst du immer. Gut ...« Sie hob ihr Glas. »Jetzt. Du wolltest mich um etwas bitten.«

»Erzähl mir von deiner neuen Arbeit.«

Cat stellte das Weinglas ab und griff nach Simons Hand. »Si – hör auf damit. Hör auf, das Thema zu wechseln, hör auf, abzuschweifen. Ja, wir werden irgendwann über meine Arbeit reden, aber das hat Zeit. Viel wichtiger ist, dass *du* genau jetzt mit *mir* reden wirst.«

Er wollte gerade eine Olive in den Mund stecken, legte sie aber auf den Teller zurück und starrte Cat an. Sie entnahm seinem Gesichtsausdruck, so viel sie konnte, sah Verstörung, sogar Wut, aber auch, und das hatte sie noch nie zuvor an ihm gesehen, eine Art Verzweiflung. Ein Aufgeben.

»Trink was. Atme tief durch und erzähl es mir.«

Er trank. Er schaute aus dem Fenster. Leute gingen vorbei. Das Schaufenster des Juwelierladens auf der anderen Straßenseite glitzerte und schimmerte im Licht der altmodischen Laterne.

»Wo soll ich anfangen?«

»Irgendwo. Egal.«

»Da sind Dinge, mit denen ich mich nicht aufhalten muss – Sachen, die auf Taransay passiert sind, Polizeiangelegenheiten.«

»In Ordnung. Ich glaube nicht, dass es Polizeiangelegenheiten sind, die dich belasten.«

»Nein.«

»Rachel?«

Er schüttelte den Kopf. »Das hat mich nur kalt erwischt, mehr nicht. Wenn ich gewusst hätte, dass ich sie sehen würde, hätte ich damit umgehen können.«

»Wirklich?«

»Ich glaube schon.«

»Zwischen euch ist nichts richtig geklärt worden, oder? Du bist abgehauen.«

Seine Miene verfinsterte sich.

»Ja, bist du. Komm schon.«

Er trank aus und bestellte ein Glas Wein.

»Hör zu, vergiss Rachel für den Moment. Ich glaube, das ist ein Randproblem. Es kam nur zu allem anderen dazu. Aber kann ich als Ärztin mit dir reden? Ist es nicht das, worum es geht?«

Er schwieg, schaute auf den Tisch. Ihre frischen Getränke kamen, zusammen mit dem Essen. Er schaute Cat immer noch nicht an.

»Ich verstehe das als ein Ja. Du hast dich nicht mit dem auseinandergesetzt, was mit dir passiert ist. Du hattest einen schweren Unfall, ein Trauma, eine schreckliche Zeit im Krankenhaus und hast immerhin einen Arm verloren. Du musstest mit einer vorläufigen Prothese fertigwerden und wirst jetzt lernen, mit einer dauerhaften umzugehen. Du bist nach Taransay abgehauen und wurdest in Ermittlungen verwickelt, bevor du wieder auf dem Damm warst – nein, das ist keine Kritik, das bist du, und so würdest du immer handeln. Das alles kommt jedoch zum anfänglichen Stress hinzu. Und jetzt bist du zurück, erledigst irgendwelche Arbeiten für Kieron, bist aber noch nicht richtig einsatzfähig, dann ist da die ganze Sache mit Dad … dein Leben besteht aus einer Menge Unerledigtem, Si. Nicht alles kann hübsch verknotet und abgeknipst werden, also geht es darum, wie du das alles auseinanderklaubst und damit fertigwirst. Und es ist nach einer grauenvollen Rückreise auf dich eingestürmt. Rachel wiederzusehen war auch nicht hilfreich. Du leidest unter einer posttraumatischen Belastungsstörung, und warum wundert mich das nicht? Du hast keine Schuld daran, nicht im Geringsten, und das weißt du ganz genau, aber du musst dich darum kümmern, denn wenn du es nicht tust, kommt es wieder, um dich zu beißen, und wird noch schlimmer. Hör auf mich. Ich weiß, wovon ich rede.«

»Ich höre dir zu … aber ich hatte über die Jahre viele unerfreuliche Erlebnisse … einige geringfügig, ein paar schlimmer – das geht den meisten Polizisten so. Du lernst damit umzugehen. Als ich anfing, gab es keine Hilfe, niemanden, mit dem man reden konnte, falls man so was brauchte – jetzt gibt es mehr. Doch ich bin immer damit fertiggeworden. Ich habe es immer alleine durchgestanden, und das wird auch diesmal nicht anders sein.«

»Hart im Nehmen, klar.«

Cat atmete langsam. Sie wusste, wie schnell sie über Simons Verhalten wütend und frustriert wurde, wie ihn das tiefer in seine Abschottung treiben würde. Sie griff nach dem Steakmesser und schnitt vorsichtig das Filet an, den Blick auf den Teller gerichtet statt auf Simon. Auf seinem lag eine Rindfleischpastete, der Teig goldgelb und mit einem kleinen Loch, aus dem wohlriechender Dampf stieg, wie auf einer alten Bistro-Werbung. Er rührte die Pastete nicht an.

»Das hat nichts mit Undankbarkeit zu tun, weißt du? Ich

brauche nur keine Gesprächstherapie. Ich kann damit umgehen. Ich mach es auf meine Art.«

»Und hast du das Gefühl, dass deine Art funktioniert?«

»Ja. Vielmehr, sie wird.«

»Derselbe alte Simon. Immer so selbstgewiss.«

»Red nicht so mit mir.«

»Was, wie eine Ärztin mit einem Patienten, der sich weigert, den Rat anzunehmen, das zu tun, was ihm am besten helfen wird, sich wieder besser zu fühlen?«

Simon stach auf seine Pastete ein, schnitt ein Stück davon ab und schob es beiseite.

»In Ermangelung einer Wachspuppe«, sagte Cat.

Sie aßen eine Weile schweigend; Simon weigerte sich, ihrem Blick zu begegnen, Cat versuchte, ihre verwirrten Gefühle unter Kontrolle zu bringen. Wie viel einfacher, wenn ihr Bruder tatsächlich nur ein Patient wäre, für den sie Besorgnis empfand statt starker Gefühle.

»Ich verstehe, dass es dir schwerer fällt, weil ich es bin«, sagte sie schließlich. »Wenn du dir deine Prothese anpassen lässt, haben die vielleicht jemanden, den sie dir empfehlen können.«

»Ich brauche keine Empfehlung. Können wir über etwas anderes reden? Kieron vielleicht.«

Sie seufzte. Aß weiter. Trank weiter. Gab nach. »Was ist mit ihm?«

»Geht es euch beiden gut? War ein bisschen gereizte Stimmung, als ich auftauchte.«

»Oh, das war nichts, nur ein Knatsch. Wie schon gesagt – Dad macht die Sache nicht leichter. Ich glaube, Kieron befürchtet, ich könnte verkünden, dass Dad dauerhaft bei uns lebt.«

»Und wird er das?«

»Nein, verdammt noch mal. So viel bin ich ihm nicht schuldig. Nein, alles ist in Ordnung, uns geht's gut.«

»Du wünschst dir nicht, ihn nicht geheiratet zu haben?«

»Guter Gott, nein. Wie kommst du denn darauf? Jedes verheiratete Paar hat mal Knatsch, du erinnerst dich, wie Chris und ich manchmal aufeinander losgegangen sind – viel schlimmer. Und er kann gut mit Sam, und Felix mit seinem sonnigen Gemüt kommt mit allem zurecht, ganz egal womit oder mit wem. Dieses Steak ist hervorragend.«

»Noch was … siehst du Rachel oft?«

»Nein. Sie arbeitet nicht voll im Laden, sie hat zwei Angestellte, und ich gehe nicht oft hin. Ich bin ihr vor ein paar Wochen zufällig begegnet – wir haben einen raschen Kaffee getrunken und uns versprochen, dass es nächstes Mal ein Lunch sein würde, doch es gab kein nächstes Mal.«

Sie würde ihm keine Fragen dazu stellen. Ob er nach wie vor Gefühle für Rachel hegte oder nicht, würde er seiner Schwester nicht erzählen. Das tat er nie. Über die Jahre war sie zur Expertin im Erraten geworden, aber diesmal bezweifelte sie, dass er überhaupt wusste, was er für Rachel empfand, wegen allem anderen, was ihn überrollt hatte, und weil Simon mit solchen Dingen umging, indem er sie ignorierte. Das, oder er vergrub sie in einem dunklen Loch, das einen Teil seines inneren Selbst bildete.

»Dein Handy summt ständig.«

»Ich weiß. Wird nicht wichtig sein, ich arbeite ja nicht – zumindest, bis ich mich morgen mit dem Chief treffe.«

»Arbeit ist nicht das Einzige im Leben. Die Nachricht könnte alles Mögliche sein.«

»Nein«, sagte Simon. »Könnte sie nicht.«

»Was meinst du damit?«

Aber er schüttelte nur den Kopf und aß weiter.

Eine halbe Stunde später hatte er Cat ins Taxi gesetzt und bog in die mittelalterliche Straße ein, die zum Kathedralenhof führte. Zu beiden Seiten erhoben sich Mauern, und die

Straßenlaternen verströmten ein buttriges Licht über die Steine. Er blieb stehen. Wieder vibrierte das Handy in seinem Jackett, und plötzlich kam es ihm feige vor, so lange einer wie auch immer lautenden Nachricht auszuweichen, die Kirsty für ihn hatte. Mit Cat zu reden, hatte seinen Kopf frei gemacht. Wie üblich.

Er zog das Handy heraus.

Bisher kein Glück, dich zu erreichen. Hast du meine Nachrichten bekommen? Kein Anzeichen von Iain. Polizei hier, aber zu stürmisch, daher große Suche unmöglich. Rufst du mich an? K.

Mist. Langsam ging er mit dem Telefon in der Hand die Straße entlang, doch er war nicht hier, nicht in Lafferton, nicht neben der Kathedrale. Er war auf der Insel, im Pub, sah Iains graues Gesicht und die angstvollen Augen, überlegte, was er machen sollte. Er hatte es sich überlegt, hatte ihm die Chance gegeben, sich zu stellen. Stattdessen …

Stattdessen was?

Mist.

Und nun würde er wahrscheinlich eine Nachricht hinterlassen oder eine Textnachricht schicken müssen, und alles würde seinen Lauf nehmen. Verbindungen mit Taransay waren selbst bei bestem Wetter unberechenbar.

»Hallo?« Douglas, laut und klar.

»Simon hier. Ich war unterwegs, habe gerade Kirstys Nachrichten über Iain bekommen. Ist sie da?«

»Sie ist oben bei Robbie, er kann nicht so gut schlafen.«

»Sie hat mir Nachrichten wegen Iain geschickt. Gibt es was Neues?«

»Nein. Ich weiß nicht viel davon, nur, dass er seit einer Weile nicht gesehen wurde.«

»Kann mich einer von euch anrufen, wenn es da irgendwelche Entwicklungen gibt? Mein Telefon ist jetzt wieder an.«

»Aye.«

»Danke, Douglas. Geht's euch gut?«

»Uns geht's gut.«

Douglas war ein Mann weniger Worte. Er legte auf.

Normalerweise konnte Simon gut schlafen, doch in dieser Nacht war es anders. Er blieb bis spät auf, ging die Kimberley-Still-Akte erneut durch, schrieb sich Dinge auf, die von der ursprünglichen Ermittlung hätten abgedeckt werden müssen, was jedoch offensichtlich nicht geschehen war, versuchte, einen sorgfältigeren, detaillierteren Zeitablauf zu erstellen. Je länger er damit zubrachte, desto mehr kleine, aber entscheidende Versäumnisse fielen ihm auf. Falls nicht Berichte fehlten, was durchaus vorkam, hatte man Dinge verabsäumt, durch die man wesentliche Informationen hätte erhalten können. Vor allem war Zeit verstrichen, als Männer dafür eingesetzt wurden, hinter der seiner Meinung nach falschen Spur des SIO herzujagen, und andere Ermittlungsstränge hatte man nicht weiterverfolgt.

Simon wusste, dass die Polizei von Lafferton damals eine schlimme Zeit durchgemacht hatte, mit schlechter Organisation, persönlichen Rachefeldzügen und einem schwachen Chief Constable, der vorzeitig in Pension gegangen war. Erst seine Nachfolgerin, Paula Devenish, hatte mit energischer Hand und Entschlossenheit alles wieder in Ordnung gebracht, doch es hatte einige Zeit gedauert, die umfangreichen Auswirkungen zu beseitigen.

Er arbeitete bis halb eins, und die ganze Zeit war auch Iain in seinen Gedanken, beinahe hier im Raum präsent. Er wusste, falls und wenn Iain auftauchte, würde Kirsty ihm Bescheid geben, fürchtete sich jedoch vor dem Anruf. Falls Iain aufs Festland gefahren war und sich der Polizei gestellt hatte, würde sich die Nachricht inzwischen längst herumgesprochen haben. Simon bezweifelte, dass Iain das getan hatte. Höchstwahrscheinlich hatte er einen Zug in irgendeine Gegend genommen, die nichts mit seinem gegenwärtigen Leben zu tun hatte – hatte alte Freunde aufgesucht oder war in einer Großstadt untergetaucht, vermutlich Glasgow. Und dort würde man ihn schließlich finden. Doch wie lange mochte das dauern? Iain war ein merkwürdiger, verschlossener und jetzt sehr aufgewühlter Mann. Simon war unfähig, ihn oder sein Verschwinden in eine gedankliche Kammer zu stecken und sie zu verschließen, wie er es für gewöhnlich mit Angelegenheiten tat, um die er sich nicht sofort kümmern wollte oder konnte.

Er ging zu Bett und schlief unruhig, hörte die Kathedralenuhr die Stunden schlagen – drei, fünf … sackte dann in Tiefschlaf und wachte erst vom beharrlichen Piepen seines Handys auf dem Nachttisch auf.

Kirstys Nummer.

»Er wurde gefunden. Drüben in Kenneth Mackies altem Stall.«

Simons Magen fiel durch einen tiefen Schacht hinunter und schlug am Boden auf, als sie sagte: »Er hat sich erhängt, Simon. Niemand kann einen klaren Gedanken fassen. Niemand kann es begreifen.«

Aber er begriff. Er machte Kaffee, stand am Fenster und schaute hinunter auf den Hof, noch leer, zu früh für Leute, die hindurchgingen oder zur Arbeit in den Büros auf beiden Seiten kamen.

Als er entschieden hatte, Iain Zeit zum Nachdenken zu geben und ihn nicht zu verhaften und sofort der schottischen Polizei zu übergeben, hatte Simon gewusst, dass er Iain praktisch einen Fluchtweg öffnete. Er hätte die nächste Fähre nehmen und verschwinden können. Er hätte sich stellen können, aber warum, ernsthaft, warum hätte er das tun sollen, wenn er andere und von seinem Standpunkt aus bessere Möglichkeiten hatte? Den dritten Weg hatte Simon im Hinterkopf gehabt. Hatte er erwartet, dass Iain ihn einschlagen würde? Einen Moment lang schloss er die Augen. Er konnte seine eigene Frage nicht beantworten.

Und jetzt war das Resultat, dass Iain tot war und niemand je erfahren würde, wer Sandy Murdoch umgebracht hatte, es sei denn, Iain hatte irgendwo ein schriftliches Geständnis hinterlassen, hatte es jemand anderem erzählt – was unwahrscheinlich war – oder Simon gestand ihr Gespräch. Moralisch gesehen, müsste er das tun? Rechtlich? Formal, als Polizeibeamter, sollte er es vermutlich. Aber wozu sollte das gut sein? Es würde weder Sandy noch Iain zurückbringen, und wie sollte die Kenntnis Iains Frau helfen oder möglicherweise auftauchenden Verwandten von Sandy?

Natürlich würde er nichts sagen. Er würde die Information in sich vergraben, wie er vieles andere, das schmerzlich oder unbequem war, in sich vergraben hatte. Sein Gewissen würde es nicht belasten. Falls jemand durch das Ergebnis zu Schaden gekommen wäre, falls der Gerechtigkeit Genüge getan und Sandys Mord gerächt worden wäre, hätte er nicht gezögert. Er wäre im ersten Flugzeug nach Schottland gewesen.

Da war nur Kirsty. Sie wusste nichts Genaues, er hatte ihr nichts erzählt. Aber sie war es, die ihm verraten hatte, dass Iain in der Armee gewesen war, und von dort hatte alles seinen Gang genommen.

Kirsty.

Falls sie anrief, würde er sich anhören, was sie zu sagen hatte, doch wenn sie es nicht tat, würde er es dabei belassen, und er schätzte, sie stellte sich dieselbe Frage, die er sich gestellt hatte – wem sollte es nützen, die Sache ans Tageslicht zu bringen?

46

Sturmwarnungen waren ausgegeben worden, mit möglichen Böen bis zu 80 Meilen pro Stunde. Marion Still hatte Türen und Fenster fest verschlossen und zusätzlich verriegelt, doch als sie gerade nach oben gehen wollte, fielen ihr die Mülleimer und die Gartenbank ein. Die Mülleimer waren im Seitendurchgang untergebracht, zu dem es ein Tor gab, gemeinsam genutzt mit den Nachbarn, deren Hund es aufdrücken konnte.

Sie seufzte, stellte ihren Teebecher ab, legte das Buch beiseite und ging nachsehen. Das Seitentor war so fest verschlossen, dass die Mülleimer nicht weggeweht werden konnten, selbst wenn der Wind durch die Latten blies. Aber die Bank war nicht besonders stabil gebaut. Marion hatte das Außenlicht angeschaltet, aber die Birne war kaputt. Also ging sie wieder hinein, um die Taschenlampe zu holen. Die Bank stand ein Stück von der Hauswand entfernt neben dem Blumenbeet. Marion betrachtete sie und überlegte, ob sie vielleicht etwas draufstellen sollte, und wenn ja, was, als sie ein leises Geräusch hinter sich vernahm. Der Wind hatte noch nicht seine volle Stärke erreicht, aber die Bäume bogen sich schon, und irgendwo weiter hinten an der Straße hörte sie ein Tor zuknallen. Sie stand ganz still, den Strahl der Taschenlampe auf die Bank gerichtet. Nichts. Sie wartete noch ein wenig, schüttelte sich dann und schaute sich nach etwas um, das sie zum Beschweren auf die Bank stellen konnte. Da stand ein Topf neben der Küchentür. Vielleicht den.

Das Geräusch, das sie dann hörte, klang, als räusperte sich jemand. Oder hustete. Oder …

Sie hastete zur Hintertür, schob sie auf und knallte sie hinter sich zu. Sie lehnte sich dagegen, verschloss sie und schob den Riegel vor.

Sie wusste, dass es nichts mit dem Wind zu tun hatte, dem Regen, Füchsen, Dachsen, Katzen … es war ein menschliches Geräusch gewesen, wobei ihr auch klar war, dass es ihr schwerfallen würde, jemanden davon zu überzeugen.

»Polizei, wie kann ich Ihnen helfen?«

»Sie sind wieder da draußen.«

»Können Sie mir bitte Name und Adresse nennen?«

Es sei viel los, sagte man ihr, es habe zwei größere Verkehrsunfälle gegeben, und der Sturm verursache Probleme im gesamten Umkreis, man werde zu ihr kommen, sobald es ginge.

Ihr Tee war natürlich kalt geworden. Sie ging in die Küche. Die Vorhänge waren zugezogen, und die Hintertür hatte Milchglas, also schaltete sie den Kessel an und wartete, und es waren keine Geräusche zu hören. Keine Geräusche.

Ihre Hände waren steif, obwohl es nicht kalt war. Den Kessel anzuheben, Wasser über den Teebeutel zu gießen und dann das Licht auszuschalten fiel ihr schwer. Sie ging zurück ins Wohnzimmer, um zu warten. Nach einer Weile hörte sie, wie der Wind vor dem Haus auffrischte. Ein Windstoß, dann Stille. Ein stärkerer Windstoß. Doch dann nichts. Stille ringsum, vorne und hinten.

Sie sollte erneut anrufen und Bescheid sagen, dass niemand kommen müsse, denn wenn die Polizei auftauchte, würde sie sich nicht nur dumm vorkommen, sie könnten ihr auch Zeitverschwendung vorwerfen. Oder sich weigern, noch einmal zu ihr zu kommen. Vielleicht würde man sie mit einer Geldstrafe belegen. War das möglich?

Beim Klingeln des Telefons fuhr sie zusammen und verschüttete ihren Tee. Zuerst hob sie nicht ab, befürchtete, es wäre die Polizei, die sie ins Kreuzverhör nehmen wollte, aber dann, es könnte ja Brenda sein, die immer mitfühlend war.

Im Hörer war nur Stille. Sie nannte ihre Nummer. Wartete. Nannte ihren Namen.

Ein schwaches Geräusch, wie der Wind.

Sie beendete den Anruf rasch.

Weitere vierzig Minuten vergingen, bis sie kamen, diesmal zwei junge Männer, unverbrauchte Gesichter, einer mit Bart, warmherzig, freundlich. »Also, Mrs Still, Sie sagten, Sie hätten Geräusche gehört?«

Dasselbe Vorgehen, schneller diesmal, nach hinten raus, Schwenken der Taschenlampen, einer zertrampelt das Blumenbeet, der andere beleuchtet die Zäune auf beiden Seiten.

»Ist da jemand?«

»Zeig dich, wenn du da draußen bist, komm schon …«

»Katzen, Mrs Still.«

»Oder Füchse.«

»Könnte sein, könnte sein. Keine Spur von ihnen, aber das sind gerissene kleine Viecher. Bin mir allerdings ziemlich sicher, dass es keine Menschen sind.«

»Ich habe so was wie Husten gehört.«

»Ein Husten.«

»Als würde sich jemand räuspern.«

»Könnte das ein Nachbar gewesen sein, der den Müll rausbringt oder schnell eine Zigarette raucht?«

»Nein.«

»Also, jetzt ist da aber niemand zu sehen. Was ist hinter dem Zaun, Mrs S.?«

»Ein bisschen Gestrüpp, ein Weg zu den Garagen. Dann die Rückseiten der Häuser an der Albemarle Road.«

Er sah zu seinem Kollegen und zuckte mit den Schultern. »Rasch über den Zaun und fort?«

»Falls da überhaupt jemand war.«

»Wir fahren zur Albemarle und sehen uns um, schauen, ob's da irgendwelche Anzeichen gibt. Aber ehrlich gesagt, Mrs S …«

»Mein Name ist Still.«

»Ich glaube, diese Geräusche, die Sie meinen gehört zu haben, stammen von Tieren, nicht von Menschen. Wenn ich Sie wäre, würde ich zu Bett gehen. Wir sorgen dafür, dass alles verschlossen ist, und dann sollten Sie sich keine Sorgen mehr machen. Doch wenn Sie noch mal etwas hören …«

»Ich weiß, ich kann jederzeit wieder anrufen.«

»Genau.«

»Vielen Dank, Sie waren sehr freundlich.«

Sie tat, was sie ihr geraten hatten, ging direkt zu Bett, ohne sich ein drittes Mal Tee zu machen. Sie fühlte sich schlaff wie ein Putzlappen, war aber durch das, was die Polizisten gesagt oder getan hatten, so beruhigt, dass sie sich nur fünf Minuten auf die neueste Ausgabe von *Good Housekeeping* konzentrieren konnte, bevor sie zu müde wurde und das Licht ausknipste. Selbst die stärksten Sturmböen konnten ihren Schlaf nicht stören.

47

Moon hatte Urlaub, und an den Telefonen ging es hektisch zu. Russon wartete fünfundzwanzig Minuten. Männer kehrten der Schlange den Rücken zu, änderten aus Angst, von denen hinter sich belauscht zu werden, mehrfach ihre Haltung, und er hatte herausgefunden, wenn der Nächste zu nahe stand, konnte man tatsächlich etwas hören, genug jedenfalls. In den meisten Gesprächen ging es um Familiäres, da lohnte sich das Zuhören nicht, aber er hatte Wichtigeres zu sagen. Er musste vorsichtig sein. Doch er war es gewohnt, vorsichtig zu sein.

An diesem Samstagabend herrschte eine merkwürdig gute Stimmung. So was kam vor, genau wie sich schlechte Stimmungen wie Giftgas ausbreiteten und jeder eine Ladung davon abbekam, knurrte und schubste, und dann ging es los. Jetzt würde nichts passieren. Als hätte jeder ein paar Pints mit einem Kurzen dazu bekommen. Keine schlechte Idee.

»Du bist dran, Kumpel.«

»Danke.«

Dave brauchte zu lange, um dranzugehen, obwohl sie eine feste Zeit vereinbart hatten. Leute hinter einem wurden unruhig, wenn man am Hörer hing, ohne was zu sagen.

»Was soll das Gemurkse, Dave?«

»Tut mir leid, wurde aufgehalten.«

»Ja, ja. Wie läuft's?«

»Ganz gut. Donna hat's wieder im Rücken, sie wird –«

»Lass den Scheiß. Wie's *läuft*.«

»Wollte dich nur aufziehen.«

»Lass es.«

»Okay, okay. Hör zu, ich kann da nicht wieder hinfahren. Wenigstens für ’ne Weile. Sie hat schon zweimal die Polizei gerufen.«

»Haben die dich gesehen?«

»Bin abgehauen, hab aus dem Van zugeschaut. Sie sind nach drinnen gegangen, haben mit ihr geredet, kamen wieder raus, haben ein bisschen herumgestöbert, mit den Taschenlampen gefuchtelt. Keine Chance, mich zu sehen. Weiß auch nicht, wofür die bezahlt werden.«

»Und warum kannst du dann nicht wieder hinfahren?«

»Weil sie beim nächsten Mal vielleicht ein bisschen gründlicher sind.«

»Du machst Witze.«

»Du schleichst ja nicht im Dunkeln in ihrem Hintergarten herum.«

»Nur zu wahr. Ich bin hier drinnen.«

»Entschuldige, Lee, ich denk mir nur, dass es besser ist, es ein oder zwei Wochen zu lassen.«

»Eine Woche.«

»Donna ruft nach mir, ich mach lieber Schluss.«

»Kümmer dich nicht um Donna. Du hast gehört, was ich gesagt habe.«

»Hab ich, und ich weiß, was du als Nächstes sagen wirst – du drehst mir den Geldhahn zu.«

»Da liegst du richtig.«

Dave seufzte. »Okay, ich muss nur vorsichtig sein.«

»Ich dachte, das wärst du schon.«

»Muss Schluss machen. Bei dir alles so weit in Ordnung?«

»Tausend Dank, Dave. Mir geht’s bestens. Ruf dich nächste Woche wieder an.«

Als er von den Telefonen wegging, überlegte er, wie es sein konnte, einen solchen Waschlappen zum Bruder zu haben. Dave war schwach. Wenn Lewis es übernommen hätte, wäre es was ganz anderes, aber Lewis hatte ein Dach abgedeckt und sich das Bein gebrochen. Alles, was ihm blieb, war Dave.

Er ging ins Fernsehzimmer, um zu schauen, was lief, aber es gab nur einen blöden Film. Beide Pooltische waren belegt, und es hatte sich eine Schlange gebildet. Beim Rausgehen trat er gegen die Tür, was ihm jedoch nicht mehr einbrachte als einen schmerzenden Fuß.

Zu Hause ließ Dave das Wasser kochen und überlegte, wie er seinem Bruder beibringen sollte, dass er nicht mehr im Garten der alten Mrs Still herumhängen wollte, Bezahlung hin oder her. Es war ja nicht so, dass Lee ihm ganze Hände voll Scheinen dafür gab. Das war ein blödes Spiel, und in einer dieser Nächte würde er erwischt werden, die Bullen würden nicht viel zu tun haben und beschließen, eine gründlichere Suche zu veranstalten, oder sie würde rauskommen, ihn sehen, einen Herzanfall haben und auf der Stelle tot umfallen, und was sollte er dann tun? Lee sagte, es ginge nur darum, sie ein bisschen aufzuregen, doch wie sollte sie das davon abhalten, nicht mehr mit der Zeitung über Kimberley zu reden? Das war es also nicht. Als er ein bisschen drängte, hatte sein Bruder gesagt, wenn er es noch ein paarmal machte, würde sie vielleicht ausziehen, womöglich zu ihrer Schwester oder sonst wohin. Warum wollte er das? Damit wollte er nicht rausrücken.

Der Kessel hatte sich ausgeschaltet.

Nein, er hatte seinen Entschluss gefasst. Er würde es nicht mehr machen. Es war dämlich, und er würde frieren, und Donna fragte, warum er um diese Nachtzeit wegfuhr. Er goss den Tee auf.

Er würde schreiben, ihm nur mitteilen, es sei aus, und er solle das Geld vergessen, er brauche es nicht – was nicht stimmte. Er hatte nie gefragt, woher Lee es hatte, obwohl es nicht sauber sein konnte, Lee hatte schon immer alle möglichen windigen Sachen gemacht, seit er zwölf Jahre alt war. Er wickelte sie natürlich nicht selbst ab, jetzt, wo er im Knast saß. Jemand, Dave wusste nicht, wer, erledigte das alles für ihn. Wahrscheinlich war irgendwo ein ganzer Haufen versteckt. Genug, um seinem Bruder viel mehr dafür zu zahlen, nachts in den Gärten alter Damen herumzulungern.

48

»Morgen, Simon. Komm rein. Katie, keine Anrufe, außer es ist wirklich dringend.«

Wer annahm, der Chief Constable hätte ein riesiges Büro mit Mahagonimöbeln, dicken Teppichen und einer eigenen Espressomaschine, hätte diesen zweckmäßigen Raum mit furniertem Büroschreibtisch, Metallpapierkorb, Computer in Standardausführung und ohne Kaffeemaschine nicht erkannt. Die Fenster gingen auf den Revierparkplatz und die Seitenstraße hinaus.

»Gibt es was Neues über den Arm?«

»Erst in zwei Wochen. Gut, ich habe alle Akten zum Fall Still hier hochgeladen, zusammen mit meinen Notizen. Ich fürchte, es gibt eine ganze Menge zu untersuchen, aber letztlich läuft es auf schludrige Polizeiarbeit hinaus, nicht genug Aufmerksamkeit für die routinemäßigen Einzelheiten, nicht genug Weiterverfolgung, wo es dringend angebracht war … und meiner Meinung nach hat sich der SIO zu sehr auf ein Gebiet konzentriert und die parallel laufenden Ermittlungen schleifen lassen, die hätten stattfinden müssen – zumindest in seinem Kopf, wenn schon nirgendwo sonst.«

»Ich habe die Zusammenfassung gelesen, hatte aber keine Zeit, mich näher damit zu befassen, also geh du es mit mir durch.« Kieron lehnte sich auf dem schwarzen Lederarmstuhl zurück – dem einzigen nicht standardisierten Gegenstand im Raum. »Katie wird uns gleich Kaffee bringen.«

»Gut. Kimberley Still, fünfundzwanzig Jahre alt. Wohnhaft in der Mountfield Avenue, Lafferton, bei ihrer Mutter, Mrs Marion Still. Vater vor etwa zwölf Jahren verstorben, ein verheirateter Bruder, der zur Zeit ihres Verschwindens in Kanada arbeitete und jetzt in Newcastle ist. Kimberley hatte einen festen Freund, der wohl in Kürze ihr Verlobter geworden wäre – zumindest behauptet er das, und Kimberley hatte mit ihren Freundinnen darüber gesprochen, daher gibt es keinen Grund, das anzuzweifeln. Er war für vier Tage aus Lafferton fort, als sie verschwand, auf einem Lehrgang in Basingstoke. Alles bestätigt. Kimberley arbeitete seit dreieinhalb Jahren bei SK Bearings. Galt als hervorragende Arbeitskraft, eifrig, nie zu spät, selten krank, keine, die herumtrödelte. Sie hielten viel von ihr. Am Mittwoch, dem 3. Juni, stempelte sie sich wie gewöhnlich um acht Uhr dreißig ein. Sie erwähnte, in die Stadt gehen zu wollen, um ein Paar Schuhe umzutauschen, die sie in der falschen Größe gekauft hatte, und sie sagte auch, sie habe nichts für die Mittagspause mitgebracht und werde dafür in die Stadt gehen. Im Sommer nahm sie oft ein Lunchpaket mit und aß es im Park an der Adelaide Road, entweder mit ihren Kolleginnen oder allein. Sie stempelte sich um Viertel nach eins aus – sie hatte eine Mittagspause von eineinviertel Stunden. Sie war die Erste, die an diesem Tag Pause machte, und ihre Kollegin Louise Woods sagte aus, Kimberley habe ihre Schuhe nicht mitgenommen – sie waren noch in ihrem Spind, als er durchsucht wurde, in der Schachtel und Tragetasche, einschließlich Quittung. Also hat sie die Schuhe vielleicht vergessen, aber wahrscheinlich eher beschlossen, doch nicht in die Stadt zu gehen. Es war ein schöner, warmer, sonniger Tag, vielleicht wollte sie ihn nicht in Geschäften vergeuden. Aber nachdem sie ihren Arbeitsplatz verließ, allein, hat niemand sie mehr gesehen. Sie kam weder nach der Mittagspause noch später zurück, was ihr überhaupt nicht ähnlich sah, hat auch nicht dort angerufen oder einer ihrer Kolleginnen eine Textnachricht geschickt. Das wurde sehr rasch bemerkt, und noch bevor sie sich um fünf Uhr ausstempelten, hat Louise es auf sich genommen, Marion Still anzurufen, um zu fragen, ob Kimberley nach Hause gekommen wäre, weil sie krank sei. War sie nicht, und Mrs Still hatte nichts von Kimberley gehört, seit ihre Tochter morgens das Haus verlassen hatte. Um sieben Uhr an dem Abend wurde der Alarm ausgelöst. Mrs Still hatte jeden angerufen, der ihr einfiel, aber es gab eigentlich niemanden, zu dem oder mit dem Kimberley hätte gehen können, außer ihrem Freund, und der war auf seinem Lehrgang – Mrs Still wusste das anscheinend bereits, vergewisserte sich aber noch mal. Es gab keine Möglichkeit, dass ihre Tochter irgendwohin gegangen wäre, ohne es ihr zu erzählen, und vor allem erschien es allen, die sie kannten, völlig unwahrscheinlich, dass sie beschlossen hatte, nach der Mittagspause nicht wieder zur Arbeit zu gehen.

Wir kommen jetzt zu den Polizeibesuchen, und da Kimberley bis zum nächsten Morgen nicht nach Hause gekommen war oder sich mit jemandem in Verbindung gesetzt hatte, nahm die Ermittlung mehr Fahrt auf. Ein Team wurde zusammengestellt, und die Sache wurde als Vermisstenfall eingestuft. Die üblichen Ermittlungen wurden durchgeführt ... jeder bei SK Bearings wurde vernommen, Mrs Still übergab eine Liste der ihr bekannten Freunde ihrer Tochter, die nicht zu ihren Arbeitskollegen gehörten, Flugblätter wurden gedruckt und im Stadtzentrum verteilt, in Läden, von denen bekannt war, dass Kimberley sie gelegentlich aufsuchte, dem Zeitschriftenladen, in dem sie sich oft eine Illustrierte oder was zu trinken kaufte, wenn sie mit ihrem Lunchpaket in den Park ging. Die Lokalzeitung brachte am nächsten Tag einen Artikel mit einem Foto von Kimberley. Das Übliche eben. Was Routine betrifft, wurde alles gut abgedeckt. Doch dann entschied der SIO, dass sie, da es keine Sichtung der jungen Frau gegeben hatte und es völlig untypisch für sie zu sein schien, aus eigenen Stücken zu verschwinden, mit jemandem mitgegangen sein musste, entweder freiwillig – was sehr schnell wieder verworfen wurde – oder unter Zwang. Der DCI wandte sich im Fernsehen mit einem Appell an die Bevölkerung. Er sei überzeugt, sagte er, dass das Mädchen irgendwo festgehalten werde und durchaus noch am Leben sein könnte.«

Die Tür öffnete sich, und Katie trug ein Tablett mit Kaffee und Keksen herein. Mit frisch aufgebrühtem Kaffee, bemerkte Simon erfreut, und Schokoladenkeksen.

»Dann, zwei Monate nach Kimberleys Verschwinden, passierte dasselbe im Bezirk der Polizei von Devon und Cornwall. Petra Blake, dreiundzwanzig Jahre alt, aus einem Vorort von Exeter, verschwand auf dem Heimweg nach einer Geburtstagsfeier mit Freunden. Es war noch nicht spät, Petra ging als Erste, weil sie zu Hause noch zu tun hatte – ihre Eltern waren in Urlaub, zwei Hunde mussten gefüttert werden und so weiter. Sie war für eine Woche allein, daher wurde sie erst am nächsten Tag als vermisst gemeldet, als ein Nachbar die Hunde ständig bellen und heulen hörte, was sie anscheinend sonst nie taten. Er betrat das Haus mit einem Schlüssel, der bei ihm deponiert war, und fand alles wie immer vor, die Hunde ausgehungert und keine Spur von Petra – sie war am Abend zuvor offensichtlich nicht nach Hause gekommen. Die übliche Suche, nichts. Doch eine Woche später wurde ihre nackte Leiche gefunden, gefesselt und geknebelt, in einem Graben auf Weideland, etwa zwanzig Meilen entfernt. Sie war erwürgt worden … jedoch ohne sexuellen Übergriff, was ungewöhnlich war. Natürlich fielen die Ähnlichkeiten mit dem Kimberley-Still-Fall auf, und wir nahmen mit den Kollegen Verbindung auf, sie bekamen Zugang zu allem, was wir hatten. Doch zu dem Zeitpunkt beruhte alles nur auf Indizien. Einen Monat später hatte Avon und Somerset ebenfalls ein vermisstes Mädchen, Annabel Perkins, sechsundzwanzig Jahre alt, eine Krankenschwester, die vermisst wurde, als sie von ihrer Wohnung zur Frühschicht ins Krankenhaus ging – nicht weit entfernt. Man wusste, dass sie um sieben Uhr fünfundzwanzig aufgebrochen war – ihre beiden Mitbewohnerinnen bezeugten es. Eine war ebenfalls Krankenschwester, die andere Physiotherapeutin, am selben Krankenhaus, aber keine hatte Frühschicht wie Annabel. Wieder wurde das unentschuldigte Fehlen als völlig untypisch betrachtet. Sie hatte sich zwei Wochen zuvor von ihrem langjährigen Freund getrennt, allerdings ganz freundschaftlich, daher erschien es unwahrscheinlich, dass sie sich mit ihm oder einem anderen Mann verabredet hatte. Doch sie war gelegentlich mit Chris Maynard – dem Freund – zur Arbeit gegangen; er wohnte in der Nähe und war Assistenzarzt. Er wurde verhört, hatte jedoch ein Alibi. Annabels nackte Leiche wurde in einem flachen Grab gefunden, in einem dichten Waldgebiet, etwa fünf Meilen vom Krankenhaus entfernt. Auch sie war gefesselt und erwürgt worden, ohne sexuellen Übergriff. Natürlich wurde rasch eine Verbindung zwischen diesem Fall und dem in Exeter hergestellt. Im Übrigen wurden weder Besitztümer noch Kleidung dieser beiden Frauen je gefunden, obwohl in beiden Fällen umfangreiche Suchaktionen durchgeführt wurden. Aber im Fall des Mädchens aus Bristol, Annabel Perkins, wurde Lee Russon durch Bilder aus einer Überwachungskamera erwischt. Er fuhr einen schmutzigen weißen Ford-Lieferwagen, und so einer wurde an dem Morgen, als Annabel verschwand, von zwei Leuten im Krankenhausbereich gesehen. Er wurde aufgespürt und verhört, aber zu dem Zeitpunkt war alles noch zu vage. Doch als Annabels Leiche gefunden wurde, bekamen sie seine DNA. Sie wurde auch an der Leiche von Petra Blake gefunden. Es gab Ähnlichkeiten zwischen diesen beiden Fällen und dem ersten, unserer Kimberley, nur wurde natürlich ihre Leiche nicht gefunden – bis heute. Sackgasse. Nichts nachzuweisen, also wurde Russon für die anderen beiden verurteilt, und wir haben einen offenen Fall.«

»Aber das *muss* sexuell sein. Waren wirklich alle davon überzeugt, dass bei den beiden vorhandenen Leichen keine sexuellen Übergriffe stattgefunden hatten?«

»Anscheinend. Der Pathologe aus Exeter kam kurz danach bei einem Autounfall ums Leben, doch sein Assistent und die Helfer waren noch da, so wie alle Berichte. Scheint hieb- und stichfest zu sein. Dasselbe bei dem Mädchen aus Bristol.«

Sie tranken ihren Kaffee und schenkten sich nach. Kieron lehnte sich zurück, die Arme hinter dem Kopf, und dachte nach. Simon scrollte herunter, um zu sehen, was als Nächstes kam, weil er das Gefühl hatte, für die Notwendigkeit der Wiederaufnahme des Kimberley-Falls noch nicht genug Eindruck gemacht zu haben.

»Als Nächstes komme ich zu dem, was mir wirklich signifikant erscheint ... mit so einer Lücke in einer Ermittlung, die vollständig und detailliert hätte sein sollen – so groß, dass ich alles zweimal durchgegangen bin und dann nachgeprüft habe, ob da keine Seiten oder Berichte fehlten – was nicht der Fall war.«

»Du bist überzeugt davon, oder?«

»Ja. Ich habe kein Interesse daran, einen Fall zu konstruieren, wo keiner ist, oder unsere beschränkten Mittel zu verschwenden. Da ist das Argument, dass Lee Russon, ob er nun Kimberley umgebracht hat oder nicht, sowieso lebenslänglich sitzt und man seinem Urteil nichts hinzufügen kann. Es könnte einfach bedeuten, auf Mrs Stills durchaus verständliche Gefühle einzugehen, ohne sonst einen Zweck zu haben.«

»Man kann seiner Strafe etwas hinzufügen, zumindest auf dem Papier. Und es könnte verhindern, dass Anträge auf Hafturlaub oder frühzeitige Entlassung angenommen werden. Ich möchte nur nicht, dass dies ein Rachefeldzug gegen ein früheres Ermittlungsteam wird.«

»Ich auch nicht. Ich habe mit keinem von denen persönliche Querelen.«

»In Ordnung ... dann lass uns zum Kern der Sache kommen.«

»Wie wir wissen, hatte Kimberley sich am Tag ihres Verschwindens kein Lunchpaket gemacht. In einem Bericht heißt es, dass der Besitzer des Eckladens nahe der Fabrik sie auf dem Foto erkannt hat, als er gefragt wurde – er sagte, sie habe bei ihm Getränke gekauft, eine Zeitung oder Zeitschrift, gelegentlich mehr – Obst, Chips vielleicht. An diesem Tag war er – sein Name ist Chan – nicht im Laden, er musste seine Frau zu einer Behandlung ins Krankenhaus bringen. Davon wurde eine Notiz gemacht, und eine weitere, dass ein Rückruf erfolgen sollte, um bei den beiden anderen nachzufragen, die ausgeholfen hatten – einer am Morgen, der andere ab halb eins. Es gibt keinen Bericht darüber, dass es gemacht wurde. Der Laden wurde letztes Jahr geschlossen und ist jetzt eine Taxizentrale.

Aber ein Beamter ist in den Park gegangen. Der Park ist bei Müttern und Kleinkindern sehr beliebt – es gibt einen Ententeich –, bei Büroangestellten für die Mittagspause, sowie bei denen, die ihn als Abkürzung nutzen. Auch eine Anzahl älterer Menschen trifft sich dort oder geht alleine an schönen Tagen hin und setzt sich auf die Bänke. In letzter Zeit gab es ein Problem, weil der Park von Junkies genutzt wurde – Nadeln und Zubehör wurden gefunden –, und gelegentlich von Obdachlosen, aber das passiert nur selten bei Tageslicht, und es wurde nicht weiter verfolgt.

An zwei Tagen wurden Flugblätter über Kimberleys Fall im Park verteilt, und die Leute, die sie annahmen, sagten, sie würden darüber nachdenken, doch nur zwei erkannten sie. Einer war ein alter Mann, der auf einer Bank döste und sagte, er habe sie womöglich gesehen, nicke aber oft ein. Als der Beamte mit ihm sprach, kam eine junge Frau – auch sie hatte ein Flugblatt genommen. Sie meinte, es sei wahrscheinlich Kimberley gewesen, die ihr geholfen habe, als ihr Kleinkind auf den Teich zurannte.

Die junge Frau hatte einen Doppelbuggy, in dem auch noch ein Baby lag, und sie versuchte panisch, die Buggybremse zu betätigen, um hinter ihrem Jungen herzurennen. Anscheinend war Kimberley von ihrer Bank aufgesprungen und hinübergerannt – hatte ihn gerade noch rechtzeitig gepackt. Die Mutter – Natalie Stoker, siebenundzwanzig – war natürlich äußerst dankbar, und sie hatten sich kurz unterhalten. Das Problem war, dass sie an den meisten Wochentagen in den Park kam und sich nicht sicher sein konnte, ob es am Tag von Kimberleys Verschwinden passiert war oder am Tag davor … vielleicht sogar am Montag. Sie sagte, sie würde noch mal genau darüber nachdenken. Vielleicht hat sie das getan, aber soweit in den Akten zu sehen ist, wurde sie nicht erneut vernommen. Ihr Name und ihre Adresse sind notiert, sonst nichts. Und dann war da der ältere Mann – Stanley Barnard. Er hatte ein Flugblatt genommen und gesagt, er sei oft im Park und meine sie auf dem Foto zu erkennen. Aus irgendwelchen Gründen hat man ihn nicht weiter vernommen, oder es ist kein Bericht darüber da. Vielleicht war er auch einer von denen, die sie noch mal vernehmen wollten, aber es nicht taten.«

»Sonst noch was?«

»Das reicht mir als Grund aus, zu versuchen, diese beiden Leute zu finden und erneut zu vernehmen.«

»So gerade eben.«

Simon trank den restlichen Kaffee aus, und in dem Moment klingelte das Telefon des Chiefs. Er zog die Brauen hoch, nahm ab, hörte zu, sagte: »Danke. Noch einen Moment, Katie … Nachricht von Cat. Sie wolle uns nur sagen, dass sie mit eurem Vater auf dem Weg ins Kreiskrankenhaus Bevham ist. Sie glaubt, er hat vielleicht einen Herzinfarkt gehabt, aber es könnte auch eine Rippenfellentzündung sein. Sie gibt mir Bescheid.«

»Mist. Ich sollte lieber hinfahren. Ich bin fast fertig. Lass mich nur noch zu dem kommen, was man sich meiner Meinung nach noch mal genauer anschauen müsste. Soweit ich herausfinden konnte, hat niemand die junge Mutter erneut aufgesucht, und niemand hat bei dem alten Mann nachgefragt, weder an dem Tag noch an einem anderen. Inzwischen waren alle mit Suchaktionen beschäftigt, und der Park wurde abgehakt.«

»Also – was hoffst du zu diesem Zeitpunkt noch zu finden?«

»Die junge Frau und den alten Mann ... und gib eine Presseerklärung raus, in der du die Besucher des Parks erneut bittest, nachzudenken, sich das Foto von Kimberley anzuschauen, zu versuchen, sich zu erinnern. Aber es waren zwei, die sie nur Tage nach ihrem Verschwinden definitiv erkannten. Warum wurde nicht noch mal mit ihnen gesprochen?«

»Ja, das hätte geschehen sollen, das gehört zu einer Routineüberprüfung, da stimme ich dir zu. Aber trotzdem – es ist fünf Jahre her, Bevölkerungen verändern sich ständig. Welche Chance besteht, diese beiden zu finden und zum jetzigen Zeitpunkt noch hilfreiche Informationen zu bekommen?«

»Vermutlich keine große, doch das ist kein Grund, es wieder zu vernachlässigen.«

Der Chief erhob sich. »Ich muss mich in einer Viertelstunde mit dem Police Commissioner treffen. Ich werde darüber nachdenken und bis heute Abend eine Entscheidung treffen – kommst du zu uns zum Essen? Keine Ahnung, ob Cat da sein wird – aber gibst du mir bitte Bescheid wegen Richard? Ich hoffe, es ist nicht so schlimm, wie es klingt.«

Simon schloss seinen Laptop und schaute dabei zu seinem Schwager. »Du hast nicht viel übrig für Dad, oder? Nein, ist schon gut – ich auch nicht.«

Kieron antwortete nicht.

49

Cat sah grau aus vor Erschöpfung. Richard hing an Schläuchen und Apparaten.

»Hey. Danke fürs Kommen.«

»Hör zu, du gehst nach Hause«, sagte Simon und setzte sich an die andere Seite vom Bett ihres Vaters. »Du brauchst nicht bei ihm zu bleiben. Ich übernehme.«

»Ich warte auf den Facharzt.«

»Der gleich kommen wird oder nie. Wie schätzt du Dads Zustand ein?«

Beide schauten auf Richard. Er schlief, bleich und Meilen entfernt. Im Nirgendwo. Cat senkte trotzdem die Stimme.

»Als nicht gut. Seine Atmung hat mir Sorgen gemacht, aber die Brustschmerzen könnten auch vom Herzen verursacht worden sein. Bei der Einlieferung wurde ein EKG gemacht, und es war total chaotisch. Er war bei sich und ist wieder abgedriftet, ich glaube nicht, dass er wusste, was passierte.«

»Und was kommt als Nächstes?«

»Bin mir nicht sicher. Wenn es Rippenfellentzündung ist, dann Medikamente – falls es ein Infarkt ist, werden sie überprüfen, welche Schäden der angerichtet hat, und behandeln von da aus weiter.«

»Warum haben sie das denn noch nicht rausgefunden?«

»Weil sie bis über beide Ohren zu tun haben ... Dad hat zwar Priorität, aber die Tomographen sind alle besetzt. Er bekommt Sauerstoff und eine Morphiuminfusion. Falls es bedrohlich wird, werden sie schon springen, keine Bange.«

»Du kannst aber deswegen nicht den ganzen Tag hier rumsitzen. Fahr nach Hause, ruh dich aus. Ich komme zum

Abendessen – der Chief und ich müssen noch abschließen, womit wir heute Morgen begonnen haben.«

»Weißt du …« Cat rieb den Rand des Betttuchs zwischen Daumen und Zeigefinger. »Ich glaube, Kieron wäre froh, wenn …« Sie blickte auf ihren Vater.

»Nein, wäre er nicht. Kieron möchte ihn nur nicht in seinem Haus haben. Eurem Haus. Das ist alles.«

»Alles.«

»Ich weiß.«

»Momentan ist es der einzige Ort, sobald er hier wieder rauskommt. Ich kann ihn nicht irgendwohin schicken, wo er auf sich selbst gestellt ist. Damit käme er wahrscheinlich nicht zurecht.«

»Pflegeheim?«

»Auch das wäre nur vorübergehend. Und du weißt, wie erbittert er sich gegen jede Art von ›Heim‹ wehren würde.«

Simon schaute auf seinen Vater. Die Wangen waren eingefallen, die Hautfarbe schlecht. Plötzlich sah er sehr alt aus.

Cat fragte: »Könntest du …«

»Absolut nicht. Außerdem käme er die Treppen nicht hinauf.«

Cat zuckte mit den Schultern.

»Und ich bin nicht da – er wäre genauso allein, wie er es in einer Art betreutem Wohnen wäre. Kieron muss sich noch für eine Weile damit abfinden, bis es Dad besser geht und er wieder selbst zurechtkommt. Was er wird, das weißt du auch. Ich meine, wie stark wirkt es sich auf Kierons Leben aus, dass Dad bei euch ist?«

»Es entfernt mich von ihm.«

»Das wird schon wieder.«

Richard bewegte sich leicht und murmelte etwas, öffnete aber die Augen nicht, und nach einem Moment war er wieder still.

»Wann fängst du mit deiner neuen Arbeit an?«

»Das dauert noch, ich mache vorerst als Vertretungsärztin weiter, und auch den Vertrag mit Luke durchzugehen nimmt meine Zeit in Anspruch. Ich kann nicht jedes Mal nach Hause rennen, wenn Dad eine Tasse Kaffee haben will.«

»Ist Sam dir eine Hilfe?«

»Ja, doch man kann nicht von ihm erwarten, zu Hause zu bleiben und sich um seinen Großvater zu kümmern. Hör zu, geh du ... Ich verschwinde auch, sobald ich mit jemandem gesprochen habe, der mich hier auf den neuesten Stand bringt.«

»Medizinische Meinung – wie wird sich das entwickeln?«

Cat betrachtete Richard noch einmal. »Wenn alles unverändert bleibt, wird er sich erholen, glaube ich. Nicht sofort. Aber er ist zäh.«

»Gut.«

»Und du?«

»Tja, mir geht's immer gut. Das solltest du doch wissen.«

Er ging, bevor sie ihm widersprechen konnte.

50

Im Haus war es wunderbar still. Cat ließ Wookie in den Garten. Sie sollte mit ihm laufen, fühlte sich aber so ausgelaugt, dass sie sich davor drückte. Sam würde später mit ihm gehen. Er lief gerne. Mephisto schlief fest zusammengerollt in einem Lebensmittelkarton vor dem Ofen, was er immer länger tat, seit er alt wurde.

Sie konnte sich nicht erinnern, wann sie das letzte Mal den Luxus gehabt hatte, das Haus ganz für sich zu haben. Sie trank ein Glas Milch und aß eine Banane. Oben lag Anne Tylers Roman *Der leuchtend blaue Faden* auf ihrem Nachttisch. Mindestens eine Stunde würde vergehen, bevor einer der anderen kam, eine Stunde, während der Cat erneut in ihr Buch abtauchen konnte. Sie zog Schuhe, Jeans und Pullover aus. Legte sich hin. Zog die Decke über sich.

Eine überwältigende Müdigkeit überkam sie, als hätte sie eine Chloroformkompresse über dem Gesicht, weshalb sie kaum mehr als eine Seite schaffte, bevor sie einschlief.

Der Nachmittag verging, die Sonne wanderte, die Stille im Haus war dick wie Filz.

Sie erwachte aus einem Traum von Chris, der im Zimmer stand, ein Thermometer schüttelte und sie missbilligend ansah, und fand Kieron neben sich stehen.

»Du armes Herz. Ich kenne dich noch nicht so lange, aber ich habe nie erlebt, dass du tagsüber schläfst.« Er setzte sich auf die Bettkante und griff nach ihrer Hand. »Bist du krank?«

»Nein, ich bin nicht krank, ich war nur total erledigt. Völlig erschlagen. Wie spät ist es denn, um Gottes willen?«

»Egal – spielt keine Rolle. Simon ist unten, und wir kochen zusammen das Abendessen. Wie wär's, wenn ich dir ein Bad einlasse und einen Drink bringe, falls du wirklich nicht krank bist? Komm nach unten, wann immer dir danach ist, wir haben alles unter Kontrolle. Du legst schön die Füße hoch. Oh, und das Krankenhaus hat angerufen – dein Vater hatte keinen Herzinfarkt, aber er hat eine Rippenfellentzündung, und sein linker Lungenflügel wird morgen erneut geröntgt. Du kannst anrufen, wenn du möchtest. Er bekommt neue Medikamente, und sie möchten ihn ruhigstellen. Anscheinend gefällt ihm das nicht. Alles in Ordnung?«

Cat betrachtete ihn, während er sprach. Sein langes Gesicht war voller Besorgnis. Ihr fielen ein paar graue Haare auf, die sie in seinem dunklen, welligen Haar noch nie bemerkt hatte. Sie hatte ein schlechtes Gewissen, von Chris geträumt zu haben, wobei sie nichts dafürkonnte, wie sie wusste, doch vielleicht war der Traum ein Weckruf, dass sie immer noch an Fäden zur Vergangenheit hing und das, was sie jetzt hatte, vernachlässigte oder zumindest zu wenig beachtete.

»Du bist ein Heiliger. Ich sage Ja zu allem. Und vielen Dank.«

Er lächelte mit echter Freude, als hätte sie ihm etwas Kostbares geschenkt, und sie erkannte, dass er sich Sorgen gemacht hatte und unbedingt etwas für sie tun, ihr etwas zurückgeben wollte.

»Gut – Bad zuerst. Dann ein Glas Wein? Gin Tonic?«

»Perfekt«, sagte Cat. »Bitte Gin Tonic.«

»Mum?« Sams Stimme, dann polterte er laut die Treppe hinauf. »Darf ich reinkommen?«

»Hey, Sambo. Du siehst sehr zufrieden mit dir aus.«

»Bin ich. Ich hab einen Job.«

Kieron war auf dem Weg nach unten, blieb jedoch stehen. »Ist das nur für die Ohren deiner Mutter bestimmt?«

»Nein, nein, du kannst gerne zuhören.«

»Was für einen Job?«

»Ich bin jetzt Krankenhaushelfer im Kreiskrankenhaus Bevham, wenn's recht ist. Nächste Woche fange ich an.«

Ein paar Stunden später, nach gegrillten Lachssteaks, Brokkoli und Himbeeren mit Sahne, war Felix schlafen gegangen, Cat zurück im Bett, um zu lesen, Sam in seinem Zimmer, um *Game of Thrones* zu schauen, und Kieron und Simon übernahmen die Küche, zusammen mit den Resten einer Flasche Shiraz.

»Ich hatte heute nicht viel Zeit zum Nachdenken, weil so viel los war, aber ich habe die Rückfahrt vom Polizeipräsidium dazu genutzt, das durchzugehen, was du mir erzählt hast. Zwei Dinge. Du bekommst nach wie vor dein volles Gehalt, bist aber offiziell noch krankgeschrieben, es gibt also kein Problem, wenn du mit der Überprüfung der Still-Akten weitermachst. Momentan habe ich allerdings nicht die finanziellen oder personellen Mittel, um dir groß zu helfen. Aber ich schlage vor, wenn jemand dir Lauferei oder Nachforschungen abnehmen soll – du kannst nicht alles allein bewältigen –, leihst du für einen Tag jemanden von der Kriminalpolizei aus, der nicht zu stark in die Ermittlungen eines laufenden Falls involviert ist. Wenn du mir irgendwann einen hieb- und stichfesten Grund nennen kannst, warum du mehr brauchst, sehe ich mir die Anfrage sehr ernsthaft an. Aber vorläufig ist das leider alles. Du hast Carte blanche von mir, überallhin zu gehen, mit jedem zu reden, ohne Bericht zu erstatten, bis du das Gefühl hast, dass es notwendig ist. Es ist das Beste, was ich anbieten kann.«

»In Ordnung, danke. Ich hatte gehofft, heute ein bisschen weiterzukommen, aber durch die Sache mit Dad … Jedenfalls habe ich alles eingegrenzt und weiß genau, worauf ich mich morgen konzentrieren muss. Da sind einige klaffende Lücken. Ich weiß, man kann nie alles verfolgen und erneut überprüfen, aber die Sache war damals heiß für – wie lange, vierundzwanzig, sechsunddreißig Stunden, maximal? Danach sind die Spuren kalt. Andererseits verschwinden sie nie vollständig. Ich bin mir ziemlich sicher, dass es Leute gibt, die nie vernommen wurden, oder nur oberflächlich, und mit denen man – immer angenommen, sie sind noch auffindbar – erneut reden sollte. Das Zeitaufwendige ist, sie zu finden, wobei zu diesem Zeitpunkt auch nur ein paar Stunden Hilfe gut wären – Namen und Adressen nachzuverfolgen, herauszufinden, ob jemand umgezogen ist, und wenn ja, wohin – das ist jetzt zwar viel leichter, kostet aber trotzdem Zeit. Irgendeine Chance, zivile Hilfe zu bekommen?«

»Das bezweifle ich. Die sind genauso überlastet wie wir anderen.«

»Na gut. Ich muss genug finden, damit es ausreichend wichtig wird, dass du Mittel zur Verfügung stellen kannst. Wenn mir das gelingt …«

Kieron nickte und verteilte den restlichen Wein in ihre Gläser.

»Apropos«, sagte Simon, »hast du noch was von Mrs Still gehört? Sie wollte den Druck nicht vermindern, hast du mir als Letztes erzählt.«

»Nicht direkt – aber sie hat einen Besuchsantrag bei Lee Russon gestellt. Sie war letzte Woche im Gefängnis.«

»Donnerwetter. Wundert mich, dass er zugestimmt hat. Hat sie sich seither gemeldet?«

»Mit keinem Wort. Ich weiß es bloß, weil ich eine E-Mail von der Gefängnisdirektorin bekam, nur eine Benachrichtigung.«

»Mutig von ihr oder töricht?«

»Bisschen von beidem.« Kieron stand auf. »Ich möchte die Aufzeichnung der Formel 1 sehen. Interessiert?«

War Simon nicht. Die meisten Sportarten bis auf Kricket ließen ihn kalt, vor allem aber Autorennen.

»Ich möchte mich noch ein wenig in die Akten vertiefen. Und ich werde dir die komplette Wiederaufnahme einer Ermittlung abluchsen, auch wenn es mich umbringt.«

Doch bevor er auch nur seinen Laptop anschalten konnte, kam Cat in die Küche, gefolgt von Sam. Sie redeten laut über seinen Job.

»Mum denkt, ich bin verrückt.«

»Überhaupt nicht. Mum denkt, es ist in Ordnung – vorerst. Und dass du keine Ahnung haben kannst, was dich da geritten hat, bevor du deine erste Nachtschicht machst.«

»Tolle Idee, Sam, und mit ein bisschen Glück wirst du in zwei Jahren oder so zum Gehilfen in der Leichenhalle befördert.« Simon duckte sich, als sich sein Neffe auf ihn stürzen wollte.

»Ich will nicht nur rumhängen, ich weiß noch nicht, welchen Weg ich einschlagen will, ich dachte, alle würden mir gratulieren.«

»Also, ich gratuliere dir. Sehr rührig, Sam«, sagte Kieron. »Es hat keinen Sinn, zur Uni zu gehen, bevor du dir sicher bist, was du studieren willst, sinnlos, irgendeine Laufbahn einzuschlagen, bevor du zu einer endgültigen Entscheidung gekommen bist. Denn sowohl Medizin als auch die Polizei sind kein Kinderspiel, wie du sehr wohl weißt. Bis dahin wird dir die Tätigkeit als Krankenhaushelfer zeigen, wie es da von innen aussieht, und da herrscht tolle Kameradschaft. Es wird dir gefallen. Schaust du mit mir Formel 1 an?«

»Klar.«

Cat setzte sich Simon gegenüber. »Ich liebe meinen Mann«, sagte sie, »und ich bin bereit, seine Interessen mit ihm zu teilen, aber auf keinen Fall …«

»Ich auch nicht. Bist du mit Sams Entscheidung wirklich einverstanden?«

»Ich war ein bisschen verblüfft. Das ist eine Einbahnstraße.«

»Ist ja nicht fürs Leben, Sis.«

»Ich weiß. Und Kieron hat recht. Sam hat seinen Hintern hochgekriegt und sich den Job selbst organisiert. Ich habe keinen Grund, mich zu beschweren.«

51

Sie trug ein elegantes rotes Sakko zu einem grauen Rock und wollte gerade die Haustür öffnen, als Serrailler aus dem Auto stieg. Sie zögerte, schaute ihn an. Im Erdgeschoss brannte Licht, die Vorhänge waren nicht zugezogen.

»Mrs Stoker?«

»Ja – mein Mann ist im Haus.«

»Ist schon recht. Sie sind diejenige, mit der ich sprechen möchte.«

»Wer sind Sie?«

Er zog seinen Dienstausweis heraus. »Simon Serrailler, Kriminalpolizei Lafferton. Haben Sie einen Moment Zeit für mich?«

»Wenn es um den Strafzettel wegen Geschwindigkeitsüberschreitung geht …«

»Hat nichts damit zu tun. Dürfte ich reinkommen?«

Sie hatte die Tür geöffnet und laut gerufen, woraufhin ein Mann und ein kleiner Junge im Flur auftauchten.

»Das ist ein Polizeibeamter … er möchte mit mir sprechen, und es geht nicht um den Strafzettel.«

»In Ordnung. Kann ich bitte Ihren Dienstausweis sehen?«

Sie standen im Flur. Aus einem hinteren Zimmer drangen die Geräusche einer Kinderfernsehsendung.

»Kommen Sie kurz mit ins Wohnzimmer. Nur kann ich Ihnen nicht viel Zeit widmen, Greg holt die Kinder ab und gibt ihnen ihr Abendessen, aber er hat diese Woche Nachtschicht – er führt Sicherheitsprüfungen für die Eisenbahn durch.«

Das Wohnzimmer wirkte freundlich, ohne Anzeichen von

Kinderspielzeug oder Unordnung. Sofa und Sessel waren in hellem Enteneiblau bezogen, der Teppich eine dunklere Version desselben Farbtons. Eindeutig ein Raum für die Erwachsenen.

»Tut mir leid, unangemeldet hier aufzutauchen, Mrs Stoker, aber ich hatte gehofft, Sie zu Hause anzutreffen.«

»Tja, da haben Sie Glück gehabt – ich gehe um Viertel vor acht aus dem Haus und komme erst um diese Zeit heim.«

»Wo arbeiten Sie denn?«

»Ich arbeite bei der Kommune – in der Abteilung des Stadtdirektors. Könnten Sie mir bitte sagen, worum es hier geht?«

»Vor etwa fünf Jahren ist eine junge Frau namens Kimberley Still aus Lafferton verschwunden. Sie hatte ihren Arbeitsplatz bei SK Bearings um Viertel vor eins verlassen und kam am Ende ihrer Mittagspause nicht zurück. Sie wurde nie wieder gesehen.«

»Oh Gott, daran erinnere ich mich. Jemand hat mit mir darüber gesprochen. Ich sagte, dass ich glaubte, sie sei diejenige gewesen, die mir geholfen hatte, als Daniel zum Teich rannte und ich Lauren im Buggy hatte. Die junge Frau rannte hinter ihm her und hielt ihn zurück. Ich erinnere mich ganz deutlich daran – ich war so dankbar. Das ist alles blitzschnell passiert, Sie wissen, wie das ist, er hätte glatt hineinfallen können. Aber ich habe damals jemandem davon erzählt – sie verteilten Flugblätter im Park –, und ich sagte sofort, dass sie es sein könnte.«

»Gingen Sie oft in den Park?«

»Ja. Es ist einsam, wenn man zwei kleine Kinder hat – da sind oft andere Mütter und Kinder und immer jemand, mit dem man plaudern kann. Der Tag kann ganz schön lang werden, wissen Sie?«

»Erinnern Sie sich, ob Sie Kimberley Still schon vorher gesehen hatten? War sie oft im Park?«

»Oje … das ist schon so lange her. Ich war mir ja zu der

Zeit nicht mal sicher. Aber ich glaube, sie kam manchmal – eine Menge Leute kommen und verzehren ihren Lunch auf einer der Bänke. Das war ein herrlicher Sommer.«

»Der Tag, an dem sie hinter Daniel herrannte – können Sie sich vielleicht erinnern, ob das der Mittwoch in jener Woche war?«

»War das der Tag, an dem sie vermisst wurde?«

»Gibt es irgendwas, das Ihnen helfen würde, sich zu erinnern? Ich weiß, das ist schwierig. Irgendetwas, das es als einen Mittwoch kennzeichnen würde? Sind Sie an einem Mittwoch immer noch irgendwo anders hingegangen oder haben sich mit jemandem getroffen, wie Sie es auch an diesem Tag getan haben?«

Sie schaute auf ihre Hände, dachte nach. Aber sie war schon einmal befragt worden, ein paar Tage danach, und sie hatte es nicht mehr gewusst. Warum sollte sie sich jetzt erinnern?

Dann blickte sie rasch auf. »Mittwochs ist Markttag in Lafferton«, sagte sie.

»Ja. Ist das von Bedeutung?«

»Wir sind über den Markt gegangen, und Daniel wollte einen dieser metallischen Luftballons, den jemand verkaufte. Ich sagte Nein, und er bekam einen Wutanfall. Er war immer noch wütend, als wir in den Park kamen … Ich glaube, deshalb ist er aus dem Buggy geklettert und auf den Teich zugerannt. Ich glaube, das war … es könnte so gewesen sein. Aber es hätte auch genauso gut ein anderer Tag sein können. Es tut mir leid.« Das war ehrlich gemeint. Ihr Blick war niedergeschlagen, sie sah ihn bekümmert an.

»Haben Sie – ist sie gefunden worden?«

»Nein, leider nicht.«

»Das ist so lange her. Suchen Sie immer noch nach ihr? Gut, dass Sie das immer noch tun, ich dachte nicht, dass Ermittlungen so lange weitergeführt werden.«

Simon stand auf. »Werden sie für gewöhnlich auch nicht … wir gehen nur ein paar neuen Hinweisen nach. Falls Sie sich noch an irgendetwas anderes erinnern, Mrs Stoker – vor allem an etwas, das Ihnen die Gewissheit gibt, es war jener Mittwoch, an dem Sie Kimberley Still gesehen haben –, rufen Sie mich bitte an. Das hier ist meine Handynummer, rufen Sie mich jederzeit an. Und selbst wenn es Ihnen unwichtig vorkommt, oder ein bisschen ungenau, könnte es das für uns nicht sein. Erzählen Sie es mir trotzdem. Und danke, dass Sie mich empfangen haben – ich hätte Sie nicht belästigt, wenn es nicht wichtig wäre.«

An der Türschwelle sagte sie: »Ich hoffe, Sie finden sie, das hoffe ich wirklich. Ich werde angestrengt nachdenken, weil sie so nett war. Sie war so nett.«

52

Mrs Still? Hier ist Dorcas Brewer von der *Gazette*. Sie waren vor ein paar Wochen so freundlich, mit mir über Ihre Tochter zu sprechen.«

»Ja, natürlich. Hallo.«

»Haben Sie ein paar Minuten Zeit für mich?«

»Natürlich. Wollen Sie noch mal vorbeikommen?«

»Würde ich gerne, aber hier ist etwas, das ich heute noch unterbringen muss – ein andermal gerne, vielen Dank. Im Moment führe ich ein zweimal wöchentlich erscheinendes Tagebuch, unter meinem Namen. Es informiert über lokale Ereignisse und Menschen, schaut zurück auf Dinge, die vor Kurzem in den Nachrichten waren? Zum Beispiel, ich weiß nicht, ob Sie von dem kleinen Jensen Brownsword gelesen haben? Das ist der Sechsjährige, der gegen einen schrecklichen Krebs kämpft und für den verzweifelt ein Knochenmarkspender gesucht wurde?«

Alles, was Dorcas sagte, klang für Marion wie eine Frage, weil sich ihre Stimme am Ende des Satzes hob.

»Also, wir hörten gestern, dass eine Übereinstimmung gefunden wurde und es so aussieht, als könnten sie Jensen ins Krankenhaus bringen und ihm nächste Woche das Knochenmark einsetzen? Es sieht sehr vielversprechend aus, und Einheimische haben eine Menge Geld für Jensen gespendet, daher ist es eine echte Nachrichtenmeldung. Solche Sachen, wissen Sie? Und ich dachte, ich könnte einen Absatz über Kimberley einfügen, nur als Erinnerung?«

»Allerdings gibt es nichts Neues – zumindest habe ich nichts von der Polizei gehört.«

»Dann sollten wir die erinnern … ihnen einen Motivationsschub geben. Ich verfolge gerne Geschichten weiter, die die Leute nicht vergessen. Kann ich schreiben, Sie warten nach wie vor ungeduldig darauf, dass die Polizei den Fall wieder aufnimmt?«

»Natürlich … und das tue ich wirklich. Wenn ich auch meine Zweifel habe, ob es etwas nützt.«

»Ich finde, es ist immer nützlich, den Druck aufrechtzuerhalten, Marion. Okay, wenn Sie also damit einverstanden sind? Nichts, was wir bei unserem Treffen nicht abgedeckt haben, nichts, worum Sie sich Sorgen machen müssten. Aber lassen Sie es uns im öffentlichen Bewusstsein halten, in Ordnung? Vielleicht könnten Sie mir kurz sagen, wie Sie sich im Moment fühlen? Mir helfen, Farbe hineinzubringen?«

»Nicht viel anders eigentlich.« Sie zögerte, überlegte, ob sie den Besuch im Gefängnis erwähnen sollte, und entschied sich augenblicklich dagegen. »Ich warte immer noch, ich hoffe immer noch und bete. Das Leben geht weiter, natürlich, aber mir fehlt Kimberley furchtbar. Ich würde alles geben und alles tun, um zu erfahren, was mit ihr passiert ist.«

»Das war prima, Marion, vielen Dank. Das steht morgen in der Zeitung.«

Was es tat.

53

Er hatte nicht erwartet, bei Stan Barnard so viel Glück zu haben wie bei Natalie. In den Akten hatte kein Vermerk über seine Adresse oder sein Alter gestanden, nur sein Name, aber für Lafferton war nur ein Barnard eingetragen, und der hatte vor sieben Monaten offenbar immer noch in der St. Mark's Road 53 gewohnt.

Die kleinen Reihenhäuser im Karree der als The Apostles bekannten Straßen waren in den letzten zehn Jahren größtenteils von jungen Paaren gekauft, renoviert und erweitert worden, doch in dem einen oder anderen wohnten immer noch die Menschen, die in den 1960ern und 70ern als Jungverheiratete eingezogen waren. Dort hatte es ihnen gefallen, sie hatten Kinder darin großgezogen, ohne das Bedürfnis oder genug Geld übrig zu haben, die Häuser zu vergrößern, was man auf einen Blick erkennen konnte. Nummer 53 gehörte eindeutig dazu. Eine kleine Ligusterhecke, ein bemaltes Gartentor und ein kurzer Pfad bis zur Haustür. Die Vorhänge waren zugezogen, und von hinten kamen die Geräusche eines laut gestellten Fernsehers.

Serrailler schlug fest auf den Kopf des Messinglöwen. Er schimmerte im Licht der Straßenlaterne, und die Eingangsstufe war vor Kurzem geweißt worden. Nichts wies deutlicher auf einen älteren Bewohner hin, der viel Sorgfalt auf sein Haus verwandte.

»Einen Augenblick, einen Augenblick noch, ich muss erst … Wer ist da?«

»Detective Chief Inspector Serrailler von der Kriminalpolizei Lafferton.«

»Ach, du lieber Himmel. Aber woher soll ich wissen, ob das stimmt? Das könnte ja jeder sagen.«

»Wenn Sie ans Fenster in Ihrem Vorderzimmer kommen und den Vorhang zurückziehen, zeige ich Ihnen meinen Dienstausweis und mein Gesicht.«

»Na gut, na gut. Dann kommen Sie ans Fenster.«

Nachdem der Mann so genau wie möglich hinausgeschaut hatte, ließ er den Vorhang fallen und kam zurück, um die Tür zu öffnen.

»Kommen Sie herein, Sir. Kommen Sie herein. Ich wollte nicht argwöhnisch klingen.«

»Das sollten Sie aber.«

Der schmale Flur war so, wie er am Tag des Einzugs gewesen sein musste. Die Treppe nach oben war verschalt worden, die Decke hatte den für die Zeit typischen gummiartigen Belag, die Heizungsverkleidung war dunkelrot gestrichen. Im Vorderzimmer war der Kamin ebenfalls verschalt worden, in den 1960ern, nahm Simon an, und die Tapete hatte dekorative Säulen und Kanten im selben Muster, nur in anderen Farben. In der Ecke stand eine Vitrine mit Reihen von Figürchen auf dem obersten Brett, Trophäen und Pokalen darunter.

»Nehmen Sie Platz, bitte nehmen Sie Platz, Sir. Und was kann ich für Sie tun? Ich besitze kein Auto, ich bin zu alt, um mir Bezahlfernsehen zu leisten, daher bin ich ein wenig ratlos.«

»Damit hat es nichts zu tun. Zunächst einmal möchte ich mich vergewissern – Sie sind Stanley Gordon Barnard?«

»Der bin ich gewiss. Und meine Frau war Gwendolen Mary Barnard, aber sie ist schon vor langer Zeit gestorben – vor fast elf Jahren. Daher bin ich der einzige Bewohner.«

»Ich möchte Sie zu etwas befragen, was vor etwa fünfeinhalb Jahren passiert ist, Mr Barnard. Ich weiß, das ist eine Weile her, doch ich hoffe, Sie können mir trotzdem helfen.

Erinnern Sie sich daran, diese junge Frau irgendwann gesehen zu haben?«

Stanley Barnard musste Ende achtzig sein. Sein Gehör wurde von einem großen Hörgerät unterstützt, er war ein Mann, der eine ansehnliche Größe gehabt haben musste, aber im Alter zusammengesackt war, mit hängenden Schultern, und sein Sehvermögen war schlecht. Er brauchte einige Zeit, um sein Brillenetui zu finden, die Brille herauszunehmen, die Gläser zu polieren und sie dann aufzusetzen. Simon bezweifelte, ob sich der Mann an irgendetwas erinnern würde, doch sobald er das Zeitungsfoto in die Hand genommen hatte, sagte er: »Ja! Gewiss erinnere ich mich, und ich erinnere mich ganz deutlich. Ich war sehr bekümmert, als ich von ihrem Verschwinden las, und dann, wissen Sie, habe ich erst neulich in der Zeitung wieder etwas gelesen, und das brachte alles zurück. Die Vorstellung, dass sie nie gefunden wurde, hat mich erneut bekümmert. Solche Sachen zerstören einem den Glauben an die Menschlichkeit, Sir. Sie war eine entzückende junge Frau. Entzückend. Ich hatte keine Töchter, nur einen Sohn, und der starb noch vor meiner Frau, Krebs, aber ich kann mir trotzdem vorstellen, wie es sein muss, eine junge Tochter wie sie zu verlieren. Das kann ich gewiss.«

Er nahm die Brille ab, wischte sich über die Augen und schüttelte dabei den Kopf.

»Haben Sie denn Neuigkeiten über sie? Wobei ich sagen muss, dass es lange genug gedauert hat, bis Sie zu mir gekommen sind. Ich weiß nicht, warum, Sie hatten meinen Namen und meine Adresse. Ich meine nicht Sie persönlich, Sir, ich erkenne Sie nicht wieder – es war ein viel jüngerer Polizist, mit dem ich damals gesprochen habe.«

»Wann genau war das, Mr Barnard?«

»Nun ja, in dem Park, dem Park an der Adelaide Road. Sie kennen den Park?«

»Ja. Sie haben also die junge Frau – Kimberley Still – in dem Park gesehen?«

»Ich habe es dem jungen Polizisten erzählt.«

»Mr Barnard, das liegt, wie Sie sagten, ein paar Jahre zurück, und ich hatte nicht mit dem Fall zu tun, ich nehme nur die Fäden auf und schaue in die Akten. Würde es Ihnen also etwas ausmachen, von vorn zu beginnen?«

»Ich gehe fast jeden Tag in den Park, und das, seit meine Frau verstorben ist … Winter und Sommer, außer es gießt in Strömen, dann macht es keinen Spaß. Die Kälte macht mir nichts aus, man kann sich warm anziehen, und der Park ist ziemlich geschützt. Daher bin ich an den meisten Tagen dort, für gewöhnlich am späten Vormittag oder frühen Nachmittag – die Kinder kommen um halb drei aus der Schule, und dann sind viele im Park, zusammen mit ihren Müttern und Freunden, toben herum. Morgens haben wir mehr Babys, die Babys und Kleinkinder, denen schaue ich gerne zu und höre sie plappern. Einige von ihnen kennen mich und winken mir zu oder sagen Hallo, obwohl ich sie nicht dazu ermutige, das wäre nicht richtig, sie kennen mich ja nicht – ich würde ihnen nie etwas geben, Süßigkeiten oder so, aber ich winke und sage hallo, wenn sie es tun. Ich gehe hauptsächlich, um mit jemandem zu plaudern, und da sind viele dort, viele von uns Dauergästen. Sie war eine davon, die junge Dame – nur zur Mittagszeit, und manchmal mit anderen, manchmal allein. Sie brachte ihren Lunch mit. Viele tun das. Ich bin also normalerweise irgendwann im Lauf des Tages im Park an der Adelaide Road. Ich nehme die Zeitung mit, kaufe mir einen Becher Tee im Eckladen, wobei der beste Laden zugemacht hat, wissen Sie, daher hole ich ihn mir aus dem großen Kaffeeladen. Nur ich hole dort Tee. Manchmal ein Stück Kuchen dazu, aber nicht immer. Daher habe ich sie sofort erkannt, als ihr Bild in der Zeitung war.«

»Können Sie sich erinnern, wann Sie sie zum letzten Mal gesehen haben?«

»Allerdings, ich erinnere mich sehr gut.«

»Das sind gute Nachrichten … würden Sie mir davon erzählen?«

Barnard richtete sich plötzlich auf. »Entschuldigen Sie, kann ich Ihnen ein heißes Getränk anbieten? Ich weiß, Sie würden keinen Alkohol annehmen, aber eine Tasse Tee?«

»Nein, vielen Dank. Ich habe gerade Kaffee getrunken, bevor ich herkam. Aber trotzdem vielen Dank.«

»Ich möchte mir nicht vorwerfen, Ihnen nichts angeboten zu haben. Gleichwohl … also gut, diese arme junge Frau. Wie gesagt war ich an den meisten Tagen im Park an der Adelaide Road – bin ich nach wie vor, nach wie vor –, und an diesen Tag erinnere ich mich, weil nicht so viele Leute unterwegs waren, nur eine junge Mutter mit so einem faltbaren Kinderwagendings, und plötzlich sah ich, wie ihr kleiner Junge auf den Teich zurannte. Nun …«

»Ich habe gerade mit ihr geredet, und sie erinnert sich ebenfalls daran.«

»Haben Sie? Gut, dann bestätigt mich das, zeigt, dass ich mir nichts ausdenke.«

»Ich wäre nie darauf gekommen, dass Sie das tun, Mr Barnard.«

»Stan. Ist es Ihnen gestattet, mich Stan zu nennen?«

»Sicherlich.«

»Also, dieser kleine Bursche – wenn ich schneller reagiert hätte, wäre ich aufgesprungen und ihm nachgelaufen, aber ich war nicht so nahe dran, und diese junge Dame – die junge Dame aus der Zeitung – war wie der Blitz hinter ihm her und packte ihn, als er den Rand des Teichs erreichte. Man macht sich gar nicht klar, wie schnell die laufen können, und die arme Mutter war ganz aufgelöst, hat versucht, dieses Kinderwagendings zu bremsen, um hinter ihm herzulaufen, es ist eine schwere Last, eine junge Mutter mit zwei Kleinen zu sein, wissen Sie? Solche sehe ich jeden Tag. Also, sie standen da und haben kurz miteinander gesprochen, ich kann es jetzt vor mir sehen. Aber die Mutter riss sich zusammen und ging, wahrscheinlich besorgt, er könnte es wieder tun, und das Mädchen – Kimberley – ja, diese hier – setzte sich einfach wieder auf die Bank und holte eine Papiertüte mit ihrem Lunch heraus, als er durch das Seitentor ganz in der Nähe kam, zu ihr ging und mit ihr sprach, und dann gingen auch die beiden davon, ziemlich eilig sogar.«

Simon beugte sich vor. »Moment mal ... Sie sagten ›er‹ – haben Sie den Mann erkannt?«

»Nein, nein. Hatte ihn noch nie gesehen, ich sah die beiden nur gehen, und ich glaube, er hatte draußen ein Auto geparkt, also war er vielleicht ein Freund – vielleicht musste sie dringend irgendwohin. Ich habe keine Ahnung.«

»Können Sie den Mann beschreiben?«

»Oje. Nun ja, mein Gedächtnis ist nicht so gut –«

»Ihr Gedächtnis ist ausgezeichnet, Stan. Versuchen Sie, sich zurückzuversetzen – gehen Sie die Szene in Gedanken durch. Schließen Sie die Augen, wenn das hilft, und lassen Sie sich Zeit. Es ist erstaunlich, was man sich in Erinnerung rufen kann, wenn man sich darum bemüht.«

Der alte Mann tat genau wie ihm geheißen – er stammte aus einer Generation, die der Polizei automatisch gehorchte, dachte Simon, was er sowohl anrührend als auch befremdlich fand, aber er hielt fast den Atem an, wollte die Erinnerung hervorzwingen, als Stan den Kopf zurücklegte, die Augen schloss und ganz still wurde.

»Ich kann mich ein bisschen erinnern, nur ist es nicht sehr deutlich, fürchte ich.«

»Macht nichts – erzählen Sie mir einfach so viel, wie Sie können.«

»Nicht groß und nicht kahlköpfig und nicht alt, aber auch nicht jung. Das sind zu viele ›nicht‹ für Sie, oder?«

»Nein, ist schon in Ordnung.«

»Nicht haarig – womit ich meine, kein Bart oder irgendwas in der Art. Keine Brille. Jetzt meine ich, er hätte auch kein Jackett angehabt, doch das könnte ich nicht beschwören. Er könnte eine Jacke angehabt haben. Es war ein sonniger Tag, aber vielleicht denke ich mir das auch nur aus – ich hatte ein Jackett an, das weiß ich. Allerdings habe ich das immer, ob Regen oder Sonnenschein.«

»Wenn er nicht kahlköpfig war, können Sie dann eine Vermutung über die Haarfarbe anstellen?«

Stan schloss erneut die Augen, kurz, doch dann schüttelte er den Kopf. »Da kommt nichts«, sagte er. »Hätte alles Mögliche sein können, aber andererseits, wenn sie bis zu den Schultern gereicht hätten, sagen wir, wie bei einigen dieser jungen Burschen, hätte ich mich ja wohl daran erinnert, nicht wahr? Oder wenn sie wie Ihre gewesen wären, wie Weizen in der Sonne … haben Sie skandinavische Vorfahren?«

»Nicht dass ich wüsste, allerdings werde ich oft danach gefragt. Sie sagten, der Mann kam in den Park und sprach mit Kimberley Still – sind Sie sich ganz sicher, dass sie es war, nicht eine andere junge Frau?«

»Da bin ich mir ganz sicher, weil keine anderen da waren, soweit ich mich erinnern kann – da waren eine oder zwei ältere Damen, außer ich vertue mich vollkommen, was nicht der Fall ist … nein, sie war es, weil es mir ins Auge fiel, wissen Sie, da ich sie zuvor gesehen hatte.«

»Schien sie den Mann zu kennen?«

»Das könnte ich nicht sagen. Sie mag ihn gekannt haben … oder auch nicht.«

»Aber sie ist aufgestanden und mit ihm aus dem Park gegangen?«

»Ja, und das in ziemlicher Eile, als sei ihr etwas Dringendes mitgeteilt worden, wenn Sie wissen, was ich meine.«

»Ja. Also ist sie bereitwillig mitgegangen?«

»So erschien es mir.«

»Es ist also nicht möglich, dass er sie gezwungen hat, mit ihm zu gehen, oder sie nur widerstrebend gehen wollte?«

»Soweit ich mich erinnere, nicht. Es ging alles schnell, wissen Sie, ohne Gerede oder Streit.«

»Haben Sie gesehen, ob er ein Auto hatte und ob sie eingestiegen ist?«

»Nein, ich konnte nichts mehr sehen, nachdem sie durch das Tor gegangen waren.«

»Haben Sie ein Auto wegfahren hören?«

»Nun ja, das ist kaum möglich. Ich meine, das ist ein netter kleiner Park, nicht voller Leute, die Krach machen oder sonst was, aber er liegt mitten in der Stadt. Ich glaube nicht, dass man da ein einzelnes Auto hören könnte. Nein.«

»Mr – Stanley, warum haben Sie das nicht alles der Polizei erzählt, als Sie vernommen wurden?«

»Sie haben mich nicht vernommen. Das heißt, sie haben im Park diese Flugblätter verteilt, und ich habe mir eins angesehen und gesagt, ich glaubte, die junge Frau zu erkennen, ich hätte sie vielleicht an dem Tag gesehen, aber es hätte auch ein anderer Tag sein können, natürlich hätte es das – und er hat sich meinen Namen und meine Adresse notiert und gesagt, sie würden vielleicht noch mal mit mir sprechen wollen. Das haben sie jedoch nie getan.«

»Sind Sie sicher? Man hat Sie nicht angerufen und gefragt, wann Sie zu Hause wären?«

»Ich glaube nicht, dass sie nach meiner Telefonnummer gefragt haben. Ich glaube es nicht, aber natürlich könnte ich mich da täuschen … es ist ziemlich lange her, wissen Sie? Ich bin überrascht, an wie viel ich mich erinnere, um ehrlich zu sein.«

»Davon bin ich genauso beeindruckt. Jetzt noch eine weitere Frage, und die ist wirklich sehr wichtig … jener Tag, der Tag, an dem Sie Kimberley im Park gesehen haben, der Tag, an dem der Mann zu ihr ging, sie ansprach und mit dem sie dann fortgegangen ist – haben Sie sie da zum letzten Mal gesehen, im Park oder woanders? Oder könnten Sie sie noch mal gesehen haben?«

»Ich habe sie definitiv nicht wieder gesehen. Das weiß ich, weil ich die ganze Woche dort war – das Wetter war herrlich nach dem Tag, wir hatten angenehm warmen Sonnenschein, der Park war ziemlich voll, besonders um die Mittagszeit, und aus irgendeinem Grund habe ich nach ihr Ausschau gehalten – nein, nein, das hab ich nicht, aber mir fiel auf, dass sie nicht da war – da sind ein paar Leute, die ich regelmäßig treffe, wir unterhalten uns sogar, wir kennen einander, und ich vermisse sie, wenn sie ein paar Tage nicht dort sind. Mag sein, dass sie sogar mich vermissen würden. Ich habe mit dieser jungen Frau nie geplaudert, ich bin mir nicht einmal sicher, ob wir uns je gegrüßt haben. Aber ich weiß, dass ich sie nicht wieder gesehen habe, und es waren nicht viele Tage vergangen, als die Polizisten mit ihren Flugblättern kamen, und dann sah ich es in den lokalen Fernsehnachrichten. Nein, das war das letzte Mal.«

»Haben Sie irgendeine Ahnung, warum sich die Polizei nicht wieder mit Ihnen in Verbindung gesetzt hat – auch nur in den Park gekommen ist, um Sie zu finden und mit Ihnen zu sprechen?«

»Nein. Wenn ich es recht überlege, hätten sie das vielleicht tun sollen, aber ich habe nicht … ich nehme an, sie hatten andere, wie nennen Sie das, ›Indizien‹?«

»Und Sie haben nicht daran gedacht, selbst aufs Revier zu gehen und mit jemandem darüber zu sprechen?«

Eine Pause trat ein. Stanley Barnards Miene umwölkte sich, und als er das nächste Mal zu Serrailler aufblickte, hatte er Tränen in den Augen. »Das ist schrecklich. Ich hätte es tun sollen, nicht wahr? Ich nehme an, dass ich es einfach nicht für so wichtig hielt. Ich weiß es nicht. Doch ich hätte es tun sollen. Ich hätte es begreifen und meine Pflicht tun sollen. Habe ich ihr Schaden zugefügt? Ist es meine Schuld?«

Die Fotos von Lee Russon, die Simon aus den Akten herunterlud, als er nach Hause kam, waren Fahndungsfotos, doch es war genug darauf zu erkennen, um Stanleys Negativliste zu überprüfen – kein Bart, nicht hellhaarig. Er verglich es mit den Informationen aus den zwei Mordfällen, für die Russon jetzt eine lebenslange Haftstrafe absaß, und fand seine Einzelheiten. Weiß, stämmig, nicht groß. Nichts davon brachte Simon viel weiter, reichte jedoch aus, dass er ihn zu diesem Zeitpunkt nicht vollkommen ausschloss. Warum das ursprüngliche Team nicht bei Stanley Barnard nachgehakt hatte, entzog sich seinem Verständnis. »Dreht jeden Stein um«, hatte sein erster DI fast täglich gesagt, »und auch jeden einzelnen Kiesel.« Der erste Kiesel war die Überwachungskamera.

Zehn Minuten später hielt er am Seiteneingang des Parks. Die Tore, sowohl hier als auch am Haupteingang, wurden um achtzehn Uhr geschlossen. Hier gab es keine Überwachungskameras. Er ging die Straße entlang, an der hohen Hecke, die den Park umschloss. Gegenüber des Eingangs standen zwei Wohnblöcke, ein ganzes Stück zurückgesetzt, mit Parkplätzen davor und in einem Fall auch seitlich; dieser Block hatte Sicherheitskameras. Simon ging hinüber. Private Kameras waren oft Attrappen, vor allem bei Einfamilienhäusern, doch die hier sah echt aus und war offenbar in Betrieb, was an dem ständig blinkenden grünen Licht zu erkennen war.

Er ging weiter zum Haupteingang des Parks, der von hohen Steinsäulen flankiert war und beeindruckende Torflügel aus Schmiedeeisen hatte, Originale aus der Zeit der Jahrhundertwende, und hier war eine Überwachungskamera angebracht, die sowohl den Eingang als auch den Hauptweg abdeckte. Der Kinderspielplatz am hinteren Ende, umgeben von einem hohen Maschendrahtzaun, war unter den Straßenlaternen deutlich zu erkennen, und auf den Pfosten waren Kameras angebracht, die auf den Spielplatz und die Turngeräte gerichtet waren.

Er ging zurück. Um diese Abendzeit herrschte wenig Verkehr, obwohl ein paar Meter weiter Cafés und Bars geöffnet und gut besucht waren.

Wenn Kimberley Still mit dem Mann den Seiteneingang benutzt hatte, wie Stanley Barnard meinte gesehen zu haben, bestand eine sehr geringe Möglichkeit, dass das Paar von der Kamera vor dem Wohnblock eingefangen worden war. Falls sie echt, eingeschaltet und jünger als zehn Jahre war, wäre das Bildmaterial digital, und die Chancen, eine Aufzeichnung zu bekommen, selbst jetzt noch, waren gut. Eine richterliche Anordnung dafür ließ sich einholen.

Simon nahm an, dass er sich, falls er den Chief jetzt nicht überreden konnte, ihm eine Hilfskraft zur Verfügung zu stellen, stundenlang alte Bänder der Überwachungskameras ansehen müsste, etwas, das er seit seiner Anfangszeit als Detective Constable nicht mehr getan hatte. Aber er hatte eine Ahnung, dass es sich lohnen und er etwas finden würde. In den Fallakten gab es keinen Vermerk über Sichtungen von Kameraaufzeichnungen durch das ursprüngliche Ermittlungsteam, was entweder bedeutete, es war nicht geschehen, oder jemand hatte vergessen, diesen Vermerk zu machen. Beide Versäumnisse waren seiner Ansicht nach klare Fälle von beruflicher Nachlässigkeit.

54

Sis?«

»Hi – nur eine Vorwarnung. Ich bin auf dem Weg ins Krankenhaus.«

»Was denn jetzt?«

»Sie entlassen ihn. Frag nicht.«

»Ach, du je … du nimmst ihn mit nach Hause?«

»Wohin sonst?«

»Wo ich dich schon dran habe, ich hatte einen Anruf von den Reha-Leuten – sie wollen meine neue Prothese anpassen und mir zwei Tage intensives Training geben, aber brauche ich das wirklich, was meinst du? Ich bin gerade kurz vor einem Durchbruch in diesem alten ungeklärten Fall.«

»Du brauchst auf jeden Fall etwas Zeit mit ihnen – diese Prothese ist viel ausgeklügelter als deine jetzige, was zweifellos komplizierter bedeutet. Sie kommuniziert per Bluetooth mit einem Computer an deinem Arm.«

»Reicht da ein Tag nicht aus? Ich kann mich jederzeit mit ihnen in Verbindung setzen, falls ich Probleme bekomme – oder du kannst mir helfen.«

»Nein, kann ich nicht, Simon, ich weiß fast gar nichts darüber. Das ist ein hoch spezialisiertes Gebiet, wie dir inzwischen klar sein dürfte. Warum sagst du ihnen nicht, dass du es schwierig findest, momentan zwei Tage dort zu verbringen, und bittest sie um ihre Meinung? Si, ich muss Schluss machen, ich bin auf dem Krankenhausparkplatz, und natürlich ist nichts frei. Lass mich wissen, was passiert. Kommst du heute Abend vorbei? Dad würde sich freuen.«

Nein, dachte Simon, Dad würde sich todsicher nicht freuen.

Doch er fuhr hin, teilweise in der Hoffnung, Kieron zu erwischen, teilweise aus Schuldgefühl. Aber auch, weil er sich in letzter Zeit gelegentlich dabei erwischt hatte, eine ungewohnte Trostlosigkeit zu empfinden, wenn er allein in der sonst so geliebten Wohnung war. Vermutlich, weil er jetzt zu viel Zeit dort verbrachte, sodass sie keine wohltuende Entlastung von der Arbeit war, die er ebenfalls liebte, bei der es jedoch oft so hektisch zuging. Er hatte Zeit, die Skizzen auszuarbeiten, die er auf Taransay gemacht hatte, nur überkam ihn Langeweile, wenn er sein Skizzenbuch öffnete. Die Galerie drängte ihn, aber er hatte sie hingehalten. Da waren Abende, an denen er nichts fand, was er lesen oder hören wollte, und sich nur Krimis im Fernsehen anschauen konnte, was ihn aufregte, weil sie so oft die Vorgehensweisen falsch darstellten. Doch als Rachel bei ihm eingezogen war, hatte er damit nicht umgehen können – nicht wegen ihr, sondern wegen der Anwesenheit einer anderen Person in seiner Privatsphäre.

»Midlife-Crisis«, sagte Cat und reichte ihm einen Gin. »Ich hatte mehrere. Du musst wieder richtig arbeiten.«

»Dieser Fall *ist* richtige Arbeit.«

»Kommst du damit voran?«

»Ja.« Er zog einen Küchenstuhl zu sich und setzte sich rittlings darauf.

»Gehst du nach oben und sagst Dad guten Tag?«

»Nachher.«

Cat schaute ihn an. Er wollte mit ihr reden. Das sah sie ihm immer an.

Sie holte einen Teller Chili aus dem Kühlschrank, stellte ihn in den Ofen, schaltete die Zeituhr ein und griff nach ihrem Glas. »Komm, benehmen wir uns mal zivilisiert.«

Das Abendlicht strömte ins Wohnzimmer, vergoldete die hintere Wand. Cat öffnete das Fenster zum Garten einen Spaltbreit. Dafür war es gerade warm genug.

Sie setzte sich, nahm einen Schluck von ihrem Drink,

lehnte den Kopf zurück und schloss die Augen. Wartete. Schwieg. So musste man es mit Simon machen.

Eine Amsel trällerte wie wild von der Stechpalme.

»Ich habe überlegt, ob ich nicht umziehen sollte«, sagte er und stand sofort auf, nahm ihre beiden Gläser und ging in die Küche, um sie aufzufüllen, damit Cat Zeit hatte, das Gesagte zu verdauen, und er ihre unmittelbare Reaktion nicht mitbekam.

»›Umziehen‹ in Bezug auf die Arbeit oder die Wohnung?«

»Wohnung – möchte kein neues Revier, zumindest jetzt nicht. Wahrscheinlich nie.«

»Warum eine neue Wohnung?«

Simon zuckte mit den Schultern. »Könnte sich überholt haben.«

»Du liebst die Wohnung. Hast du schon immer, wirst du immer … wenigstens dachte ich das.«

»Tu ich immer noch – größtenteils.«

»Ich glaube, das gehört zu deiner Verarbeitung dessen, was passiert ist. Nicht alles ändert sich durch einen Umzug.«

»Das weiß ich.«

»Na gut, wovon hast du genug – vom Blick aus den Fenstern?«

»Niemals.«

»Nein. Der Raum – wie du ihn eingerichtet hast? All das.«

»Nein. Ich könnte ihn auffrischen, aber ich würde nichts verändern wollen.«

»Fehlt dir Platz im Freien?«

»Ich bin kein Gärtner, und außerdem kann ich hierherkommen. Oder wegfahren.«

»Einsamkeit?«

»Ich komme gut mit mir selbst klar.«

»Das glaubst du nur.«

»Geht das schon wieder los – mich besser zu kennen als ich selbst.«

»Manchmal. Zuzugeben, einsam zu sein, ist okay. Völlig in Ordnung. Menschen sind das.«

Er schüttelte den Kopf.

»Nicht den ganzen Tag und gelegentlich auch die halbe Nacht bei der Arbeit zu sein, macht viel aus. Als ich mir das Bein gebrochen habe, bin ich fast verrückt geworden, weil ich hier den größten Teil des Tages allein war, und das wochenlang. Ich war kurz davor, den Postboten zum Kaffee einzuladen, nur um mit einem anderen menschlichen Wesen zu reden. Das ist verständlich, Si.«

»Ja.«

»Wo würdest du denn hinziehen wollen?«

»In ein Cottage vielleicht … ein Dorf hier in der Nähe?«

»Rosen um die Haustür?«

Er warf ein Kissen nach ihr. Cat war kurz davor, ihn mit der Nennung eines Namens zu überrumpeln, doch bevor es ihr gelang, kam Kierons Auto in die Auffahrt, und Richard rief von oben und klopfte gleichzeitig fest auf den Boden.

»Ich wusste, ich hätte diesen dämlichen Gehstock nicht neben seinem Bett stehen lassen sollen«, sagte Cat. Einen Augenblick später streckte Kieron den Kopf zur Tür herein. »Wusste nicht, dass du herkommen würdest«, sagte er. Er sah müde und abgespannt aus. »Entschuldigt, aber mir ist nicht nach Geselligkeit. Ich hatte den ganzen Tag Budget-Besprechungen und zu allem Überfluss auch noch Migräne. Ich verschwinde in einen abgedunkelten Raum.«

Simon folgte ihm bis in den Flur. »Eine schnelle Frage.«

Kieron blieb stehen.

»Ich stehe kurz vor einem Durchbruch beim Kimberley-Still-Fall. Kann ich für vierundzwanzig Stunden zusätzliche Arbeitskräfte bekommen?«

»Nimm dir, was du brauchst«, sagte der Chief.

55

Dave.«

»Was willst du? Ich mache mich gerade zum Ausgehen fertig.«

»Wie schön. Wünschte, ich könnte das auch sagen.«

»Geht's dir gut? Deine Stimme klingt komisch.«

»Hab das Handy von jemandem.«

»Von wem?«

»Spielt keine Rolle. Du musst da hinfahren.«

»Ich kann nicht, wir –«

»Fahr da hin. Schieb ihm einen Zettel unter die Tür.«

»Ich mach's gleich morgen.«

»Du machst es verdammt noch mal jetzt.«

»Sonst, oh ja, da kommt wieder ein Sonst.«

»Allerdings. Jetzt hör zu. Schreib: Donnerstag, der 6..«

»Ist das alles?«

»Nein. Schreib ihm die Adresse auf.«

»Was ist denn passiert?«, fragte Dave.

»Das solltest du wissen. Und denk an das Sonst, denn wenn du es nicht machst, und das noch heute Abend, wird dieses Sonst passieren, Davie. Bin ein Mann, der zu seinem Wort steht.«

»Ich bin dein Bruder, Lee …«

Aber Lee hatte aufgelegt. Und Dave war nicht dumm. Er kannte seinen Bruder zu gut, um ihm nicht zu glauben. Wusste, wozu er fähig war.

»Muss mal kurz weg«, rief er Donna zu. »Bin in zehn Minuten wieder da.«

Er saß im Auto und fuhr los, bevor sie ihn aufhalten konnte –

wobei sie sich die Mühe gar nicht machen würde. Sie stellte nie Fragen, weil sie die Antworten nicht interessierten.

Er wollte eigentlich auch nicht wissen, was Lee vorhatte. Er tat einfach das, was ihm befohlen wurde, und bekam hin und wieder etwas Geld dafür. Ihm kam es so vor, als könnte man ihn nicht für etwas verantwortlich machen, von dem er nichts wusste, und wenn man ihm Fragen stellte, konnte er die Wahrheit sagen.

Er fuhr am Hügel vorbei, bog zweimal links ab, dann entlang des neuen Wohngebiets und hoch zum Steinbruch. Zwei Meilen. Drei. Scharf links auf einen schmalen Pfad zwischen Bäumen, fluchend über die Schlaglöcher. Durch ein offenes Tor. Dann auf einen weiteren Pfad, der sich als kaum befahrbar erwies. Hielt am Ende des Pfads in einem kreisförmigen Flecken Ödland an und ging von da aus zu Fuß.

Zuerst dachte er, der Schuppen sei leer, doch dann sah er einen schmalen Streifen schmutzig gelben Lichts unter der Tür, und als er sie erreichte, hörte er einen Fernseher, knisternd und zischend wegen des schlechten Empfangs. Aber er übertönte zumindest das leise Geräusch, als er den braunen Umschlang längs zusammenfaltete, ihn so flach wie möglich drückte und in den Türrahmen steckte. Der Fernseher dröhnte ohne Pause weiter.

Die ersten paar Meter schlich er geduckt, den Kopf gesenkt, dann rannte er zum Auto und fuhr davon. Er wusste nicht, was Lee plante, wusste nicht, was die Nachricht bedeutete, die er geliefert hatte, oder zu wem er sie gebracht hatte, kannte nur den Ort selbst. Lee hatte nie jemanden beim Namen genannt, würde es auch nie tun, und das war in Ordnung, er wollte nicht noch mehr hineingezogen werden. Er hielt zu seinem Bruder, weil sie sich immer am nächsten gestanden hatten und weil, was auch immer geschah, Blut dicker als Wasser war, doch das bedeutete nicht, dass er glücklich darüber war, was Lee getan hatte – ganz im Gegenteil.

Die Nachricht in dem gefalteten Umschlag blieb die ganze Nacht im Türrahmen, das Dröhnen des Fernsehers wurde noch lauter, löschte jedes andere Geräusch aus. Erst früh am nächsten Morgen, denn er stand immer gegen sechs auf, entdeckte er die Nachricht, las sie. Und lachte.

56

Die neue DC, die Serrailler sich ausgeborgt hatte, war erst seit der Woche des Angriffs auf Simon bei der Kriminalpolizei Lafferton. Fern Monroe war im Schnellverfahren eingestellt worden, nachdem sie einen Abschluss in Kriminologie gemacht hatte. Mit ihren dreiundzwanzig Jahren war sie enthusiastisch, aufgeweckt, schroff und hielt es für deutlich unter ihrer Würde, stundenlang Bildmaterial von Überwachungskameras zu sichten.

»Wie lange wird das dauern, Chef?«

Simon biss sich auf die Zunge. Sie war jung, ein Grünschnabel, und noch feucht hinter den Ohren. Sie würde lernen.

»Ich hoffe, kürzer, als Sie erwarten. In den Still-Akten wurde ein Vermerk gemacht, dass alle örtlichen amtlichen Überwachungskameras angewiesen wurden, ihre Aufzeichnung für diesen Tag zu markieren. Sie kennen sich mit dem Markieren aus?«

Tat sie nicht, wie er an ihrem Gesichtsausdruck erkennen konnte. Er sah ihr auch an, dass sie eher sterben würde, als es zuzugeben. Nun ja, er würde ihr ein wenig Spielraum lassen. Nur nicht zu viel.

»Oh ja.«

»Dann erklären Sie es mir.«

»Bestimmte Kameras werden ausgewählt.«

»Nicht ganz.«

»Entschuldigung, nein. Ich meine, bestimmte Zeiten.«

Serrailler lehnte sich zurück. Er wusste, er würde fairer zu ihr sein als mancher höhere Kriminalbeamte, und wenn sie ihr Verhalten nicht rasch änderte, würden die anderen erbarmungslos sein. Das waren keine schlechten Leute, nicht unfreundlich oder ungeduldig, und sie hatten alle mal ganz klein angefangen. Aber es gab immer noch Vorurteile gegen Hochschulabsolventen, die im Schnellverfahren bei der Polizei eingestellt wurden, und irgendjemand war immer bereit, ihnen ein Bein zu stellen und sie zum Narren zu machen. Wenn er jetzt nichts sagte, würde es schlimmer werden, und das rasch.

Sie schaute ihn durch ihre Hornbrille kühl an.

»DC Monroe, hören Sie zu. Sie sind erst seit ein paar Monaten Detective Constable. So weit, so gut. Sie können noch nicht alles erfahren haben – nicht einmal sehr viel –, und Sie können nicht alles wissen. Dafür muss man sich absolut nicht schämen. Es gibt viele Dinge, die selbst ich nach wie vor nicht weiß. Dasselbe trifft auf jeden Beamten in diesem Revier zu. Also fangen wir noch mal von vorne an. Wissen Sie genau, was ein markierter Tag in Bezug auf Aufzeichnungen der Überwachungskameras bedeutet?«

»Vermutlich nicht umfassend.«

»Sie meinen ›Nein‹?«

Sie sah ihn trotzig an, ohne seinem Blick auszuweichen. »In Ordnung.«

»Sie meinen ›Nein‹?«

»Ja, Chef.«

»Okay, verstanden. Jetzt werden Sie es erfahren, und es ist ganz einfach. Damit werden Sie nicht jeden Tag konfrontiert werden, obwohl es auch kein seltener Vorgang ist. Nehmen wir diesen speziellen Fall – das Verschwinden von Kimberley Still vor fast fünfeinhalb Jahren. Wie vertraut sind Sie mit dem Fall?«

»Überhaupt nicht.«

Serrailler öffnete seinen Laptop. »Hier – diese Seite und die nächste – lesen Sie die und bringen Sie sich auf den neuesten Stand. Ich hole uns Kaffee. Schwarz? Weiß?«

»Tee, Earl Grey, schwarz. Gibt es im Automaten.«

Er wurde zweimal von Leuten aufgehalten, die ihn begrüßen wollten, und als er in den schrankgroßen Raum zurückkam, den er für die Durchsicht ausgeliehen hatte, war DC Monroe auf dem Laufenden über den ungeklärten Fall.

»Da sind eine ganze Menge Routinedinge, die man hätte durchführen müssen, von denen ich aber keine Berichte finde.«

»Kann man wohl sagen. Das ist der Grund, warum wir hier sind.« Er stellte ihr den Plastikbecher mit Tee hin.

»Danke, Chef. Ich schulde Ihnen 90 Pence.«

»Geht auf mich. Was ist mit dem Markieren?«

»Hab's kapiert. Wir hoffen also festzustellen, dass jede Aufzeichnung der örtlichen amtlichen Überwachungskameras vom dritten Juni eingefroren wurde, da sie – markiert waren. Sie dürfen nie gelöscht werden, wohingegen selbst bei den digitalen einige lange zurückliegende Daten irgendwann gelöscht werden müssen. Ich war gerade dabei, die gespeicherten LDC-Dateien hochzuladen.«

»Gut. Finden Sie das Datum, und schauen Sie nach, ob alle markiert wurden, wie angewiesen.« Er trank seinen Kaffee und sah, wie ihre Finger flogen, ganz konzentriert. Sie war eindeutig Expertin, und von denen hatten sie nie genug. Er hatte schon zu viele Stummelfinger schwerfällig auf der Tastatur herumhacken sehen.

»Da ist es … sieht aus, als hätte das Markieren funktioniert. Jetzt müssen wir nur die in Frage kommenden Kameras finden – dazu wird es eine Datenbank geben. Soll ich darauf zugreifen?«

Er bemerkte, dass sie nichts von »versuchen« sagte.

Drei Minuten später war die Information auf dem Bildschirm, die relevanten Kameras auf vier eingegrenzt.

»Die hier können wir ausschließen.« Serrailler zeigte darauf. »Die ist an der Victoria Street, hinten, entfernt vom

Park. Die da ist auf den Haupteingang gerichtet – interessiert uns momentan wohl eher nicht.«

»Also geht es um diese beiden – 245 und 248?«

»Können wir uns nur den markierten Tag anschauen?«

»Dritter Juni ... müsste möglich sein – deswegen ist es ja hauptsächlich markiert worden – um nie gelöscht zu werden.«

»Genau – können Sie das Datum sehen? Es steht in Weiß über den Bildern.«

Sie fand es.

»Das spart so viel Zeit. Wie gut, mit einer Expertin zusammenzuarbeiten.«

Sie schenkte ihm ein sehr dünnes Lächeln.

Geduldig gingen sie alle Bilder des Tages durch, an dem Kimberley verschwunden war, angefangen von Mitternacht am zweiten Juni. Bis drei Uhr war da nichts, dann ein Stadtfuchs und eine Katze. Wieder nichts. Langsam kamen sie zum Tag, Einzelbild für Einzelbild, mit Lieferwagen, Menschen, die mit dem Fahrrad zur Arbeit fuhren oder zu Fuß gingen, Kindern auf dem Schulweg, Postboten, weiteren Lieferwagen. Viele ruhige Abschnitte – dies war keine besonders hektische Tageszeit. Sie erreichten vier Uhr am Nachmittag, ohne ein in der Nähe des Seiteneingangs abgestelltes Auto zu sichten. Der Kamerawinkel endete am Bürgersteig.

»Jemand könnte mit einem Auto in diesem Bereich gehalten haben – von hier bis hier –, und die Kamera hätte ihn nicht erwischt. Man kann nur erkennen, wie Leute in den Park gehen, aber nichts in Großaufnahme. Wenn wir irgendwas sehen wollen, dann von der Kamera am Eingang bei den Häuserblocks. Die könnte die Straße und auch den Randstein mit erfassen, oder auch nicht. Ist wieder mal typisch, dass wir versuchen, ausgerechnet Ansichten von Aktivitäten in dem einen kleinen Bereich zu bekommen, der von keiner Kamera abgedeckt wird.«

Aber bei dem in die Kamera eingeblendeten Datum und der Uhrzeit vom 3. Juni um 13:11 hatten sie Glück.

»Schauen Sie, Chef.« Fern Monroe drückte auf Pause.

Serrailler beugte sich vor. Das Bild war nicht gut – waren sie nie –, doch Fern hatte bei einem Einzelbild angehalten, das einen Mann und eine Frau zeigte, die aus dem Seiteneingang des Parks kamen und die Straße überquerten.

»Ein Stück zurück.«

Fern spulte zurück, bis ein Auto in der Seitenstraße auftauchte, anhielt und dann langsam in den Eingang zum Wohnblock bog. Sie sahen, wie es parkte und jemand ausstieg, der wie derselbe Mann aussah. Er legte den kurzen Weg rückwärtsgehend zurück und betrat den Park.

»Frieren Sie es bitte ein. Vergrößerung?«

»Dann wird es unschärfer.«

»Ich weiß – ich muss einen besseren Eindruck von seiner Größe und Statur bekommen. Da – stopp. Russon ist hellhäutig, ungefähr eins fünfundsiebzig, volles Haar, stämmig, aber nicht dick.«

»Könnte hinkommen, doch sein Gesicht ist nicht zu sehen.«

»Gehen Sie auf schnellen Vorlauf, bis zu dem Moment, an dem er in den Park geht.«

Vier Minuten und zweiundzwanzig Sekunden vergingen, ohne dass er zu sehen war, wobei drei andere Leute herauskamen und einer hineinging.

»Da.«

Der Mann kam wieder heraus, diesmal in Eile, und auf seiner linken Seite, daher abgewandt von der Kamera, eine Frau, etwa zehn Zentimeter kleiner. Sie überquerten die Straße zu den Wohnblocks, mit immer schnelleren Schritten. Kamen zum Auto. Ein weiteres Einzelbild, und der Mann öffnete nicht die Fahrertür, sondern die hintere auf der gegenüberliegenden Seite. Er hatte die Frau direkt vor sich, so nahe, dass von ihr zwischen ihm und der offenen Autotür wenig zu erkennen war. Das nächste Bild musste mehrmals hin und her geschoben werden, da die Bewegungen so schnell und ruckhaft waren. Die Frau schien auf dem Rücksitz gelandet zu sein, der Mann knallte die Tür zu, lief rasch auf die andere Seite, stieg ein, setzte mit durchdrehenden Reifen zurück, und verschwand dann nach links aus Sichtweite der Kamera.

»Bingo«, sagte Serrailler.

»Aber ist er das?«

»Ich glaube, das könnte er durchaus sein, doch das allein reicht natürlich nicht aus.«

»Schärfer kann ich das Bild nicht stellen. Wenn ich noch weiter vergrößere, verschwimmt es nur.«

»Lassen Sie es bis dahin zurücklaufen, wo das Auto zum ersten Mal auftaucht.«

»Ford Focus, glaube ich«, sagte Fern. »Helle Farbe. Älteres Modell.«

»Der Fahrer ist deutlicher zu erkennen, lässt sich aber immer noch nicht genau identifizieren – ich würde wetten, dass es Russon ist. Würde vor Gericht zwar helfen, ist jedoch nicht beweiskräftig.«

Sie ließ die Aufzeichnung weiter vorlaufen und hielt sie wieder an. »Ah – dachte ich mir doch. Das Kennzeichen.«

»Gut erkannt … nicht ganz vollständig. Schauen wir mal, ob wir das besser hinkriegen.«

Doch auf allen nachfolgenden Ansichten des Autos war noch weniger zu erkennen. Simon notierte sich die deutlichsten, die sie hatten, wobei der erste Buchstabe und die letzten beiden Ziffern fehlten.

»Das ist höchstwahrscheinlich ein Y.«

»Nein … J.«

»Wir sollten es mit beiden probieren. Könnten Sie versuchen, das rauszubekommen? Die automatische Kennzeichenerfassung sollte das im Nu für Sie erledigen. Schicken Sie mir eine E-Mail mit dem Ergebnis.«

»Und dann?«

»Für heute nichts mehr – wir sind sehr rasch fündig geworden, aber ich brauche Sie vielleicht später noch, falls nichts Dringenderes ansteht.«

»Berühmte letzte Worte, allerdings ist es im Moment ziemlich ruhig, Chef. Wohin gehen Sie?«

Simon zögerte, zum Teil weil man es als unangemessene Frage eines DC-Neulings an einen Chief Super betrachten könnte, aber hauptsächlich weil ihm etwas eingefallen war.

»Zunächst mal brauche ich das Ergebnis der automatischen Kennzeichenerfassung, und falls das hilfreich ist, könnte es interessant für Sie sein, mit mir zu kommen. Gute Erfahrung für Sie, dabeizusitzen.«

»Wobei, Chef?«

»Bei einem Verhör im Gefängnis.«

Er verließ das Revier auf direktem Weg. Offiziell war er immer noch krankgeschrieben, und er wollte auf keinen Fall den Kollegen von der Kriminalpolizei im Nacken sitzen. Fern Monroe würde die Informationen über das Auto in null Komma nichts herausbekommen – sie war eifrig und effizient, und er konnte mit ihr arbeiten, solange sie nicht vergaß, dass sie an ihrer ersten Ermittlung teilnahm.

Er ging zur Adelaide Road und durch den Seiteneingang in den Park. An diesem trüben, kalten Tag waren nicht viele Leute da, abgesehen von zwei Müttern mit Kleinkindern, die Enten fütterten, und ein paar älteren regelmäßigen Besuchern. Stan Barnard war nicht darunter. Serrailler ging zu einer der Bänke in der Mitte und dann mit raschem Schritt zurück – dafür brauchte er etwas mehr als eine Minute. Von dort über die Straße zu den Wohnblocks dauerte es eine halbe Minute. Das war eine sehr kurze Zeit für jemanden, um zu bemerken, wie der Mann und die Frau, wer auch immer sie waren, zusammen den Park verließen, aber Stanley Barnard war es gelungen, und die Polizei hatte mehr als fünf Jahre gebraucht, das herauszufinden.

Er ging weiter durch die Einkaufspassage und nahm den Ausgang in Richtung der Kathedrale, angrenzend an die Lanes. Er hatte ein neues Buch über Leonardo da Vinci kaufen wollen, das die Buchhandlung ihm innerhalb von zwei Tagen besorgen würde, falls sie es nicht bereits auf Lager hatten.

Beinahe wandte er sich der Buchhandlung zu, blieb dann jedoch stehen. Er wollte das Buch, aber nicht dringend. Er erfand Gründe, dorthin zu gehen, quälte sich mit der Möglichkeit, Rachel wiederzusehen. Aber wozu? Und falls sie dort war, was sollte er zu ihr sagen?

Nein.

Stattdessen rief er im Gefängnis an und beantragte ein Verhör von Lee Russon an diesem Nachmittag. Eine Stunde später schickte ihm DC Monroe eine E-Mail.

Nicht genug Info über Nummernschild zur eindeutigen Identifizierung, aber 24 mit teilweiser Übereinstimmung, die man weiterverfolgen sollte. Überprüfe das jetzt. Könnte dauern.

Doch als Simon ins Revier zurückkam, stellte er fest, dass sie bereits die Hälfte aussortiert hatte, da sie nicht zu Bauweise und Modell des Autos passten, sowie zwei andere, die sich als abgemeldet und verschrottet herausstellten.

»Bleiben mir noch zehn, Chef.«

»Nehmen Sie sich jedes einzelne sorgfältig vor. Ich schaue auch mit.«

Nach fünf hielt sie inne. »Sehen Sie sich das hier an … hat alle Zahlen, die wir deutlich erkennen können. Ist die richtige Marke. Helle Farbe. Aber unter Besitzer, Steuer und Versicherung kommt nichts. Nur Leerstellen.«

Simon dachte kurz nach. Es fühlte sich richtig an. Sie waren nah dran. Näher als nah. Doch es musste noch mehr geben.

»Radarkameras?«

»Gute Idee. Suchen Sie alle im Umkreis von zehn Meilen heraus, und konzentrieren Sie sich zuerst auf die Westseite – Starly Road. Dann die am Ende der Unterführung. Earl Grey?«

»Danke, Chef.«

Im Automaten gab es keinen mehr, daher ging er nach unten in die Kantine. Nach Schichtende hatte sich eine Schlange gebildet, und während er wartete, platzte Fern Monroe durch die Tür herein und rief noch im Laufen: »Chef – hab ihn. Ich hab ihn!«

Serrailler runzelte die Stirn, als sich mehrere umdrehten, und wandte sich von ihr ab, bis er die Teebecher für sie beide hatte und zu einem Fenstertisch auf der anderen Seite trug.

»Chef –«

»DC Monroe, ich weiß, dass wir uns hier in den Räumlichkeiten der Polizei befinden, nicht in einer öffentlichen Cafeteria, trotzdem sollten wir unsere Geheimnisse nicht vor der gesamten Polizeitruppe herausbrüllen.«

Sie schaute verärgert, setzte sich aber und trank einen Schluck Tee. Er war brühend heiß, was sie jedoch nicht zu bemerken schien.

»Also – was haben Sie?«

»Innerhalb von zwei Meilen vom Park auf der Starly-Seite gibt es drei Radarfallen – die erste war an jenem Donnerstag defekt, die zweite Kamera nahm unser Auto auf, war ziemlich sicher er, aber er hat die Geschwindigkeit nicht überschritten. Die dritte Kamera steht an der Gulliver Road.«

»Führt oben am Park entlang.«

»Ja – die Kamera ist geradeaus gerichtet, bevor man links in den Waterloo Way abbiegt, der zur Seite des Parks und der Wohnblocks führt.«

»Bekannt für Raser – Leute, die vom Stadtzentrum wegfahren, benutzen ihn als Umgehungsstraße, was er nicht ist, das ist eine Wohnstraße – jedoch breit, und oft auf beiden Seiten mit Autos zugeparkt.«

»Unser Auto wurde von der Kamera geblitzt, als es auf die Abbiegung zufuhr, die der Fahrer ein bisschen zu schnell nahm. Diesmal hat die Kamera ihn voll erwischt, und auch als er davon wegfuhr. Er bekam einen Strafzettel. Ich habe um eine Kopie gebeten, mit Angabe der Adresse und wann er bezahlt wurde.«

»Falls er bezahlt wurde.«

»Nun ja. Das Ergebnis wird nicht so rasch vorliegen wie bei der automatischen Kennzeichenerfassung – andere Abteilung und bisher noch nicht komplett digitalisiert.«

Serrailler trank seinen Tee halb aus und blickte dann über den Tisch. »Gute Arbeit, DC Monroe. Das ist es, was Sie brauchen – Aufmerksamkeit fürs Detail, Ausdauer – ohne dabei das Gesamtbild aus den Augen zu verlieren, und ignorieren Sie niemals Ihre Intuitionen. Nur dürfen Sie sich nicht auf sie verlassen und alles andere ausschließen. Ende der Predigt. Trinken Sie Ihren parfümierten Tee aus – wir machen uns auf den Weg zum Leverworth-Gefängnis.«

Lee war im Voraus informiert worden, dass er vernommen werden sollte, und hatte sofort nach seinem Anwalt verlangt. Die Forderung war abgelehnt worden, doch als sie nun mit ihm in dem kleinen Raum saßen – Serrailler auf der anderen Seite des Metalltisches, DC Monroe einige Meter entfernt auf einem Stuhl an der Rückwand –, fragte er noch einmal danach.

»Sie brauchen Ihren Anwalt nicht, das ist ein Gespräch.

Ich werde Sie nicht auf Ihre Rechte hinweisen, Ihnen wird nichts zur Last gelegt, Sie können sich weigern, meine Fragen zu beantworten, und Sie können jederzeit gehen – Sie brauchen nur zu fragen.«

Russon drückte sich so gegen die Rücklehne, dass der Stuhl kippelte. Er verschränkte die Arme über der Brust und hatte ein höhnisches Grinsen im Gesicht.

»Na gut, dann hab ich kein Problem damit. Ich hab keine Ahnung, warum Sie hier sind, aber ich hab nichts getan – hatte ja wohl auch keine Möglichkeit dazu, oder? Also dann verzichte ich auf die Anwälte. Wer sind Sie noch mal? Kann mich nicht an Sie erinnern.«

»Nein, wir sind uns nie begegnet. Detective Chief Superintendent Simon Serrailler. Das ist Detective Constable Monroe. Sie sitzt nur dabei, beteiligt sich aber nicht. Sind Sie damit einverstanden?«

Russon zuckte mit den Schultern, musterte Monroe jedoch von oben bis unten, bevor er den Blick abwandte.

»Ich möchte mit Ihnen über Autos reden, Lee.«

»Versuchen Sie's bei einer Werkstatt.«

Simon ging nicht darauf ein. »Besonders über Autos, die Sie in den letzten zehn Jahren besessen haben. Vor allem *ein* Auto, aber gehen wir sie erst mal alle durch.«

»Als ob.«

»Wie bitte?«

»Hatte eine Menge Autos.«

»Wie viel ist ›eine Menge‹ – innerhalb von zehn Jahren? Versuchen Sie genauer zu sein, wenn es möglich ist.«

Russon schloss die Augen und kippte den Kopf nach hinten. Diese Haltung behielt er ein paar Minuten bei, und Simon bedrängte ihn nicht, sagte nichts, wartete nur ab.

»Zwölf. Vierzehn. Keine Ahnung.«

»Das kommt mir viel vor.«

»Ehrlich? Warum denn?«

»Ich weiß, dass manche Leute ihre Autos gerne regelmäßig wechseln, vor allem wenn sie Neuwagen kaufen und eine Art Abonnement abschließen, mit Austausch alle zwei Jahre. Ist es das, was Sie gemacht haben?«

»Lass mich doch nicht verarschen.«

»Was haben Sie dann gemacht?«

»Gekauft. Verkauft. Normal, tät ich sagen.«

»Vielleicht. Na gut, Sie haben einen alten Schlitten gekauft, ihn zu Schrott gefahren, aufgemotzt und irgendeinem Affen verkauft, einen anderen gekauft –«

»Beschuldigen Sie mich?«

»Nein. Habe nur gesagt, wie es vermutlich abgelaufen ist.«

»Sie haben ja keine Ahnung.« Russon richtete plötzlich seinen Stuhl auf und stieß dabei gegen den Tisch. Er stützte sich darauf und starrte Serrailler an. »War's das?«

»Ich hab noch gar nicht angefangen.«

Russon verdrehte die Augen.

»Welches Auto haben Sie zuletzt besessen?«

»Sind wir immer noch bei Autos?«

»Sind wir.«

»Kann mich nicht erinnern.«

»Versuchen Sie's.«

Der Mann streckte die Arme aus.

»Okay, ich helfe Ihnen. Farbe – Schwarz? Silber? Blau? Weiß?«

»Ich hatte ein schwarzes Auto. Und einen weißen Van. Ich hatte ein kastanienbraunes Auto. Ich hatte –«

»Welches haben Sie am 3. Juni 2009 gefahren … als Sie mit überhöhter Geschwindigkeit in einer Dreißig-Meilen-Zone geblitzt wurden und einen Strafzettel bekamen?«

»Hab nie einen Strafzettel bekommen.«

»Die Kamera lügt nicht, Lee. Welches Auto?«

»Hab's doch schon gesagt. Keine Ahnung von Blitzen und Strafzettel. War ich nicht.«

»Welches Auto haben Sie um dieses Datum herum besessen? Kommen Sie, treiben Sie keine Spielchen mit mir, Sie wissen es.«

Russon ließ wieder den Kopf in den Nacken fallen und schloss die Augen. »Die Zeit vergeht langsam hier drinnen«, sagte er. »Nicht dass Sie das wüssten. Ist alles schon sehr lange her.«

»Doch während der Zeit ist sehr wenig passiert. Das war Ihr letztes Auto, nicht wahr? Also werden Sie sich erinnern.«

»Mein letztes Auto, wirklich?«

»Ja.«

»Welches Auto war das?«

»Oh, sagen Sie es mir. Bauart und Modell. Farbe. Kennzeichen.«

»Hab ein schlechtes Gedächtnis.«

»Ein beiger Ford Focus, nicht wahr?«

Er schoss schnell mit der Frage heraus und nahm ein überraschtes Flackern auf Russons Gesicht wahr, bevor es sich wieder verschloss.

»Kennzeichen beginnend mit APW …«

»Hab doch schon gesagt, ich hatte Dutzende Autos.«

»An diesem 3. Juni hatten Sie nur eins – einen beigen Ford Focus. Was ist mit dem Auto passiert, Lee?«

»Woher soll ich das wissen? Ist fünf Jahre her, und ich war hier drinnen, da gibt's keine Autos.«

»Haben Sie es verschrottet? In Brand gesetzt?«

»Ich weiß nicht, wovon Sie reden. Ich hab die Schnauze voll, das wird langweilig.«

»Sie haben das Auto vor den Wohnblocks am Waterloo Way abgestellt. Sie haben die Straße überquert und sind durch den Seiteneingang in den Park an der Adelaide Road gegangen. Nicht lange danach wurden Sie gesehen, wie Sie auf demselben Weg mit einer jungen, etwa fünfundzwanzigjährigen Frau herauskamen, von der ich glaube, dass es Kimberley Still war.«

Russon richtete sich kerzengerade auf, seine Hände packten die Tischkante. »Warten Sie, warten Sie. ›Sie wurden gesehen‹? Von wem? Wer hat mich mit wie immer ihr Name war gesehen, wer behauptet, er hätte mich gesehen?«

»Das kann ich Ihnen nicht verraten, Lee, aber Sie könnten es mir sagen.«

Er sah, wie Russon alles abwog, während er auf den Tisch starrte. Er könnte weiterhin nichts sagen, nichts wissen, sich nicht erinnern – seine Unschuld beteuern. Er könnte die falschen Antworten geben, oder teilweise falsche. Oder er könnte mit Informationen herausrücken. Serrailler wusste, das Russon jetzt versuchte, genau herauszufinden, was das bedeuten und was als Nächstes passieren würde. Er konnte eine gewiefte Vermutung anstellen, aber abhängig davon, was er tatsächlich mit dem Auto gemacht hatte, konnte er nicht sicher sein, was Serrailler wusste, und falls er irgendwas Beunruhigendes wusste, woher dann, woher?

Er blickte den Bullen an. Der wusste überhaupt nichts – oder jedenfalls nicht genug. Er hatte ein paar Brocken aufgeschnappt, der Himmel mochte wissen, wie oder warum, doch das war nicht das Problem. Er durfte nicht den Kopf verlieren, das war alles, worauf es jetzt ankam. Nichts verraten.

»Das Auto, Lee?«

»Kann mich nicht erinnern.«

»Nur die Farbe reicht für den Anfang. Nennen Sie mir nur die Farbe.«

»Kann mich nicht erinnern. Vielleicht Schwarz?«

»Geben Sie sich mehr Mühe. Oder die Bauart?«

»Kann mich nicht erinnern.«

»Bisschen leichtsinnig, am Tag aller Tage einen Strafzettel für zu schnelles Fahren zu bekommen.«

»Hab keinen gekriegt.«

»Wann?«

»Wann Sie sagten.«

»Wann war das?«

»Kann mich nicht erinnern.«

»Wohin haben Sie sie gebracht, Lee?«

Für den Bruchteil einer Sekunde Pause, bevor sich der Mann wieder verschloss. Aber da war das Flackern eines Schocks in seinen Augen gewesen.

»Was haben Sie mit ihr gemacht?«

»Ich weiß nicht, von wem Sie reden.«

»Wo haben Sie sie in dem blauen Mondeo hingebracht?«

»Es …«

»Ja?«

»Nichts.«

»Das war es doch, ein blauer Mondeo? Das ist der, für den Sie den Strafzettel bekommen haben.«

Der Mann biss sich auf die Lippe, hielt sich zurück, wollte sagen: »Nein, ich hatte nie einen blauen Mondeo«, zwang sich jedoch, es nicht zu tun, wollte Serrailler zeigen, dass der Schwachsinn redete, hielt sich aber zurück.

»Oder war es ein Ford Focus? Entschuldigen Sie, mein Fehler. Ja, natürlich. Sie haben Kimberley zu dem Ford Focus gebracht, als Sie mit ihr aus dem Park kamen – das wissen wir mit Sicherheit. Haben Sie noch einen Strafzettel bekommen, Lee?«

Russon stand auf. »Ich hab genug davon. Ich will jetzt gehen.«

»In Ordnung – sagen Sie mir bloß, dass es der Ford Focus war, dann kann ich ihn auf der Liste abhaken.«

»Welche Liste? Wovon reden Sie?«

»Meine Liste. Wir haben das Auto, wir können es uns bestätigen lassen, dachte nur, es wäre hilfreich, wenn Sie es mir auch sagen könnten.«

»Was meinen Sie damit, Sie haben das Auto? Wie können Sie das Auto haben, das ist ganz un…«

»Un… was?«

»Ich will gehen. Wenn Sie mich hier nicht rauslassen, mache ich Ihnen Ärger.«

Serrailler stand ruhig auf, ging zur Tür, öffnete sie und komplimentierte Russon zum wartenden Gefängniswärter hinaus. »Danke, Lee. Sie waren sehr hilfsbereit. Möglicherweise werde ich noch mal mit Ihnen sprechen müssen.«

Auf dem Flur war es still, dann entfernten sich Schritte.

Serrailler trat zurück in das Verhörzimmer.

»Bestens«, sagte er. »Hervorragend. Er hat Schiss gekriegt. Er weiß nicht, was ich weiß, und er macht sich Sorgen. Soll er ruhig schwitzen. Kommen Sie, Monroe – Sie können mir auf dem Rückweg Ihre Eindrücke schildern.«

57

Das Verhör hatte Lee Russon wütend gemacht und ihn auch für ein paar Minuten beunruhigt, doch als er wieder in seinem Zellenblock war, hatte er sich beruhigt und redete sich ein, dass der Bulle trotz seiner Fragen über nichts Wissenswertes verfügte – definitiv nichts, was zur Wahrheit führen konnte. Aber der Grund, warum sie ungelöste Fälle durchwühlten, war offensichtlich. Sie sollten Besseres zu tun haben, als in der Zeitung Interviews mit dieser Mrs Still zu lesen, die das alles aufzuwirbeln versuchte.

Mrs Still. Er konnte sein Lächeln nicht unterdrücken.

Im Schuppen war alles bereit, und er musste nur noch die Zeit bis zum Abend rumkriegen. Er fand eine alte Ausgabe von *Wordsearch* und löste ein paar Rätsel, nur dauerte das nicht lange. Er war gut in Wortsuchrätseln. Sehr gut.

Also machte er das Einzige, was ihm noch helfen würde, die Zeit rumzubringen – er trank zwei Dosen Strongbow und legte sich schlafen.

»Marion?«

»Hallo, Bren, wie geht's dir? Ich hab gestern bei dir angerufen, aber du warst nicht da.«

»Nein, ich war mit Clive und Vicky aus. Zum Quizabend im Pub. Jetzt rufe ich nur an, weil ich unseren Donnerstagtermin nicht einhalten kann. Können wir ihn auf Freitag verschieben? Ich dachte, wir könnten mal den neuen Italiener ausprobieren, sieht richtig nett aus, wir sind gestern Abend daran vorbeigekommen. Was hältst du davon?«

»Ja, gute Idee. Warum nicht? Ist immer gut, Neues auszuprobieren, und ich mag Italienisch, solange es keine Pizza ist. Davon bekomme ich immer Sodbrennen.«

»Das liegt am Teig. Kann ziemlich klitschig sein. Die haben auch eine Menge andere Gerichte, ich hab mir die Speisekarte angeschaut. Soll ich uns einen Tisch für sieben Uhr reservieren?«

»Würdest du das machen? Das ist lieb. Bei dir alles in Ordnung?«

»Oh ja, aber ich wollte dich auch noch fragen, ob du weitere Probleme mit nächtlichen Geräuschen in deinem Garten gehabt hast. Denn wenn du die hast, weißt du, dass du immer herkommen und bei mir übernachten kannst, jederzeit, du musst mich nur anrufen – das Bett ist stets für dich gemacht.«

»Ich weiß, und auch das ist so lieb von dir. Zum Glück war alles ruhig, Gott sei Dank. Nicht ein Flüstern. Inzwischen glaube ich auch, dass da ein Fuchs in meinem Garten war. Ich habe in der *Gazette* gelesen, dass die in den Städten zum echten Problem werden. Sie wissen nicht, was sie dagegen tun sollen.«

»Ich hoffe, sie fangen nicht an, Gift auszulegen.«

»Ja, aber was sonst? Sie wollen sie in der Stadt nicht erschießen, und bei manchen sind Füchse durch die Terrassentür ins Haus gekommen. Das ist kein Witz. Sie verbreiten alle möglichen Bazillen und auch Krankheiten.«

»Dann sorg dafür, dass deine im Garten bleiben.«

»Oh ja. Ich muss Schluss machen, der Timer vom Ofen hat geklingelt. Wir sehen uns dann am Freitag, Brenda, ich freu mich schon richtig drauf.«

Dave ging um halb sechs in den Club, bestellte sich ein Pint und hakte seinen Namen auf der Liste ab. Er war Vierter. Er würde erst wieder trinken, wenn die Spiele beendet waren, es minderte seine Konzentration, und es war kein Freundschaftsspiel, diese Partie war wichtig. Er entdeckte zwei der anderen drüben am Tresen und schloss sich ihnen an. Sie hatten sich schick gemacht – saubere Hemden, saubere Jeans oder Hosen mit Bügelfalten, die Haare gebürstet und gegelt. Sie brachten sich in Stimmung. Genau wie er. Sie würden gewinnen.

Er hob sein Glas. Die anderen ebenfalls.

»Auf uns«, sagte Dave, »und auf dass wir sie fertigmachen.«

»Cheers, Dave.«

Sie waren konzentriert. Sie waren bereit. Das war alles, woran sie dachten.

58

»Möchtest du ein Glas Wein, Dad? Das verträgt sich mit deinen Medikamenten.«

»Was mir durchaus bewusst ist, vielen Dank.«

»Oder einen Scotch?« Kieron hielt eine Flasche Famous Grouse hoch.

»Habt ihr keinen Malt?«

»Haben wir. Laphroaig?«

»Zu torfig für mich. Ich nehme den Grouse.«

Kieron warf Cat einen Blick zu, als er ein Glas aus dem Schrank holte. Sie wusste, dass er sich auf die Zunge biss, doch wer wollte ihm das verübeln? Ihr Vater war immer aufbrausend gewesen, aber seit seiner Krankheit war er regelrecht grob geworden – zu allen, außer zu Felix, der sein Liebling war, sein Augapfel, derjenige, der seit dem Tag seiner Geburt nichts falsch gemacht hatte und nie mehr als ein halbes Dutzend Wörter mit seinem Großvater wechselte.

»Wasser oder Soda?«

»Ein Spitzer Wasser. Kein Eis.«

»Wie fühlst du dich, Richard?«, fragte Kieron, als er den Drink neben ihn auf den Tisch stellte.

»Müde, ansonsten ziemlich gut, was ich sicher nicht der Behandlung in meinem früheren Krankenhaus zu verdanken habe – falsche Medikamente, nicht zur richtigen Zeit verabreicht, grauenhaftes Essen, dreizehnjährige Assistenzärzte, ständig abwesende Fachärzte, und der Hygienestandard hat stark nachgelassen. Wird das nicht mehr gelehrt?«

»Das Problem ist, dass die Reinigung vor Jahren an ein Privatunternehmen ausgelagert wurde, zwangsläufig mit dem billigsten Angebot, und wenn man sich auf so was einlässt, muss man an allen Ecken und Enden sparen, um überhaupt Gewinn zu machen. Sie zahlen dem Personal das Minimum, und es sind zu wenige, um den Job ordentlich zu machen. Was erwartest du?« Cat saß auf dem Sofa mit einem Glas Sauvignon auf der Armlehne und Mephisto und Wookie gemeinsam auf ihrem Schoß. »Und du und ich haben für ältere Patienten vermutlich auch wie Dreizehnjährige ausgesehen, als wir Assistenzärzte waren.«

»Versuch nicht, mich aufzuheitern.«

»Gott bewahre, Dad.«

Richard nahm einen Schluck Whisky, genoss ihn und sagte dann: »Übrigens, ich hoffe, euch nicht mehr allzu lange zur Last zu fallen.«

»Natürlich fällst du uns nicht zur Last, du warst sehr krank.«

»Aber auf dem Wege der Besserung. Also – das Haus ist noch für einen weiteren Monat an diese vollkommen akzeptablen Mieter vergeben, und wenn er eine Verlängerung für seine Forschungsstelle bekommt, werden sie vermutlich bleiben wollen. Damit bin ich sehr einverstanden, weil ich nicht dorthin zurückziehen will. Zu groß und zu angefüllt mit Erinnerungen. Ich habe darüber nachgedacht, mir etwas anderes zu suchen.«

»Ein kleineres Haus?«

»Nein. Erinnerst du dich an die alte Entbindungsklinik, Ascot Court?«

»Nur so ungefähr. Wurde daraus nicht ein privates Altersheim?«

»Ja. Schrecklich heruntergekommen. Ist geschlossen worden, und das zu Recht. Das Haus stand eine Weile leer, aber ich habe in der *Gazette* gelesen, dass es von einem Bauunternehmer gekauft wurde und in Luxuswohnungen umgebaut wird – insgesamt acht, nur für Menschen über sechzig.«

Cat streichelte langsam Mephistos Rücken. Was sollte sie sagen? Nicht auf die Idee anspringen, sie nicht von vornherein ablehnen. Am besten, sie überließ es ihm.

»Du würdest deine Unabhängigkeit wollen, Richard«, sagte Kieron. »Kein erzwungenes gesellschaftliches Beisammensein.«

»Gewiss nicht. Ungezwungen wäre etwas anderes. Ich würde eine der beiden größeren Wohnungen nehmen – mit Garten. Das ist ein schönes Gelände, soweit ich mich erinnere. Ich wurde ein- oder zweimal dorthin gerufen. Wahrscheinlich kaufe ich sofort eine. Hallam House werde ich vorläufig nicht verkaufen. Ich dachte, ich sollte euch über meine Pläne unterrichten.«

»Das klingt gut. Und nicht zu weit von hier entfernt.«

»Nicht zu nah.«

»Ich bin überrascht, dass du dich für solche Überlegungen überhaupt gut genug fühlst.«

»Die Zeitung zu lesen und nachzudenken hat meine Kräfte durchaus nicht überstiegen, Catherine.«

»Sicher nicht.« Cat erhob sich. »Ich stelle jetzt das Gemüse auf. Trink noch einen Whisky, Dad.«

»Danke dir, nein. Vielleicht nach dem Abendessen.«

Beschwingt ging sie in die Küche. So typisch für ihren Vater, seine Überlegungen zu seinem nächsten Schritt mit keinem Wort zu erwähnen, während die Besorgnis darüber, er könnte für immer bei ihnen bleiben, den Höhepunkt erreicht und Kieron begonnen hatte, Drohungen vor sich hin zu murmeln.

Kieron. Sie hörte Sam die Einfahrt heraufkommen, als im selben Moment Kierons Handy auf dem Küchentisch zu summen begann. Sie griff danach, fluchte, wollte es ihm bringen und stieß dabei mit ihrem Sohn zusammen. »Hey, Mum. Rat mal, was ich heute gemacht habe? Einen Trip in die Leichenhalle.«

59

Alles war gut. Es war toll. Es hatte funktioniert. Wie immer hatte er bleiben wollen und zusehen, wie sich alles entfaltete, dieses Hochgefühl spüren und das glückliche Ende genießen wollen, aber diesmal ging das nicht. Dieses Risiko würde er nicht eingehen. Schließlich war er vernünftig, oder? Trotzdem schwebte er auf Wolken.

Und dann passierte es, auf dem Rückweg, beim Klettern über das hohe Tor vier Häuser weiter hinten, zum Ödland dahinter. Er war schon hundert Mal über Tore geklettert, viel schwierigere, viel höhere, und dieses war nicht schwierig, und dann blieb sein Fuß hängen, und er hatte keine Zeit, sich zu retten, war nur drübergeflogen und schlecht gelandet, ein Bein unter ihm, der Arm abgespreizt. Der Schmerz war grauenhaft, und er hatte laut geschrien, konnte nicht anders. Dann war er ohnmächtig geworden.

Zuerst wusste er nicht, wo er war oder warum oder wer mit ihm redete. Er wurde nach seinem Namen gefragt, und er roch den Rauch, und der Schmerz im Bein und im Knöchel war noch schlimmer. Gelbe und orangefarbene Strahlen und Flammen hinter seinen Augen und am Himmel.

Etwas wurde über ihn gestülpt.

»Der läuft uns nicht weg.«

Da erinnerte er sich, aber das nützte nichts, weil er sich nicht bewegen konnte. Er musste verschwinden, und er konnte nicht verschwinden, und nach einer langen Zeit und einer Menge Rauch kamen die Stimmen wieder, die Gesichter, die auf ihn herunterblickten, nach seinem Namen fragten.

»Kannst du mich hören, Barry? Du bist in einem Krankenwagen, auf dem Weg zum Krankenhaus.«

Sie hatten etwas über sein Gesicht gelegt, sodass er nicht antworten konnte, doch sie fragten weiter und dann: »Drück meine Hand, wenn du mich hören kannst, Barry.«

Drücken.

»Ist dein Name Barry Grove? Drück meine Hand.«

Drücken.

Irgendwas war falsch, das wusste er, etwas, das hätte passieren sollen. Oder auch nicht. Oder passieren würde. Nur dass er nicht wusste, was. Es war da in seinem Kopf, schwebte herum, aber er kriegte es nicht klar. Irgendwas war falsch. Irgendwas.

Ihr Vater ging nach dem Essen gleich zu Bett, und es blieb Cat überlassen, abzuräumen, während Sam und Kieron sich Chelsea gegen Spurs anschauten und, da sie beide keine Fans einer der Mannschaften waren, das Spiel genießen konnten, ohne dass Spannungen aufkamen.

Sie musste immer noch ihre Überraschung über Richards Ankündigung verarbeiten, und als er nach oben gegangen war, hatte Kieron den Daumen hochgereckt und sie angegrinst. Ihr Vater war immer ein Mann gewesen, der seine eigenen Entscheidungen traf und barsch reagierte, wenn ihn jemand davon abbringen wollte. Doch sie würde nicht im Traum daran denken, das zu versuchen. Er würde ein vollkommen anderes Leben in den neuen Wohneinheiten genießen, Freundschaften schließen oder nicht, wäre aber jedenfalls in Sicherheit und nicht so weit weg, wenn er einen von ihnen brauchte.

»Dann hat sich ja alles in Wohlgefallen aufgelöst«, sagte Sam, als er in die Küche kam, um ein Bier für Kieron und ein Stück Kuchen für sich zu holen. »Außer dass Großvater findet, ich sollte kein Krankenhaushelfer sein.«

»Hat er das zu dir gesagt?«

»Ja. Ich glaube, er denkt, das wirft ein schlechtes Licht auf ihn.«

Cat schnaubte.

»Dabei erinnert sich kaum noch jemand an ihn.«

»Sam – sag ihm das bloß nicht!«

»Werde mich hüten! Hoppla, entschuldige, Kieron. Ist okay, ich hab alles.«

»Neuester Stand. Das Feuer war an der Mountfield Avenue. Ist ziemlich sicher Brandstiftung, und sie glauben, sie haben ihn.«

»Du musst also nicht los?«

»Nein. Sie werden mir gleich morgen früh Bericht erstatten. Komm, Sam – ich hab so das Gefühl, dass die Spurs sich das holen.«

»Nee … Glück, dieses letzte, reines Glück. Deine ballern nur durch die Gegend.«

Sie hatten es zu einem Konkurrenzkampf gemacht, wo es keinen gab, was für sie vermutlich der eigentliche Zweck war, sich das Spiel anzuschauen. Cat musste schmunzeln.

Sie hatten ihm etwas verabreicht, doch er war bei Bewusstsein, als er durch die Flure geschoben wurde, durch Schwingtüren und dann zum Röntgen, bekam mit, dass der junge Arzt ihm sagte, der Bruch sei sehr schlimm und ob er seine Zustimmung gebe, dieses Formular unterschreiben würde, warum habe er »Keine« gesagt, als man ihn nach seiner Adresse fragte, und »Niemand« für die nächsten Angehörigen?

Er nannte erneut seinen Namen. Mehr nicht. Mehr gab es nicht. Jemand schob ein Stück Papier nahe an seinen Arm, und er unterschrieb. Er erinnerte sich, dass der Mann in dem grünen Tuch und der Maske ihm etwas auf den Arm rieb, und dann erinnerte er sich an gar nichts mehr.

60

Zwar war es erst zehn nach sieben, aber der Chief musste um elf in London sein.

»Der neueste Stand, Simon. Mrs Still ist noch am Tatort für tot erklärt worden ... sie hatte keine Chance. Sie hatte alle Türen und Fester verriegelt, nachdem sie von den Geräuschen draußen mehrfach in Angst und Schrecken versetzt worden war, also wird der Rauch sie überwältigt haben, und dann breitete sich das Feuer sehr schnell aus. Das Haus ist fast völlig ausgebrannt. Wir haben Barry Grove im Krankenhaus – er ist wegen Knochenbrüchen am Bein und am Knöchel operiert worden, und wir konnten noch nicht mit ihm sprechen, haben aber jemanden dort, der wartet, bis die Ärzte grünes Licht geben. Wir wissen, dass er es war, er hatte überall Spuren von Brandbeschleuniger an sich, und seine Fußspuren wurden im Blumenbeet unter Mrs Stills Fenster gefunden. Darüber hinaus ist er ein bekannter Brandstifter – hat dafür vor ein paar Jahren, als er noch in Bevham wohnte, im Gefängnis gesessen. Jetzt müssen wir herausfinden, wer ihn dazu angestiftet hat – denn das hat jemand getan. Er hat schon mehrere Brände gelegt, aber nie in der Nähe von Wohngebäuden oder Menschen. Das war neu. Also ist es entweder der Höhepunkt diverser Trainingsläufe, oder jemand wusste über seine Taten Bescheid und bezahlte ihn dafür. Ihm geht es ziemlich schlecht, daher schätze ich, dass er beim Verhör zusammenbricht.«

»Das war Russon.«

»Wir müssen es nur beweisen. Inzwischen habe ich deine gesamten Notizen durchgelesen – mit der Identifizierung durch die Überwachungskameras bist du sehr nahe rangekommen – gute Arbeit, Superintendent. Und du könntest zweifellos noch weiterkommen, wenn du die Bilder aus der Radarfalle analysieren lässt, aber ehrlich, musst du das jetzt wirklich tun? Ich glaube nicht. Denn auch wenn du genug findest, um zu bestätigen, dass es tatsächlich Lee Russon war, der den Park an der Adelaide Road mit einem Mädchen verließ, höchstwahrscheinlich mit Kimberley Still, würde das, wie wir beide wissen, den Staatsanwalt ohne wichtige Zeugen und ohne ein Geständnis nicht überzeugen, den Fall wieder zu eröffnen und Russon erneut vor Gericht zu bringen. Doch wenn Russon diesen Barry Grove dazu angestiftet hat, Mrs Stills Haus in Brand zu stecken, und Grove seinen Namen nennt, kriegen wir ihn auf diese Weise.«

»Und wenn er es nicht tut?«

»Dann überlegen wir weiter. Ich glaube, dass er es tun wird.«

»Einverstanden.«

»Also, was machen wir? Wir können Russon natürlich nicht wegen Brandstiftung anklagen, und Schriftliches wird es nicht geben. Grove wird sowieso angeklagt – so gut wie sicher wegen Mordes, aber er könnte mit Totschlag davonkommen, falls er behauptet, nicht gewusst zu haben, dass jemand zu der Zeit im Haus war – die Auskunft bekommen zu haben, es sei leer, all das. Spielt keine Rolle.«

»Ich schätze, er wird singen. Was hat er zu verlieren?«

»Dieser Fall wurde erneut untersucht, weil die arme Mrs Still keine Ruhe gab. Verständlich. Doch sie ist tot. Sie wollte Gerechtigkeit für ihre Tochter, den Beweis, dass Lee Russon sie ermordet hat und die Leiche gefunden wird. Das ist das, was wir wollten – Fall gelöst, Akten geschlossen. Aber Russon ist zu lebenslanger Haft verurteilt. Wenn ihm die Brandstiftung und der Mord an Mrs Still angehängt werden, kommt er nicht wieder lebend aus dem Gefängnis.«

»Warum ihn dann noch wegen dieser Sache verfolgen? Ja, du hast recht. Wenn es mir auch nicht gefällt.«

»Mir auch nicht, doch die Ressourcen der Polizei sind begrenzt. Wenn er noch draußen wäre, würden wir es natürlich verfolgen. Wenn dieser Kerl im Krankenhaus auch nur Russons Namen haucht, fährst du wieder hin, und diesmal mit Rechtsbelehrung, er kriegt seinen Anwalt, aber du fragst ihn trotzdem nach Kimberley.«

»Russon wird nicht reden«, sagte Simon. »Nie. Warum sollte er?«

»Ist verdammt frustrierend, ich weiß – du warst so nah dran.«

Als Simon das Gebäude am späteren Nachmittag verließ, rief er Monroe an.

»Wir können nicht weitermachen.«

»Aber hören Sie –«

»Wir wissen, es ist der richtige Mann, wir wissen, wir haben das Auto und können nachweisen, dass er zum richtigen Zeitpunkt vor Ort war, doch es würde nicht standhalten. Der Staatsanwalt würde es uns nicht als unumstößlichen Grund und neuen Anfangsbeweis für die Empfehlung eines Wiederaufnahmeverfahrens abkaufen, und wie Sie wissen, kann niemand für dasselbe Verbrechen zweimal angeklagt werden, außer es gibt ›zwingende neue Beweise‹. Das ist eine Sackgasse. Aber Sie haben hervorragende Arbeit geleistet, und ich danke Ihnen vielmals für Ihre Hilfe.«

»Oh.«

»Ich weiß. Unerledigte Angelegenheiten – Sie werden sich daran gewöhnen müssen. Tut mir leid. Ist verdammt frustrierend.«

»Genau. Na ja, bin trotzdem froh, dass ich helfen konnte.«

Simon nahm die Monotonie ihrer Stimme wahr, kannte ihre Enttäuschung über die anscheinend verschwendete Zeit.

Doch das war sie in mehrfacher Hinsicht nicht. Sie waren, wie der Chief gesagt hatte, sehr nahe rangekommen. Und wenn der Brandstifter jetzt vielleicht sang, könnten sie ihn mit Lee Russon in Verbindung bringen. Oder auch nicht.

Und dann war da noch die Insel. Auch das war eine unerledigte Angelegenheit, und die Polizei würde diese Akten ebenfalls nicht schließen können, solange auch nur die geringste Möglichkeit bestand, dass eines Tages etwas auftauchen würde. Auf dieser Basis würde es noch ein ungelöster Fall bleiben.

Simon war plötzlich erschöpft. Seine Schulter schmerzte. In zwei Tagen würde ihm die Dauerprothese angepasst werden. Sein bionischer Arm. Robbie würde ihn in Aktion sehen wollen, ihm Testaufgaben stellen – »Heb damit die Nadel auf. Halt jetzt diesen Becher und lass ihn nicht fallen. Jetzt wink mir. Jetzt dreh deine Hand um.«

Er lächelte. Würde er je auf die Insel zurückkehren? Wahrscheinlich nicht. Manche Dinge sollte man besser auf sich beruhen lassen.

Kirsty rief ihn an dem Abend nach elf an. »Ist es zu spät? Warst du schon im Bett, Simon?«

»Nie vor Mitternacht, wenn überhaupt, aber ich wundere mich, dass du noch auf bist. Geht es dir gut?«

»Aye, mehr oder weniger – ich schlaf jetzt nicht mehr so gut mit dem Getrampel unter meinen Rippen, und Robbie hat Albträume.«

»Schön, dich zu hören. Der arme Robbie … meine Mum hat immer das Fenster aufgemacht und die Albträume rausgeworfen. Sie hat gesagt, dass sie über den Himmel davongaloppieren.«

»Was für eine tolle Vorstellung. Werde ich ausprobieren. Hör zu, ich wollte dich nur auf den neuesten Stand bringen.«

»Wegen Iain?«

»Na ja, sobald sie gehört haben, dass er sich erhängt hat, ist natürlich jeder mit seinen eigenen Theorien gekommen, aber niemand weiß genau über ihn und Sandy Bescheid – Lorna hat nie etwas gesagt, und jetzt ist sie weg.«

»Für immer?«

»Aye … ihr hat es hier nie richtig gefallen, und sie konnte den Pub und die Lagerhäuser nicht alleine führen. Der Pub ist geschlossen. Jetzt wird überlegt, die Lager als Gemeinschaftsding zu übernehmen – weil es eine Weile dauern wird, jemand Neuen zu finden, falls uns das je gelingt.«

»Auch ein Gemeinschaftspub?«

»Vielleicht. Das ist ein etwas größeres Unterfangen. Wir werden sehen. Die Sache ist, was mit Sandy war, wissen jetzt alle.«

»Wie zum Teufel ist das passiert? Wer hat geredet?« Er konnte sich nicht vorstellen, dass einer der beteiligten Polizeibeamten eine unpassende Bemerkung gemacht hatte.

Kirsty seufzte. »Briefe. Irgendwas amtlich Aussehendes kam an, adressiert an ›Alexander Michael Murdoch.‹«

»Gordon.«

»Er sagte, er hätte es öffnen müssen, um die Rücksendeadresse zu bekommen. Er fragte rum, ob jemand wüsste, ob Sandy einen Bruder oder sogar einen Ehemann hätte, aber es stellte sich als etwas Medizinisches heraus – womit alles verraten war.«

»Und er hat es allen erzählt.«

Kirsty schwieg.

»Bin mir nicht sicher, ob er nicht dafür belangt werden sollte«, sagte Simon nach einem kurzen Moment.

»Ach nein, das würdest du nicht, Simon, du –«

»Nein, würde ich nicht. Da sind auch ein oder zwei Dinge, für die ich belangt werden könnte.«

»Ja.«

»Und wie haben die Leute es aufgenommen?«

»Nach dem anfänglichen Schock … gar nicht mal schlecht. Das hier ist eine eng verbundene kleine Insel. Sandy war Teil davon geworden, was nicht vielen Außenseitern gelingt. Sie war beliebt. Sie hat ihren Beitrag geleistet. Ich sollte ›er‹ sagen, aber das kann ich nicht … ich kann nicht an Sandy als Mann denken, das kann ich einfach nicht … traurig, dass sie sich nicht in der Lage sah, es uns zu erzählen.«

»Ja, das ist traurig, aber ich würde mir deswegen keine Sorgen machen. Das Leben geht weiter, das Leben übernimmt.«

»Das hat es. Es ist schwer, aber wir kommen schon klar. Ich muss Schluss machen, Robbie ruft wieder, und er will nur mich bei sich haben, wenn er diese Träume hat.«

»Vergiss nicht – wirf sie aus dem Fenster. Pass auf dich auf, und auf deinen Jungen, Kirsty.«

»Beide Jungen. Ich musste eine Ultraschalluntersuchung machen lassen, als sie dachten, es gäbe ein Problem – gab es nicht, aber es zeigte einen weiteren Jungen.«

»Dann auf deine drei Jungen.«

Er lächelte, während er vor dem Zubettgehen aufräumte. Drei Jungen. Kirsty könnte dreizehn haben, und sie würde vermutlich locker damit fertigwerden. Das musste man tun auf Taransay, die Dinge nehmen, wie sie kamen, und mit ihnen fertigwerden, denn das Leben war zu ausgefüllt, um etwas anderes zu tun. Sie hatten Sandy als Frau gekannt, und so würden sie sie immer sehen, solange die Erinnerung an sie wach blieb. Und wenn sie noch am Leben wäre? Tja, Kirsty hatte recht – sie hätten ihn allmählich akzeptiert und damit weitergemacht, und falls das jemandem schwergefallen wäre, hätten sie darüber geschwiegen. Viele verstanden nicht, dass es weder Ablehnung noch Vorurteil bedeutete, wenn man es für einige Zeit schwierig fand und lernen musste, damit umzugehen. Es bedeutete, wie bei so vielen Dingen, dass alles eine Frage der Zeit war.

Als Barry Grove aufwachte, fand er zwei Polizeibeamte an seinem Bett vor, und sein Bein ragte in die Luft und wurde von einer Art Schlinge gehalten. Es tat nicht weh, im Moment nicht, aber es hatte wehgetan, und er wusste, es würde wieder wehtun, und dann würden sie ihm mehr von dem Zeug geben, das sein Hirn ins Lalaland beförderte. Er musste einiges klarstellen, bevor das passierte.

»Kann ich was zu trinken haben?«

Einer der Polizisten goss ihm ein Glas Wasser ein. Der jüngere. Da war noch ein älterer, fetter, der bestimmt härter vorgehen würde. Egal. Er trank. Dann sagte er: »Ich möchte Ihnen davon erzählen.«

»Gut«, sagte der fette.

Barry Grove sang wie ein Kanarienvogel.

61

Wie fühlt es sich an?«, fragte Cat. Sie saßen draußen im Garten des Pubs, unter einem Heizstrahler, bei einem Glas Wein vor dem Essen. Ein ruhiger Samstagabend, zu spät für Wanderer, zu früh für die Horden, die zum Essen aus der Stadt hierherkamen. Cat hatte Simon seit fast einem Monat nicht mehr gesehen, sie hatten nur miteinander telefoniert und sich Textnachrichten geschickt, da sie erst mal in ihrem neuen Job als Concierge-Ärztin Fuß fassen musste und er fort gewesen war und dann allmählich wieder angefangen hatte, in Vollzeit zu arbeiten.

»Gut.« Er hob sein Glas, drehte es am Stiel herum, setzte es wieder ab, schob es hin und her.

»Kannst du eine Stecknadel aufheben?«

»Hab ich noch nicht probiert, aber wahrscheinlich schon. Das Ding ist erstaunlich. Und es sitzt perfekt.«

»Prothesen haben sich sehr schnell fortentwickelt – ist vermutlich das Einzige, was wir den Kriegen im Ausland verdanken.«

»Hm.«

»Der Umbau von Ascot Court ist fast beendet, und Dads Wohnung wird als eine der ersten fertig sein. Er hat sich schon Muster für Wandfarben und Möbelkataloge kommen lassen.«

»So was hat er in seinem ganzen Leben noch nie gemacht.«

»Hat es immer den Frauen überlassen. Er ist ein neuer Mensch.«

»Glaub das bloß nicht.«

»Genau was Kieron sagt.«

Sie redeten weiter, während die Sonne über den Garten wanderte, sprachen über Cats Arbeit und seine, über Sams Plan, sich eine Wohnung mit einer Krankenschwester und einem Assistenzarzt aus dem Krankenhaus zu teilen.

»Er ist überglücklich, Si. Er liebt das Krankenhaus, liebt seine Arbeit, liebt die Kameradschaft der Krankenhaushelfer, liebt seine Unabhängigkeit ... aber er kann da nicht ewig bleiben.«

»Wird er auch nicht. Er wird allmählich herausfinden, wohin er wirklich will – wobei ich momentan nicht darauf wetten würde, welche Richtung er einschlägt, aber in der Zwischenzeit hängt er nicht zu Hause herum, verbringt seine Zeit nicht damit, sinnlos mit einem Rucksack um den Globus zu wandern – was gibt es daran auszusetzen?«

»Und Kieron ist glücklich – ab Weihnachten hat er mich ganz allein für sich im Haus.«

»Plus Felix, Hannah, zu den seltenen Gelegenheiten, wenn sie heimkommt, Wookie und Mephisto.«

»Ich mach mir übrigens ein bisschen Sorgen um Mephisto ... er ist nicht er selbst. Schläft die meiste Zeit und ist nicht mehr die halbe Nacht draußen unterwegs.«

»Wie alt ist er – achtzehn?«

»Ja.« Sie fröstelte. »Lass uns reingehen und essen.«

Bei Sardellen erzählte er ihr von Kimberley Still, deren Mutter und Lee Russon. Aber nichts über die Insel, über Sandy Murdoch und Iain. Nichts über sein Gefühl, dass er dort nicht mehr hinwollte.

Kalbsleber und gegrillter Lachs.

Cat wollte ihn nach Rachel fragen und tat es nicht.

»Die Galerie hat angefragt, ob ich genug für eine weitere Ausstellung habe«, sagte er.

»Hast du?«

»Vielleicht. Aber ich möchte mehr Porträts machen. Ich bin ganz wild darauf, Felix zu zeichnen.«

»Wieso Felix?«

Simon lachte. »Weil er so ein skurriles, interessantes Gesicht hat. Die Kalbsleber ist nicht so gut, wie sie bei Dino's war.«

»Nostalgie ist ein Anzeichen des Alterns.«

»Trotzdem schmeckt sie ziemlich gut. Ist mit dir und Kieron alles in Ordnung?«

So war es schon immer mit ihnen gewesen, Geplauder und dann das rasche Vorpreschen. Das funktionierte.

»Alles bestens. Das hast du vorhin schon gefragt. Hör zu – es wird nie dasselbe sein, Bro. Das weiß ich. Der Pfeil trifft nur einmal, und mein eines Mal war Chris. Aber ich konnte nicht ewig allein bleiben, ich liebe Kieron, er ist ein guter Mensch, er war fantastisch mit den Kindern, und wir kommen zurecht. Ja, es war holprig mit Dad, doch wann wäre es das nicht gewesen? Ich hatte nicht vor, wieder zu heiraten – habe nie danach Ausschau gehalten und es nie erwartet, aber ich bin sehr froh, dass es passiert ist. Du kannst auch damit leben, oder?«

»Mit ihm als er selbst oder mit ihm als Chief?«

»Beides.«

»Hab mich an Letzteres gewöhnt, und es ist okay – eigentlich besser, als ich erwartet habe. Kieron als er selbst ist auch in Ordnung … wie du. Ja, ich kann damit leben. Hätte ich nie gedacht, aber ich kann's.«

Er schaute sie an, ein direkter, warnender Blick. Frag nicht, bedeutete das. Frag nicht.

Sie fragte nicht.

Er setzte sie am Bauernhaus ab, wo alle Lichter brannten, ging jedoch nicht mit hinein, wartete nur, sah Cat kurz winken und die Tür schließen.

Nach Hause. Der Kathedralenhof war still, die Straßenlaternen warfen ihr gelbliches Licht auf die Pflastersteine,

Licht hinter den Vorhängen oder auf den Veranden der Häuser, die vom Klerus der Kathedrale und den Angestellten bewohnt wurden, verstreut zwischen denen, die Büros und jetzt dunkel waren.

Niemand war zu Fuß unterwegs.

Er parkte und drehte sich kurz um, ging ein paar Schritte zurück. Es war kalt. Er schaute, wie er es immer tat, zum Turm und dem Kirchenschiff der St. Michaels Kathedrale. Er hatte oft versucht, sie zu zeichnen, und immer aufgegeben. Sie brauchte keinen Übersetzer oder eine Kopie. Sie war sie selbst und perfekt, und er würde es nie wieder versuchen. Doch ihm fiel plötzlich das Gesicht eines sehr alten, gebeugten Mannes ein, den er ein paar Tage zuvor durch die Westtür hatte gehen sehen, ein zeitloses, aber sehr individuelles Gesicht, wie Dürer es hätte zeichnen können, und Simon nahm sich vor, nach dem Mann Ausschau zu halten und ihn zu fragen, ob er ihm für eine Skizze sitzen würde. Simon war mehr daran gewöhnt, Gegenstände und Getier zu zeichnen, die er nicht um Erlaubnis zu fragen brauchte. Das war eine neue Richtung, und er spürte die alte Erregung in sich aufsteigen.

Er rannte die Treppe hinauf, nahm zwei Stufen auf einmal. Öffnete die Wohnungstür. Schaltete das Licht an und schaute sich erst mal um. Das weiße Sofa und die Stühle, die Dielen aus Ulmenholz, die weißen Wände, die riesigen, vorhanglosen Fenster mit dem Blick hinunter auf den Kathedralenhof, die Bilder, die hohen, vollen Bücherregale. Er lächelte verhalten, voller Freude.

Er trat ein. Zu Hause.

Er schloss die Tür.

Bitte beachten Sie auch die folgenden Seiten.

KAMPA VERLAG

Gian Maria Calonder
Engadiner Abgründe
Ein Mord für Massimo Capaul

Roman

Majestätische Gipfel, menschliche Abgründe
Das Engadin – die schönsten Schweizer Alpen

»Wenn du geschickt bist, kannst du dir hier oben als Polizist bestimmt ein gutes Leben machen.« Massimo Capaul ist sich da nicht so sicher wie Bernhild, die resolute Wirtin des Gasthofs ›Zum Wassermann‹. Die ungewohnte Höhe im Engadin bereitet Capaul Kopfschmerzen, ihm ist noch schlecht von der Fahrt über den Albulapass, aber Zeit zum Ankommen bleibt nicht. Noch vor dem offiziellen Dienstantritt muss er zu seinem ersten Einsatz: In Zuoz brennt eine Scheune. Nur wenig später stirbt ihr Besitzer, der kauzige Rentner Rainer Pinggera. Ein vermeintlich natürlicher Tod. Seiner Ordnungsliebe folgend, geht Capaul dennoch einigen Ungereimtheiten nach. Dabei lernt er das ganze gesellschaftliche Spektrum des Oberengadins kennen, vom St. Moritzer Jetset bis zu den wortkargen Bauern in der schummrigen Dorfbeiz. Aber den Alteingesessenen gefällt es gar nicht, wenn jemand in ihrer Mitte für Unfrieden sorgt.